KB035156

한민족
디아스포라 문학

한민족 디아스포라 문학
—해외동포문학과 북한문학의 새 길

펴낸날 2015년 10월 28일

지은이 김종회
펴낸이 주일우
펴낸곳 ㈜문학과지성사
등록번호 제1993-000098호
주소 (04034) 서울시 마포구 잔다리로 7길 18(서교동 377-20)
전화 02)338-7224
팩스 02)323-4180(편집) 02)338-7221(영업)
전자우편 moonji@moonji.com
홈페이지 www.moonji.com

ⓒ 김종회, 2015. Printed in Seoul, Korea
ISBN 978-89-320-2798-2

이 도서의 국립중앙도서관 출판예정도서목록(CIP)은 서지정보유통지원시스템 홈페이지(http://seoji.nl.go.kr)와
국가자료공동목록시스템(http://www.nl.go.kr/kolisnet)에서 이용하실 수 있습니다.(CIP제어번호: CIP2015028738)

한민족
디아스포라 문학

해외동포문학과 북한문학의 새 길

김종회 지음

문학과지성사
2015

책머리에

한국문학을 논의하는 마당에서 '글로벌시대'라는 말은, 자연스럽게 한민족 디아스포라 문학이라는 개념을 견인한다. 글로벌시대의 어의(語義)가 지칭하는 바와 같이, 동시대 문학에 적용되는 시간 및 공간의 범주 구획은 점차 약화되거나 무화되어가고 있다. 8만 리 태평양을 건너 원고를 보내는 데 1초를 넘기지 않고, 어떤 궁벽한 오지에 있다 할지라도 작품만 좋으면 문단 본류와 소통하는 데 어려움이 없다. 해외에서 한글로 창작이 이루어지는 여러 지역의 디아스포라 문학 또한, 문제없이 이 글로벌시대의 호활한 날개에 탑승할 수 있다.

디아스포라라는 용어는, 당초 외부의 강압에 의해 본래의 삶터에서부터 흩어진 유태인의 집단 거주지나 그렇게 이산(離散)된 상황을 말한다. 역사에 기록된 이스라엘의 멸망과 바벨론 포로 및 세계 곳곳으로의 유랑은, 일제강점기에 나라를 잃고 36년간 식민 지배의 참혹한 시기를 보낸 한민족의 상황과 여러모로 흡사하다. 그런 연유로 한민족 문학에 디아스포라라는 어휘를 연계하는 일은, 논리적·심정적 양 차원에서 매우 용이한 발생론적 구조를 가지고 있다. 실제로 광복 70년이 곧 분단 70년인 비극의 현대사, 그와 같은 현실을 끌어안고 동서양 각지에서 꽃핀 우리의 해외동포문학은 필요충분조건을 모두 갖춘 디아스포라의 모형에 해당한다.

한민족 디아스포라 문학의 출발점은 물론 한국과 북한, 그리고 이 두 체제의 문학적 측면을 공유하는 남북한문학이다. 이와 더불어 지정학적으로 한반도와 연접해 있는 중국 조선족문학, 중앙아시아 고려인문학, 일본 조선인문학, 그리고 미주 한인문학이 모국어의 생산지에서 방사(放射)된 각론의 지점이다. 저자는 오래전부터 이를 두고 한민족 문화권의 '2+4시스템'이라고 불러왔다. 여섯 개 지역의 문학이 모두 다 자기 몫의 가치를 지니고 있지만, 소통이 어렵기로 금세기 으뜸인 남북한문학의 접점과 교류의 방안을 마련하기 위해서 한민족 디아스포라라는 좀더 큰 틀의 무대와 자리가 효율적이지 않겠는가라는 생각이다.

저자는 1983년부터 20년간 남북 인적 교류 분야에서 일한 경험이 있다. 그런가 하면 지금까지 15년여에 걸쳐 해외 각지의 디아스포라 문학 현장을 방문하며 교류와 연구의 소임을 수행해왔다. 이 실제적 체험을 통해, 앞으로 한국문학의 새로운 방향은 남북한과 해외동포 사회를 포괄하는 글로벌 디아스포라, 그 다층적 강역(疆域)을 목표로 해야 한다는 확신을 얻었다. 창작과 연구의 두 영역이 동시에 이 방향성을 수용해야 한다고 본다. 이 책에 실린 한민족 디아스포라 문학과 북한문학을 다룬 글 한 편 한 편은 바로 그러한 인식을 바탕에 두고 작성된 것이다.

1부 '한민족 디아스포라 문학의 방향성'은, 디아스포라 문학의 가능성과 한국문학의 경계 확산, 그리고 이를 통한 문화통합의 연대와 한민족 통합문학사의 기술방법론에 대한 글들이다. 2부 '문화권 범주의 확장과 문학의 실제'는, 한민족 디아스포라 문학이 세계 각 지역, 특히 미주와 중앙아시아에서 개화(開花)한 결실에 주목했다. 3부 '북한문학의 새 이정표와 변화 양상'은, 주체문학론 이후 북한문학의 전개와 남북관계의 상관성에 대응하는 여러 방식을 다루었다. 4부 '남북한에서 함께 읽는 작가 박태원'은, 표현 그대로 남북한에서 공히 최고의 작가로 평가받은 박태원의 작품을 통해, 남북한문학 공동 연구의 가능성을 점쳐보고자 했다.

이 책에 수록된 글들은, 그처럼 남북한문학과 한민족 디아스포라 문학의 통합적 연구가 도저한 물결을 이루는 시발점이자, 하나의 뜻있는 시금석이 되었으면 하는 소망을 안고 있다. 그 길은 멀고 험하지만, 마침내 우리 한민족 문학이 산을 넘고 물을 건너서 가야만 하는 도정(道程)이다. 올해가 광복 70년, 분단 70년인 만큼 이 대목에 대한 각성이 강하고 깊어야 한다는 인식도 있다. 책이 출간되기까지 애써주신 문학과지성사의 최지인 씨와 편집부 여러분께 감사의 말씀을 전한다.

2015년 10월
김종회

차례

4부 남북한에서 함께 읽는 작가 박태원

1부

한민족 디아스포라 문학의
방향성

디아스포라 문학의 가능성과 과제

1. 한민족 디아스포라 문학의 의미

정전 60년을 넘긴 남북한의 문학은, 그 시대 전체의 성격을 아울러 '분단문학'이라 통칭할 수 있다. 동시에 남과 북으로 나뉘고 중국·중앙아시아·일본·미국 등으로 분화 및 확산됨으로써, '한민족 디아스포라'의 형성을 노정하기에 이른다.

근자에 많이 쓰이는 디아스포라diaspora라는 용어는 그리스어에서 온 말로, 분산 또는 이산이라는 의미를 갖고 있다. 그 개념이 적용되는 원래 영역은 유대인의 역사 위에 놓여 있는데, 팔레스타인 외역(外域)에 살면서 동일한 종교 규범을 가진 유대인 및 그들의 거주지를 가리키는 말이었다.

이후의 역사 과정에 있어서 헬레니즘 시대와 초기 기독교 시대를 통해 그리스 근역(近域)과 로마를 중심으로 한 유대인의 이산을 지칭하는 것이 되었다. 이 어휘의 적용 범주와 성격은, 한민족의 역사·문화적 상황과 너무도 많이 닮아 있다.

근대 이후 일제의 침탈과 강점기 그리고 남북 분단을 거치면서 발생한 중국 및 중앙아시아로의 집단 이주, 징병·징용과 관련된 일본으로의 이주, 궁핍한 생활 속에서 노동자 수출로 시작된 미주로의 이주 등은 명징한 디아스포라의 모형이다.

동시에 각기의 지역에서 우리말을 상용하고 우리말 문학을 생산하면서 확보한 민족공동체의 형성, 그로 인한 지역 내 이민족을 향한 배타적 혐오감 또한 디아스포라적 삶의 유형이 갖는 공통된 특성에 해당한다.

필자는 한민족이 중국·중앙아시아·일본, 그리고 북한과는 거리가 멀지만 한국과는 친연성이 큰 미국 등지에서 축적한 해외동포문학을 '한민족 문화권의 문학'이라 호명한다. 오늘날과 같은 글로벌시대에 이 다양한 디아스포라 문학의 분포에 주목하는 것은 미상불 당연한 일이 아닐 수 없다.

남북한 관계의 지형도가 민족적 삶의 내면을 규정하는 상황에서, 북한문학과 연동된 한민족 디아스포라 문학의 경과와 추이를 고찰하는 일은 그래서 뜻깊다. 뿐만 아니라 서로 다른 문화권 내에 뿌리내리고 있으면서도 독자적 문화의 성향을 유지하고 있는 경계의 문학은, 그 입지점을 활용하기에 따라 만만찮은 문화적 효용성을 발양할 수도 있다.

2. 중국·중앙아시아의 한민족 문학

중국으로 한민족이 대거 이주하기 시작한 것은 19세기 후반부터이고, 1910년 일제강점으로 인한 수탈로 인해 만주 등 접경 지역으로의 이주는 더욱 가속화되었다. '조선족'이란 이름으로 중국 내부의 소수민족 가운데 하나가 된 이들은, 20세기 이후부터 문학 활동을 전개하였다. 1930년대 조선족은 중국 공산당과 더불어 항일무장투쟁을 벌였고, 문학 동인 단체인 '북향회'를 발족하고 『북향』이라는 문예지를 발간하기 시작하였다.

그 문학운동의 중심에 『북간도』를 쓴 안수길이 있었고, 향토 문인으로 작가 김창걸과 시인 리욱 등이 나왔다. 이 무렵 중국으로 건너간 강경애가 거기서 작품을 썼고, 최서해는 거기서 얻은 체험을 국내로 돌아와 작품화했다.

중국 조선족 문학을 대표할 만한 작가로 꼽히는 『격정시대』의 김학철은, 항일투사였던 그의 자전적 기록을 소설에 담았고, 이러한 내용은 한민족 디아스포라 문학의 한 전형이 되었다. 현재 중국 동북3성의 조선족 거주민은 2백만 명을 넘어 수많은 한글 문학을 창작하고 있다.

중앙아시아 지역으로 한민족이 이주해간 시기도 중국의 경우와 비슷하여, 1860년대를 시작으로 150여 년에 이른다. 제정 러시아와 소련, 독립국가연합이라는 그 지역 역사의 격변기와 1937년부터 중앙아시아로의 강제이주를 거치면서 이민족과의 동화는 생존을 위한 선택이었을 것이다. 그런데도 지금까지 한글 신문이 간행되고 있는 것은 민족 정체성을 잃지 않으려는 눈물겨운 노력의 소산이라 할 것이다.

이주 후 '고려인' 집단을 형성한 이들은 한글 신문 『선봉』을 창간했으며, 그 문예란을 통해 작품을 발표하기 시작한 것이 1920년대 초반이었다. 프로문학에 『낙동강』 등의 작품으로 일찍이 이름을 높였으며, 소설보다 더 비극적인 삶을 산 조명희가 그 문단 형성의 모태요 중심이었다.

그는 1928년 일제의 탄압을 피해 동경하던 소련으로 망명했으며 연해주에서 『선봉』을 창간하고 대작 『만주의 빨치산』 등을 썼다. 1942년 일본 간첩이라는 혐의를 받고 처형되기까지 많은 제자들에게 문필을 가르쳤다.

북한 정권 수립에 일조하고 문화선전성 제1부상을 지냈으나 결국에는 축출되어 말년을 카자흐스탄 알마티에서 보낸 정상진(필명: 정률)은 문학평론가요 문필가였다. '북한이 버린 천재 작곡가'란 호칭을 가진 정추는 월북하여 평양음대 교수를 지냈으며 모스크바 유학 중 다시 소련으로 망명했다. 그는 여러 차례 살해 위험을 넘기며 2013년 6월까지 카자흐스탄 음악계의 거장으로 살았다.

역시 모스크바 유학생으로 탈북한 양원식은 알마티 『고려일보』 주필을 지내며 시를 썼는데, 2006년 원인 모를 피습으로 사망했다. 알마티에는 이들 외에도 한진, 리진, 연성용, 라브렌티 송 등 그 지역에서 소중하게 인정받는 문인들이 많다.

소련 국적 고려인으로 세계적인 명성을 얻은 작가는 우화소설 『켄타우로스 마을』 『다람쥐』 등을 쓴 아나톨리 김이다. 『해바라기 꽃잎 바람에 날리다』의 작가 미하일 박도 널리 알려져 있다. 이제 후대 5, 6세에까지 이른 이 고려인 사회는 그 인구가 50만 명을 넘었다.

중국은 현재 북한에 가장 큰 영향력을 미치는 나라이며, 중앙아시아는 과거 구소련 지역으로 오랜 기간 동안 북한을 배후조종하던 경력을 가진 곳이다. 그 영향력의 강도는 옛날과 지금이 다를 수 있으나, 그래도 지구상에서 북한에 대해 발언권을 갖고 있고 그것을 통해 어떤 변화를 이끌어내는 데는 가장 유효한 정치 공동체에 해당한다.

문학을 통해 남북한 또는 한민족 디아스포라의 소통을 시도한다면,

이 지역의 한글 문학과 창의적이고 다양한 교류 및 협력을 염두에 두는 것이 옳겠다. 특히 중국의 경우에는 조선족 사회의 건재를 자랑하고 있으나, 중앙아시아 지역은 한글 문학이 점차 위축되고 있음을 유의할 필요가 있다.

3. 일본·미국으로 확장된 민족문화

중국과 중앙아시아의 경우는 국경이 연접해 있고 역사적 삶의 수난 속에서 육로를 통한 이주가 가능한 지역이었다. 그러나 일본과 미국으로 확장된 디아스포라는 이와는 성격이 다르다. 일본으로 가자면 현해탄을 건너야 하고 미국으로 가자면 태평양을 건너야 한다.

지금에 와서는 그것이 순식간의 일이지만 근대 이전에는 참으로 지난한 교통수단에 의지해야 했고, 그 탑승의 전제에 나라의 국권을 잃고 궁핍한 시대의 억압에 구속당한 민초들의 삶이 입립(林立)해 있었다. 어느 나라 어느 지역을 막론하고, 디아스포라적 삶의 양식은 그렇게 곤고한 형용을 가진 것이다.

특히 일제강점기와 해방 및 분단이라는 한민족의 특수한 상황은, 근대 이후에 일본에 거주하게 된 재일 조선인의 디아스포라적 정체성을 확정하는 데 주요한 동인(動因)이 된다. 해방 이전 장혁주와 김사량의 문학 활동을 본격적인 재일 조선인 문학의 시작으로 보는 것이 일반적이며, 해방을 전후하여 등장한 김달수와 이은직 등이 그 뒤를 이어간다.

김달수와 더불어 대표적인 제1세대 작가로 꼽히는 작가가 김석범이다. 그는 1925년 일본 오사카에서 태어났으나 부모의 고향인 제주도를 자신의 고향으로 삼고, 조국을 대변하는 상징적 존재로서의 제주도 문제와 4·3사건에 끊임없이 천착한다. 그의 대표작 『화산도』는 그러한 인식과 노력의 소산이다.

일본이 경제적으로 위력을 보이던 1960년대 후반에 제2세대 작가들이 나타나, 민족적 정체성과 재일의 현실성 사이에서 갈등하는 문학적 외연을 노정한다. 이회성과 김학영으로 대표되는 이들은, 일본에서 출생하고 성장한 탓에 한국어가 거의 불가능하거나 아니면 이를 후천적으로 습득한 세대이다.

그 뒤를 이어 이양지와 이기승 같은 새로운 세대의 얼굴이 보이고 다시 유미리와 가네시로 가즈키 등의 제3세대 작가군으로 넘어간다. 이들은 아쿠타가와 상을 비롯한 유력한 상의 수상자나 후보로 두각을 나타내는 등 일본 주류 문단에서 그 성가(聲價)를 인정받으면서, 거의 모두가 자신의 이중적 신분을 넘어 실존적 자아 확립으로 나아가는 길을 고민했다.

여기서 언급하고 살펴본 문인들은 일본 주류 문단에서 스스로의 이름을 거양하고 문학적 성과를 인정받은 사례에 해당한다. 그러나 한글로 된 재일 조선인문학의 절대 다수는 조총련계를 중심으로 한 '문학예술가동맹'에서 생산했다.

이는 분명한 실체를 가진 사실이므로 무턱대고 외면할 수 없는 문제이다. 이들의 문학을 한민족 문학사의 한 각론으로 받아들이는 것이 앞으로의 과제 중 하나가 될 것이다. 그 배면에 70여만 명에 달하는 재일 조선인 디아스포라가 자리하고 있기 때문이다.

재미 한인의 세대적인 구분은 한국에서 태어나 청장년기에 미국으로 이주한 이민 1세대와 어린 시절에 부모를 따라간 1.5세대, 그리고 미국에서 태어나고 성장한 2세대 이후로 구성된다. 국권 상실기에 이루어진 초기 유이민이 비교적 타율적인 것이었다면, 해방 또는 전쟁 이후에 이루어진 이주는 주로 경제적·사회적 상승 욕구에 의한 자율성을 가지고 있다.

이들이 사용하는 이중 언어의 현실에 있어서도, 대체로 세대의 구분에 따라 제1언어를 모국어로 하느냐 현지어로 하느냐의 기준이 달라진다. 자연히 창작 활동에 있어서도 1세대는 한국어를, 1.5세대 이후는 영어를 중심 언어로 한다.

조국의 해방 이후, 이민 1세대가 주축이 된 재미 한인들은 문학 단체를 조직하여 한국어로 작품 활동을 하며 동포로서의 결속을 다졌고 이방 생활의 애환을 함께 나누었다. 오늘날까지 이어져오는 문예지 『미주문학』 『뉴욕문학』 등은 바로 그러한 노력의 결과이다.

한편 1.5세대와 2세대 및 3세대의 문인들은 특정한 문학 단체에 소속되기보다는 개별적인 작품 활동에 주력하였으며, 비록 부모의 나라와 의식적으로 절연하려 시도해도 결국은 그것이 무망하다는 사실을 깨달아야 했다. 그것은 눈에 보이지 않는 원형질의 뿌리와도 같은 것이었다.

그러나 8만 리 태평양 너머 미국에서의 새로운 세대, 미국에서 생장하고 미국식 교육을 받았으며 미국 문화에 익숙해 있지만 이들이 영어로 쓴 한국에 관한 이야기가, 1세대의 한글 창작에 비해 훨씬 더 큰 파급 효과를 미국 사회에 미칠 수 있었다.

1세대 이후 김용익·김은국·노라 옥자 켈러·차학경·이창래·수잔 최·캐시 송 등으로 연면히 이어지는 이들 문학적 계보의 이름은 그래서 더욱 소중하다. 그리고 이들의 뒷그림자로 2백만 명이 넘는 재미 한인 디아스포라의 세계가 펼쳐져 있는 것이다. 이들의 문학이 한민족 문학사의 텃밭에 핀 귀한 꽃무리라면, 이들을 잘 가꾸고 또 그 전통을 이어가도록 할 책임은 '한국문학'에 있다.

4. 문학 6자회담과 새로운 가능성

남북한문학, 납·월북 문인 문제를 디아스포라적 차원에서 살펴볼 때, 다시 강조해서 언급해야 할 긴요한 과제가 있다. 앞서 중국·중앙아시아의 한글 문학과 관련해서 살펴본바, 이 한민족 문화권의 논리와 그 의미망 가운데로 해방 이래 한국문학과 궤를 달리해올 수밖에 없었던 북한문학을 초치하는 일이다. 실제적이고 물리적인 남북관계에 있어서도 그렇지만, 북한문학에 대결 구도의 인식으로 접근해서는 접점이나 문화통합의 전망을 마련하기 어렵다.

그렇다면 어떤 방안이 있을까? 지금껏 우리가 논의한 한민족 문화권의 개념을 원용할 수 있겠다. 이는 남북한문학을 포함하여 재중국 조선족문학, 재중앙아시아 고려인문학, 재일 조선인문학, 재미 한인문학 등 재외 한인문학의 전체적인 구도 속에서 남북한문학의 지위를 자리매김해나가자는 논리이다. 그리하여 남북한문학이 무리없이 만나고 대외적 확산을 도모하며 통일 이후에 개화(開化)할 새로운 민족문학의 장래를 예비하자는 것이다.

이는 한반도를 둘러싼 비핵화 논쟁의 논의 당사국들이 벌이는 6자회담을, 문학의 이름으로 옮겨놓은 것과 그 구도가 꼭 같다. '사람'이 있는 곳에 '힘'의 충돌이 있었기 때문이다. 필자는 6자회담이란 정치적 이

슈가 등장하기 전부터 남북한과 네 지역의 디아스포라 문학을 합하여 '2+4시스템'으로 불러왔다.

이 길이야말로 남북한문학, 더 넓게는 한민족 디아스포라 문학의 소통과 교류를 내다보는 새 통로이며, 정치나 국토의 통합에 우선하는 문화통합의 추동력이 될 수 있다고 본다. 모든 일의 첫걸음은 하나의 작은 아이디어이며, 그것을 소홀히 하지 않을 때 열리게 될 미래가 예상보다 훨씬 더 창대할 수도 있다.

이와 더불어 한국문학의 범위를 어디까지로 할 것인가에 대한 논의에 있어서도 좀더 유연하고 확장된 인식이 필요하다고 본다. 디아스포라 문학이 재외 한인문학인 만큼, 그 '재외'라는 어휘가 표방하는 바와 같이 문학의 창작이 이루어지는 강역(疆域)에 대한 규정이 요구되는 것이 사실이다.

그래서 과거에는 한국 내에서 산출된 문학이 아니면 한국문학이 아니라는, 매우 경직된 '속지주의(屬地主義)'의 생각이 정설이었다. 해외 동포의 숫자가 7백만 명을 넘고, 이 가운데 한국 국적을 가진 이에게는 선거권이 주어지는 실정이고 보면, 이제 속지주의를 주장할 수 있는 근거는 점차 빛을 잃고 있다.

동시에 디아스포라 문학의 창작자가 누구냐, 어느 나라 국적이냐를 분별하는 창작 주체의 문제가 있으며, 이를 '속인주의(屬人主義)'라 호명하는데 이 또한 앞의 기준과 동일한 형편에 있다. 마찬가지로 그 창작에 소용된 언어가 무엇이냐, 모국어이냐 아니냐를 분별하는 '속문주의(屬文主義)' 또한 사정이 마찬가지이다.

한국인이라는 법적 지위와 한국어라는 모국어에의 국한은, 기실 '소탐대실(小貪大失)'의 형국을 초래할 수밖에 없도록 국제적 환경이 변하고 있음을 직시해야 한다. 더 나아가서는 작품의 중심 주제가 무엇이냐, 그 작품을 읽는 수용층이 누구냐 같은 부대적인 문제까지 제기될 수 있다.

중요한 것은 이와 같은 외형적 구분에 얽매이지 않고 좀더 포괄적이며 활달하게 펼쳐지는 문학적 시야가 필요하다는 점이다. 각기의 영역에 한국문학으로서의 자격이 있느냐 없느냐를 따지는 '가부'의 판단이 아니라, 각기의 영역에 한국문학적 요소가 얼마나 포함되어 있는가를 따지는 '정도'의 측정에 방점이 주어져야 한다는 뜻이다.

한민족 디아스포라 문학에 대한 열린 시각의 접근과 가치평가를 수행하는 일은, 이제는 결코 강 건너 불 보듯 할 수 없는 지점까지 와 있다. '지구마을'이라는 표현이 전혀 생소하지 않은 만큼, 오늘날의 인류 사회는 서로 다른 삶의 범주와 언어의 변별을 넘어 그 공동체적 연대가 지근거리로 좁혀지는 체험을 쌓아간다.

사정이 그러하다면, '민족 문화' 또는 '민족 정체성'이라는 개념을 연결고리로 하여 세계 각지에 산포되어 있는 한민족 디아스포라 문학을 하나의 꿰미로 연계하는 일의 이해 및 공유가 우리의 면전에 있다. 그것은 곧 디아스포라 문학의 미래지향적 가능성이요, 다음 세대로 이첩되는 중차대한 과제라 하지 않을 수 없다.

한국문학의 탈경계와 세계적 확산

1. 한국문학의 탈경계적 글쓰기

　문학의 '탈경계'에는 여러 가지 유형이 있으나, 여기에서는 공간적으로 경계를 넘어서거나 무화(無化)하는 문제를 다루고자 한다. 그럴 때 한국문학의 탈경계는, 한국의 작가들이 한국이라는 공간 환경을 넘어서 작품의 무대를 자유롭게 구성하는 사례를 말하는 것이다. 작품 속의 등장인물이 활동하고 사건이 일어나며 그로 인해 작가의 메시지가 전달되는 곳이 그 공간이다. 이 공간의 형식은 작품의 내용을 규정할 수 있는 하나의 요인이다. 다시 말하면, 문학 작품 속에서의 공간은 그 작품의 존재를 가능하게 하는 주요한 요소가 된다.

　당대의 한국문학에서 공간 확장, 탈경계의 논리를 창작 방법으로 구현하는 작가는 매우 많다. 아니 단순히 많은 것이 아니라 대다수의 작가들에게 일반화되고 있다. 한국문단의 대작가로서 2008년 타계한 박경리의 대작 『토지』에는, 일제강점기의 중국 만주 지방에까지 이야기의 무대가 확장되어 있다. 중진 작가 황석영의 『바리데기』나 『심청』 같은 소설에서도 그러한 작품 환경의 탈경계적 확대를 볼 수 있다. 또 다른 중진 작가 조정래의 『정글만리』는, 한국의 미래를 위해 중국 비즈니스의 세계를 소설화한다는 창작 의도로 논란이 되었으나 근래에 많이 읽힌 베스트셀러이다. 중견 작가 김인숙의 『시드니 그 푸른 바다에 서다』와 「먼 길」, 김영하의 『빛의 제국』과 『검은 꽃』, 강영숙의 『리나』 또한 유사한 탈경계의 범례가 된다.

김인숙의 『시드니 그 푸른 바다에 서다』는 한국에서 호주로 이민 간 사람들에 관한 소설이다. 한 남녀의 삶을 중심으로 한국과 호주의 접경 지대에 선 사람들의 끈질긴 생명력과 사랑을 감동적으로 보여주었다. 「먼 길」은 한국을 떠나 호주로 간 세 젊은이의 파란 많은 월경(越境) 전후사와 그 마음의 내면 풍경을 그렸다. 김영하의 『검은 꽃』은 일제강점기에 멕시코로 이주한 조선인 노동자들의 이야기다. 거기에 밝은 꽃길은 없었다. 그 삶의 어둡고 참혹한 상황을 작가는 '검은 꽃'이라 불렀다. 같은 작가의 『빛의 제국』은 한반도의 특수한 상황을 반영한, 북한에서 남한으로 온 스파이의 이야기다. 김영하 특유의 기발한 상상력을 바탕으로 역사적 현실 속의 실존적 삶을 조명한다.

한국과 베트남은 베트남전쟁 이래 여러 부면에서 은원(恩怨)이 얽혀 있었으나, 지금은 빠른 속도로 우호와 신뢰를 회복하고 있다. 문학에 있어서도 동남아의 다른 나라에 비해 작가 교류가 활발하다. 이러한 현상은 자연스럽게 소설의 배경에 베트남을 도입하게 했다. 대표적 작가로 방현석은 베트남에 거주하는 한국인이 베트남 사람들의 아픔을 이해하는 과정을 그린 단편 「랍스터를 먹는 시간」을 썼다. 그의 다른 작품

「존재의 형식」 또한 오랜 베트남과의 친화가 남긴 산물이다.

그런가 하면 현대사회의 인간관계를 새로운 시각으로 탐색하는 작가 서하진은, 다양한 탈경계적 글쓰기의 사례들을 보여주었다. 「뱃전에서」는 딸이 아버지와 동행하는 캄보디아 앙코르와트 여행기다. 그 고대 사원의 역사와 부녀의 과거사가 어우러지며 서로의 상처를 치유해나간다. 「아빠의 사생활」은 홍콩으로 밀월여행을 떠난 아빠와 그 애인을 미행하는 딸의 사흘간을 그렸다. 홍콩의 어지러운 풍광과 딸의 어지러운 심사가 교차하면서, 딸은 성장기의 한 과정을 통과한다. 「그림자 거리」는 미국 LA를 배경으로 정보 계통 고위직 출신 공무원의 도피성 출국에 관한 소설이다. 국가와 사회의 구조에 맞물려 있는 자기정체성의 문제를, 잘못 배달된 편지라는 모티프로 풀어나간다.

이 작가의 「슈거, 혹은 솔트」 또한 미국이 무대다. 여성 화자의 오랜 친구와 그녀의 남편, 그리고 한국과 미국의 공간 환경이 서로 얽혀서 등장한다. 상호 관계의 양상이 '슈거'인지 '솔트'인지 불분명한, 현대인의 복합적 의식이 그 가운데 있다. 이처럼 공간의 경계를 넘어서는 작가들의 의식은, 현대사회 사람들의 성격인 다중정체성을 반영한다. 이것은 매우 복잡하지만 그렇지 않고서는 당대적 삶의 양상을 설명할 수 없다.

한국문학이 보여주는 탈경계적 글쓰기를 한국의 전체적인 역사 과정 속에서, 그리고 좀더 구획화된 국가 단위를 두고 전제하면 또 다른 영역이 있다. 곧, 한국의 디아스포라 문학이다. 이는 중국·중앙아시아·일본·미국 등지에서 해외 교민인 한국인의 한국어로 된 창작 활동, 그리고 한국인 후세대들의 현지어로 된 글쓰기를 모두 포괄한다. 그 문학의 모습은 여기서 말한 탈경계적 글쓰기의 연장선에 있다.

2. 한국 디아스포라 문학의 확산

'글로벌 빌리지' '국제화시대' 등의 용어가 등장하면서 그에 못지않은 빈도를 보이며 우리 곁에 다가온 말이 있다. 디아스포라다. 앞서 말했다시피 이 말은 분산 또는 이산이라는 의미이다. 이 말의 유래가 비록 유대인의 역사와 문화를 배경에 두고 있지만, 그 적용 범주와 성격은 한국인의 역사·문화적 상황과 유사하다. 근대 이후 일본의 침탈 및 강제 점령을 거치면서 한반도가 겪어야 했던 남북 분단과 해외로의 이주가 모두 디아스포라의 모형이다. 삶의 어려움 속에서 중국 및 구소련으로의 이주, 징용·징병과 관련된 일본으로의 이주, 궁핍한 생활 가운데 노동자 수출로 시작된 미국으로의 이주 등이 그렇다.

여기서는 한민족이 한반도의 남과 북에서 각기 다른 형식으로 축적한 남북한의 문학, 그리고 미국·일본·중국·중앙아시아 등지에서 축적한 해외 한인문학을 통칭하여 '한민족 디아스포라 문학'이라 호명한다. 문학의 개념적 범주에 있어서도 그러하고, 서로 다른 문화권 내에 기식하고 있으면서도 독자적 문화의 성향을 이루고 있는 경계성의 측면에서도 그러하다.

중국과 구소련 지역으로의 집단 이주가 이루어진 것은 19세기 후반부터이다. 중국에서는 지금 2백만 명에 이르는 '조선족' 집단이, 구소련 지역에서는 지금 50만 명에 이르는 '고려인' 집단이 형성되어 각기 고유의 문화와 문학을 이루었다. 고려인 작가로 이름이 높은 아나톨리 김이나 조선족 작가로 널리 알려진 김학철·림원춘 등도 이 디아스포라 집단을 배경으로 한다. 이들 외에도 그 지역에서 한국어로 글을 쓰는 많은 작가들이 있다.

재일 '조선인'의 경우 현재 그 통계가 60만 명이 넘는다. 한국어로 글을 쓰는 작가들 외에 일본어로 작품을 써서 현지 문단에 널리 알려진 조선인 작가는 김달수·김석범·이회성·양석일·이양지·유미리·현월·가네시로 가즈키 등 많은 숫자가 있다. 미국 '한인'의 경우 현재 그 통계가 2백만 명을 넘는다. 이곳 역시 한국어 사용 작가 외에 영문 작품으로 미국 사회에 널리 알려진 한인 작가는 김용익·김은국·노라 옥자 켈러·차학경·이창래·수잔 최·캐시 송 등 많은 숫자가 있다.

근래에 미국에서 의미 있는 활동을 보이는 새로운 세대의 작가로 『피아노 교사The Piano Teacher』의 제니스 리, 『백만장자를 위한 공짜 음식 Free Food for Millionaires』의 이민진, 『에든버러Edinburgh』의 알렉산더 지, 『멀리 인적이 끊긴Miles from Nowhere』의 문나미 등이 있다. 이들은 대개 미국에서 태어나서 성장한 후세대들이며, 이민 1세대들의 회고담이나 자서전적 글쓰기에 머물던 상황을 벗어나 다민족·다문화 사회에서 누구에게나 소통될 수 있는 인류 보편의 문제로 독자들에게 다가가고 있다.

이 작가들은 생태적 환경 자체가 이중 언어와 이중 문화의 경계에 걸쳐서 살 수밖에 없고, 그런 만큼 작품에서도 민족·국가·성별 등 여러 층위에서 경계인의 삶과 애환을 설득력 있게 그려내고 있다. 한국의 디아스포라 문학은, 이처럼 다양한 작가들과 그 문학을 두루 표현하는 말이다. 그러나 한국에서 한국인으로서 한국어로 작품을 쓰는 작가들도 여러 유형으로 '탈경계'의 경험을 표현하면서 디아스포라적 글쓰기의 영역을 확대하고 있다.

문제는 이러한 디아스포라적 언어 용법, 사건의 배경, 이야기 구조들이 단순한 글쓰기 방식의 다양성을 나타내는 데 그치지 않는다는 사실이다. 그것은 하나의 전통과 풍습을 가진 민족이 어떤 삶의 의식과 지향점을 가지고 그 가치를 표현하며 사는가를 증명하는 일이다. 동시에 이는 한 민족 내부의 일이 아니라, 인류의 보편적 정서와 공감을 목표로 하는 것이기도 하다.

여기서 다루고 있는, 세계 여러 지역 한민족 디아스포라 문학의 흐름과 작가·작품 들은, 이 특집의 한 각론에서 거론하고 있듯이 '흩뿌려진 씨앗'의 존재 양식을 가졌다. 이들은 모두 '저마다의 상처'를 안고 이중적인 삶의 어려움 속에서 경계인으로 살고 경계인으로서의 글쓰기를 수행해왔다. 척박한 땅에서 피어난 꽃이 더 아름다운 결실을 맺듯이, 디아스포라의 고난을 헤치고 꽃핀 이 문학적 성과들이 좀더 긍정적으로 평가받을 수 있기를 기대한다.

한민족 디아스포라의 문화통합과 문학적 연대
―남북한문학과 해외동포문학에 대한 통합적 고찰

1. 민족적 상황을 규정하는 용어로서의 디아스포라

국제화시대에 있어서 한민족의 문제를 말할 때 우리는 흔히 디아스포라라는 용어를 사용하여 논의를 전개한다. 앞서 언급한 대로 이는 분산 또는 이산이라는 의미를 갖고 있으며, 정확한 풀이로는 '이산 유대인'이나 '유대인 이산의 땅'이라고 해석할 수 있다.

이 용어의 의미가 그러한 만큼, 역사 과정에 있어서는 헬레니즘 시대와 초기 기독교 시대를 통해 그리스 근역(近域)과 로마를 중심으로 한 유대인의 이산을 지칭하는 것이 되었다. 팔레스타인 북부를 차지하고 있던 이스라엘 왕국은 B.C. 734~721년 아시리아의 침입으로 멸망했고, 이때부터 많은 유대인들이 고향을 떠나 팔레스타인 바깥으로 퍼져나가기 시작했다. 또한 남쪽의 유다 왕국도 B.C. 598~587년 바빌로니아의 침략으로 멸망했으며, 이때도 비슷한 이주 현상이 일어났다.

유대인들은 이 디아스포라 현상에 매우 능동적으로 반응하였으며, B.C. 1세기 말엽 시리아·이집트·소아시아·메소포타미아·그리스·이탈리아에 많은 유대인 공동체가 나타났다. 특히 로마제국의 3대 도시인 로마·안티오키아·알렉산드리아에 디아스포라의 큰 중심지가 형성되었다. 이들은 팔레스타인의 유대인들보다 그리스 문화에 대해 개방적이었고 대부분 그리스어를 상용했다. 그리하여 자연스럽게 유대적 헬레니즘 학문과 문화의 중심이 되었다.

동시에 주목할 일은, 디아스포라를 통하여 최초로 반(反)유대인의 풍조가 발생했다는 사실이다. 유대인들의 민족적 배타성, 경제적 번영, 지역적 특권들이 이들을 혐오의 대상이 되게 했다. 반유대인 폭동이나 법정에서의 유대인에 대한 불이익 등이 이어졌고, 키케로·세네카 등 로마의 문학가들에게서는 유대인에 대한 편견이 나타났다. 이는 2천 년간 유럽과 중근동(中近東)에서 보인, 비이성적인 반유대주의와 맥락을 같이하는 문제이다.

그런데 굳이 우리가 이 디아스포라라는 개념을 풀어서 살펴보는 것은, 유대인의 역사와 문화를 배경에 두고 있는 어휘이지만 그 적용 범주와 성격이 우리 한국인의 역사·문화적 상황과 너무도 많이 닮아 있는 까닭에서이다. 근대 이후 일제의 침탈과 강점기를 거치면서 발생한 한반도의 남북 분단, 중국 및 중앙아시아로의 집단 이주, 징용·징병과 관련된 일본으로의 이주, 궁핍한 생활 속에서 노동자 수출로 시작된 미주로의 이주 등이 유대인의 디아스포라와 유사한 모형을 이루고 있다. 동시에 각기의 지역에서 우리말을 상용하면서 확보한 민족공동체의 형성이나, 그로 인한 지역 내 이민족의 배타적 혐오감 또한 유사한 결과를 보이는 대목이다.

우리 민족이 한반도의 남과 북에서 각기 다른 형식과 내용으로 축적한 남북한의 문학, 그리고 미국·일본·중국·중앙아시아 등지에서 축적한 해외동포문학 또는 재외 한인문학을 통칭하여 근자에는 '한민족 문화권의 문학'이라 호명하거니와, 이 다양한 문학적 확산과 그 지역별 분포를 '디아스포라 문학'이라 지칭하는 것은 전혀 어색한 일이 아니다. 앞서 살펴본 문학의 개념적 범주에 있어서도 그러하거니와, 서로 다른 문화권 내에 서식하고 있으면서도 독자적 문화의 성향을 유지하고 있는 경계의 문학으로서도 그러하다. 여기에서 디아스포라라는 이름 아래 북한문학을 필두로 해외의 한민족 문학 전반을 검토해보는 것은 바로 그 때문이다.

2. 남북한 문화통합의 전망과 북한문학의 흐름 및 변화

　한반도의 남과 북 두 체제는 반세기를 넘긴 오랜 대립적 역사 과정의 관성과 서로 다른 목표로 인하여, 그 본질적 관계 개선이 극도로 어려운 처지에 있다. 이 양자는 그간 상대를 '주적(主敵)'으로 인식하고 이를 체제 유지의 기반으로 활용한 역사를 갖고 있으며, 지금도 여전히 서로 다른 전체적 목표와 그에 연계되어 있는 사회 체제를 넘어서기 어려운 현실에 처해 있다.

　뿐만 아니라 한반도의 지정학적 위치가 국제 정세 및 국제적 이해관계와 밀접한 관련성을 갖는 만큼, 남북 양자가 주체적으로 하나의 방향을 합의하고 결정하는 것 자체가 불가능한 상황이다. 정치·군사적 문제와 같은 배타성과 고착성을 갖는 분야는 물론, 경제·사회적 문제와 같은 근시성과 한계성을 갖는 분야에 있어서도 마찬가지로 그러할 수밖에 없다.

그러니 남북 간의 문화적 상관성과 교류 문제, 곧 '문화통합' 문제가 하나의 대안이자 거의 유일한 출구로 논의될 수 있다. 민족적 삶의 원형을 이루는 전통적 정서에 수많은 공통점이 있고, 정치·경제 문제와는 다르게 직접적인 갈등 유발의 가능성이 미소하며, 좀더 장기적인 시각으로는 문화를 통해, 아니 문화적 교류의 발전과 성숙만이 진정한 남북통합의 가능성이라고 할 수 있는 만큼, 이제는 남북 간의 문화통합이라는 과제를 본격적으로 연구하고 실천할 시기에 이른 것이다.

사정이 그러할 때 남북한 문화통합의 당위적 성격은, 귀납적으로는 그것이 양 체제의 통합이 완성되어간다는 사실의 확인이며, 연역적으로는 여러 난관을 넘어 그 통합을 촉진하는 실제적 에너지가 된다는 사실에의 신뢰를 말한다. 이러한 이유로 인하여 남북한 문화를 서로 비교 연구하고 문화 이질화 현상의 구체적 실례를 적시하여 구명하는 것은 매우 중요한 과제가 된다. 이러한 성격의 일, 곧 길이 없는 곳에 길을 내면서 가는 일은, 결코 말로만 하는 구두선(口頭禪)에 그쳐서는 진척이 없다.

먼저 남북한 문화 이질화에 대한 정확한 이해와 상황 분석이 필요하다. 그 현황에 대한 체계적인 진단과 분석, 문화통합 항목별로 접근 및 성사 가능한 추진 방안의 모색, 남북 공동 연구의 가능성 타진과 협력 체계 수립, 민족 고유의 전통과 양식 또는 언어와 습관 등에서 공동체적 공통성 추출 등 여러 방향과 단계의 실천적 노력이 수반되어야 한다. 이러한 항목들의 현상적 실제, 변화의 실태 등에 대한 객관적 연구가 이루어져야 한다.

그리고 그와 같은 연구 성과를 바탕으로 하여 실천 가능한 통일문화 운동의 항목 개발과 적극적 추진이 필요하다. 정치·군사 문제를 그 밑 바탕에서 떠받치고 있는 정치 문화·군사 문화, 경제·사회 문제를 그 밑 바탕에서 떠받치고 있는 경제의식·사회의식이, 남북 간에 서로 어떻게 이질화되었고 그 이질성을 극복하고 민족적 통합의 길로 나아갈 방안 이 무엇인가를 연구하는 것이 먼저이다.

그리고 그다음에는 이를 하나의 국민운동 수준으로 승격시키고 동시 에 이를 추진해나갈 방안과 방향성을 확보해야 한다. 그만한 각오와 의 욕이 없이는 어려운 문제이기 때문이다. 그 운동 또한 과거 새마을운동 의 전례에서 교훈을 얻은 바와 같이 정권적 차원이 아니라 민족적 차원 에서 분명한 대의(大義) 아래 추진되어야 마땅하다. 여기에 정부와 민간 기구가 서로 연합하여, 공동 노력의 결실을 지향해나가야 할 것이다.

이상에서 살펴본바 남북한 문화의 통합적 전망을 논리적으로 수렴하 고 구체적으로 논의해나가기 위해, 가장 우선적으로 살펴보아야 할 것 이 북한문학이다. 일제강점에서 해방된 이후의 북한문학은 그 문학적 논의의 내부에 자기 체계와 시기 구분을 설명하는 일정한 시스템을 확 립하고 있다. 평화적 민주건설 시기, 조국해방전쟁 시기, 전후문학 및 천리마문학 시기, 유일주체사상 시기, 김일성·김정일 통치 시기, 김일 성 사망 후의 김정일 통치 시기, 김정일 사망 후 김정은 통치 시기 등이 그것이다. 그중에서도 유일주체사상 시기는, 1967년 조선노동당 제4기 15차 전원대회를 기점으로 주체사상과 주체문학의 논리를 확립하고 수 령형상문학을 최우선 과제로 하여 이를 1970년대 말까지 변동 없이 유 지한 기간이다.

이 사상적 체계와 그것의 반영은 모든 문화 및 문학 장르에 걸쳐 강력한 지배 이데올로기로 기능했으며, 1980년대 들어 주체문학론에 부수하는 현실주제문학론의 등장 이전까지는 경미한 변화나 반성적 성찰의 기미를 찾아보기 어려웠다. 인민들이 살아가는 삶의 현장에서 그 실상과 관심 사항을 반영하는 현실주제문학론의 새로운 변화는, 우선 교양 수단인 문학으로부터 멀리 떨어진 인민들의 흥미를 유발할 것을 도모하는 일방, 동구 사회주의권의 몰락이나 공산주의의 패퇴에 따른 위기의식을 표현하고 있다. 물론 여기에는 변해야 살 수 있다는 인식과 '우리 식 사회주의'의 딜레마가 꼬리표처럼 뒤따라 다닌다.

1994년 김일성의 사망이 일시적 경직 현상을 초래한 바 있으나, 변화의 흐름을 지속시키는 보이지 않는 힘이 장강의 뒷물결처럼 벌써 부지불식간에 대세가 되어가고 있음을 부인할 수 없는 터이다. 기실 이것은 남북 간의 어떤 회담이 성공적으로 이루어지고 어떤 교류가 실행되었는가 하는 사실보다 훨씬 더 잠재적인 영향력을 가진다. 정치나 경제 문제는 뒷걸음질을 칠 수 있으나, 문화나 문학은 그렇지 않다. 그것은 일찍이 노스럽 프라이가 간파했듯이 인간의 삶을 다음에서 다음으로 형성하고 또 해체하는 힘이어서 어떤 경우에도 있었던 궤적을 무화시킬 수 없다.

이 소중하고 값비싼 불씨, 남북한문학의 교호와 통합의 전망에 관한 의식을 잘 살려내고 잘 가꾸어나가야 할 책임이 이 시대 문학인들의 어깨에 있다. 남북 간의 상호 교차하는 삶을 과거의 가상공간에서 현실공간으로 전화한 작품들, 림종상의 「쇠찌르레기」, 리종렬의 「산제비」, 김원일의 「환멸을 찾아서」, 이문열의 「아우와의 만남」 등을 새로운 감격으로 읽는 자리들을 만들어볼 필요가 있다. 남북한문학사의 시대 구분을 비교하며 공통된 인식의 접점을 찾아보기, 남북의 문화 및 문학 연구의 사실관계 확인과 접근 시도, 문화 현상과 외세의 문화제국주의에 대한 공동체적 대응력의 개발 협력 등 비대치적 과제부터 함께 수행해 나갈 길을 찾아보아야 한다.

그런 연후에 구체적 연구로서 앞서 잠깐 언급한 바 있는 우상적 지배자와 문학성, 친일문학과 항일문학의 주류, 북한문학사의 기술 방식과 변화 양상, 북한문학에 수용된 친일·재남 작가들과 그 사유 등 남북한 통합문학사의 과제들을 실질적으로 예비할 수 있을 것이다. 여기에 문학인 자신의 수범적 노력은 물론, 정부와 문화 당국이 적극적으로 후원하여, 북한문학의 연구와 수용이 도저한 하나의 물결을 형성해야 마땅하다. 북한문학에 대한 건실한 인지력과 균형 있는 안목, 이에 관한 실천력 있는 장기적 투자를 통해 민족사적 통합의 미래가 발양될 수 있을 때, 우리는 비로소 이를 위해 경각심을 갖고 노력하는 문학을 '국적 있는 문학'이라 이름할 수 있겠다.

3. 재미 한인문학, 서구적 가치관 반영한 이민문학

재미 한인의 세대적인 구분은, 한국에서 태어나 청장년기에 미국으로 건너간 이민 1세대와 어린 시절 미국으로 건너간 1.5세대, 이민 1세대인 부모 아래 미국에서 태어나 줄곧 미국에서 성장한 2세대 이후 세대로 이루어진다.[1] 국권 상실기에 이루어진 초기 유이민이 비교적 타율적인 것이었다면, 해방 이후나 한국전쟁 이후에 이루어진 이민은 주로

---

1) 이일환, 「재미 한국계 작가 연구」 1, 『어문학논총』 제21집, 국민대학교 어문학연구소, 2002.

경제적, 사회적 상승 욕구에 의해 자율적으로 이루어졌다는 점이 특징이다.

상당수의 이민 1세대가 이미 모국에서 학습한 한국어를 사용해 일반적인 의사소통 행위나 사고를 하는 것에 비해, 이민 1.5세대나 2세대는 한국어에 대한 체계적인 학습이 없을 뿐 아니라 한국 문화에 대한 경험도 적을 수밖에 없기 때문에 그들에게 현지어인 영어가 그들의 사고 체계 전반을 차지할 수밖에 없다. 이러한 세대적인 구분은 자연스럽게 문학 창작 활동을 하는 문인들의 세대적인 구분에까지 이른다. 곧 한국어로 문학 창작 행위를 하는 이민 1세대와, 영어로 문학 창작 행위를 하는 이민 1.5세대 이후 세대로 나뉜다는 것이다.

해방 이전 재미 한인들의 시가문학은 창가와 시조 등 모국의 전통 장르를 계승하는 동시에, 미국 현지에서 경험한 민요 등 여러 형태의 노래들을 수용하면서 일정한 변이 과정을 거친다. 모국의 시문학이 문학 내적인 동기에 의해 자유시의 형태로 전이되는 발전 과정을 거치는 것에 비해, 미주 한인들에 의해 창작된 시문학은 현지인들이 일상에서 부르던 노래를 일정 부분 받아들이면서 자유시의 경험을 축적해간다. 곧 단순히 영어 가사를 한국어 가사로 바꾸어 부르는 것뿐 아니라 자유로운 시 형식을 체험하면서 새로운 형태의 시가문학을 발전시켜나간 것이다. 내용적인 측면에서는 주로 일제에 대한 저항 의식과 독립에의 염원, 식민지적 현실에 대한 반성과 비판, 그리고 이민 생활의 애환과 고국에 대한 그리움 등이 주제적 경향을 이루었다.[2]

소설문학은 3·1운동 이전에는 낭만적 애국주의로 대표될 만한 주제

---

2) 조규익, 『해방전 재미한인 이민문학』, 월인, 1999.

의식을 표방하는 것에 그치고 말지만, 3·1운동 이후에는 모국의 식민지 현실을 좀더 객관적이고 이성적으로 바라보고자 하는 의지가 소설 자체의 미학적 완성도를 향한 노력과 어울려 다양한 주제의식과 완성도 있는 작품들을 생산하기에 이른다. 애국애족과 현실 비판, 선진 문물과 정신에 대한 추구, 이민 생활의 애환 등이 주제적 경향을 이루었다. 시문학에서 드러난 사회 현실에 대한 비판 의식이 미국이라는 공간적 특수성에서 일정 부분 힘입은 것과 마찬가지로, 소설문학 역시 자유연애 등 서구적 가치관에서 비롯된 새로운 세계관이 작용하면서 소설 미학적 완성도를 높이는 데에 상당한 기여를 하게 된다.

해방 이후, 이민 1세대 중심의 재미 한인들은 문학 단체들을 조직하여 한국어로 작품 활동을 하며 한국인으로서의 결속을 다지고 고향에 대한 그리움, 이민 생활의 힘겨움 등을 작품으로 표현하면서 현실을 극복하고자 하였던 것으로 보인다. 또한 그러한 활동을 통해 한국인으로서의 자부심을 가지고 미국 사회에 한국인과 한국문학을 알리려는 시도를 한 것이다. 그러한 목적의 문학 단체가 미주 지역 곳곳에 존재하며 활동의 성과물로서 여러 문예지를 발간하고 있다. 대표적인 문예지로는 미 서부의 『미주문학』과 미 동부의 『뉴욕문학』 등을 들 수 있다.

한편 1.5세대와 2세대, 3세대들은 특정 문학 단체에 소속되어 활동하기보다는 개별적으로 작품을 생산해내고 있다. 이들은 미국에서 교육 받고 미국식 문화에 익숙해져 있으며, 그래서 영어로 작품을 쓰는 경우가 대부분이다. 그러므로 이들에 의해 씌어진 한국에 관한 이야기나 재미 한국인에 관한 이야기는 전자의 한글 창작물에 비해 미국 사회에 훨씬 큰 파급 효과를 줄 수 있다. 김용익, 김은국, 노라 옥자 켈러, 이창래, 수잔 최, 차학경, 캐시 송 등은 그들의 작품으로 미국 사회에서도 인정받고 있으며 그들로 인해 한국과 재미 한인, 나아가 미국 내 소수민족에 대한 관심이 고조되고 있는 것이 사실이다.[3]

4. 재일 조선인문학, 민족적 정체성·보편적 가치 추구

일제강점기와 분단이라는 한민족의 특수한 사회·역사적 배경은, 근대 이후 자·타의에 의해서 일본에 거주하게 된 재일 조선인의 삶과 정체성을 결정짓는 중요한 키워드가 된다.[4] 민족적 차별과 억압 속에서, 자신의 민족적 정체성을 부단히 탐구하는 가운데 형성되어온 재일 조선인문학에 대한 연구와 관심은 한국문단에 주어진 절실한 문학적 과제 중 하나이다. 이는 재일 조선인문학이라는 또 하나의 문학적 자산이 한국문학의 외연을 확장시키며 그 내용을 풍부하고 다양하게 하는 데 일정한 기여와 견인차의 역할을 수행하리라는 인식에 기반하고 있다.

해방 이전으로는 1930년대 이후 장혁주와 김사량의 문학 활동을 본격적인 재일 조선인문학의 시작으로 보는 것이 타당할 것이다. 장혁주는 1932년 『개조』 현상 공모에서 단편 「아귀도」가 2위로 입상하면서 창작 활동을 시작한다.[5] 초기에 일제의 착취와 수탈에 저항하는 작품 경향을 보이다가 결국 식민지 정책에 부응하면서 친일 작가로 전락한 장혁주와는 대조적으로, 김사량의 경우는 상이한 측면에서 재일 작가의

---

3) 유선모, 『미국 소수민족 문학의 이해』, 신아사, 2001.
4) 강재언·김동훈, 『재일 한국·조선인 ― 역사와 전망』, 하우봉·홍성덕 옮김, 소화, 2000, p. 34.
5) 홍기삼, 「재일 한국인 문학론」, 『재일 한국인 문학』, 솔, 2001, p. 15.

면모를 보여준다. 김사량은 「기자림」「천마」「풀은 깊다」 등에서 조선 민족의 비참한 생활과 일제의 식민지 정책을 고발하고, 반민족적 행위를 하는 지식인들을 비판·풍자하는 등 식민지 지배에 저항하는 작가로서의 길을 걸었다.

1940년대가 되면서 재일 조선인 문학계 내에는 많은 신진들이 등장하게 되는데, 김달수, 이은직 등이 대표적인 작가이다. 이 중에서 해방 전과 해방 후 재일 1세대 작가의 맥을 잇는 작가로 김달수를 들 수 있다. 니혼대 재학 중 「물결」이라는 단편으로 아쿠타가와 상 후보에 오르면서 문학적 재능을 인정받았던 이은직 또한 『탁류』 등의 작품을 통해 해방 정국의 혼란한 시대적 상황을 치밀하게 그려낸다. 이들의 뒤를 잇는 재일 작가로서, 김달수와 더불어 대표적인 재일 1세대 작가로 꼽히는 김석범은 1925년 일본 오사카에서 태어났으나 부모의 고향인 제주도를 자신의 고향으로 삼고, 조국을 대변하는 상징적 존재로서 제주도 문제와 4·3사건에 끊임없이 천착한다.

이처럼 김달수, 김석범 등 재일 1세대의 문학은 무엇보다도 조국이 처한 시대적·정치적 상황을 작품의 배경이나 문학적 소재로 삼아 형상화하고 있는데, 이는 조국의 운명이나 해방에 무관할 수 없는 작가의 현실 인식과 조국 지향의 정서를 드러낸다.[6] 이 외에도 시인인 허남기, 김시종, 그리고 김태생이 재일 1세대에 속하는 작가들이다.

시기적으로 일본 사회의 고도 경제 성장이 본격화된 1960년대 후반에 등장한 재일 2세대 문학에는, 조국 또는 민족과 재일이라는 자신의

---

6) 유숙자, 「해방 후 재일 동포 문학을 일군 사람들」, 『재일 조선인 그들은 누구인가』, 삼인, 2003, p. 171.

위치 사이에서 갈등하고 고뇌하는 본격적인 재일 조선인의 모습이 그려진다. 이회성, 김학영 등으로 대표되는 2세대 작가들은 일본에서 출생, 성장한 탓에 모국어가 거의 불가능하거나 후천적으로 습득된 것이다. 이 외에도 재일 2세대 작가로 고사명, 양석일, 박중호, 김재남, 종추월 등을 들 수 있다.

1980년대에 접어들면서 이양지와 이기승 등 새로운 세대가 등장한다. 한국에서 태어나 일본으로 건너온 부모를 두었다는 점에서는 재일 2세대에 속하지만, 연령이나 문단 데뷔 시기, 작품 경향 등이 2세대 작가와는 뚜렷이 구분되는 재일 3세대 작가의 선두주자인 이양지는 모국 유학을 통한 낯선 조국 체험으로 개인적 정체성을 모색하며, 이러한 실제적인 경험을 기반으로 「나비타령」「유희」 등의 작품을 발표한다. 이기승 또한 「제로한」「잃어버린 도시」 등의 작품에서 차별받는 재일 조선인의 정신적 갈등과 불안의식을 다루면서 현시대에 이들이 당면한 존재적 문제의식을 전면화시킨다.

이처럼 역사적 특수성보다는 문학적 보편성에 주력하고자 하는 노력은 유미리 등의 최근 작가들에게서도 찾아볼 수 있다. 『가족 시네마』『풀하우스』 등의 작품에서 유미리는 자신이 한국인도 일본인도 아니라는 실존의 기반을, 문학을 하는 데 매우 유효한 입장으로 무리 없이 수용하고 있다. 자신과 현실 간에 가로놓인 깊은 틈에 주목하여, 현대인이 처한 정신적 고독과 세계와의 이질감이라는 문제를 독특한 감수성으로 도출해내는 데 유미리 문학의 특징이 있다. 이 외에도 오사카의 재일 조선인 거주지인 이카이노를 무대로 삼아 문학 활동을 하는 원수일을 비롯하여, 정윤희, 김중명, 그리고 2000년 『그늘의 집』으로 아쿠타가와 상을 수상한 현월, 2001년 『GO』로 나오키 상을 수상한 가네시로 가즈키 등이 재일 3세대 작가군에 속한다.

　이상에서 살펴본 바와 같이 지금까지 재일 조선인문학의 창작의식을 규정지었던 가장 커다란 범주는 일본이라는 과거 조선의 식민지 지배 국가에서 조선인으로서의 민족적 정체성을 어떻게 지켜나갈 것인가의 문제였다. 1990년대 이후 재일 조선인문학은 내면에 실재하는 욕망의 문제, 진솔한 삶의 문제에 접근함으로써, '재일'이라는 특수한 상황을 보편적인 인간의 정서와 대면하게 한다. 이제 재일문학은 민족적 정체성과 실존적 자아 확립이라는 문제에서 벗어나 인간 내면의 심연을 통찰하고 현대 사회가 안고 있는 혼돈과 병리적 현상에도 주목하기 시작했다. 이처럼 개별적 민족의 문학을 넘어서 세계 보편의 가치를 향해 나아가고 있는 재일 조선인문학의 미래적 전망을 함께 일구어가야 하는 책임이 우리에게도 부여되어 있음을, 적극적이고 긍정적으로 인식해야 할 것이다.

5. 재중 조선족문학, 역사의 장벽 넘은 민족성의 개가

　중국으로 조선인들이 대거 이주하기 시작한 것은 19세기 후반부터이다. 그리고 1910년 일제강점 이후 일제의 수탈로 인해 만주 이주는 더욱 가속화되었다. 이주 초기에는 조선족의 대부분이 절대적 빈곤에 처한 농민들이었기 때문에 문학 활동이 일어날 만한 여건이 조성되지 못했다. 이후 20세기에 들어와서야 비로소 '조선애국문화계몽운동'의 영향과 '문화교육사업' 등에 의해 문학 활동이 전개되기 시작하였다. 이 시기 문학은 제국주의와 봉건주의를 반대하고 민권 옹호와 자유평등, 문명 개화를 주장하는 내용이 주를 이루었다.

근대문학 시기(이주 시작~1920년)[7])에는 창가와 시문학이 융성하여 소설은 그리 주목받지 못했다. 이 시기에는 고대소설에 비하여 새로운 시대적 성격을 가진 신소설이 창작되었는데, 이는 조선 신소설의 영향을 크게 받은 것이었다. 그러다가 1910년대 중기에 들어서면서 대중의 미학적 수요에 따라 현대 자유시들이 나타나기 시작하였다.

1920년대에 들어서면서 조선족은 10월 사회주의혁명과 조선의 3·1운동, 중국의 5·4운동의 영향을 받아 마르크스주의를 전파하고 반일 단체를 조직하여 반제·반봉건 투쟁을 벌이기 시작했다. 무산계급 문학이 대두·발전한 시기였던 만큼 문학 속에 계급 간의 모순과 대립, 투쟁을 구체적으로 묘사하는 것이 중요시되었으며, 특히 불합리한 사회 현실에 맞서 싸우는 농민들의 계급의식과 저항의식을 두드러지게 표현하였다.

반제·반봉건과 민족 독립에 대한 주제 역시 여전히 중요하게 다루어졌다. 그리고 무산계급 문학을 제외한 기타 작품들은 배격하는 경향도 나타났다. 이때 가장 왕성하게 창작된 것은 혁명가요를 위시한 시가 작품들이었다. 자유시와 한문시, 시조도 많이 창작되었으나, 대부분의 작품이 소실되었다. 현전하는 작품들을 살펴보면 일본의 강제 지배를 비판하고 민족의 독립을 갈망하는 내용이 주를 이루었다.

1931년 9·18사변으로 동북의 대부분 지구가 일본의 식민지가 되자 조선족은 중국 공산당과 함께 항일무장투쟁을 전개한다. 이 시기 조선족문학은 선행 시기의 문학적 전통을 계승하는 것과 아울러 중국의 항

---

7) 조성일·권철, 『중국 조선족 문학 통사』, 이회문화사, 1997.

일문학, 소련의 혁명문학, 특히 조선문학의 성과를 섭렵하면서 발전해 나갔다. 1930년대 초기에 용정에서는 작가 이주복 등이 발기한 문학 동인 단체인 '북향회'가 발족되어 문학 창작을 발전시키고 후진 양성 사업을 활발히 진행하였다. 또한 모더니즘을 수용한 '시현실' 동인들이 활약하였다.

일제의 단속이 심해지자, 현실에 대한 고발보다는 생활 세태나 인륜, 애정 등으로 소재를 전환했으며, 몇몇 작가들은 일제의 정책을 수용해 나가는 모습을 보이기도 했다. 그러나 이렇게 어려운 상황에도 불구하고 이 시기에는 작가와 작품 수가 증가하고, 현실 생활을 폭넓고 깊이 있게 형상화해냈으며, 예술 방법이 도입되는 등 문학이 일정 부분 발전한 모습을 보였다.

1945년 9월 3일 항일전쟁이 승리하자 조선족문학은 일본의 식민 통치에서의 해방을 즉각 작품에 반영했다. 이 시기 문학의 내용은 해방의 기쁨과 감격, 토지개혁을 비롯한 민주개혁, 항일투쟁을 형상화한 것들이 주를 이루었다. 그러다가 1949년 10월 1일 중화인민공화국이 들어서면서 조선족은 새로운 역사를 맞이하게 되었다. 길림성, 흑룡강성, 요령성의 조선족 집거구들에서 선후로 '민족자치구역'을 실시함에 따라 조선족은 정치, 경제, 문화 등의 제반 분야에서 자주적인 발전을 이룩해 나갈 수 있게 되었다.

1966년 5월부터 10년 동안 진행된 문화대혁명 시기는 조선족 당대 문학의 수난기였다. 많은 문인들이 박해를 받았으며, 훌륭한 작품들이 금서가 되었고, 민족문화·민족정신·민족감정에 대한 논의는 금지되었다. 하지만 1971년 이후 이러한 문화 정책에 대한 강한 반발이 일어나게 되자, 1974년에 이르러 『연변문예』가 복간될 수 있었다. 그러나 여전히 강압적 분위기는 지속되어서 1971년 이후의 조선족문학 창작은 난항을 겪었다.

1980년대에 진입하면서 조선족 문단의 지역적 공간도 확대되었다. 그동안 연변을 제외한 기타 지역의 문학 발전은 거의 공백 상태였으나, 1980년대 이후에는 연변 외에 통화, 길림, 할빈, 심양, 목단강, 장춘 등 지구에서도 문학지와 문학 단체가 생겼다. 1990년대에 들어선 중국은 개혁개방으로부터 시장경제의 도입을 거치면서 많은 사회적 변화를 경험했다. 이에 조선족문학은 다원적인 복합사회의 다양한 모순을 파헤치면서 적극적으로 새로운 현실을 탐구해나가려는 모습을 보여주었다.[8]

이와 같이 중국 조선족문학은 역사적 시련 속에서도 그것을 문학적으로 형상화해나가며 자리를 지켜왔다. 따라서 중국 조선족문학을 이해하기 위해서는 역사적 시각에서의 조명이 필요하며, 한민족이면서 동시에 중국인이라는 특수성을 고려해야 한다. 이국 땅에서 소수민족으로 살아가며 민족어를 지킨다는 것은 자신의 정체성을 지키는 일이기도 하다. 재외 한인 중 중국 조선족만큼 조선어를 굳건히 지키며 살아가는 이들은 드물다. 중국의 소수민족 정책에 따라 소수민족 자신들의 문화를 지키는 일이 법적으로 허용되어 있다는 객관적 상황이나, 독립운동을 계기로 중국을 찾은 조선의 지식인들이 풍부한 인적 자원을 이루었다는 점이 조선족문학의 큰 이점으로 작용했다. 또한 조선족의 민족문화 보존에 대한 주체적 노력이 오늘날까지 한글 문학을 지켜올 수 있었던 원동력이라 하겠다.

---

8) 오상순, 『개혁개방과 중국 조선족 소설문학』, 월인, 2001, pp. 112~303.

6. 중앙아시아 고려인문학, 한민족 문화권의 범주 확장

한민족이 러시아 지역으로 이주해 간 것은 구한말인 1860년대를 시작으로 하여 140여 년에 이른다. 따라서 이주민과 그 후손들의 규모도 상당하여 외교통상부의 2001년 통계자료에 의하면 현재 52만 명을 넘어서고 있다. 이들은 소련의 정책에 적극적으로 따르면서도 우리 민족의 전통 또한 잊지 않는 이중적 특성을 견지하며 살고 있다. 러시아 민족과의 동화(同化)는 제정 러시아와 소련, 그리고 독립국가연합이라는 그 지역 역사의 격변기를 거치면서 생존을 위한 어쩔 수 없는 선택이었을 텐데, 그럼에도 불구하고 아직까지도 한글 신문이 간행되고 있음은 우리 민족의 정체성을 잃지 않으려는 노력의 소산으로 볼 수 있다.[9]

이 지역 한인들의 문학은, 한글 신문 『선봉』이 창간되어 '문예 페이지'를 통해 작품이 발표되기 시작한 1923년 무렵으로부터 약 80년의 역사를 이어오고 있다. 그러나 한반도 내의 정치 격변과 이후의 냉전 논리에 막혀 남한에는 작품 소개조차 어려웠으므로, 그에 대한 연구 성과는 매우 미미하다. 재외 정치학자 김연수에 의해 시 작품이 한정적으로나마 남한에서 소개된 것이 1983년이니, 이 지역의 한인문학이 남한에 소개된 지 이제 겨우 20여 년이 되었을 뿐이다. 더구나 소련의 해체 이후에 개방에 따른 본격적인 연구의 가능성이 생겼음을 염두에 둔다면, 그 연구 기간은 더욱 짧아진다. 짧은 시간일망정 충실한 소개와 연구가

---

9) 이준규, 「소련의 해체와 중앙아시아 고려인」, 『한국민족연구논집』 제7호, 한국민족연구원, 2001.

진행되었다면 모르지만, 아직도 자료 자체가 절대적으로 부족한 상황이다.

또한 이 지역 한인문학에 대한 관심과 연구가 미미하여 기왕에 소개된 작품조차 품절·출판사의 폐업 등으로 아예 자료가 남아 있지 않거나 구할 수 없는 경우도 많다. 작품 소개의 상황이 이러하다 보니 연구의 깊이도 부족해서 그동안은 개별 작가나 작품론을 다루기보다는 주로 전반적인 양상을 언급하는 것에 머물러 있었다. 최근에는 개인 작품집이 묶여 나오고, 현지 동포에 의한 연구도 진행되면서, 본격적인 작가론이나 작품론, 문학사 등이 연구되기 시작하였다.

구소련 지역 한인들의 문학 활동은 망명한 조명희를 주축으로 하여, 『선봉』이라는 신문의 문예란을 바탕으로 시작되었다. 이후 신문의 제호는 "레닌기치" "고려일보" 등으로 바뀌지만 여전히 이 신문들이 이 지역 문학 창작의 산실 역할을 했다. 그런데 신문의 독자 투고란을 이용한 문예 활동이라서 아무래도 아마추어적인 요소가 강할 수밖에 없었다.

이 지역 문학사는 이렇게 이주한 동포들에 의해 씨가 뿌려져 시작되었고, 이후에는 북한으로부터 지식인들이 유학이나 망명의 형태로 투입되면서 더욱 활발하게 진행되었다. 그러나 1937년 강제이주와 같은 민족 억압 정책과 소련의 붕괴라는 혼란 속에서 생존의 문제가 절박하게 되어 현재는 우리말과 글을 아는 사람이 아주 적다. 즉, 민족문학사적 관점에서 본다면 이 지역 문학은 운명을 다한 듯이 보이기도 한다. 그러나 1923년 『선봉』의 창간과 더불어 1990년대 초반까지 이루어낸 업적마저 무시될 수는 없다. 그리하여 현재 그 문학사를 정리해보려는 시도들이 시작되었다.

구소련 지역의 한인문학은 그 양에 있어서나 내용의 새로움에 있어서나 우리 문학사에서 간과할 수 없는 중요한 한 축에 해당한다. 그러나 그동안 지리적인 거리상의 문제뿐 아니라 냉전 논리에 의해서도 이 지역의 문학을 접할 기회가 적었다. 소련의 붕괴와 국내의 해금 조치로 인해 늦게나마 이제야 이 분야의 연구가 시작되고 있지만, 이 지역에서 한글 창작은 더 이상은 기대하기 어려울 뿐만 아니라 내용적 측면에서조차 정체성이 모호해지는 경우가 많기 때문에, 보편적인 문학의 범주에서 다룰 수 있을지는 몰라도 민족문학의 범위에서 다루기엔 여러 가지 난점이 있다. 즉, 민족문학의 확장이라는 측면에서 구소련 지역 고려인들의 문학에 대한 연구가 이제 시작되었는데 연구 대상은 곧 사라져버릴 수도 있는 급박한 상황인 것이다.

현재와 미래의 상황이 이렇게 위태로운데, 거기에 덧붙여 기존에 창작된 과거의 작품도 제대로 관리가 되지 못하고 있는 형편이다. 더구나 『레닌기치』 등에 발표된 공개적인 작품과는 별도로 진솔한 감정을 다룬 작품들은 공개되지 않은 채 묻혀 있을 수 있다는 가능성도 제기된다. 이렇게 숨어 있는 작품의 존재 여부도 확인해야 하므로 자료 수집 자체도 수월한 일은 아닐 것이다. 그러나 이것은 구소련 지역 고려인들의 작품을 민족문학사에 수렴하기 위해서 어렵더라도 반드시 수행해야 할 과제이다. 우리 문학의 변방에서 산출되는 이러한 작품 창작과 그에 대한 연구들이 체계적으로 수렴될 때, 한민족 문화권의 문학은 한반도의 협소함을 벗어나 더 크고 보편적인 범주를 지니게 될 것이다.

7. 민족공동체·한민족 디아스포라의 문화·문학적 연대

지금까지 살펴본 한민족의 역사적 상황을 규정하는 용어 개념으로서의 디아스포라, 그리고 그 개념에 준거하여 순차적으로 살펴본 남북한문화통합의 전망과 해방 후 북한문학의 흐름 및 변화, 재미 한인문학의서구적 가치관을 반영한 이민문학으로서의 특성, 재일 조선인문학의민족적 정체성과 보편적 가치 추구의 실상, 재중국 조선족문학의 역사적 장벽을 극복한 민족성의 성과, 중앙아시아 고려인문학의 한민족 문화권 범주 확장 등은, 전체적으로 우리 민족의 삶과 문화 및 문학의 영역이 어디까지 어떤 양태로 확산되어 있는가를 인식하게 해주었다.

문제는, 이 광범위한 문화·문학적 영역을 어떻게 보전하고 지원하며,궁극적으로 한민족 문화권의 활발한 유동성을 확보하고 키울 실행 프로그램을 작성해갈 것인가이다. 물론 그 일이 생각처럼 쉬운 것일 리 없으며, 각기 국가 간 방호벽과 언어의 장막이 가로놓여 있으므로 당장물리적인 저항을 받기 시작할 것임은 명약관화한 사실이다. 그럼에도불구하고 이를 주요한 문화 창달의 방안으로 납득하고 그 실천을 위해적극 노력해야 하는 것은, 이를테면 국가적 민족적 정체성을 지키는 책임에 해당된다.

이 글을 통해 그것의 당위성과 진행 방향을 제시할 수는 있었다 하더라도 구체적인 방안과 대책을 내놓기에는 아직 어렵고 더 많은 준비와 검토가 필요한 상황이다. 다만, 한민족 문화권 문학의 구성 분자가되는 남북한문학과 주요한 네 지역의 해외동포문학을 한자리에 초치하여, 그 민족적 정체성의 동질성을 확인하고 각기 국가별 이질성의 과제를 대조하는 것을 진척된 성과로 볼 수도 있을 것이다. 더 중요하게는 이와 같은 시도와 노력이 소박한 차원에서라도 지속적으로 또 광범위하게 수행되어야 하리라는 점이다.

특히 남북한의 여러 관계성이 본질적인 교착의 단계를 벗어나지 못하고 있다 할 때, 한민족 문화권의 명패를 문전에 내건 이 여러 문학 집단과 유형들의 통합적 소통이 가능하다면, 남북한이 좀더 쉽게 접촉하고 교류하며 민족적 문화통합의 큰 틀을 함께 마련해갈 수도 있으리라 여겨진다. 그것은 곧 한민족 디아스포라를, 디아스포라라는 용어 개념과 더불어 진취적이고 발전적으로 변화시켜가는 지름길이 될 수도 있을 것이다.

한민족 문학사의 통시적 연구와 기술의 방향성

1. 왜 한민족 문학사인가

문학사란 말 그대로 문학의 역사이다. 학문 영역으로는 문화사나 예술사에 속하지만, 역사가 갖는 실증적 개념보다는 문학적 자율성에 대한 평가, 곧 문학 현상의 통시적 전개에 따른 가치 판단에 더 중점을 둔다. 그것은 문학 작품이나 작가에 대한 객관적 평가가 어렵고 또 주관적인 평가 기준을 사용하기 쉽다는 측면과 관련이 있다. 문학은 고도의 정신 영역에서 일어나는 주관적 반응이며, 그것이 일정한 시간 및 공간상의 집적을 형성하면서 보편성·특수성을 가진 여러 문화 유형으로 발전되어가는 다원주의를 미덕으로 한다. 따라서 문학의 역사는 구성 요소들이 통계화되고 수치화될 수 있는 다른 역사들과는 입지점이 다르다. 그런 만큼 하나의 문학사는 그 문학사가 대상으로 하는 자료에 접근할 때 평가와 판단의 다층적 의미에 유의해야 한다. 여기서 기술하려고 하는 한민족 문학사[1]처럼, 기술 대상의 스펙트럼이 확장되어 있는 경우는 더 말할 나위가 없다.

그동안 한국문학 연구 및 그 범주의 확산과 관련하여 한국문학사, 북한문학사, 남북한문학사 등의 기술이 이루어져왔고 한민족 디아스포라 문학에 대한 기술도 각 지역별로 이루어져왔다. 한국문학사를 여러 방향의 시간으로 기술하는 방식은 이미 오랜 시간을 거쳐왔지만, 여기에 북한문학사의 기술을 더하고 특히 남북한문학사를 통합하여 당대적 의의의 추출에 도달하려 한 시도는 문학사 기술의 새로운 전환점에 해당하는 것이었다.[2] 물론 여기서 말하는 북한문학사는 분단 이후 북한에서의 문학사 기술을 제외하고 남한에서 수행된 북한문학 연구와 그에 이어진 문학사 기술을 말한다. 북한문학에 대한 연구는 기본적으로 남북한의 문화와 사회의 통합을 전제로 하는 일종의 불문율이 작용하기 마련인데, 남북한문학사는 이를 좀더 구체적으로 적용한 사례이다.

남북한 분단의 역사는 이제 70년의 시간적 경과를 헤아리는데, 그중에서 남북한 문화통합에 대한 인식을 바탕으로 문학사 연구에 대응한 기간은 불과 20년 안팎에 지나지 않는다. 이와 같은 시간상의 변별이 노정된 데는, 그 시기에 비로소 남북한의 문학을 포괄하여 살펴볼 수 있는 여력이 생성된 것이라고 할 수밖에 없다. 오늘과 같은 글로벌 빌리지, 국제화시대에 남북한 간의 소통이 차폐되어 있고 전근대적인 갈등

---

1) 여기에서의 한민족 문학사란, 남북한문학과 해외 여러 지역에서 이루어지는 한민족 디아스포라 문학을 총칭하는 개념이다.
2) 남북한문학사에 대한 통합적 논의의 시발은 다음 문학사에서 볼 수 있다. 권영민, 『한국현대문학사』 1·2, 민음사, 1993; 최동호 편, 『남북한 현대문학사』, 나남출판, 1995.

과 대립을 목도해야 하는 현실은 그야말로 언어도단이다. 하지만 그것 또한 분명한 현실의 한 국면이다. 한민족 디아스포라, 곧 한민족이 집단적으로 거주하고 한글로 문학 창작이 이루어지는 지역의 문학을 남북한문학과 병렬하여 연구하자는 한민족 문화권 문학의 논의는 이러한 상황에서 하나의 출구로 기능할 수 있다.

남북한문학과 함께 중국 조선족문학, 중앙아시아 고려인문학, 일본 조선인문학, 미국 한인문학을 하나의 문화권으로 바라보고 그 작가와 작품을 유기적으로 고찰하는 문학사를 새롭게 기술해보자는 것이 한민족 문학사의 창의적 의도이며 도전적 의욕이다. 요약하여 말하자면 북한문학과 해외동포문학을 포함한 한민족 전체의 문학사를 작성해야 할 시기에 이르렀다는 뜻이다. 이 시도는 남북한문학사의 성과를 이어받으면서 지금까지 없던 문학사의 새로운 길을 내는 일이므로, 향후의 후속 연구와 자료 활용에도 초석이 되도록 해야 마땅하다. 크게 구분하여 남북한과 재외 4개 지역 등 모두 6개 지역이 세항을 이룰 한민족 문학사는, 하나의 일관된 문학사로서 통합적 기술의 성격을 갖는 것이 당연하다. 하지만 각기 세항의 실상에 있어 상이한 대목이 많기 때문에 그러한 상이점들을 어떻게 전체적인 범주 안에 조합할 것인가가 과제가 된다.

남북한문학사는, 분단 이래 양 체제 간의 삶과 문학이 서로 판이한 경로를 지나왔으므로 그 내용 또한 기술상의 합치점을 찾기 어려우나, 중요한 역사적 전환기들을 함께 공유하고 그 접점이 공통적으로 형성되어 있으므로 그나마 통합적 상관성의 적출하고 다음 시기의 행로를 설정할 수 있는 적절한 로드맵을 구성할 수 있다. 그러나 해외동포문학, 곧 해외에 있는 한민족 디아스포라 문학에 있어서는 각 지역별 이주와 생존의 역사 그리고 그것을 정신 영역의 활동으로 치환한 문학의 형용이 서로 다르므로, 이를 공통의 유대로 묶을 수 있는 주제론적 지침이 필요하다. 그것은 역사적 사실에 있어서는 한반도의 주요한 역사적 사건 및 계기에 따른 유·이민사가 될 것이고, 문학의 실제에 있어서는 시간·공간적 환경이 달라져도 한결같은 지향점을 보이는 민족 정체성이라는 주제가 되어야 할 것이다.

한민족 문학사의 통시적 연구와 기술의 방향성에 대한 서설(序說)이 될 이 글은, 문학사 기술 방식과 한국문학사 기술방법론에 대한 검토를 거쳐 6개 지역 문학사에 대한 기술의 방향성을 개진하는 데까지 나아갈 예정이다. 특히 기술 방식에 있어서는 사마천의 『사기(史記)』가 그러했듯이 한 지역의 문학사에 대한 다각적이고 다층적인 관점의 가동이 있어야 서로 다른 문학사들을 통합하여 살펴보는 장점이 발양될 수 있다고 본다. 궁극적으로는 이러한 한민족 문학사의 기술이 단순히 문학사의 계보를 수립하거나 작가·작품을 통시적으로 계열화하는 데 그치지 않고, 한민족의 삶과 문화 그리고 문학을 통어하고 그 미래적 전망을 불러오는 데 효용성 있는 자양분이 되었으면 한다.

2. 문학사 기술 방식과 한민족 문학사 기술방법론

(1) 기전체로서의 한민족 문학사 기술 방식

역사 기술의 방식과 체제에는, 그동안 동양 문화권의 사서 기록에서 채택하던 몇 가지 유형이 있다. 인물 중심의 서술 방식을 사용하는 기전체,[3] 사건의 발생 시간에 따라 서술하는 편년체,[4] 사건의 경과를 중심으로 서술하는 기사본말체[5] 등이 대표적이다. 기전체는 사마천의 『사기(史記)』에서 처음 시작되었고 「본기(本紀)」「세가(世家)」「표(表)」「지(志)」「열전(列傳)」으로 구성되어 있다. 편년체는 공자가 노나라의 역사를 쓴 『춘추(春秋)』에서 시작하여 역사적 사실을 연(年), 월(月), 일(日) 순으로 기록하는 것으로 가장 보편적인 기술방법이다. 기사본말체는 남송(南宋)의 원추가 처음 사용하였으며 사건의 발단, 전개, 결말을 한꺼번에 기술할 수 있다는 장점을 가졌다.

이상의 세 기술 방법이 동양 문화권의 3대 역사 편찬 체제로 지칭되며, 그 외에도 편년체의 일종으로 연대순으로 기록하는 형식은 같으나 기록 방식에 약간의 차이가 있는 강목체[6]가 있다. 강목체는 주희의 『자치통감강목(資治通鑑綱目)』이 그 효시이다. 이러한 기술의 유형들은 한국의 사서 기록에도 그대로 적용되어, 각 유형별로 다수의 사서가 문화적 유산으로 남아 있다. 그동안의 한국문학사와 북한문학사, 그리고 남북한문학사의 기술에는 주로 편년체의 방식이 사용되었고, 작가·작품과 문학사적 사실을 연도 및 날짜순으로 기록하는 것이 통례였다. 그런데 한민족 문학사의 기술에 있어서는 그처럼 평면적인 기술의 방식으

---

3) 우리나라에 있어서 현재까지 전하는 가장 오래된 기전체 사서는 『삼국사기(三國史記)』이다. 『고려사(高麗史)』 또한 기전체에 속하며, 논자에 따라 『삼국유사(三國遺事)』를 기전체로 분류하기도 한다.

4) 삼국시대의 사서로서 이름만 전하는 『유기(留記)』『신집(新集)』『서기(書記)』『국사(國史)』 등이 편년체 사서로 추측된다. 고려 현종 때, 실록으로서는 처음 편찬된 『칠대실록(七代實錄)』 이후 『고려사절요(高麗史節要)』『조선왕조실록(朝鮮王朝實錄)』 등이 편년체로 편찬되었다.

5) 우리나라의 기사본말체 사서로는 이긍익의 『연려실기술(燃藜室記述)』, 서문중의 『조야기문(朝野記聞)』 등이 있다.

6) 고려시대의 김관의가 『본조편년강목(本朝編年綱目)』을 편찬하였으나 전하지 않고 대표적인 강목체 사서로 홍여하의 『동국통감제강(東國通鑑提綱)』, 안정복의 『동사강목(東史綱目)』 등이 있다.

로는 소기의 성과를 거두기가 용이하지 않을 것으로 보인다.

우선 남북한문학사의 경우, 서로 상이한 비교 대상이 있고 서로 연접한 지정학적 특성을 갖고 있으나 그 내부에서 일어난 사건들의 방향성이 매우 다른 형편에 있다. 남북한 각기의 문학사를 독자적으로 기술한다 하더라도, 상대방과의 교호작용과 연관관계에 유의하고 비교 고찰이나 통합적 전망을 전제한다면 편년체와 같은 기술 방식에 의존하기 어렵다. 재외동포의 디아스포라 문학에 있어서도, 비록 수평적 비교가 어렵다 할지라도 각자 다른 유·이민사와 민족 정체성을 함께 포괄하자면, 그 다층적 자료들을 집약하여 일관된 방향성을 제시할 수 있는 입체적 서술 형식이 필요하다. 이와 같은 상황이 한민족 문학사 기술에 『사기』와 같은 기전체 방식이 필요한 이유이며, 각 지역별 문학사의 상황에 따라 기사본말체를 보완의 형식으로 활용할 수 있을 것이다.

『사기』의 「본기」가 편년체로 기록된 것처럼 문학사적 사건의 흐름을 기술하는 데 있어서는 연도 및 날짜의 순서를 따라갈 수밖에 없다. 그러나 「세가」와 「열전」에 해당하는 작가·작품론의 경우에는 편년체가 아니라 기사본말체가 훨씬 효율적이며 동시대를 배경으로 한 가치 평가에서도 균형성을 담보하기에 용이하다. 「표」는 문학사적 연표, 「지」는 제도·문화·사상 등을 다루었던 것처럼, 그 시대의 문학적 상황에 대한 서술로 가늠할 수 있을 것이다. 이와 같이 편년체와 기사본말체의 서술 유형을 하위 개념으로 포함한 기전체 방식이 한민족 문학사 기술의 효용성 있는 기준이 될 수 있겠다.

이러한 기술 방식을 전제하고 보면, 시대적 상황과 사건의 개관을 편년체의 유형으로, 작가·작품론을 기사본말체의 유형으로, 그리고 연표와 관련 자료의 정리를 이에 덧붙이는 기전체 유형으로 수행하는 것이 바람직해 보인다. 그리고 이를 전체적으로 규정짓는 기술 방식은 곧 기전체의 유형이 되는 문학사여야 할 것이다. 다만 기술 방식이 갖는 자기 규정의 논리에 얽매여 작가와 작품이 갖는 독자적 가치의 판단 및 평가에 일종의 규제 심리가 작용해서는 안 된다. 기술자의 자유롭고 창의적인 시각이 발양되어야 할 대목이 바로 이 지점이다. 연구 대상 및 서술 분량의 문제로 인하여 다수의 집필자가 참가할 때는 더욱 그러한 형국이다.

(2) 한국문학사 기술방법론과 그 전개

그동안의 한국문학사 기술은 발생론, 형식론, 다원론 등 세 영역으로 분류하는 것이 통례가 되어왔으며 각기의 영역은 문학의 역사성, 언어의 내재성, 포괄적 해석방법론 등에 중점을 두고 있었다. 이 가운데 가장 높은 빈도를 보이는 것은 발생론의 관점으로, 그것은 실증적 방법, 정신사적 방법, 사회학적 방법 등의 기술 태도에 의거한다. 이 기술방법론을 개진한 논문은 많으나 그 가운데 가장 체계적이고 설득력 있게 보이는 것은 임성운의 논문[7]이다. 여기에서는 그의 분류 방법을 원용 또는 요약하면서 논의를 전개할 예정이며, 경우에 따라 분류를 조정하거나 다른 관점을 추가할 것이다. 물론 이러한 문학사 기술의 방법들은 서구의 문예 논리와 문학사적 관점을 우리 문학사 기술에 적용한 것이다.

실증적 기술 방법은 19세기 이래 서구에서 가장 큰 부분을 차지해왔으며, "나의 의도는 문학의 박물학을 확립하려는 것"이라고 언명한 생

---

7) 임성운, 「한국문학사 기술방법론 연구」, 『한국어문학연구』 24호, 한국어문학연구학회, 1989.

트 뵈브와 역사주의 비평가 이폴리트 텐에 의해 확립되었다. 정신사적 방법은 19세기 말엽 자연과학적 시각의 실증적 방법에 회의를 품은 일련의 역사학자와 문학 연구자의 등장과 함께 시작되었으며, 주관적인 체험 곧 '삶의 현실'에 대한 개별 인간의 심리적 반응 등 내면적 문제에 더 비중을 둔다. 사회학적 방법은 "문학은 인간이 몸담고 있는 사회의 성격에 의해 규정된다"는 명제에서 출발하며, 문학 연구에 있어 주관적 요소보다는 객관적이며 작품 외재적 요소를, 과거보다 현재의 관점을 더 중시하는 경향을 지닌다.

그런데 이러한 기술 방법들은 각각의 한정적인 방향성과 다층적 현실 상황을 모두 포괄할 수 없는 한계로 인해 기술상의 문제를 노정하게 되고, 그에 대한 보완의 개념으로 제시되는 것이 형식론적 방법 또는 다원론적 방법 등이다. 이제까지 한국문학사 기술에 가장 많이 사용된 것은 발생론적 방법이며, 백철, 조연현, 조윤제, 조동일, 임화의 문학사가 여기에 속한다. 형식론적 방법으로 이재선, 다원론적 방법으로 김윤식·김현의 문학사를 들 수 있다. 이들보다 후대에 이르러, 예컨대 1980년대 이후에 민족문학사의 관점에 의거한 기술 방법, 문학사의 내재적 기술 방법, 통일 지향의 문학사 기술 방법 등 새로운 경향을 볼 수 있는데 이를 순차적으로 살펴보기로 한다.

실증적 방법의 문학사를 이끈 백철은 「국문학사 서술방법론」[8]에서 "국문학사란 국문학의 발생과 그 발전과정을 기술하는 것이 그 내용이요 목적"이라고 주장함으로써 자신의 문학사관이 발생사로서의 기술 방법론에 근거함을 밝혔다. 그의 『신문학사조사』[9]는 고전문학사로부터

---

8) 백철, 「국문학사 서술방법론」, 『사상계』 44호, 1957, pp. 315~27.

이어지는 통시적 계보를 중시하며, 작품의 역사보다 근원적 사상에 유의하여 '사조사'란 용어를 사용했다. 그러나 실증적 방법을 사용하면서도 작품의 실상을 서구적 사조의 흐름 아래 복속시키는 형식이 되었다. 조연현의 『한국현대문학사』[10]는 갑오경장을 근대화의 기점으로 보고 그 이후 근·현대 문학의 계보를 기술했다. 갑오경장 이후 일제강점까지의 약 15년을 개화기 곧 근대문학의 태동기로 하여 실증적 문학관을 전개했다. 그러나 이 문학사는 일반적 역사의 시대 구분을 벗어나지 못한 연대기적 서술에 머물렀다.

정신사적 방법의 문학사를 쓴 조윤제는 국문학 내부의 변화와 지속성에 주목했다. 그의 『국문학사』[11]는 조선의 사상이나 민족정신을 근간으로, 생물학적 진화론을 기반으로 하였으며, 근대문학에 대한 구체적 가치의 평가가 부족했다. 유사한 방법의 문학사로 조동일의 『한국문학통사』[12]는 구석기·신석기시대 문학의 복원을 추구하는 폭넓은 정신사적 시야를 보여주면서 발해의 문학, 일제강점기의 해외망명문학에까지 서술의 영역을 확장했다. 동시에 구비문학과 교술 장르에 대한 새로운 형식의 논의를 전개했다. 그의 문학사는 분명 다른 문학사들과 구분되는 광범위한 인식의 지평을 확보하고 있으나, 정신사적 방법의 문학사가 가지는 한계로서 시대 변화에 따른 작품의 구체적 세부를 면밀히 다루는 데는 이르지 못했다.

사회학적 방법의 문학사 이론으로서 임화의 「신문학사의 방법」[13]은,

9) 백철, 『신문학사조사』, 신구문화사, 1969.
10) 조연현, 『한국현대문학사』, 현대문학사, 1957.
11) 조윤제, 『국문학사』, 동방문화사, 1949(초판본);『한국문학사』, 탐구당, 1963.
12) 조동일, 『한국문학통사』, 지식산업사, 1987.
13) 임화, 「신문학사의 방법」, 『문학의 논리』, 학예사, 1940(초판본);『임화문학예술전집 2: 문

대상·토대·환경·전통·양식·정신 등 6개 항목을 문학사 기술의 기본 고려 사항으로 들었다. 그의 주장은 사회경제적 토대와 마르크스주의 미학을 반영하고 있고, 신문학의 특수성을 설명하는 자리에서는 이른바 이식문학론을 도입하고 있다. 임화의 경우는 사회경제적 문학사관과 이식문학사관이 함께 결부되어 있는 외양을 가지는데, 이와 같은 기술의 태도는 개별적 작품의 실제적 가치보다는 미리 주어진 형식적 범주 안에서 그것이 논의될 수밖에 없는 제한이 따른다.

형식론적 방법의 문학사로는 이재선의 『한국소설사』[14]가 대표적이다. 이 문학사는 작품 외현의 발생 배경이나 사실성, 그리고 연대기적 질서에 편중된 시각에서 벗어나 작품 자체의 내재성과 미학성을 살리려 했다. 동시에 현실의 역사성도 아울러 고려함으로써 그 상호 간의 긴밀한 유기성을 구명하는 새로운 문학사 서술을 지향했다. 하지만 이 문학사는 논의의 대상을 소설로 한정하고 있는 단점이 있고, 근대 및 현대의 개념을 명확히 제시하지 못한 채 소설사를 기술한 측면이 있다.

다원론적 방법의 문학사로 지칭되는 김윤식·김현의 『한국문학사』[15]는 방법론 비판과 시대구분론 등에서 문학사의 새로운 개념을 제시하면서 "문학사는 실체가 아니라 형태이다"라는 명제를 전제했다. 이들은 문학적 집적물을 부분과 부분의 상호관계로 이루어지는 전체로 파악하려 했다. 그런가 하면 모든 역사는 현재의 역사이며 문학사도 당대의 실천적 요구에 부응해서 기술되는 것이므로, 문학사 기술을 위해서는 현재 우리 삶의 좌표를 다원적으로 파악해야 한다는 인식 태도를 보였다.

학사』, 소명출판, 2009.

14) 이재선, 『한국현대소설사』, 홍성사, 1979(초판본); 『한국소설사』, 민음사, 2000.

15) 김윤식·김현, 『한국문학사』, 민음사, 1973.

이 문학사의 방법론에는 주관적·객관적·본질주의적 인식의 패턴이 복합적으로 작용하고 있다. 그러나 이러한 인식과 방법론의 논리적이며 철학적인 개진에도 불구하고, 작품의 분석 및 평가가 개괄적인 고찰에 머물렀다.

당대, 곧 한국문학의 형상이 면모를 일신하고 문학을 바라보는 시각도 현장성의 변화에 연접하여 새롭게 정립되던 1980년대 이후에는, 문학사 기술 방식 또한 과거와 달라지기 시작했다. 시대의 화두로 떠오른 '민족문학론'에 근거한 소장 연구자들의 문학사[16]가 나타났고, 문학사 기술의 대상과 방향성에 '미적 근대성' 개념이 부하된 새로운 문학사[17]가 등장했다. 여기서 논거한 두 문학사 중, 전자는 리얼리즘의 이념적 논리가 우세하여 모더니즘 계열의 작품이나 순수문학에 대한 주목이 덜했으며, 후자는 미적 자율성과 거기에 연동된 내면적 필연성으로서의 문학을 체계적으로 구명했으나 용어의 함의 그대로 현실과 역사성의 기술에는 소홀할 수밖에 없었다.

새로운 세기를 맞는 시기의 시대정신Zeitgeist을 반영한 통일 지향 문학사는 권영민의 『한국현대문학사』[18]와 최동호가 엮은 『남북한 현대문학사』[19]를 들 수 있다. 권영민의 문학사는 역사주의적 방법과 내재주의적 방법을 결합한 서술을 보여주고 있으며, 특히 남한과 북한의 문학사를 동등하게 다루려는 노력을 보였다. 남북한문학의 역사적 가치와 미학적 가치를 동시에 포괄하려 한 이 문학사는, 그러나 기술의 실제에

16) 김재용 외, 『한국근대민족문학사』, 한길사, 1997.
17) 이광호, 『미적 근대성과 한국문학사』, 민음사, 2001.
18) 권영민, 앞의 책.
19) 최동호, 앞의 책.

있어서는 의도한 바를 충분히 수행하지 못했다. 그것은 두 문학사의 통합이 근본적으로 안고 있는 과제이기도 할 것이다.

최동호가 엮은 문학사는 남북한의 문학을 통합하여 공통된 시기 구분을 적용했다는 점에서, 문학사를 바라보는 관점에 큰 진전을 보인 경우다. 해방 50년을 기하여 상재된 이 문학사는 해방 공간과 1950년대 (1945~59년)를 '분단체제의 성립기'로, 1960~70년대(1960~79년)를 '분단체제의 심화기'로 그리고 1980년대 이후(1980~95년)를 '분단체제의 변화와 반성기'로 설정했다. 그리고 각 시기별로 시·소설·비평의 장르에 걸쳐 남북한문학을 순차적으로 서술하고 있다는 점에서, 남북한 통합문학사 기술에 새로운 장을 열었다. 이 시기 구분을 위해 포괄의 논리, 사실의 논리, 근대성 극복의 논리, 민족문학의 논리를 적용하고 있으나 이 강제적 시대 구분에 순응하기 어려운 작품은 그 가치를 평가하기 어려운 난제가 있다.

그 외에도 여기의 논의에서 언급하지 못한 다수의 문학사가 남아 있으나, 이 모든 문학사들의 진전을 바탕으로, 그리고 그 장점과 단점을 함께 보유한 채로 한국문학 및 북한문학의 문학사 연구는 일정한 학술적 성과에 도달해 있다. 발생론, 형식론, 영향론 등으로 범주가 대별된 각기 영역의 문학사는 내용과 형식 양 측면에 걸쳐 다른 영역의 문학사와 비교되는 장단점을 가지고 있다. 이 경우의 장단점 및 기술상의 공과는 기실 회피할 길이 없다. 그와 같은 성격적 특성 자체가 그 문학사의 당위적 기술 방향을 말하기 때문이다. 이는 발생론적 관점으로 통칭되는 실증적, 정신사적, 사회학적 방법 등이 유사성과 차별성을 함께 갖는 상호관계에 있어서도 마찬가지다.

그런가 하면 민족문학론 또는 미적 근대성의 방법, 그리고 남북한 현대문학사 등 동시대에 출현한 새로운 문학사 기술의 방법 또는 유형은, 차세대 문학사 기술의 방향성을 설정하는 데 있어 중요한 바로미터가 된다. 그러한 단계가 있기에 다음 단계의 설정이 안정적 설득력을 얻을 수 있다. 앞으로의 연구는 다시 그 경과 과정으로 돌아가서 미소한 시각상의 차이나 오류를 탐색하는 데 머물 것이 아니라, 새로운 미개척의 지형을 도전적으로 밟아나가야 한다. 그것은 서두에서 언급한 바와 같이, 남북한문학과 해외에서의 한민족 디아스포라 문학을 함께 결부하는 한민족 문학사의 기술을 향해 가는 길이다. 그 길이 복잡다단하고 복합적인 만큼, 앞의 항에서 언급한 기술방식도 『사기』의 기전체 유형을 제시할 수밖에 없었던 것이다.

3. 한민족 문학사 기술의 주안점과 기술 방향

(1) 한국문학사

한민족 통합문학사의 관점으로 한국문학사를 바라볼 때의 시대 구분은, 대체로 다음과 같은 네 가지 단계가 합당할 것이다. 제1기는 1910년 일제강점 이전까지로 한민족 디아스포라의 형성기다. 민족적 삶의 근대적 인식과 근대문학의 발아, 그리고 유이민 문학의 태동기에 해당한다. 제2기는 1910년에서 1945년까지의 일제강점기다. 국권상실기 문학의 빛과 그늘을 구분하여 살펴보아야 할 것이다. 제3기는 1945년에서 1980년까지 민족 분단 대립기다. 분단시대 문학의 꽃과 열매가 탐색 대상이다. 제4기는 1980년대 이후로 글로벌시대 확산기다. 다원주의 문학과 정체성 확장이 이 시기 문학의 특성으로 연구될 수 있을 것이다.

한국문학사의 기술에 있어 우선적인 장르 구분은 시와 소설의 분할에 있을 것이고, 이 양자를 따로 기술하더라도 시대 및 역사적 상황이나 문학사적 상황에 따른 시기 구분은 하나로 통어되어 각기의 기술에 공통적으로 적용될 수밖에 없다. 더 나아가 북한문학사와의 상관성을 다루는 남북한문학사의 관점에서는, 역사적 사건과 문학의 전개에 있어 공통되는 부분과 차별되는 부분이 여러 항목에서 나타나게 될 것이다. 이 두 측면이 면밀히, 또 유기적으로 고려되어야 할 것이며, 특히 외형적 범주의 고착으로 인해 작품 자체의 평가가 훼손되지 않도록 유의해야 한다. 이러한 선행 조건들을 전제해두고 보면, 그다음에는 한국문학사 내부에서 시기 구분과 더불어 작가 및 작품의 평가에 어떤 잣대를 사용할 것인가가 문제이다.

시기 구분은 앞서 언급한 바와 같이 서로 다른 장르 또는 인접한 다른 문학사 영역과의 공통성을 중시해야 한다. 하지만 작가·작품에 대한 판단이나 평가의 경우에는, 먼저 주제론적 고려에서 시작할 수밖에 없고 그 주제의 중심에는 '민족 정체성'이라는 개념이 놓이게 될 것이다. 이는 한민족 문학사라고 하는 광범위한 통합문학사를 지향한다는 차원에서도 온당한 방식이라 할 수 있다. 다만 그와 같은 강조점을 가지게 되면, 그동안의 여러 문학사에서 널리 평가받은 작품을 논외로 할 수도 있고, 그다지 문학사의 수면으로 부상하지 못했거나 작가의 납·월북으로 인하여 주목받지 못했던 작품을 우선적으로 다룰 수도 있다. 이때 때로는 그 미학적 가치를 비교적 낮게 감식받은 작품이라 할지라도 그러하다.

민족 정체성을 중심 개념으로 하되 한국문학의 통시적 계보와 흐름을 수용하고, 인접 영역과의 친연성 및 단절성의 문맥을 잘 살피는 것

이 필요하다. 독자적이고 개별적인 한국문학사가 아니라 한민족 문학사
의 한 부분인 까닭에서이다. 예컨대 한민족 디아스포라 형성의 유이민
문제나 한 세기가 경과한 해외 각 지역의 한민족 문학을 두고, 지속적
으로 한국문학사와의 상관관계를 검토해야 하는 것도 그 때문이다. 한
민족 문학사의 시기 구분을 국권상실기 이전과 국권회복 이후, 그리고
1980년대를 구분의 기점으로 하자는 것은, 바로 이러한 문제들에 대한
숙고의 결과이다. 한민족에게 있어 1980년대는 과거와 다른 민권이 작
동하고 전 민족적으로 글로벌시대를 향한 지평을 넓히는 시기였다.

(2) 북한문학사

해방과 분단 이래 70년에 이르도록 한국문학사와 이마를 맞대고 있
는 북한문학사에는, 주지하다시피 이미 그 내부의 자기 체계 안에서
확립된 문학사의 시기 구분이 있다. 『조선문학통사』[20] 『조선문학사』[21]
『조선문학개관』[22] 등 북한의 주요 문학사가 수행한 시기 구분이나 작품
에 대한 평가를 구태여 부정하거나 도외시할 이유가 없다. 다만 그렇게
확정된 북한문학사의 실제를 한국문학사와 결부하여 어떻게 통합적인
관점과 문학의 구체성에 대한 서술을 이끌어낼 것인가가 과제다. 할 수
만 있다면 이 새로운 문학사의 작성에 북한의 연구자가 참여하는 것이
바람직하지만, 그것은 아직 요원한 소망에 불과하다. 하지만 남북한 통
합문학사와 공통의 문학 연구가 양자의 문화통합을 앞당기고 문화의
길을 열 수 있는 미래로 가는 바로 그 통로이므로 마냥 멀리 미루어둘

---

20) 과학원 언어문학연구소 문학연구실, 『조선문학통사』, 1959.
21) 사회과학원 문학연구소, 『조선문학사』, 1977~81.
22) 정홍교·박종원·류만, 『조선문학개관』 1·2, 사회과학출판사, 1986.

일이 아니다.

『조선문학개관』의 시기 구분을 보면 평화적 민주건설 시기(1945년 8월~1950년 6월), 위대한 조국해방전쟁 시기(1950년 6월~1953년 7월), 전후 복구 건설과 사회주의 기초 건설을 위한 투쟁 시기(1953년 7월~ 1960년), 사회주의의 전면적 건설과 사회주의의 기초 건설을 앞당기기 위한 투쟁 시기(1961년 이후) 등의 시대사적 분할이 제시되어 있다. 그 이후 북한문학의 변화는 주체사상 및 주체문학의 확립(1967년), 사회주의 현실주제문학의 등장(1980년 이후), 김일성 사망에 따른 내부 성찰 (1994년), 김정일 시대에 뒤이은 김정은 시대 문학의 전개(현재) 등을 후속 항목으로 하는데 물론 이는 남한의 연구자들이 북한 사회의 현실 변화를 작품의 내용 변화에 견주어서 설명하는 방식이다.

문제는 위의 시기 구분에서 볼 수 있듯이, 남북한에 공통된 여러 역사적 사건이 있고 접촉 부면의 공유가 있음에도 불구하고 1960년대 이후로는 남북한의 문학이 각자의 길을 걸어갈 수밖에 없었다. 한반도의 남북에 수립된 두 독재정권은 각각 '한국적 민주주의'와 '우리식 사회주의'라는 슬로건을 내걸고 자기 유형의 정치 및 사회체제를 개발해왔으며, 주적(主敵)으로 분류된 상대측으로 인하여 자기 정권의 공고화를 도모하는 기이한 현상을 초래했다. 남북한 또는 한민족 통합문학사의 과제는, 70년에 이르도록 중첩된 이 불신과 대립의 전사(前史)를 넘어서 문화교류와 문화통합을 매개로 한 새로운 화해와 협력의 시대를 예비해야 한다는 것이다. 남북 상호 간의 문학관과 문학사관, 그리고 그에 대한 해석이 너무 판이하므로, 양자의 접근은 매우 신중하고 사려 깊게 이루어져야 한다.

이를 위해 먼저 포괄적인 시각으로 시대 구분의 통합을 어떻게 운행해야 할지를 염두에 두어야 하고, 오랜 세월에 걸쳐 적층된 문학의 실체에 대해 어떻게 판단해야 할지를 검토해야 한다. 특히 작가와 작품에 대한 가치 판단에 있어서는 관점 자체가 충돌하고 파열될 수 있으므로, 객관적 사실의 공유나, 박태원을 비롯, 양측에서 함께 논의할 수 있는 작가의 상정을 시도하는 것도 기대할 만하다. 또한 1980년 사회주의 현실주제의 강조 이후 북한문학이 새롭게 평가하기 시작한 실학파, 카프, 친·항일문학 등을 공동의 연구 과제로 내세울 수도 있다. 지속적인 주체문학의 강세와 선군혁명문학의 강조에도 불구하고, 여러 부면에서 부분적으로 변화하고 있는 동시대의 북한문학을 폭넓게 응대하는 문학사 기술 태도가 필요하다.

(3) 중국 조선족문학사

한민족은 19세기 후반부터 중국으로 이주하여 조선족 집단을 형성하였으며, 현재 중국의 동북3성을 중심으로 거주하는 조선족의 숫자는 2백만 명을 상회한다. 이들의 조선족문단 구성 초창기에 그 중심인물로 안수길이 있었으며, 중국 내부의 소수민족 가운데 하나로 정착한 조선족은 20세기 후반부터 활발한 문학 활동을 전개했다. 문학 동인 단체인 '북향회'가 발족하고 『북향』이라는 문예지를 발간하기 시작했으며, 향토 문인으로 작가 김창걸과 시인 리욱 등을 배출했다. 이 무렵 중국으로 건너간 강경애가 거기서 작품을 썼고, 최서해는 거기서 얻은 체험을 국내로 돌아와 작품화했다. 중국 조선족문학을 대표할 만한 작가로 꼽히는 『격정시대』의 김학철은, 항일투사였던 그의 자전적 기록을 소설에 담았고 그와 같은 작품의 내용은 한민족 디아스포라 문학의 한 전형이 되었다.

조선족문학사의 대표적인 저술로 조성일 권철 등이 펴낸『중국 조선족 문학사』[23]가 있고, 오상순·김동훈 등이 쓴『중국조선족문학사』[24]도 있다. 전자는 발간 이래 조선족문학사의 대표적 교본으로 조선족문학의 발전 과정, 기본 특성, 문학사적 의의 등을 비교적 체계적으로 서술하고 있다. 후자는 시간의 경과에 따른 전자의 부족분을 보완하여 해방 이전의 문학 사료를 수록하고, 개혁개방 이후의 문학에 대한 체계적이고 객관적인 연구를 수행하여, 누락된 일부 중요한 작가 및 작품을 보정하는 등의 저술 방침을 추구했다. 이 외에도 여러 문학사가들이 조선족문학사를 저술하고 다양한 시기 구분론을 전개했으며,[25] 그중『중국조선족문학사』를 보면 이민 시기의 문학(이주~1945년), 정치 공명 시기의 문학(1945~78년), 다양화 시기의 문학(1979~99년) 등 세 단계로 나누고 있다.

이러한 시기 구분은 조선족의 유이민사 이후 중국 내부의 정치적 변동과 그에 반응한 문학의 변화를 함께 바라보고, 양자 간의 상관성에 주목한 결과이다. 중국 내의 지방문학이란 범주만 바라보자면 이 시기 구분은 그것 자체로서 충분한 자기규정력을 가질 수 있다. 그러나 조성일·권철의 문학사에서도 인지하고 또 표현하고 있다시피 양의론(兩義論), 곧 중국문학이면서 동시에 조선족문학이라는 다층적 시각을 부양하고 보면 좀더 다른 논의가 요구된다. 또 한글로 창작되는 문학이란 속문주의(屬文主義)에 의거해보면, 조선족문학과 남북한문학의 통합적

23) 조성일·권철 외,『중국 조선족 문학사』, 연변인민출판사, 1990.
24) 오상순·김동훈 외,『중국조선족문학사』, 민족출판사, 2007.
25) 중국 조선족문학사의 시기 구분론은 북경대학교 조선문화연구소 편『중국조선민족문화사 대계 문학사 편』(민족출판사, 2006), 전성호의『중국조선족문학예술사 연구』(이화문화사, 1997)를 비롯, 윤윤진·리광일·정덕준 등의 여러 저술이 있다.

고찰에 대한 논의의 당위성이 한층 강화된다. 이러한 기조 위에서 시기 구분의 연관을 검토하고 작품과 작품 사이의 친족관계를 연구하는 방식이 도입되어야 한다. 그리고 각 작품의 주제론적 차원에서 민족 정체성의 문제를 병행하여 살펴보아야 할 것이다.

(4) 중앙아시아 고려인문학사

구소련 지역에서 '고려인' 집단을 형성하기 시작한 19세기 후반부터의 이주는, 발생 시기로는 중국 유이민과 유사하고 삶의 궁핍이 주된 원인이었다는 사실도 유사하다. 중앙아시아 고려인의 통계는 현재 50만 명을 넘는다. 이들의 문단 구성 초창기에, 조선족에 안수길이 있었다면 고려인 문인들에게는 조명희가 있었다. 고려인문학은 그 집단 거주지가 연해주 지역이 중심이었던 시기와 1937년 중앙아시아로 강제이주된 이후의 시기로 구분하여 논의되는 것이 일반적이다. 이 서로 다른 과정들에 걸쳐 초창기에 발아한 고려인문학은 지속적으로 이들의 삶과 그 애환을 기록했으며, 그것은 역사적 사건들을 반영하는 동시에 그 질곡을 겪으며 살아야 했던 이들에게 표현 욕구의 해소를 통한 위안이 되기도 했다.

고려인문학사의 시기 구분에 있어 이정희, 김정훈·정덕준, 장사선·우정권 등의 여러 연구가 있다. 본격적인 연구는 중앙아시아의 카자흐스탄과 우즈베키스탄 등지로의 강제이주 이후를 대상으로 하고 있으며, 필자가 나눈 문학사의 시기 구분[26]은 다음과 같다. 제1기는 1938년 한글 신문 『레닌기치』의 창간에서부터 카자흐스탄 소비에트 공화국 신문

---

26) 김종회, 「고려인문학의 의의와 작품의 성격」, 『디아스포라를 넘어서』, 민음사, 2007, p. 241.

으로 승격되기 직전인 1953년까지로, 강제이주 이후의 억압으로 문필 활동이 어려웠던 암흑기였다. 제2기는 그 이후 페레스트로이카 직전인 1985년까지로 고려인이 공화국 시민으로 인정되고 문학 활동이 활발해진 고려인문학 형성·발전기였다. 특히 이 시기에 북한에서 리진·한진·양원식 등의 문인이 합류했다.

제3기는 페레스트로이카로부터 『레닌기치』의 제호가 "고려일보"로 바뀌기 직전인 1990년까지로, 문화적 해빙기에 민족 감정의 문학적 표현이 일정 부분 허용되어 민족 정체성에 대한 서술이 증가하던 급격한 변화기였다. 그리고 제4기는 그 이후 『고려일보』가 발간되고 소련이 해체된 현재까지의 시기로, 고려인문학은 과거의 창작 관행을 그대로 답습하되 향후의 방향성을 모색하는 새로운 과도기에 해당한다. 이러한 문학사적 과정의 전개에 따라 아나톨리 김 같은 세계적 명성을 가진 문인이 출현하는가 하면, 미하일 박, 라브렌티 송, 연성용 등 다수의 문인들이 한글로 창작을 해왔다. 이들의 작품과 문학사적 시대 구분을 정치하게 연계하여 연구하고, 동시에 다른 지역의 디아스포라 문학 및 남북한문학과의 상관관계를 구명하는 것이 한민족 문학사에 있어서 중앙아시아 고려인 문학의 몫이 될 것이다.

다만 이 지역 문학의 특성상 점차 한글 창작 활동이 사라지고 있는 형편이어서, 내왕과 소통은 자유로우나 디아스포라 문학의 텃밭은 왜소해지는 상황이 연출된 것이 목전의 과제가 되었다. 이른바 "길은 열렸으나 여행이 끝났다"의 형국이 될 수 있는 것이다. 그러나 이 궁색한 상황을 타개하는 데는 두 가지 길이 있다. 하나는 오랜 압제체제의 그늘 아래 숨어 있던 문학적 사료들을 찾아내는 일인데, 필자의 편저 『중앙아시아 고려인 디아스포라 문학』[27]이 그러한 작업의 한 예증이다. 다른 하나는 문학 영역의 속문주의를 넘어서, 한민족 문학이냐 아니냐를 두고 '가부를 판단'하는 방식으로부터 한민족 문학의 요소가 얼마나 포함되어 있느냐를 두고 '정도를 측정'하는 방식으로 그 접근법을 바꾸는 일이다.

(5) 일본 조선인문학사

일제강점기와 남북 분단이라는 특수한 사회·역사적 배경과 더불어, 근대 이후 자·타의에 의해 일본에 거주하게 된 재일 조선인의 삶은 처음부터 뿌리를 잃은 자의 모습으로 출발했다. 현재 일본에 거주하는 재일동포는 약 1백만 명으로 추정된다. 이 중 60만 명이 한국·조선 국적을 갖고 있고 20만 명 이상이 귀화 동포이며 나머지는 일본 체류 동포이다. 이들의 삶을 배경으로 형성된 문학을 '재일 조선인문학'이라고 할 때, 거기에는 조선어 곧 한국어로 기록된 문학과 현지어인 일본어로 기록된 문학의 두 범주가 있다. 조선어문학의 경우에는 분량에 있어 우위를 보이는 조총련계 '문학예술가동맹'의 문학적 활동과 작품의 축적을 유의하지 않을 수 없고, 일본어 문학의 경우에는 현지 문단에서 인정을 받고 있는 일군의 문인들을 중심으로 논의하지 않을 수 없다.

재일 조선인문학의 문학사적 시기 구분은 이한창,[28] 홍기삼,[29] 유숙자[30] 등의 논의가 있으며 이 논의들은 시대 또는 연대의 성격에 따라 구분하거나 아니면 세대별로 구분하여 시기별로 작가와 작품에 대해 언

27) 김종회, 『중앙아시아 고려인 디아스포라 문학』, 국학자료원, 2010.
28) 이한창, 「재일교포문학 연구」, 『외국문학』 1994년 가을호.
29) 홍기삼 편, 「재일 한국인 문학론」, 『재일 한국인 문학』, 솔, 2001.
30) 유숙자, 『재일 한국인 문학연구』, 월인, 2000.

급하고 있다. 이한창의 시기 구분은 초창기(1881년~1920년대 초반), 저항과 전향 문학기(1920년대~1945년), 민족 현실 문학기(1945년~1960년대 중반), 사회 고발 문학기(1960년대 후반~1970년대 말), 주체성 탐색 문학기(1980년대 이후) 등 다섯 단계로 되어 있다. 홍기삼은 1930년대의 김사량·장혁주, 1940~60년대의 김달수·이은직·김석범, 1970년대의 이회성·김학영, 1980년대의 이기승·이양지 등 구체적인 작가 및 작품의 분석을 시도했다. 유숙자는 재일 조선인문학을 1, 2, 3세대의 문학으로 나누고 각 세대별로 작가를 선별하고 작품 세계를 설명했다.

이들의 시기 구분 및 작가·작품의 연구는 유이민사와 동북아 정세 및 한일 관계사 등이 그 배경에 깔려 있고, 그런 만큼 시기별로 민족의식이나 민족 정체성에 대한 인식이 차별적으로 드러날 수밖에 없다. 이 시기별 차별성과 민족 정체성의 표현 양상은, 한민족 문학사에 있어 재일 조선인문학의 좌표와 성격을 결정하는 중요한 단서가 된다. 이와 함께 현지 문단에서의 활동으로 아쿠타가와 상을 받거나 그 후보군에 진입하는 등 문학적 성과를 보인 작가들의 작품을 언어적 측면, 주제적 측면에서 연구하고 이를 한민족 문학사의 관점에서 다시 검토할 필요가 있다. 이상의 논의에서 도출될 수 있는 김달수·김석범·이회성·양석일·이양지·유미리·현월·가네시로 가즈키 등의 작가들이 한민족 디아스포라의 성격적 특성과 어떻게 결부되어 설명될 수 있는지의 각론도 앞으로의 과제가 될 것이다.

(6) 미국 한인문학사

한국인이 미국으로 이민하기 시작한 역사는 1903년 1월 13일, 93명의 노동자가 하와이 사탕수수 농장 노동자로 취업하여 도미한 것을 시발로 한다.[31] 이들 이후로 여러 유형의 이민이 이루어지고 본토에까지 정착된 삶을 확대하면서 자연스럽게 한글로 된 문학 작품들이 생산되기 시작했다. 현재 미국에 거주하는 한인 동포는 2백만 명을 넘는다. 초창기 재미 한인들의 문화적 역량이 결집된 『신한민보』에서 한글 문학 작품들을 지속적으로 게재하기 시작한 것은 여기에 주요한 기반이 되었다. 재미 문단의 형성과 시기 구분은 그동안 시대와 작품의 성격에 의한 분류보다는, 현지에서의 삶이 어떤 양태를 가지는가를 두고 세대별 분류와 그에 해당하는 작가의 설명을 위주로 해왔다. 한국에서 태어나 청·장년기에 이민한 1세대, 유·소년기에 이민하여 성장기의 대부분을 미국에서 보낸 1.5세대, 1세대의 부모 아래 미국에서 태어나 성장한 2세대, 1세대가 조부모인 3세대의 분류가 그것이다.[32]

이들 세대 가운데 한글로 작품 활동을 하는 문인들은 미국의 주요 도시에서 문학 단체를 결성하고 학습과 창작의 과정을 공유하는 한편, 독자적인 문예지 발간 등을 통해 미국문단의 형성을 이루었다. 로스앤젤레스의 '미주문인협회'나 뉴욕의 '미동부문인협회', 시카고의 '시카고문인회', 워싱턴의 '워싱턴문인회', 그리고 샌프란시스코의 '샌프란시스코 한국문학인협회' 등이 그 대표적인 문학 단체들이다. 이들은 글로벌 시대의 편의한 소통과 교류로 인해 더 이상 한국문단과 거리감을 느끼지 않아도 되는 창작 환경을 갖게 되었으며, 그 성과는 활발한 작품의 생산으로 나타나고 있다. 이는 분량에 있어서도 간소하지 않거니와 근자에 이르러서는 작품으로서의 수준 또한 괄목할 만한 지경에 이른 것

---

31) 이광규, 『재미한국인』, 일조각, 1989, pp. 22~25.
32) 이일환, 「재미 한국계 작가 연구」 1, 『어문학논총』 제21집, 국민대학교 어문학연구소, 2002.

이 많으니, 향후 한민족 문학사의 주요한 서술 대상이 될 것이다.

영어로 창작되는 문학의 경우 첫 작품으로 일컬어지는 것이 류일한의 『나의 한국 소년 시절When I was a boy in Korea』(1928)이고, 강용흘의 『초당The grass roof』(1931)은 발간과 더불어 미국문단의 호평을 받았다. 이어서 김용익의 『꽃신The wedding shoes』(1956), 김은국의 『순교자The martyred』(1964) 등 이민 1세대 작가들의 작품이 나오기 시작했다. 차학경의 『딕테Dictée』(1982), 김난영의 『토담Clay walls』(1986) 등 1.5세대와 2세대 작가들을 거쳐 1990년대 이후에는 작품의 수준과 분량에 있어서 놀라울 만큼 향상을 보였다. 이러한 상황에 대해 한국계 미국 작가의 르네상스 시대라는 평가도 있었다.[33]

이창래의 『네이티브 스피커Native speaker』(1995), 노라 옥자 켈러의 『종군위안부Comfort woman』(1997), 수잔 최의 『외국인 학생Foreign student』(1998) 등의 작품으로 시작되는 이 새로운 조류는 이들 외에도 많은 문인들의 '한국계 미국인Korean-American' 특유의 문학 세계를 형성하였다. 이들의 영문 작품에 대한 평가와 한민족 문학에의 수용 또한, 앞서 고려인문학에서 언급한 바와 같이 '정도의 측정'을 기준으로 삼아야 할 것이며 주제론적 측면에서는 여전히 '민족 정체성'의 문제가 유효한 잣대가 될 것이다. 한반도에서 태평양을 건너 8만 리의 상거에 있는 미국 한인문학은, 이중 언어와 이중 문화의 경계인으로 살아가는 한민족 디아스포라 가운데서도 본국 문단과 가장 빈번하고 수월한 교류를 맺고 있다. 그런 만큼 그에 대한 한국문학의 책임 또한 더욱 무거워지는 국면에 있다.

---

33) 유선모, 『미국 소수민족 문학의 이해 — 한국계 편』, 신아사, 2001, p. 150.

4. 문학사와 민족 통합의 길

이 글에서는 지금까지 한민족 문학사의 통시적 연구와 기술의 방향성을 주제로 하여, 그 기술방법론과 함께 남북한 및 세계 각 지역에 산포되어 있는 한민족 디아스포라의 유형을 살펴보고 문학사 기술의 주안점과 기술 방향에 대해 검토해보았다. 우선 역사서의 기술방법론을 살펴본 것은, 적절하고 온당한 방법론이 없이는 아무리 잘 연구된 문학사라 할지라도 객관적이고 체계적인 성과에 도달할 수 없으리라는 판단에서였다. 한민족 문학사가 가진 성격적 특성을 훼손 없이 살려 기술하자면 『사기』와 같은 기전체 기술 방식이 가장 효과적이라는 논리는, 이러한 판단을 문학사의 현장에 적용함으로서 도출된 결과이다.

이어서 한국문학사의 기술방법론과 그 전개를 구명한 것은, 한민족 문학사가 여러 지역의 디아스포라 문학을 모두 포괄하며 기술된다 할지라도 그 시각의 입지점은 결국 한국문학이 선 자리일 수밖에 없다는 상황에 기인한다. 그것이 이 다양다기하고 다층적인 문학 현상을 하나의 꿰미로 엮는 연결고리에 해당하기 때문이다. 다만 그렇게 함으로써 각기 문학의 현지적 특성을 간과하고 무리하게 한국문학에 연접 또는 예속시키는 잘못을 범하지 않도록 경계해야 마땅할 것이다. 뿐만 아니라 새롭게 시도되는 한민족 문학사는 한국문학사의 관점과 시기 구분, 그리고 작가 및 작품 분류의 연장선상에서 기존의 연구 성과를 바탕으로 진전되어야 한다. 이 대목에서는 한국의 대표적인 문학사론을 일정한 형식 유형에 따라 검색했다.

다음으로 한국, 북한, 중국, 중앙아시아, 일본, 미국 등지에 터전을 두고 있는 한민족 문학 곧 한민족 디아스포라 문학의 형성과 문학사의 시기 구분 그리고 중점을 두어 연구해야 할 항목과 방향성을 서술했다. 이들 여섯 개 지역의 문학을 하나의 범주 안에서 같은 기준으로 통합하여 기술할 수는 없으나, 전체를 관류하는 최대공약수로서 역사적 사실 및 유이민사의 전개, 그리고 민족의식과 민족 정체성의 소재를 반영해야 함을 강조했다. 특히 각 지역 문학사의 의미와 그것이 갖는 독자적 성향, 그리고 작품의 미학적 가치와 구체성이 훼손되지 않도록 좀더 유연하고 관용적인 시각이 적용되어야 함을 알 수 있었다. 이는 곧 한민족 문학사의 기술이 단순히 문학 연구의 영역에만 머물지 않고 민족적 미래의 화해와 협력, 교류와 통합의 길을 예비해야 한다는 당위성을 말하는 것이기도 하다.

한민족 문학사는 궁극적으로 세계 6개 지역에서 독립적 지위와 전개 양상을 보이고 있는 한민족 디아스포라 문학을 독자적으로 연구하되, 그 개별성이 수렴되고 통합되어 하나의 문학사론을 이루는 데까지 나아가야 한다. 각기 지역의 연구에 있어서는 각기의 역사성과 문학의 미학적 가치가 결부되는 문학사적 평가가 수행되어야 하고, 이 개별적 가치들이 통합적 보편성을 가질 수 있는 공통분모가 한민족 전체의 문학사로 인도되어야 한다. 부분과 전체가 하나의 유기적 관계망으로 연결되어 있으나, 부분은 부분대로 의의를 갖고 전체는 그 의의들의 연합에 의해 공동체적 의미를 발양하는 문학사의 범례가 새롭게 시도되는 한민족 문학사여야 할 것이다. 이는 국경과 지역적 한계를 넘어서고 디아스포라의 개념을 분산에서 통합으로 이끄는 '도전적인 문학운동'으로 호명될 수 있어야 제 값어치를 다할 것으로 본다.

근대 이래 오늘까지 한민족 디아스포라 문학의 지평 위에 떠오른 작품들이 한민족 문학사의 텃밭에 핀 꽃무리라면, 이들을 잘 가꾸고 그 명맥을 이어가도록 할 화훼사의 책임은 '한국문학'에 있다. 그 책임의식으로 남북한문학, 납·월북 문인 문제 등을 디아스포라적 차원에서 살펴볼 때, 덧붙여 언급해야 할 문제가 있다. 이 한민족 문화권의 논리와 의미 구조 가운데로, 해방 이래 한국문학과 궤(軌)를 달리할 수밖에 없었던 '북한문학'을 적극적으로 초치하는 일이다. 북한문학에 대결 구도의 인식으로 접근해서는 접점이나 소통의 전망을 마련하기 어렵다. 여기에 한민족 문화권의 운동 범주를 원용할 수 있겠다. 이는 남북한문학을 포함하여 재외 한인문학의 전체적인 구도 속에서 남북한문학의 지위를 자리매김해나가자는 논리다. 그리하여 남북한문학이 좀더 자유롭게 만나고 그 효력의 대외적 확산을 도모하며 통일 이후에 개화(開化)할 새로운 민족문학의 장래를 예비하자는 것이다. 이는 한반도를 둘러싼 비핵화 논쟁의 당사국들이 벌이는 6자회담을, 문학의 이름으로 옮겨놓은 구도이다. 결국은 '사람'이 있는 곳에 '힘'의 충돌이 있다는 뜻이다. 필자는 6자회담이란 정치적 이슈가 등장하기 전부터 남북한과 네 지역의 디아스포라 문학을 합하여 '2+4시스템'으로 불러왔다. 이 길은 남북한문학, 더 넓게는 한민족 디아스포라 문학의 교류와 연대를 내다보는 새 통로이며, 정치나 국토의 통합에 우선하는 문화통합의 추동력이 될 수 있다.

2부

문화권 범주의 확장과
문학의 실제

한민족 디아스포라 강역의 통합적 고찰

1. 들어가며

'콜럼버스의 달걀을 넘어서' 가는 길은 외형적으로 단순해 보이지만 그 내면에 숱한 우여곡절을 끌어안고 있기 마련이다. 그동안 부분적이고 한정적인 논의로만 한국문학의 언저리를 맴돌던 세계 한인문학에 대한 본격적인 연구는, 바로 그처럼 불균형한 존재 양식에 의거해 있다 할 수 있다.

일제강점기와 6·25동란과 같은 험준한 역사의 파고를 겪은 한국문학은, 훼손된 정체성과 그 가치를 회복하기 위한 다각적인 노력을 발양해 왔다. 민족 고유의 말과 글은 물론 국가의 주권을 압제당한 식민지 체험과 이데올로기 대리전의 형상을 띤 분단 상황 및 남북 대립은, 한국문학이 모국어에 대한 남다른 애착과 국내외의 사회·역사적 현실에 대한 비판적 시각을 강화하는 방향으로 작용했다.

그러다 보니 자연히 문학의 인접 영역이나 그 미세한 뿌리가 뻗어나간 광범위한 범주를 보살피는 인식이 허약한 형편이었다. 이제 신문학 백 년에 이르면서 넓이와 깊이가 더하여진 한국문학은, 그 내부를 들여다보던 시선을 넓혀 좀더 열린 정신으로 문학적 자기 체계의 파장이 미친 범주를 확인해야 할 때가 되었다. 이 연구는 바로 그러한 소박하면서도 소중한 문제의식에서 출발했다. 연구 대상의 성격상 처음 시작은 미약하였으나, 그 나중은 한국문학의 영역과 범주 전체를 언급하는 수준으로 증폭될 수밖에 없는 것이었다.

　　그동안 소수의 연구자들에 의해 산발적으로 언급되었던 세계 한인문학의 발자취를 통시적이고 체계적으로 구명해보는 데 있어서, 국내외에 흩어져 있는 자료 확보의 어려움이 무엇보다 큰 걸림돌이었고, 각기 다른 언어의 장벽 또한 만만치 않은 난관이었다. 그럼에도 불구하고 많은 여백을 남긴 채 우리 앞에 모습을 드러낸 한인문학의 전체적 형상은, 한국문학의 그냥 지나칠 수 없는 텃밭이요 그 문학의 의미망을 새로이 구성하도록 재촉하는 귀한 실과들이었다.

　　격동의 한국 근현대사가 진행되는 동안, 그 중심의 외곽에 존재했던 한민족은 그 나름의 방법으로 한국의 역사적 발전 과정에 합류하고자 했다. 그들 또한 분단된 한국의 현실에서 자유롭지 못했으며, 더불어 이주라는 '탈공간'의 박탈적 경험과 '언어적 전치(轉置) 과정'에서 발생하는 소외와 정체성의 혼란을 감수해야만 했다. 그러나 한국과의 물리적 공간 거리 개재는 그만큼 객관적 시각의 가능성을 열어주었으며, 한국문학의 본류가 미처 발견하지 못했던 우리 역사의 새로운 의미들을 적극적으로 조망할 수 있는 심리적 여유를 마련해주었다. 이러한 한인들의 삶과 의식의 음영이 문학에 반영되면서 한민족은 새로운 문학적 자산의 범주를 설정할 수 있게 된 셈이다.

이 연구는 크게 중국, 중앙아시아, 일본, 미국의 한인문학을 대상으로 하여 그 네 영역을 한자리에 모았다. 재중 조선족문학, 재중앙아시아 고려인문학, 재일 조선인문학, 재미 한인문학으로 불리는 서로 다른 호명법만으로도 이들이 왜 한국문학의 명백한 동류(同流)인지 알아차리기 어렵지 않다. 네 곳 모두 한국 근현대사와 밀접한 영향관계를 지닌 지역이며, 동시에 그 이주의 역사가 순탄치 않았던 지역이다.

그런 만큼 이들의 문학에는 민족적 삶의 현실에 대한 다양한 체험과 복합적 시선이 존재한다. 생소한 작가의 이름으로부터 국내에서도 대중적으로 널리 알려진 작가에 이르기까지, 우리가 아우를 수 있는 그 문학적 영역의 폭은 의외로 넓다. 해외 거주국의 주류 문단에서 인정받은 문학적 성과 또한 만만치 않다.

이러한 한인들의 문학적 성과를 한국문학의 범주와 결부시키는 문제는 사실상 평이한 가치 판단의 범위를 벗어나서 적극적으로 인지하고 능동적으로 대처해야 할 사안이다. 이와 같은 문제의식과 함께 한국문학의 새로운 지평을 향해 새 길을 연다는 의식으로 애쓴 결과가 이 연구의 결과이다. 더불어 이러한 문제의식이 한국문학 안에서 점진적으로 확산되어가는 데 소정의 역할을 할 수 있다면 다행한 일이 아닐 수 없겠다.

2. 한민족 문화권의 새로운 영역

오늘날 우리는 모든 것이 눈부시도록 급속하게 변화하는 새로운 세기의 모습을 목도하고 있다. 분명 그 변화와 속도감을 창안한 중심 세력이 있을 터이나, 대다수의 우리는 그저 그것을 바라보며 그로부터 파생되는 현상의 끝자락이나 붙들고 있을 만큼 무기력하기 십상이다. 실제적인 삶에 있어서도 우리는 이미 오래전에 세계를 일일생활권으로 하는 국제화시대에 들어섰다. 이와 같은 때에 한 국가의 고유한 언어나 문학이 과거와 같은 독립적 영역을 지키는 일이 과연 가능할 것인가? 한 민족 언어 내부의 고유한 미덕, 독창적 면모, 자발적 감응력이 이 발빠른 변화에 밀려 훼파되기 쉽지 않겠는가?

그런데 한국문학의 영역 문제와 관련하여 이처럼 글로벌시대로 변화하는 측면이 긍정적 추동력을 유발한 대목이 있다. 문화 또는 문학적 영역의 불필요한 경계를 소거하고, 유연하고 포괄적인 의미의 연대를 생산하며, 그 영역의 차별성이 오히려 상생의 기력으로 작용하는 그런 경우를 말한다. 이른바 '세계 한인문학'이나 '해외동포문학' 또는 '재외 한인문학'이란 문화 집단 개념이 그것이다. 이는 우리의 대응 방략에 따라서 민족언어의 영역 확장, 그리고 만만찮은 실적의 추수를 기대할 수도 있다. 그것은 또한, 그동안 한국문학이 이 분야에 대한 적극적인 포용 노력을 결여하고 있었다는 반성적 성찰과도 그 의미가 소통된다.

한국문학의 범위는 어디까지일까? 한국 내에서, 한국인에 의해, 한국어로 씌어지는 문학만이 한국문학일까? 재중 조선족문학, 구소련 지역 고려인문학, 재일 조선인문학, 재미 한인문학 등은 한국문학과 어떤 상관관계에 놓여 있는 것인가? 이들을 재외 한인문학이라 호명할 때 그 개념과 의미는 어떠한 것인가? 이 문제와 관련하여 논자에 따라 여러 가지 견해가 있으며, 아직 객관적으로 검증되어서 개념이 확립된 지경에 이르지 못한 것이 사실이다. 따라서 여기에서는 이에 대한 논의의 최대공약수를 추출해볼 수밖에 없다.

첫째, '재외(在外)'라는 어휘가 표방하는 바와 같이 문학의 창작이 이루어지는 강역(疆域)에 대한 규정이 요구된다. 외교통상부에서 발간하는『외교백서』의 통계에 따르면 현재 재외 한국인의 숫자는 대략 682만여 명에 이른다. 그중 아주 지역에 371만, 미주 지역에 243만, 유럽 지역에 65만, 중동 지역에 1만 3천, 아프리카 지역에 9천 5백여 명 등이 분포되어 있다. 이들은 모두 화려한 외형이나 순탄한 길을 따라 이주한 사례가 거의 없다. 격동의 근현대사를 거치면서, 아르튀르 랭보의 표현처럼 '저마다의 상처'를 안고 모국을 떠났던 것이다.

재외 한인문학이란 결국, 이들이 자리 잡고 있는 그 삶의 터전에서 생성된 문학적 산출이다. 중국 조선족, 구소련 지역의 고려인, 일본 조선인, 미주 한인 등의 문인들은 그 작품에 있어서 그래도 어느 정도의 질적 수준과 양적 부피를 확보하고 있으므로 그들의 문학 자체가 일정한 논의를 형성할 수 있는 상황이다.

둘째, 문학의 창작자가 누구냐 하는 창작 주체의 문제이다. 재외 한인문학이란, 나라 밖에 있는 한국인, 곧 재외동포가 쓴 문학을 말한다. 이때의 한국인이란 정치적 또는 법적인 지위를 말하지 않는다. 재외의 어느 문인이 살아가는 형편에 따라 살고 있는 그 나라의 국적을 취득하고 모국의 국적을 버렸을지라도, 문화적 의식적 차원에 있어서 한국인이기를 포기하지 않았다면 그가 쓴 문학을 재외 한인문학이라 부르지 못할 바 없다. 이는 범박하게 말하여 세계 각처의 한민족 문화권을 창작 주체를 중심으로 하나로 묶는 발상과 관련된다.

셋째, 한국문학이라 이름할 수 있도록 하자면 그 창작에 소용된 언어가 무엇이냐, 모국어로 창작된 작품에 국한할 것이냐, 아니면 모국어가 아니더라도 한국문학의 일반적인 주제와 정서 및 분위기 등을 끌어안고 있는 작품을 포함시킬 것이냐 하는 문제이다. 이 문제는 보는 시각에 따라 서로 상반되는 견해가 제기될 수밖에 없다. 예컨대 김은국의 『순교자』나 김석범의 『화산도』를 한국문학에 편입시킬 것이냐, 아니면 미국문학이나 일본문학으로서 한국을 소재로 한 작품으로 볼 것이냐 하는 논란이 된다. 언어의 국적에 무게중심을 두는 사람은 영어 또는 일본어로 씌어진 작품을 한국문학의 울타리 안으로 끌어들이기를 주저할 것이다. 그러나 그 작품이 무엇을 중심 주제로 하느냐에 주목하는 사람은 그 태도가 이와 다를 것이다. 가령 이러한 문제 제기가 나올 수도 있다. '그렇다면 『순교자』나 『화산도』처럼 우리말로 번역 집필된 것은 한국문학이 된다고 할 것이냐?'

재외 한인문학에 관해 포괄적인 접근과 가치 평가를 시도하고 향후의 방향성에 대해 연구한 논자는 그다지 많지 않다. 그 가운데서도 「재외 한국인 문학 개관」을 쓴 홍기삼의 글은 여기에 하나의 도론(導論)이요, 지침에 해당하는 역할을 맡고 있다. 더욱이 그가 내세운 '한민족 문화권'의 개념은 이제 본격적으로 활발히 논의되어야 할 시기에 이르렀다.

그런데 우리가 한국문학의 영역 개념을 지나치게 경직된 눈으로 보는 것이 그다지 바람직한 태도가 아니라는 좀더 유연한 인식 방식에 동의한다면, 다음과 같은 재일동포 작가 김석범의 논리는 경청할 만하다. 재일 조선인문학의 대표적인 작가 김석범은 자신이 일본어로 창작하는 문제에 대해 이렇게 말했다.

재일 조선인문학은 재일 조선인문학인 것이다. 그런 것에 대해서 장황하게 말할 여유도 없으나 재일 조선인 문학이 '재일'이라는 모순의 특이

한 토양에 태어난 하나의 부성(負性, 마이너스적 성질)을 짊어지고 있는 것은 틀림없는 사실이다. 나는 일본어로 쓰지 않을 수 없으며, 또는 쓰지 않으면 안 되는 '재일'이라는 상황에 있기 때문에 쓴다. 재일 조선인이 존재하는 한, 재일 조선인의 일본어 문학은 태어난다. 그것은 인간으로서의 존재의 소리이며, 문제는 그 재일 조선인의 문학이 어떠한 성격을 가지고 어떠한 방향을 향해 가는가라는 구체적인 것에 있을 것이다.

하리우 이치로(針生一郎)라는 일본의 비평가는 한 걸음 더 나아가서, '그들의 문학이 통일된 조선문학의 귀중한 유산으로 평가되는 날이 반드시 온다'고 단언하였는데, 이는 언어의 영역이 그다지 중요하지 않다는 인식의 추론적 전망에 해당한다. 그 외에도 누가 그 창작된 작품을 읽을 것이냐 하는 문제가 남아 있다. 이것은 수용자의 영역에 관한 문제이며, 앞서 하리우의 주장은 이 수용자의 영역을 시기적으로 조금 먼 미래까지 확대하여 반영한 것이라 할 수 있겠다.

재외동포의 문학을 우리 문학으로 받아들이는 문제와 관련하여, 중국 조선족문학의 경우에는 그 현지에서 양의론(兩義論)을 채택하고 있음에 주목할 필요가 있다. 조성일·권철 등이 펴낸『중국 조선족 문학사』에서는 조선족문학을 중국문학이면서 동시에 조선족문학이라고 적고 있다. 그것의 외형은 중국문학이지만 본질은 조선문학이라는 양가적 가치 판단이 들어가 있는 것이다.

비록 창작의 강역이나 창작 주체, 사용된 언어 등에 결손 부분이 있다 하더라도 재외 한인문학을 한국문학의 한 특수한 영역으로 받아들이고 인정하는 데 한국문학이 인색할 이유가 없다. 오히려 그것을 적극적으로 확대 수용하고 영역을 과감하게 확장함으로써, 전 세계적인 한

민족 문화권을 형성할 수는 없을까 생각해보는 것이 바람직하지 않을까?

기실 재외 한인문학을 두고 그것이 한국문학에 속하느냐 그렇지 않느냐의 평가를 앞세우기보다는 그 가운데 한국문학적 요소가 어느 수준으로 함유되어 있는가를 판단하는, 곧 가부의 문제가 아니라 정도의 문제가 되어야 한다는 것이 필자의 주장이다. 여기에는 그동안 이 문제에 대한 가치 척도로 사용되었던 속지주의, 속인주의, 속문주의를 비롯하여 대상 작품의 주제가 무엇인가, 그 작품의 수용층이 어디의 누구인가 등이 함께 고려되어야 할 것이다. 이러한 논의의 저변에 변함없이 잠복해 있는 핵심적 주제는, 아마도 이들의 작품이 안고 있는 한민족으로서의 정체성, 한민족으로서의 민족의식이 될 것이다. 그 작품이 어떤 언어로 쓰여졌든, 어느 국적을 가진 작가의 것이든, 그리고 어느 나라에서 출판되었든 간에 그러한 민족의식이 바탕에 깔려 있지 않고서는 그것의 범주에 대한 논의가 별반 값어치가 없기 때문이다.

3. 소수민족의 특수성과 민족문화 및 언어 계승
─재중 조선족문학

중국으로 조선인들이 대거 이주하기 시작한 것은 19세기 후반부터이다. 그리고 1910년 일제강점 이후 일제의 수탈로 인해 만주 이주는 더욱 가속화되었다. 이주 초기에는 조선족의 대부분이 절대적 빈곤에 처한 농민들이었기 때문에 문학 활동이 일어날 만한 여건이 이루어지지 못했다. 이후 20세기에 들어와서야 비로소 조선애국문화계몽운동의 영향과 문화교육사업 등에 의해 문학 활동이 전개되기 시작하였다. 이 시기 문학은 제국주의와 봉건주의를 반대하고 민권 옹호와 자유평등, 문명 개화를 주장하는 내용이 주를 이루었다.

근대문학 시기(이주~1920년)에는 창가와 시문학이 융성하여 소설은 그리 주목받지 못했다. 이 시기에는 고대소설에 비하여 새로운 시대적 성격을 가진 신소설이 창작되었는데, 이는 조선 신소설의 영향을 크게 받은 것이었다. 이때 창작된 창가, 시조, 한문시, 현대 자유시는 여러 가지 원인으로 작품들이 인멸되어 지금까지 남아 있는 작품이 미소하고 당시에 우국지사나 진보적인 지식인들에 의하여 지어진 것은 사실이나 애석하고도 작가가 밝혀지지 않고 있어 작품들의 창작 전모를 체계적으로 서술할 수 없는 상황이다. 그러다가 1910년대 중기에 들어서면서 대중의 미학적 수요에 따라 현대 자유시들이 나타나기 시작하였다.

1920년대에 들어서면서 조선족은 10월 사회주의혁명과 조선의 3·1운동, 중국의 5·4운동의 영향을 받아 마르크스주의를 전파하고 반일단체를 조직하여 반제·반봉건 투쟁을 벌이기 시작했다. 이후 1927년에는 동변도와 연변 및 북만지구에 중국 공산당 조직들이 결성되었다. 이 시기부터 조선에서 간행된 신문이나 잡지 들이 직접 배달되거나 유입되어 조선의 새로운 문학 사조의 직접적인 영향을 받았다. 무산계급 문학이 대두, 발전한 시기였던만큼 문학 속에 계급 간의 모순과 대립, 투쟁을 구체적으로 묘사하는 것이 중요시되었으며, 특히 불합리한 사회 현실에 맞서 싸우는 농민들의 계급의식과 저항의식을 두드러지게 표현하였다. 또한 반제·반봉건과 민족 독립에 대한 주제 역시 여전히 중요하게 다루어졌다. 그리고 무산계급 문학을 제외한 기타 작품들은 배격하는 경향도 나타났다. 이때 가장 왕성하게 창작된 것은 혁명가요를 위시한 시가 작품들이었다. 자유시와 한문시, 시조도 많이 창작되었으나, 대부분의 작품이 소실되었다. 현전하는 작품들을 살펴보면 일본과 지배 계층을 비판하고 민족의 독립을 갈망하는 내용이 주를 이루었다.

1931년 9·18사변으로 동북의 대부분 지구가 일본의 식민지가 되자 조선족은 중국 공산당과 함께 항일무장투쟁을 벌였다. 이 시기 조선족 문학은 선행 시기의 문학적 전통을 계승하는 것과 아울러 중국의 항일 문학, 소련의 혁명문학, 특히 조선문학의 성과를 섭렵하면서 발전해나 갔다. 1930년대 초기에 용정에서는 작가 이주복 등이 발기한 문학 동인 단체인 '북향회'가 발족되어 문학 창작을 발전시키고 후진 양성 사업을 활발히 진행하였다. 또한 모더니즘을 수용한 '시현실' 동인들이 활약하였다. 일제의 단속이 심해지자, 현실에 대한 고발보다는 생활 세태나 인륜, 애정 등으로 소재를 전환했으며, 몇몇 작가들은 일제의 정책을 수용해나가는 모습을 보이기도 했다. 그러나 이렇게 어려운 상황에도 불구하고 이 시기에는 작가와 작품 수가 증가하고, 현실 생활을 폭넓고 깊이 있게 형상화했으며, 예술 방법이 도입되는 등 문학이 일정 부분 발전한 모습을 보였다.

1945년 9월 3일 항일전쟁이 승리하자 조선족은 일본의 식민 통치에서 해방되었다. 이에 조선족은 민족적인 문화계몽운동을 벌이고 대중적 문화교육사업을 널리 전개하였다. 대중적인 문예사업도 활발하게 전개되어 극단, 연극사, 문공대와 같은 전문적이거나 반전문적인 문예 단체들이 세워졌고 조선족들로 구성된 전문 문예 단체들이 많이 나타나 활약하였다. 동북 각지에 산재되어 있던 문인들도 여러 문학 단체들을 만들었다. 이 시기 문학의 내용은 해방의 기쁨과 감격, 토지개혁을 비롯한 민주개혁, 항일투쟁을 형상화한 것들이 주를 이루었다. 문화운동과 대중적인 문예 활동으로 노래 보급과 연극 활동이 가장 활발하게 널리 진행되었다. 그러나 소설의 경우에는 성과물이 적은 편이었다. 반면 시문학은 두드러진 성과를 올렸는데, 해방의 감격과 기쁨을 격정적으로 노래한 시들이 중요한 자리를 차지하였으며 토지개혁을 중심으로 민주개혁을 주제로 한 시들과 투사들의 용감성 및 사상을 칭송하는 시들, 지난날 투쟁의 역사를 되돌아보는 내용의 시들이 발표되었다.

1949년 10월 1일 중화인민공화국이 들어서면서 조선족은 새로운 역사를 맞이하게 되었다. 길림성, 흑룡강성, 요령성의 조선족 집거구들에서 선후로 민족자치구역을 실시함에 따라 조선족은 정치, 경제, 문화 등의 제반 분야에서 자주적인 발전을 이룩해나갈 수 있게 되었다. 이 시기에는 문단의 정비 작업을 위해 중국 각지에 흩어져 있던 조선족 작가들이 공화국 창건을 전후로 하여 연길에 집중하기 시작했다.

그러나 이 시기 중국 공산당에 의한 사회주의 건설 사업은 잘못된 지도 방침으로 인해 사회·문화적 혼란을 겪게 되었다. 이로 인해 조선족 문단의 적지 않은 중견 문인들이 정치·창작 권리를 박탈당하고, 많은 작가들이 창작에의 용기를 잃게 되었으며, 문학 작품의 사실주의 정신이 약화되었고, 그 형식이 다양화되지 못하여 도식화·개념화의 구호적 작품들이 성행하게 되었다. 소설은 무엇보다 사회주의 제도하의 새 생활에 대한 희열과 감격, 농민들의 투쟁과 애국증산의 열정을 반영한 작품들이 주를 이루었고, 사회주의 제도하의 긍정적인 인물 형상을 부각한 작품들도 많이 창작되었다. 여러 좌경적 오류의 피해를 입으면서도 발전을 계속해나가 소재의 확대와 다양화, 사회주의 건설을 다그치는 근로 대중의 혁명적 영웅주의 정신에 대한 가송, 노농병 형상의 대폭적인 부각, 항일 제재의 심도 있는 발굴 등이 작품을 통해 나타났다.

한편 시문학은 조국·당·수령에 대한 흠모와 칭송, 농민들의 보람과 노력적 투쟁 칭송, 민족의 역사와 혁명 전통, 사회주의 건설의 인물 형상, 사회주의 사회의 행복과 긍지 등이 그 주제를 이루었다. 특히 노동과 건설이라는 주제를 형상화하려 했다는 점과 민족의 역사와 항일무장투쟁에 대해 폭넓게 다루었다는 점이 특징적이다. 행복한 현실과 생활, 아름다운 정신 세계를 노래하는 서정시를 주축으로 하여 서정서사시, 장시, 시조, 산문시, 풍자시 등 다양한 시문학이 등장하였으며, 무엇보다 송가 형식이 압도적인 비중을 차지하였다. 이 시기에 대폭적으로 발전한 송가의 미학 원칙은 1950년대에서 1970년대에 이르는 동안 거의 유일한 원칙이 되었다.

1966년 5월부터 10년 동안 진행된 문화대혁명 시기는 조선족 당대문학의 수난기였다. 많은 문인들이 박해를 받았으며, 훌륭한 작품들이 금서가 되었고, 민족문화·민족정신·민족감정에 대한 논의는 금지되었다. 하지만 1971년 이후 이러한 문화 정책에 대한 강한 반발이 일어나게 되자, 1974년에는 『연변문예』가 복간될 수 있었다. 그러나 여전히 강압적 분위기가 지속되어 1971년 이후의 조선족문학 창작은 난항을 겪었다. 이 시기 문학 창작에서 압도적인 비중을 차지한 것은 '4인 무리'의 좌경노선을 선양한 작품과 진실하지 못하고 예술 수준이 낮고 거칠게 씌어진 작품들이다. 비록 일정한 생활 기초가 있고 대중의 사상, 감정을 반영한 작품이라 하더라도 사상 내용과 창작 방법상에서 '4인 무리'의 영향을 받아 많은 폐단들을 빚어내었다.

문화대혁명이 마무리되고 중국은 새로운 역사 발전 시기에 들어서게 되었다. 조선족 문단에도 사상과 창작의 자유가 찾아와 '4인 무리'의 잔재를 청산하는 작업이 진행되었고 이에 따라 장기간 정치·창작 권리를 박탈당했던 작가들과 비판을 받았던 많은 작품들도 다시 제 위치를 찾게 되었다. 1980년대에 접어들어 문학 단체와 연구 기구의 회복 및 새로운 정비 작업은 연변 조선족 자치구뿐만 아니라, 조선족이 집거하고 있는 다른 자치구에서도 진행되어서, 길림성 통화지구에서는 통화지구 조선족문학예술계연합회를 세웠고, 길림시에서는 길림시 조선족문학예술연구회를 설립했다. 이렇게 조직 체계가 날로 정비되면서 문학 발전을 위한 기반이 조성되어나갔다. 1980년대에 진입하면서 조선족 문단의 지역적 공간도 확대되었다. 연변을 제외한 기타 지역의 문학 발전은 거의 공백 상태였으나, 1980년대 이후에는 연변 외에 통화, 길림, 할빈, 심양, 목단강, 장춘 등 지구에서도 문학지와 문학 단체를 가지게 되었다.

문화대혁명 이후 가장 먼저 '상처소설'이 대두했다. 상처소설은 문화대혁명이 빚어낸 사회·정치·인생의 비극과 육체·정신적 상처를 고발한 작품이다. 이는 출현하자마자 급속히 하나의 문학적 흐름을 이루었다. 상처소설은 사실주의의 문학적 전통을 회복하는 데 공헌하였으며, 소설 제재의 범위를 넓혔고, 현실적인 인간상을 쓰기 시작했으며, 사회주의 시기의 비극문학 창작에 기여했다는 점에서 의의를 가지나, 일부 작품들이 10년 동안의 역사적 비극의 원인에 대한 깊이 있는 사고가 부족하고, 형식면에서 새로운 탐구가 이루어지지 못했다는 한계를 가진다. 상처소설 다음에 나타난 문학이 '반성소설'로, 이는 상처소설의 심화라고 할 수 있다. 상처소설이 일정한 단계에 이르자, 문학계는 더 이상 단순한 문화대혁명에 대한 폭로와 비판에 만족하지 않았다. 그리하여 문화대혁명이 일어나게 된 데에 더욱 심각한 사회·역사적 원인이 있다는 것을 발견하게 되고 이로부터 역사에 대한 사고와 반성에 눈길을 돌리기 시작했다.

이 시기에는 시문학 역시 풍성한 성과물을 올리게 된다. 특히 훌륭한 서정시들이 많이 창작되었다. 이 시들은 시인의 개성을 부각시키고 시인의 시점에 기초하여 현시대 인간들의 감정 세계를 다각적으로 나타내었으며, '4인 무리'의 악행에 대한 폭로와 비판, 흘러간 역사에 대한 반성, 개혁시대에 대한 송가와 더불어 인간의 가치와 현실적인 삶의 문제, 철학적인 사색을 형상화하는 것에 역점을 두었다. 서정시 외에도 장편서사시, 서정서사시가 왕성하게 창작되었다.

1990년대에 들어선 중국은 개혁개방으로부터 시장경제의 도입을 거치면서 많은 사회적 변화를 경험했다. 이에 조선족문학은 다원적인 복합사회의 다양한 모순을 파헤치면서 적극적으로 새로운 현실을 탐구해 나가려는 모습을 보여주었다.

조선족문학을 대표할 만한 작가로 들 수 있는 김학철은 1945년 해방기에 등단하여 민족해방운동의 과정에 참여했으며, 조선 의용군의 항일혁명무장투쟁이라는 새로운 소재를 가지고 우리 문단에 등장했다. 그의 소설은 자전적 내지 기록문학적 성격을 지니는데 이는 그가 항일투사였다는 데서 기인하고 있으며, 경험에 의거한 바를 구체적이고 총체적으로 재현하는 데 이런 특이한 체험이 큰 영향을 주었다. 김학철의 자전적 소설인 『격정시대』는 역사적으로는 근대 항일무장사의 역사적 복원에 일조하였고, 문학적으로는 체험의 힘으로만 창출될 수 있는 문학적 성취를 보여주었다. 또한 체험의 범위 속에서의 위대한 진실성은 그 누구도 감히 따를 수 없는 것이라 할 수 있다. 그러나 그 자신이 체험한 것, 들은 것 외에는 절대로 적지 않았기에 이로 인한 단조로움을 면치 못하는 한계를 지니고 있다.

김창걸은 만주 유이민들의 고통스러운 삶을 소설로 드러냄으로써 일제강점기의 시대상을 뜻있게 문학화한 작가이다. 김창걸은 「무빈골 전설」에서 이주민들의 고달픈 삶을 실증적으로 표현하였는데 이것은 이후 그의 작품 어디서나 등장하는 중심 주제가 된다. 동시에 그것은 만주 토착세력의 부당한 압박과 착취에 대한 비판의식을 내포하는 것이기도 하다. 또 이 작품에서 주목할 것은 그가 끈질기게 붙들고 있는 항일 저항의식이다. 김창걸의 저항의식은 음성적으로 그리고 꾸준히 계속되어 작가의 정신적 행보를 암시하는 주요한 모티프가 된다.

또 하나 거론할 만한 것은 민족공동체의 미래와 후대의 삶에 대한 각성된 의식이다. 그것은 이 작가가 가졌던 깨어 있는 의식이다. 소학교 교원으로서의 체험이나 문필가로서의 양심 등속이 이에 결부되어 있거니와, 나중에 절필의 결심에 이르는 과단성을 보이는 것도 이와 같은 의식의 줄기를 놓치지 않고 있었기에 가능했을 터이다. 이러한 이주민들의 신산스러운 삶에 대한 비판의식, 일제의 우월주의와 차별화 및 민족탄압에 대한 저항의식, 그리고 다음 시대를 염두에 둔 각성된 의식 등은 김창걸의 작품을 유지하는 주제들이며 비록 부분적이고 산발적인 형태이긴 하나 반복적으로 작품 속에 나타난다.

이와 같이 중국 조선족문학은 역사적 시련 속에서도 그것을 문학적으로 형상화해나가며 자리를 지켜왔다. 따라서 중국 조선족문학을 이해하기 위해서는 역사적 시각에서의 조명이 필요하며, 한민족이면서 동시에 중국인이라는 특수성을 고려해야 한다. 이국땅에서 소수민족으로 살아가며 민족어를 지킨다는 것은 자신의 정체성을 지키는 일이기도 하다. 재외 한국인 중 중국 조선족만큼 조선어를 굳건히 지키며 살아가는 이들은 드물다. 중국의 소수민족 정책에 따라 소수민족 자신들의 문화를 지키는 일이 법적으로 허용되어 있다는 객관적 상황이나, 독립운동을 계기로 중국을 찾은 조선의 지식인들이 풍부한 인적 자원을 이루었다는 점이 조선족 문학의 큰 이점으로 작용했다는 점과 조선족의 민족문화 보존에 대한 주체적 노력은 오늘날까지 조선족이 한글 문학을 지켜올 수 있었던 원동력이라 하겠다.

4. 탈냉전 시대와 내용의 새로움, 보존의 시급성
—재중앙아시아 고려인문학

한민족이 러시아 지역으로 이주해 간 것은 구한말인 1860년대를 시작으로 하여 140여 년에 이른다. 따라서 이주민과 그 후손들의 규모도 상당하여 외교통상부의 통계자료에 의하면 50여만 명을 넘어서고 있다. 이들은 거주 국가의 정책에 적극적으로 따르면서도 우리 민족의 전통 또한 잊지 않는 이중적 특성을 견지하며 살고 있다. 러시아 민족과의 동화(同化)는 제정 러시아와 소련, 그리고 독립국가연합이라는 그 지역 역사의 격변기를 거치면서 생존을 위한 어쩔 수 없는 선택이었는데, 그럼에도 불구하고 아직까지도 한글 신문이 간행되고 있음은 우리 민족의 정체성을 잃지 않으려는 노력의 소산으로 볼 수 있다. 하여 한반도를 벗어난 지역에서의 특수한 삶과 그것의 표현은, 한민족 문학의 한 부분을 담당하면서 우리 문학의 영역을 넓혀왔다.

이 지역 한인들의 문학은, 한글 신문『선봉』이 창간되어 '문예 페이지'를 통해 작품이 발표되기 시작한 1923년 무렵으로부터 약 80년의 역사를 이어오고 있다. 그러나 한반도 내의 정치 격변과 이후의 냉전 논리에 막혀 남한에는 작품 소개조차 어려웠으므로, 그에 대한 연구 성과는 매우 미미하다. 재외 정치학자 김연수에 의해 시작품이 한정적으로 나마 남한에서 소개된 것이 1983년이니, 이 지역의 한인문학이 남한에 소개된 지 이제 겨우 20여 년이 되었을 뿐이다. 더구나 소련의 해체 이후에나 개방에 따른 본격적인 연구가 가능했음을 염두에 둔다면 그 연구 기간은 더욱 짧아진다. 짧은 시간일망정 충실한 소개와 연구가 진행되었다면 모르지만, 아직도 자료 자체가 절대적으로 부족한 상황이다.

지금까지 국내에 소개된 작품 상황을 보면, 작품의 분량으로는 상당한데 주로 합동작품집의 형태로 되어 있다. 기본적으로 문인들에 대한 간략한 프로필조차 없이 한 작가의 작품이라곤 열 편 미만이니, 본격적인 연구 자료로는 미흡하지 않을 수 없다. 사회주의 사회라는 배경의 특성, 전업 문인들이 아니라는 점, 게다가 수집가가 비전문가라는 점 등으로 인한 자료 수집의 한계라 하겠다. 작품의 창작 시기가 기록되지 않은 것이 대부분이고, 한 사람이 여러 이름을 쓰는 경우 다른 사람인 것처럼 따로 수록되어 있는 점, 수집가의 선택 기준이 다르다 보니 수집하는 사람마다 다루는 작가의 편차가 크고 따라서 많은 작가들을 발견할 수는 있지만 한 작가의 작품 세계를 깊이 있게 들여다보는 것은 어렵다는 점 등도 지적될 수 있다.

다른 한편, 이 지역 한인문학에 대한 관심과 연구가 미미하여 기왕에 소개된 작품조차 품절·출판사의 폐업 등으로 아예 자료가 남아 있지 않거나 구할 수 없는 경우도 많다. 작품 소개의 상황이 이러하다 보니 연구의 깊이도 부족해서 그동안은 개별 작가나 작품론을 다루기보다는 주로 전반적인 양상을 언급하는 것에 머물러 있었다. 최근에는 개인 작품집의 형태로 묶여 나오고, 현지 동포에 의한 연구도 진행되면서, 본격적인 작가론이나 작품론, 문학사 등이 연구되기 시작하였다.

구소련 지역 한인들의 문학 활동은 망명한 조명희를 주축으로 하여, 『선봉』이라는 신문의 문예란을 바탕으로 시작되었다. 이후 신문의 제호는 "레닌기치" "고려일보" 등으로 바뀌지만 여전히 이 신문들이 이 지역 문학창작의 산실 역할을 했다. 그런데 신문의 독자 투고란을 이용한 문예 활동이라서 아무래도 아마추어적인 요소가 강할 수밖에 없다고 하겠다.

이 지역 문학사는 이렇게 이주한 동포들에 의해 씨가 뿌려져 시작되었고, 이후에는 북한으로부터 지식인들이 유학이나 망명의 형태로 투입되면서 더욱 활발하게 진행되었다. 그러나 1937년 강제이주와 같은 민족 억압 정책과 소련의 붕괴라는 혼란 속에서 생존의 문제가 절박하게 되어 현재는 우리말, 글을 아는 사람이 아주 적다. 즉 '민족문학사'적 관점에서 본다면 이 지역 문학은 운명을 다한 듯이 보이기도 하는 것이다. 그러나 1923년 『선봉』의 창간과 더불어 1990년대 초반까지 이루어낸 업적마저 무시될 수는 없다. 그리하여 현재 그 문학사를 정리해보려는 시도들이 시작되었다. 이 연구가 진행되면서 해당 시기 문학사는 새롭게 씌어지게 될 것이다.

작품의 전반적인 양상을 살펴보면 다음과 같다. 가장 많은 부분을 차지하고 있는 장르는 시이다. 역시 일반 서정시를 비롯하여 노래말(가사), 동요, 장편 서사시, 연시 등을 볼 수 있다. 특히 노랫말로 쓴 시가 많다는 점이 주목되고, 이들 장편시의 선구는 망명 작가 조명희의 산문시「짓밟힌 고려」(1928)이었으리라고 생각된다. 소설의 경우에는 단편이 압도적으로 많다. 특히 구소련 지역 동포문학에서 장편소설이 적은 것은 그 문학의 규모나 한계를 생각하게 되어 아쉬운 부분이라 하겠다. 그러나 이 지역 한인문학이 1930년대 연해주에서 꽃피기 시작하다가

1937년 강제이주로 말미암아 모두 상실되고 모국어 교육마저 금지당한 사실을 생각하면 시나 단편만으로라도 그 명맥을 이어오고 있음도 대단한 일이다.

희곡의 경우, 구소련 지역 고려인문학에서 꽤 두드러진 점을 발견하게 된다. 구소련 지역 고려인문학에서 희곡이 발달한 것은 1932년 블라디보스토크의 한인 사회에서 우리 연예 활동의 모체인 '조선극단'을 조직 운영한 것을 보아도 그 뿌리 깊음을 알 수 있다. 그 밖의 작품 형태로는 수필, 평론을 들 수 있는데, 이 부분도 장편소설처럼 그렇게 두드러지지 않은 것 같다. 다만 한 가지 참고할 사실은, 구소련 지역 한인 작가들의 경우, 시인, 소설가, 희곡 작가, 평론가 등의 구분이 없어 보인다는 점이다. 사회주의 체제의 특성으로 말미암아 전문 창작 영역이 따로 없기 때문이다.

작품의 주제 양상은 몇 가지로 요약된다. 먼저 드러나는 주제는 레닌에 대한 예찬과 10월혁명에 대한 칭송이다. 둘째로 가난에 대한 한탄과 가난을 떨치고자 한 의지를 들 수 있다. 셋째는 친선과 평화인데, 이는 앞의 주제와 연결된다. 척박한 땅에서 터전을 일구는 데 성공했다는 자부심은 다른 민족도 포용할 수 있는 여유를 가질 수 있도록 하였으며, 이는 동포들과 소련의 전체 민족들과의 친선을 강조하는 것이나, 반전을 내세우며 파쇼들의 침략 만행을 규탄하고, 핵무기 개발과 핵전쟁을 경계하는 것으로 나타나기도 한다. 넷째는 고향을 그리는 마음인데, 이때 고향은 그 문인들이 태어나 자란 연해주이거나 중앙아시아 등지이다. 이는 강제이주 후 삶의 고단함을 말해주는 또 하나의 방법일 수 있다. 이 밖에 사랑과 어머니에 대한 그리움, 또는 생활과 신변을 소재로 하여 이성이나 가족 간의 갈등을 다루기도 한다. 그런데 이는 합동 작품집의 전반적인 주제이고 개인 작품집의 경우에는 이와는 다른 체제 비판적 주제나, 6·25 소재, 강제이주 체험 등이 다뤄지기도 한다.

국내에서는 작품 소개도 미미한 상황이라서 중요한 작가나 작품에 대한 논의도 부족한 현실이지만, 러시아어를 사용한 이주민의 후예들이 세계 문단에서 주목을 받아 우리에게 소개되기도 하였다. 대표적인 사람이 아나톨리 김과 미하일 박이다.

아나톨리 김은 동양적인 세계관을 보인다고 평가받기는 하지만 그것이 우리 민족과의 연관성을 강하게 드러내는 것은 아니다. 오히려 그의 독특한 세계관과 환상적인 서사 방식은 세계문학적인 관점에서 평가하는 것이 온당할 것이다. 우리 문학과 직접적인 관련은 적지만, 그의 예술적 상상력과 형이상학적인 주제, 환상적이고 다성적인 서사 등의 시도가 우리에게 이 지역의 문학이 나아갈 수 있는, 아직 나아가지 않은 한 가능태를 보여준다.

미하일 박은 고려인 5세이면서도 오히려 스스로 민족성을 찾고자 애쓰고, 그리하여 외국어로 배운 한글을 이용하여 창작을 하기도 한다. 그가 이렇듯 뿌리를 찾고자 하는 모습은 자신을 스스로 뿌리 뽑힌 방랑자로 인식하고 있음을 보여준다. 이것은 비단 그만의 문제는 아닐 것이기에 우리에게는 그 울림이 크다. 더구나 뿌리를 찾고자 하는 욕망으로 인해, 그것이 요원한 일이라는 생각에 오히려 탈민족적인 사고를 보이다가 결국엔 다시 극복하고 민족성으로 회귀하는 그의 작품 세계는, 현지 이주민들의 과거와 현재, 미래를 암시해준다고 하겠다.

그런데 이들은 그 문학적 성과에도 불구하고 대개 러시아어로 창작할 뿐만 아니라 정체성에 있어서도 과연 '한민족 문학사'의 범주에 넣는 데 전혀 거리낌이 없을 것인가 의구심을 불러일으킨다. 이들과는 반대로 논의는 제대로 이뤄지지 못하고 있지만 한국어로 왕성한 창작을 할 뿐만 아니라 현지에서 널리 수용되는 작가로 한진과 리진, 양원식, 연성용 등이 있다. 한진의 경우에는 당대 강제이주와 그에 따른 민족적 억압, 월남전 등 현실적인 문제를 다룬 희곡을 많이 썼다. 한진은 강제이주로 인하여 우리말과 글을 제대로 배우지 못한 카자흐스탄 이주 고려인 2세대들의 문화적 공백을 메워주고, 문학 작품 창작에 관심을 가진 젊은 고려인들을 지도하여 후배 작가 양성에 공헌한, 현지 한인문단 발전에 중요한 역할을 한 작가이다. 또한 타민족 작가들의 희곡 작품을 민족어로 번역하여 고려인들의 민족말 보전과 발전에 기여하고 한민족의 역사적 사건이나 민담들을 희곡화하여 고려인들에게 민족의식을 고취시키며 고려인들의 민족문화 보존에 크게 기여한 민족주의자이다.

리진이나 양원식의 경우는 국내에 개인 시집이 발간되어, 기존의 합동 작품집에서 보여주던 것과는 전혀 다른 새로운 모습을 보여주어 주의를 요하는 시인들이다. 이들의 개인 작품집에서 발견되는 새로움은 강제이주 당시의 참혹상과 독재체제에 대한 여러 방식으로의 비판, 타민족과의 유대, 6·25전쟁의 작품화 등이며, 분위기도 합동 작품집의 밝고 희망적인 분위기와는 달리 다양한 감정을 진술하게 보여준다는 것이다. 이들의 존재는 자칫 구소련 지역 한인문학이 천편일률적이라고 단정해버릴 수 있었던 상황에서 그 문학사를 풍부하게 할 자양분을 보여준다는 점에서 아주 고무적이다.

라브렌티 송의 경우에는 카자흐스탄 고려인들에게 민족의 전설처럼 대대로 전해지고 있는 강제이주의 비극적 상황을 연극으로 형상화한 선구적 공적을 세웠다. 그는 이후에도 영화사를 설립하여 소수민족의 다큐멘터리를 제작하는 데 힘을 쏟고 있다. 이를 통해 그는 고려인들의 민족문학 발전과 고려말의 보존이라는 중요한 역할 외에도 무대 공연을 통하여 젊은 세대들에게 민족의 뼈저린 역사적 현실을 시각적으로 경험케 하고, 잊혀가고 있는 역사를 상기시키는 데 크게 기여하고 있다. 이들 한진, 리진, 양원석에 대한 연구와 연성용, 라브렌티 송에 대한 작품 소개가 시급하다.

이상에서 살펴보았듯이 구소련 지역의 한인문학은 그 양에 있어서나 내용의 새로움에 있어서 한민족 문학사에서 간과할 수 없는 중요한 한 축임을 알 수 있다. 그러나 그동안 지리적인 거리상의 문제뿐 아니라 냉전 논리에 의해서도 이 지역의 동포문학을 접할 기회가 적었다. 소련의 붕괴와 국내의 해금조치로 인해 늦게나마 이제야 이 분야의 연구가 시작되었지만, 이 지역에서 한글 창작은 더 이상은 기대하기 어려울 뿐만 아니라 내용적 측면에서조차 정체성이 모호해지는 경우가 많기 때문에, 보편적인 문학의 범주에서 다룰 수는 있을지 몰라도 '민족문학'의 범위에서 다루기엔 여러 가지 난점이 있다. 즉, '민족문학'의 확장이라는 측면에서의 구소련 지역 고려인들의 문학에 대한 연구가 이제 시작되었는데 연구 대상은 곧 사라져버릴 수도 있는 급박한 상황인 것이다.

현재와 미래의 상황이 이렇게 위태로운데, 거기에 덧붙여 기존에 창작된 과거의 작품도 제대로 관리가 되지 못하고 있는 형편이다. 더구나 『레닌기치』 등에 발표하는 대외적인 작품과는 별도로 진솔한 감정을 다룬 작품들은 공개되지 않은 채 묻혀 있을 수도 있다는 가능성도 제기되므로, 이렇게 숨어 있는 작품의 여부도 확인해야 해서 자료 수집 자체도 수월한 일은 아닐 것이다. 그러나 이것은 구소련 지역 고려인들의 작품을 민족문학사에 수렴하기 위해서 어렵더라도 반드시 수행해야 할 과제이다. 변방에서 울리는 이러한 작품 창작과 그에 대한 연구들이 수

렴될 때, 한민족 문학은 한반도의 협소함을 벗어나 더 크고 보편적인 울림을 지니게 될 것이다.

5. 비극적 역사 체험을 넘어 민족 정체성 추구
─재일 조선인문학

  일제강점기와 분단이라는 한민족의 특수한 사회·역사적 배경은, 근대 이후 자·타의에 의해서 일본에 거주하게 된 재일 조선인의 삶과 정체성을 결정짓는 중요한 키워드가 된다. 민족적 차별과 억압 속에서, 자신의 민족적 정체성을 부단히 탐구하는 가운데 형성되어온 재일 조선인문학에 대한 연구와 관심은 한국문단에 주어진 절실한 문학적 과제라고 하겠다.

  우리 민족의 일본으로의 유이민은 일본의 식민지 지배 정책과 불가분의 관계에 놓인다. 오늘날의 재일 한국·조선인 문제의 원류가 되는 일본으로의 도항이 본격화된 시기는 1910년 8월 22일부터 1945년 8월 15일까지 만 35년에 걸친 식민지 지배기이다. 한일합방 이전의 1909년, 단지 790명에 지나지 않았던 재일 조선인은 1945년 5월에는 210만 명에 육박한다. 이러한 병합 이후 재일 한국인의 구성은 대부분이 일본 노동시장의 하급 노동자였다. 일본 도항자의 80~90퍼센트가 농민 출신으로 이들은 일본에 도항하는 비용을 마련할 수 있는 자작농 출신이 주를 이루었으며, 대다수 '기타 직업'(토목건축 및 잡부)으로 분류된 단순 육체 노동자와 공업 노동자로 생활하였다.

  이처럼 재일 조선인은 일제강점기에 한국 농촌에서 쫓겨난 이농자의 일부가 일본의 노동시장으로 유입되면서 형성되기 시작했으며, 이러한 일본으로의 유입 과정은 크게 ①농민층의 몰락에 의한 도항 과정(1910~38년)과 ②강제연행에 의한 도항 과정(1939~45년)으로 나누어 생각할 수 있다. 1945년 일본의 패전 직후, 재일 조선인들은 자력으로 또는 일본을 간접 통치한 연합국 총사령부의 지시에 따른 수송 계획에 의해서 해방된 조국으로 귀환했으나 일부의 재일 조선인은 일본의 부당한 조처로 인하여 귀국을 포기할 수밖에 없었다. 바로 이들이 현재 일본에서 '특별 영주'의 자격으로 정주하고 있는 재일 조선인의 원형이다.

이러한 역사적 배경을 바탕으로 재일 조선인문학의 형성 과정 및 시기 구분을 논자별로 살펴보면 다음과 같다. 이한창은 재일 조선인문학의 시대 구분을 ①초창기(1881년~1920년대 초반) ②저항과 전향 문학기(1920년대~1945년) ③민족 현실 문학기(1945년~1960년대 중반) ④사회 고발 문학기(1960년대 후반~1970년대 말) ⑤주체성 탐색 문학기(1980년대~현재)의 다섯 시기로 구분한다.

홍기삼은 위의 이한창의 시대 구분을 비판하며 "재일동포 또는 재외 동포문학이란, 어떤 형태로든 한국인으로서 뿌리를 가진 채 외국으로 이주해 살면서 그곳에서 창작한 문학 작품을 의미할 수밖에 없다"고 보았다. 덧붙여 그는 1922년 정연규가 의병장의 이야기를 쓴 「혈전의 전야」를 발표한 것이 일본 문학계에 알려진 최초의 단편이며, 이어서 김희명, 한식, 한설야, 김근열, 이북만, 김용제, 백철 등의 활동이 재일 동포 문학의 발판이 되었다고 언급한다.

유숙자는 일본의 식민지 지배라는 특수한 시대적 상황 아래에서 행해진 조선인의 문학 활동과, 일본에 정주하여 재일이라는 삶의 기반을 구축한 재일 조선인에 의한 문학을 구분하려는 의도 아래, '재일 한국인 문학'의 범주를 1945년 광복 이후부터 현재까지 일본어로 작품 활동을 했거나 하고 있는 한국 작가(귀화작가 포함)로 제한하고, '민족적 정체성의 모색'이라는 주제를 중심으로 재일 조선인문학을 재일 1세대, 2세대, 3세대의 문학으로 나눈다.

이러한 논자별 구분을 종합하면, 대략적으로 재일 조선인문학은 해방 이전의 문학과, 해방 이후의 재일 1세대, 재일 2세대, 재일 3세대 작가군으로 나누어 고찰할 수 있다. 이러한 시기 구분을 중심으로 각 시기별 작가 및 작품, 문학적 특징을 살펴보면 다음과 같다.

먼저, 해방 이전의 재일 조선인문학을 대표하는 작가로는 1930년대의 장혁주와 김사량을 들 수 있다. 1932년 『개조』현상 공모에서 단편 「아귀도」가 2위로 입상하면서 창작 활동을 시작한 장혁주는 초기 작품인 「아귀도」「백양목」「하쿠타 농장」『쫓기는 사람들』「분노하는 자」등을 통해 일제의 착취상과 식민지 정책을 비판했으나, 일본의 탄압이 거세어지자 점차 상업주의적 경향의 작품을 발표하면서 결국 친일에 앞장서게 된다. 이와는 대조적으로 김사량의 경우는 저항적 재일 작가의 면모를 보여준다. 도쿄대 독문과 재학시절 '기항지' '제방' 등의 동인을 결성하고 격월간 『제방』 12호(1936)에 단편 「토성랑」을 발표하면서 주목을 받기 시작한 김사량은 1940년 단편 「빛 속에서」가 아쿠타가와 상 후보작에 오르면서 일본 문단에 정식으로 데뷔하게 되며, 「토성랑」과 더불어 「기자림」「천마」「풀은 깊다」 등의 작품을 통해 조선 민족의 비참한 생활상과 일제의 식민지 정책을 고발하고, 반민족적 행위를 하는 지식인들을 비판·풍자하는 등 식민지 지배에 저항하는 작가로서의 면모를 보여준다.

1940년대가 되면서 재일 조선인 문학계 내에는 많은 신진들이 등장하게 되는데, 김달수, 이은직 등이 그 대표적인 작가이다. 김달수는 김사량에 이어 재일 조선인 작가로서는 두번째로 1953년『현해탄』이 아쿠타가와 상 후보에 오르면서 그 자신은 물론, 김사량 이후 침체에 빠진 재일 조선인문학을 일본문단에 알리는 역할을 하게 된다.『가나가와신문』『경성일보』등에서 기자 생활을 하면서,「위치」「잡초처럼」「먼지」등을 통해 피식민지 백성인 조선인들의 암울하고 희망 없는 삶의 단면들을 그려냈던 김달수는 해방 이후 일어 잡지『민주조선』의 편집을 담당하면서『현해탄』「박달의 재판」『태백산맥』등의 소설을 통해 일본의 진보적 문학의 대표적 작가로서의 입지를 다지게 된다. 그의 대표작이라 할 수 있는「박달의 재판」은 무지한 조선 민중이 각성된 행동가로 변모해가는 과정을 그린 작품으로 재일 1세대 작가들에게서 공통적으로 보이는 사회주의와 반미제국주의로 대표되는 좌익 사상적 요소를 전면에 드러내며, 이러한 민중적 각성을 통해 조국의 분단되고 혼란한 현실을 극복해보고자 하는 조국 지향적 의식을 내포한다. 니혼대 재학 중「물결」이라는 단편으로 아쿠타가와 상 후보에 오르면서 문학적 재능을 인정받았던 이은직 역시『탁류』등의 작품을 통해 해방 정국의 혼란한 시대적 상황을 치밀하게 그려낸다.

이들의 뒤를 잇는 재일 작가로서, 김달수와 더불어 대표적인 작가로 꼽히는 김석범은 일본에서 태어난 2세임에도 불구하고 독학으로 모국어를 습득하여 모국어로 직접 창작함으로써 자신이 조선인이라는 뚜렷한 민족 정체성을 구현한 작가이다. 또한 김석범은 1967년 아쿠타가와 상 후보에 오른 등단작「까마귀의 죽음」을 필두로 하여,「간수 박서방」「관덕정」『화산도』등을 통해 제주도의 4·3사건을 지속적인 문학적 화두로 삼음으로써 조국과의 긴밀한 유대감을 유지하면서 민중의 저항적 해방 투쟁의 과정을 천착한다. 이처럼 김달수, 김석범 등 재일 1세대의 문학은 무엇보다도 조국이 처한 시대적·정치적 상황을 작품의 배경이나 문학적 소재로 삼아 형상화하고 있는데, 이는 조국의 운명이나 해방이라는 역사적 사건에 무관심할 수 없는 작가의 현실 인식과 조국 지향의 정서를 보여주는 것이라 할 수 있다. 이 외에도 시인인 허남기, 김시종, 그리고 김태생이 재일 1세대 작가에 속한다.

일본 사회의 고도 경제성장이 본격화된 1960년대 후반에 등장한 재일 2세대 문학은 조국·민족과 재일이라는 자신의 위치 사이에서 갈등하고 고뇌하는 본격적 재일 세대의 모습을 구체적으로 다루고 있다. 이회성, 김학영 등으로 대표되는 2세대 작가들은 일본에서 출생, 성장한 탓에 모국어는 거의 불가능하거나 후천적으로 습득된 것이다. 1973년 단편 「다듬이질하는 여인」으로 재일 조선인 작가로서는 최초로 아쿠타가와 상을 수상한 이회성은 『금단의 땅』 『유역』 『백 년 동안의 나그네』 등의 작품을 통해 재일 1세대 작가의 정치지향적인 문제의식을 계승하면서, 끊임없이 민족적 주체성 확립이라는 재일 조선인의 정체성 회복의 문제에 관심을 집중시킨다.

이회성과 동시대 작가이면서도 기존 재일 조선인문학의 흐름과는 구별되는 새로운 문학적 지평을 개척한 작가로 평가받는 김학영은, 재일이라는 실존적 상황과 정체성 부재의 민족의식 속에서 고뇌하고 좌절하는 개인의 내면과 소외의식을 치밀하게 그려내고 있다. 집단적인 역사의식에 기반한 민족문제에서 한 걸음 벗어나, 개인의 절박한 내면의 목소리에 귀 기울이고자 하는 김학영의 문학적 도정은 말더듬이라는 작가 개인의 실존적 상황과 맞물려 있으며, 일본인도 조선인도 아닌 재일이라는 민족적 정체성의 부재의식과도 밀접히 연결되어 있다. 「얼어 붙은 입」 「끌」 등의 작품에는 이러한 김학영의 실존적 고뇌와 소외의식이 잘 드러난다. 개인의 현실적인 상황을 작품에 그대로 투영하는 김학영의 문학적 태도는 이후 재일 3세대 작가의 문제의식과 일맥상통한다는 점에서 주목할 만하다. 이 밖에 재일 2세대 작가로 고사명, 양석일, 박중호, 김재남, 종추월 등을 들 수 있다.

1980년대에 접어들면서 이양지와 이기승 등 새로운 세대가 등장한다. 한국에서 태어나 일본으로 건너온 부모를 두었다는 점에서는 재일 2세대에 속하지만, 연령이나 문단 등단 시기, 작품 경향 등이 2세대 작가와는 뚜렷이 구분되는 재일 3세대 작가의 선두 주자인 이양지는 모국 유학을 통한 낯선 조국 체험을 통해서 개인적 정체성을 모색하며, 이러한 실제적인 경험을 기반으로 「나비타령」 「유희」 등의 작품을 발표한다. 「유희」로 이회성에 이어 재일 조선인 작가로서는 두번째로 아쿠타가와 상을 수상한 이양지는 재일 조선인의 실존적 의미를, 조국이나 민족의 개념에서 탈피하여 개인의 의식을 통해 확립하고자 고심했다는 점에서 문단의 주목을 받았다.

이양지는 자신의 모국 체험을 통한 글쓰기와 더불어 조국인 한국에서도 거주지인 일본 사회에서도 귀속감을 갖지 못하고 방황하는 재일 조선인 2세가 겪어야 하는 정체성의 문제를 다루었다는 점에서 2세대 작가들과 구별된다. 이양지의 작품들은 대부분 그녀의 한국 유학 중에 쓰어졌으며 또한 유학생을 주인공으로 한 소설이라는 특징을 갖고 있다. 이양지의 문학 작업은 「유희」를 기점으로 변모된 양상을 보이는데, 「유희」 이전까지의 작품이 재일 조선인의 정체성의 위기와 불행의식, 한국인이 되어야 한다는 강박감, 일본적 정체성에 대한 부정을 치열하게 형상화하고 있다면, 「유희」 이후의 작품에서는 삶에 대한 용기, 현실을 직면하는 태도, 현실을 있는 그대로의 모습으로 받아들이고 허용하는 용기와 힘을 통해 이를 극복하는 과정을 보여준다.

이기승 또한 「제로한」 「잃어버린 도시」 등의 작품에서 차별받는 재일 조선인의 정신적 갈등과 불안의식을 다루면서 현시대에 이들이 당면한 존재적 문제의식을 드러낸다. 이처럼 역사적 특수성에 기반한 민족적 정체성 찾기의 과정을 넘어서 문학적 보편성 추구에 주력하고자 하는 시도들은 유미리 등의 최근 작가들에게서 더욱 뚜렷하게 발견된다.

「가족 시네마」 『풀하우스』 등의 작품에서 유미리는 자신이 한국인도 일본인도 아니라는 실존의 기반을, 문학을 하는 데 매우 유효한 입장으로 무리 없이 수용하고 있다. 현대인이 처한 정신적 고독과 위기감, 세계와의 단절이라는 문제를 독특한 감수성에 기대어 형상화해내고 있는 유미리는 자신의 자전적인 경험을 바탕으로, 가족이라는 전통적 유대의식의 강요와 그로 인한 불화, 가족의 부재와 해체 과정에 주목하면서 이의 형상화를 통해 현대의 개인이 가지는 소외감과 고립감, 타인과의 관계에서 실패하거나 일탈적인 방식으로 관계를 맺는 원인에 대해 탐구한다.

「가족 시네마」로 1997년 아쿠타가와 상을 수상한 유미리에 이어 재일 조선인 작가로는 네번째로 아쿠타가와 상을 수상한 현월은 『그늘의 집』 『나쁜 소문』 등의 소설을 통해 조선인이라는 차별적 민족 개념에 주목하기보다는 보편적인 인간의 특성, 곧 악의의 욕망이나 인간관계의 단절 등에 천착하면서 재일 조선인 문학의 주제적 범주를 확장하는 데 일정한 역할을 하고 있다. 이 밖에도 오사카의 재일 조선인 거주지인 이카이노를 무대로 삼아 문학 활동을 하는 원수일을 비롯하여, 정윤희,

김중명, 『GO』로 2001년에 나오키 상을 수상한 가네시로 가즈키 등이
재일 3세대 작가군에 속한다.

이상에서 살펴본 바와 같이 지금까지 재일 조선인문학을 규정지었
던 가장 커다란 범주는 일본이라는 과거 식민지 조선의 지배 국가에서
조선인으로서의 민족적 정체성을 어떻게 지켜나갈 것인가의 문제였다.
1990년대 이후 재일 조선인문학은 내면에 실재하는 욕망의 문제, 진솔
한 삶의 문제에 접근함으로써, '재일'이라는 특수한 상황을 보편적인 인
간의 정서와 대면하게 한다. 이제 재일 문학은 민족 정체성과 실존적
자아 확립이라는 문제에서 벗어나 인간 내면의 심연을 통찰하고 현대
사회가 안고 있는 혼돈과 병리적 현상에도 주목하기 시작했다. 이처럼
개별적 민족의 문학을 넘어서 세계 보편의 가치를 향해 나아가고 있는
재일 조선인문학의 미래적 전망을 함께 일구어가야 하는 책임이 우리
에게도 부여되어 있음을, 좀더 적극적이고 긍정적으로 인식해야 할 것
이다.

6. 태평양을 넘는 문화 충격의 동질성과 이질성
―재미 한인문학

재미 한인의 세대적인 구분은, 한국에서 태어나 청장년기에 미국으
로 건너간 이민 1세대와 어린 시절 미국으로 건너간 1.5세대, 이민 1세
대인 부모 아래 미국에서 태어나 줄곧 미국에서 성장한 2세대 이후 세
대로 이루어진다. 국권 상실기에 이루어진 초기 유이민이 비교적 타율
적인 것이었다면, 해방 이후나 한국전쟁 이후에 이루어진 이민은 주로

경제적, 사회적 상승 욕구에 의해 자율적으로 이루어졌다는 것이 특징이다.

상당수의 이민 1세대가 이미 모국에서 학습한 한국어를 사용해 일반적인 의사소통 행위나 사고를 하는 것에 비해, 이민 1.5세대나 2세대는 한국어에 대한 체계적인 학습이 없을 뿐 아니라 한국 문화에 대한 경험도 적을 수밖에 없기 때문에 그들에게 현지어인 영어는 사고 체계 전반을 차지할 수밖에 없다. 이러한 세대적인 구분은 자연스럽게 문학 창작 활동을 하는 문인들의 세대적인 구분에까지 이른다. 곧 한국어로 문학 창작 행위를 하는 이민 1세대와 영어로 문학 창작 행위를 하는 이민 1.5세대 이후 세대로 나뉜다는 것이다.

해방 이전 재미 한인들의 시가문학은 창가와 시조 등 모국의 전통 장르를 계승하는 동시에 미국 현지에서 경험한 민요 등 여러 형태의 노래들을 수용하면서 일정한 변이 과정을 거친다. 모국의 시문학이 문학 내적인 동기에 의해 자유시의 형태로 전이되는 발전 과정을 거치는 것에 비해, 미주 한인들이 창작한 시문학은 현지인들이 일상에 부르던 노래를 일정 부분 받아들이면서 자유시의 경험을 축적해간다. 곧 단순히 영어 가사를 한국어 가사로 바꾸어 부르는 것뿐 아니라 자유로운 시 형식을 체험하면서 새로운 형태의 시가문학을 발전시켜나간 것이다. 내용적인 측면에서는 주로 일제에 대한 저항 의식과 독립에의 염원, 식민지적 현실에 대한 반성과 비판, 그리고 이민 생활의 애환과 고국에 대한 그리움 등이 주제적 경향을 이루었다.

소설은 3·1운동 이전에는 낭만적 애국주의로 대표될 만한 주제의식을 표방하는 것에 그치지만 3·1운동 이후에는 모국의 식민지 현실을 좀더 객관적이고 이성적으로 바라보고자 하는 의지가 소설 자체의 미학적 완성도를 향한 노력과 어울러 다양한 주제의식과 완성도 있는 작품들을 생산하기에 이른다. 애국애족과 현실 비판, 선진 문물과 정신에 대한 추구, 이민 생활의 애환 등이 주제적 경향을 이루었다. 시문학에서 드러난 사회 현실에 대한 비판의식이 미국이라는 공간적 특수성에서 일정 부분 힘입은 것과 마찬가지로, 소설문학 역시 자유연애 등 서구적 가치관에서 비롯된 새로운 세계관이 작용하면서 소설 미학적 완성도를 높이는 것에 상당한 기여를 하게 된다.

해방 이후, 이민 1세대 중심의 재미 한인들은 문학 단체들을 조직하여 한국어로 작품 활동을 하며 한국인으로서의 결속을 다지고 고향에 대한 그리움, 이민 생활의 힘겨움 등을 작품으로 표현하면서 현실을 극복하고자 하였던 것으로 보인다. 또한 그러한 활동을 통해 한국인으로서의 자부심을 가지고 미국 사회에 한국인과 한국문학을 알리려는 시도를 한 것이다. 그러한 목적의 문학 단체가 미주 지역 곳곳에 존재하며 활동의 성과물로서 여러 문예지를 발간하고 있다. 대표적인 문예지로는 미 서부의 『미주문학』과 미 동부의 『뉴욕문학』을 들 수 있다.

한편 1.5세대와 2세대, 3세대들은 특정 문학 단체에 소속되어 활동하기보다는 개별적으로 작품을 생산해내고 있다. 이들은 미국에서 교육받고 미국식 문화에 익숙해져 있으며, 그래서 영어로 작품을 쓰는 경우가 대부분이다. 그러므로 이들에 의해 씌어진 한국에 관한 이야기나 재미 한국인에 관한 이야기는 전자의 한글 창작물에 비해 미국 사회에 훨씬 큰 파급 효과를 줄 수 있다. 김용익, 김은국, 노라 옥자 켈러, 이창래, 수잔 최, 차학경, 캐시 송 등은 그들의 작품으로 미국 사회에서도 인정받고 있으며 그들로 인해 한국과 재미 한인, 나아가 미국 내 소수민족에 대한 관심이 고조되고 있는 것이 사실이다.

『미주문학』『뉴욕문학』두 문예지에 실린 한글 창작 시를 중점적으로 살펴볼 때, 오늘날 재미 한인 시인들은 타국에서의 냉정한 현실을 힘겨워하지만 그러한 현실을 시로 승화시키고 있으며 고향에 대한 그리움을 표출하면서 생활의 위안을 삼고, 또 힘을 얻고 있다는 것을 알 수 있다. 그리고 시에서 고통을 극복하려는 의지를 드러내고 있어 쉽게 굴하지 않는 강인한 생명력을 느낄 수 있다. 하지만 1세대들의 한글 창작물의 경우 보편적으로 감동을 주는 시들보다 자신의 이야기를 하고, 자신의 삶을 담아내려는 시들이 많다는 한계점을 지니고 있다. 특히 그러한 시들은 자신의 감정에 몰입됨으로서 감상적인 측면을 드러내는 경우가 있어 아쉬움을 느끼게 한다.

김은국의 소설『순교자』는 한 개인의 실존적 고뇌를 통해 신은 존재하는가, 그를 통한 구원은 어떻게 이루어지는가, 한계 상황에서 인간은 이를 어떻게 극복할 수 있는가에 대한 진지한 성찰을 담고 있다. 부조리한 현실의 한계 속에서 '신 목사'가 선택한 것은 자신의 작은 양심을 팔아서라도 고통받고 절망하는 자들에게 환상의 사랑을 베풂으로써 그들을 구원하는 것이다. 신 목사의 사랑은 신의 구원과 달리 인간 중심적 구원인 것이다. 결국 구원의 주체는 신이 아닌 인간 신 목사가 되는 것이며 그것을 이루는 방법은 희생을 통한 사랑이다. 여기서의 사랑은 실재의 것이 아닌 환상의 그것인데, 진정한 구원의 의미는 내세의 구원이 아닌 현세의 정신적 구원임을 나타낸다.

강용흘의 자전적 장편소설인『초당』은, 주인공 한청파가 고향에서 보낸 유년 시절의 이야기로부터 그가 마침내 미국으로 건너가게 되는 시점까지를 다루고 있다. 작품은 총 23개의 장으로 구성되어 있는데, 각 장의 서두에는 영국인이나 미국인에 의해 씌어진 시의 부분이 인용되어 있다. 이러한 형식적 특징을, 조선 세조 때 사육신 중 한 사람인 유성원의 시조 작품 중 한 구절을 이용해 '초당'이라는 제목을 단 점, 주인공 한청파가 일제강점기의 조국 현실을 직접 체험한 민족주의자로 그려져 있다는 점과 비교해본다면, 작가는 서양의 문학과 동아시아의 풍물을 동일한 지면 속에 병치해놓아 한편으로는 양자 간의 차이를, 다른 한편으로는 그 차이를 넘어 인류 문화사의 보편성을 환기하고자 의도했음을 알 수 있다. 이러한 보편적인 차원에서의 문화 혹은 근대성에 대한 집착은 『초당』의 속편 격에 해당하는 『동양 선비 서양에 가시다』에 더욱 잘 드러나 있다.

차학경의 『딕테』에 전반적으로 드러나는 주제는 '받아쓰기에 대한 저항의식'이다. 작가인 한국 여성이 일찍이 미국으로 건너가면서부터 겪게 되는 다른 문화권의 이데올로기로부터의 받아쓰기 강요, 작가의 어머니와 할머니를 통해 동양 여성으로서 남성권위주의로부터의 받아쓰기, 나아가 유관순을 통해 우리 민족이 일본에 의해 강제적으로 탄압받아야만 했던 일제 치하의 받아쓰기에 대한 저항의식 등이 그것이다. 또한 차학경은 『딕테』에서 형식 파괴의 언어를 사용하여 지배자와 피지배자 간의 관계를 나타내고, 지배자에 대항하는 피지배자의 저항적 글쓰기를 보여주고 있다. 차학경은 언어와 역사, 종교에 의해 형성된 기존의 정체성에 순종하지만, 끝내 이를 해체하고 기존의 정체성에 저항하는 새로운 정체성을 찾아가고 있다. 그리고 그런 정체성을 찾아가는 과정에서 '흔들리는 주체'를 발견하게 된다. 결국 차학경은 이민자로서, 여성으로서 겪어야 했던 고통과 사회적 차별 사이에서 주체를 상실하게 되고, 그 주체를 되찾고자 했을 때, 작품은 그 저항적 욕망의 발현 수단이 된 것이다. 그 저항적 욕망의 표출로 다중적이고 복수적이며 분열적인 주체가 나타나게 된 것이다.

노라 옥자 켈러의 『종군위안부』는 이민 생활을 하고 있는 과거 종군위안부였던 어느 한 여인의 체험을 바탕으로 하고 있다. 대부분의 종군위안부들이 그랬듯이, 이 작품에서 아키코도 전쟁이 끝났음에도 고향으로 돌아오지 못하고 타지에서 삶을 마감한다. 그리고 어린 시절의 처참했던 기억으로부터 벗어나지 못한 채 정신적 후유증에 시달린다. 결국 그녀는 정신분열증을 일으키게 되고, 그것은 딸 베카에게까지 이어지는 정신적 후유증이 되어 둘 사이의 갈등 요소가 된다. 노라 옥자 켈러는 이런 아키코와 베카, 두 인물 간의 갈등과 그 해소 과정을 통하여 아키코는 베카에 의해, 베카는 아키코에 의해 정체성을 찾아가는 모습을 그리고 있다. 또한 여성의 시각에서 위안부들의 삶을 재조명함으로써 일본군의 성폭력과 학대로 죽어간 한국 여인들의 혼을 위로하고자 한다. 이 작품의 또 다른 특징은 한국의 문화와 전통을 작품 속에 깊이 접목시키고자 한다는 점이다. 이것은 아키코, 한국명 김순효를 영매로 설정하는 한국의 샤머니즘으로 잘 나타난다.

수잔 최의 『외국인 학생』은 전쟁과 사랑을 통해서 한국인 유학생 '창'의 정체성 혼란과 회복을 탐구하고 더 나아가 자아의 위치를 발견함으로 긍정적인 인간의 모습을 형상화하고자 했다. 한국전쟁의 기억은 창의 정체성 실종의 상태로, 실종되었던 정체성은 미국인 캐서린과의 사랑으로 회복된다. 이 작품은 동서양의 경계를 허무는 그들의 사랑을 통해 동서양의 역사와 인종간의 화해를 시도하고 있는 것이다. 작가는 2세대 재미 한인 작가들의 갈등 양상인 한국인으로서의 정체성 추구, 또는 미국 사회로의 동화 문제를 이 작품에서 인종 간의 화해, 즉 사랑을 통해서 해결하려고 했다고 할 수 있다. 작품의 결말에서 보듯이 정체성의 회복은 자아를 발견하게 하고, 마침내 자유를 찾게된 나를 발견하게 되는데, 이것이 수잔 최가 작품에서 달성하고자 했던 의미라 할 수 있다. 반면 이 작품은 필요 이상으로 한국전쟁의 역사적 정보를 나열함으로써 작품의 균형을 잃고 있는 것이 사실이지만 이는 다분히 의도적인 것으로 파악된다. 수잔 최는 아버지의 나라가 겪어온 과거의 역사를 기술하면서 감정에 이끌리지 않고 담담한 서술로 작품의 긴장감을 유지하고 있기 때문이다. 특히 전쟁이라는 혼란스러운 사회의 틀에서 한 개인의 삶으로 좁혀가는 귀납적인 구성 방식으로 객관적인 시각에서 한국이 겪어야 했던 비극성을 철저히 파헤치는 부분이 그러하다.

『네이티브 스피커』는 작가 이창래의 자전적인 성격의 띤 작품으로 미국 한인들의 세대 간 갈등은 물론 인종, 문화, 언어의 첨예한 갈등을 드러내고 있다. 또한 단순히 식민 담론의 횡포를 부각시키거나 새로운 이민자들이 미국 사회로의 동화되어가는 모습을 보여주기보다는, 두 문화 간의 협상과 중재를 통한 융화의 중요성을 강조하여 탈식민주의 논의의 새로운 의미 창출에 기여하고 있다고 판단된다. "우리의 귀와 입으로부터 안전하게 지킬 수 있는 것은 아무것도 없다. 이것이 우리의 역사였다. 우리는 가장 위험하면서도 가까운 형제요, 격렬하면서 동시에 서글픈 친구 사이였다"라고 하는 헨리의 진술은, 이민자들이 현실적 위치를 보여준다. 이창래는 지배/피지배의 이분법적 구도에서 탈피하여 더 이상 희생자, 타자의 역할에 국한되지 않고 능동적으로 화해의 길을 모색해나가는 개인의 모습을 그림으로써『네이티브 스피커』가 보편적 미국문학으로 거듭날 수 있음을 확고히 하고 있다.

이외에 시인으로는, 시 선집『청미: 시 선집*Chungmi: Selected poems*』을 통해 전쟁의 기억, 가족의 비극, 개인적 유대관계의 단절, 예술적 삶에 대한 도전 등의 메시지를 형상화한 김청미, 한국계 아버지와 중국계 어머니 사이에서 태어나 하와이에서 성장한 경험을 살려 시집 『사진 중매 신부*Picture Bride*』을 발간한 캐시 송, 오벌린 대학, 존스홉킨스 대학, 아이오와 대학 등에서 수학하며 『깃발 아래로*Under Flag*』 등의 시집을 낸 김명미 등이 있다. 이들은 대개 한국계 이민자라는 개인적 체험을 바탕으로 하여 개인의 정체성에 대한 고민을 사회문화적 보편성에의 고민으로 확장시켜 나름의 문학적 활동을 이어가고 있는 시인들이다.

분석대상으로 삼은 작품의 폭이 넓지 못하다는 점, 국내에 알려진 기존의 자료들만을 활용함으로써 논의의 범주가 제한적일 수밖에 없다는 점, 번역문의 형태로밖에 분석할 수 없다는 점 등 이 글은 적지 않은 한계점을 지니고 있는 것이 사실이다. 그러나 그와 같은 단처에도 불구하고 한국문학의 외연을 확장시킬 수 있는 가능성의 계기가 된다는 점 또한 간과할 수 없을 것이다.

7. 마무리

지금까지 해외 네 개 지역의 동포문학을 개관해보았다. 그 외에 아시아, 아프리카, 남미, 유럽 및 중동 지역 등에도 해외동포문학이 있다. 그러나 자료와 정보의 부족 때문이겠지만, 독일의 이미륵과 호주의 김동호 등이 지금까지 국내에서 비교적 높은 평가를 받은 문학인으로 알려져 있을 뿐, 그 이외의 연구는 아직 미비한 형편에 있다. 이는 이 분야에 있어 앞으로의 연구 과제에 해당한다.

앞서 이 글에서 재외 한인문학 또는 한민족 문화권의 문학이라는 개념적 범주와 관련하여, 우리가 해외동포문학을 그 범주 안으로 수용하는 문제에 있어 지나치게 인색할 필요는 없을 것이라고 언급한 바 있다. 그런데, 여기에 한 가지 더 덧붙여 언급해야 할 중차대한 문제가 있다. 이 한민족 문화권의 논리와 그 의미망 가운데로, 해방 이래 한국문학과 궤를 달리해올 수밖에 없었던 북한문학을 초치하는 일이다.

실제적이고 물리적인 남북관계에 있어서도 그러하거니와 더욱이 문학에 있어서, 북한문학에 남북한 대결 구도의 인식으로 접근해서는 남북한문학의 접점을 마련하거나 남북한 문화 통합의 전망을 마련하거나 하는 일이 거의 불가능하다. 우리는 지금까지 수도 없이 많은 구체적 경험을 통해 이를 보아왔다. 그렇다면 어떤 방안이 있느냐는 반문이 당장 뒤따를 것이다. 그에 대한 대답으로 지금껏 우리가 논의한 한민족 문화권의 개념을 제시할 수 있을 터이다.

이는 남북한문학을 포함하여 중국 조선족문학, 중앙아시아 고려인문학, 일본 조선인문학, 미주 한인문학 등 재외 한인문학의 전체적인 구도 속에서 남북한문학의 지위를 자리매김해나가는 한편, 민족 정체성에 바탕을 둔 지역 문학 간의 연대를 지향하는 범박한 탈이념성의 논리를 차입하여 남북 상호 간의 대결 구도를 희석시키자는 논리다. 그리하여 남북한 양자의 문학이 무리 없이 만나 악수하게 하고 그것의 대외적 확산을 도모하며 통일 이후의 시대에 개화할 새로운 한민족 문학의 장래를 예비하는, 다목적적 기능에 유의하고 이를 실천해볼 수 있었으면 한다.

한민족 문화권이라는 부피가 큰 이름 또는 개념과 관련된 이 절실한 요청은, 오늘날과 같이 인간의 의식이 다원화되고 파편화되며 민족문화의 진로와 그 성취의 목표가 불투명해진 시대에 있어, 우리가 문학의 이름으로 내거는 하나의 작은 등불이라 할 것이다. 하나의 혈맥을 가진, 상호 소통 가능한 여러 유형의 문학이 궁극적으로 인간의 삶을 아름답고 풍요하고 보람 있게 해야 한다는, 그 소박하면서도 귀한 소망을 위해서도 그러하다.

참고문헌

강재언·김동훈,『재일 한국·조선인 ─ 역사와 전망』, 하우봉·홍성덕 옮김, 소화, 2000.

구은숙,「여성의 몸, 국가 권력과 식민주의/민족주의: 노라 옥자 켈러의『종군위안부』」,『영어영문학』제47권 2호, 2001.

권철근,「아나톨리 김의『다람쥐』연구: 다람쥐와 오보로쩬」,『러시아연구』제5권, 1995.

김석범,「민죽허무주의의 소산에 있어서」,『三千里』1979년 겨울호.

김종회 편,『한민족 문화권의 문학』1, 국학자료원, 2003.

──── ,『한민족 문화권의 문학』2, 국학자료원, 2006.

김종회,「소비에트 카작스탄 한인문학과 희곡작가 한진의 역할」,『한국문학논총』제27집, 한국문학회, 2000.

김필영,「송 라브렌띠의 희곡 기억과 가작스탄 고려사람들의 강제이주 체험」,『비교한국학』제4호, 국제비교한국학회, 1999.

김현택,「우주를 방황하는 한 예술혼 ─ 아나톨리 김론」,『재외한인작가연구』, 고려대한국학연구소, 2001.

리진, 『리진 서정시집』, 생각의바다, 1996.

민지혜, 「항일민족투쟁사의 서사적 형상」, 『한민족 문화권의 문학』 1, 국학자
　　　료원, 2003.

양원식, 『카자흐스탄의 산꽃』, 시와진실, 2002.

오상순, 『개혁개방과 중국 조선족 소설문학』, 월인, 2001.

왕 철, 「『네이티브 스피커』에서의 엿보기의 의미」, 『현대영미소설』 3권, 한국
　　　현대영미소설학회, 1996.

외무부, 『외교백서』, 2010.

유선모, 『미국 소수민족 문학의 이해』, 신아사, 2001.

유숙자, 『在日한국인 문학연구』, 월인, 2000.

이일환, 「在美 한국계 작가 연구」, 『어문학논총』 제21집, 국민대학교 어문학연
　　　구소, 2002.

이준규, 「소련의 해체와 중앙아시아 고려인」, 『민족연구』 7권, 한국민족연구
　　　원, 2001.

이한창, 「재일교포문학 연구」, 『외국문학』 1994년 겨울호.

조규익, 『해방전 在美韓人 이민문학』, 월인, 1999.

조성일·권철, 『중국 조선족문학 통사』, 이회문화사, 1997.

──── , 『중국조선족문학사』, 연변인민출판사, 1990.

주연화, 「차학경의 작품에 대한 후기구조주의적 해석」, 이화여대 석사학위논
　　　문, 2002.

한만수, 「러시아 동포 문학에 투영된 한국 여성의 초상」, 『한국문학연구』 19권,
　　　동국대 한국문학연구소, 1997.

홍기삼, 「재외 한국인 문학 개관」, 『문학사와 문학비평』, 해냄, 1996.

홍기삼 편, 「재일 한국인 문학론」, 『재일 한국인 문학』, 솔, 2001.

재외 한인 디아스포라 문학과 민족의식
—미주 지역 문학 작품을 중심으로

1. 한민족 문화권 문학의 존재 양식

　한글로 작품 활동이 이루어지는 해외 주요 지역의 문학을 '한민족 문화권의 문학'[1]이라 호명하면서 본격적인 연구를 시작한 이래, 오늘에 이르기까지 국내외적 상황이나 학계의 연구 동향이 많이 달라졌다. 처음 이 분야의 연구가 시작될 무렵만 해도, 해외동포문학에 대한 인식이 미약한 편이었고 연구도 그다지 활발하지 못했다. 그러나 이제는 이 분야가 한국문학의 외연을 확장하고 민족 정체성을 포괄적으로 확립하는데 중요한 역할 및 기능을 예고하고 있으며, 또한 동시대 문학 연구자들이 끌어안고 있는 책임의식과도 관련이 있다.

　더욱이 국가 간 커뮤니케이션과 이동 수단의 눈부신 발달로 세계가

---

1) 김종회 편, 『한민족 문화권의 문학』 1·2, 국학자료원, 2003~06.

지구촌화된 오늘날, 한민족 문화의 지역별 상거는 그 근본적 동질성에 비해 훨씬 부차적인 개념이 되었다. 지난 6년간 필자가 미국·캐나다 등 미주의 한인문학, 일본의 조선인문학, 중국의 조선족문학, 카자흐스탄·우즈베키스탄 등 중앙아시아의 고려인문학이 창작되고 있는 현지를 국제 세미나 및 강연을 계기로 방문하는 동안, 그러한 변화를 확실히 체감할 수 있었다. 동시에 국내에서의 연구 인력이 확장되는 등 연구 분위기도 많이 성숙되었으며, 국내 대학에서도 '국제한인문학연구센터' 등을 설립하여 향후의 연구를 본격화하기도 했다.

연구의 대상이 되는 해외 주요 지역의 문학 중 재미 한인문학에 관해서는, 최근 들어 체계적으로 자료를 수집·정리하고 그 문학적 성과를 분석적으로 연구하고자 하는 시도들이 선보이고 있다. 필자가 엮은『한민족 문화권의 문학』2에 수록된 박연옥의「재미 한인문학 연구의 현단계」는, 이러한 재미 한인문학 연구 현황을 통시적으로 고찰하고 있다. 이와 더불어 현지 재미 한인의 관점에서 바라본 박진영의「이산적 정체성과 한국계 미국작가의 문화 읽기」는 향후 연구의 과제와 전망을 모색하고 있다.

개별 작가론과 작품론에 있어서, 소설에 비해 비교적 비평적 조명이 미진한 시와 동화 장르에도 주목이 확대되고 있는데, 이민자의 삶의 갈등과 내면의식을 핍진하게 형상화하고 있는 고원과 마종기 시론 및 한국의 전통문화와 역사를 전 세계에 알린 동화작가 린다 수 박 작품론 등이 이에 해당한다. 한편 탈식민주의와 다문화주의가 쟁점화되고 있는 오늘날, 권택영의「종군 위안부: 노라 옥자 켈러와 이창래의 고향의식」같은 글은 이산적 정체성과 역사의식이라는 주요한 문제에 접근하고 있어 주목을 요한다.

같은 책에 수록된 강태성의 「조선인 조선어 소설문학」은, 그 역사적 특수성이 작용하는 가운데 일본어로 쓴 문학과 조선어, 곧 한글로 쓴 문학으로 나뉘어 연구가 이루어졌다. 김사량, 김달수, 김석범, 이회성, 이양지, 유미리 등 일본 문단 내에서 일정한 주목을 받아왔으며 한국에도 번역되어 소개된 일본어 문학이 한 축이라면, 재일본조선인총연합회(조총련) 산하 재일본조선문학예술가동맹(문예동) 소속 작가들이 창작한 조선어 문학이 다른 한 축을 이룬다. 한글로 씌어진 문학 작품을 중심으로 할 때, 북한문학과 밀접한 연관성을 지니며 한국에서는 그 연구가 아직 미미한 재일 조선인문학에 대한 연구가 점진적으로 중점적 과제로 인식되고 있다.

'문예동' 소속 시인인 손지원의 글은 해방 이후 현재까지 조직적으로 이루어진 국문문학운동의 전개 과정 및 작가들의 창작 활동을 시기별로 나누어 문학사적으로 고찰하고 있으며, 문예동 소속 소설가 강태성의 글은 소설문학을 중심으로 재일 조선인 조선어 문학의 특징적 면모를 밝히고 있다. 이 밖에도 재일 조선인 조선어 문학을 시와 소설로 나누어 주제별로 개관하거나 대표적 시인·작가 들인 김학렬, 리은직, 량우직의 작품에 주목하는 경향성이 있다.

중국 조선족문학에 대한 연구에서는 그 전반적인 흐름을 짚어보고, 의미망을 제시하는 글 두 편을 중시하여 앞의 책 중국 부분 서두에 수록하였다. 여기에서는 중국 조선족문학의 이중적 성격이 역사적 흐름과 밀접한 상관성을 갖는 것임을 보여줌으로써 그것이 어느 범주에 귀속되는가의 문제에서 벗어나 근대 문학의 범주를 넓히고 현재적 의미를 재발견하는 데로 나가야 할 것임을 밝히고 있다. 중국 조선족문학과 한국문학의 교류가 활발해지고 그 양자 간의 상호관계를 통해 우리 문학

세계화의 한 방향성을 모색하려는 지금, 중국 조선족문학의 개혁 개방 시기에 대한 소설 연구는 그 문학적 향방을 비교적 소상히 전해주는 측면이 있다.

그동안 미처 손이 닿지 못했던 비평과 아동문학에 대한 연구도 이제는 주의 깊게 다룰 때가 되었다. 중국 조선족문학 비평에 관한 연구는 중화인민공화국 성립 이후 조선족문학의 당면 과제와 방향을 구체적으로 보여주며, 아동문학에 관한 미개척 분야의 연구 또한 한국에 좀처럼 알려지지 않았던 중국 조선족 아동문학의 실상을 파악하는 길잡이의 역할을 해줄 수 있다.

중앙아시아 고려인문학에 대한 연구는, 세계문단의 주목을 받는 작가들의 등장에 힘입어 아나톨리 김과 미하일 박을 주축으로 한 연구가 상당한 수준으로 진행되어온 것이 사실이다. 그런데 이들의 문학은 그 문학적 성과에도 불구하고 러시아어를 통한 창작과 모호한 민족적 정체성으로 인하여 '민족문학'의 범주 문제에 대한 부분적인 논란의 여지를 남겨두고 있다.

중앙아시아 고려인문학에 대한 전반적인 상황과 함께 그동안 중점적인 연구에 아쉬움이 있었던 라브렌티 송, 김준, 김세일 등의 작품 세계에 대한 심도 있는 논의가 필요하다. 이는 작가와 작품의 중요성에도 불구하고 그동안 체계적으로 이루어지지 못한 연구의 보완을 말하고 있으며, 자료를 구하기 어려운 상황 속에서 현지와의 직접적인 교류를 통한 성과 확보에 유의할 필요가 있다.

지금까지 언급한 재외 한인문학은 한국문학의 비주류적 그늘 아래 있었던 것임을 부인할 수 없다. 그럼에도 불구하고 이들의 문학은 한국문학의 주류에서 논의되어온 민족문학, 근대문학이라는 거대담론의 틀을 재조명할 수 있는 타자의 자리를 제공한다. 우리는 안과 밖에 있는 문학적 주체의 시선이 교차하는 과정에서 그 새로운 시각이 배태되기를 바라볼 수도 있다.

이 글에서는 한민족 문화권 문학의 그와 같은 시의적 중요성과 향후 연구 전망과 관련하여, '재외 한인 디아스포라 문학'이라는 분류 개념을 염두에 두고 그 각 지역의 문학이 태생적 근본으로서의 민족의식을 어떻게 담고 있는가를 연구하고 분석하려 한다. 그리고 그 과정을 네 단계로 나누어 미주, 일본, 중국, 중앙아시아 지역의 문학작품들을 순차적으로 연구해나가려 하며, 여기에서는 첫 단계로 미주 지역의 주요 작가와 문학 작품들이 표출하는 민족의식을 추출하고 검색하는 데 목표를 두기로 한다.

2. 미주 지역 한인문학의 양가적 성격: 국문·영문 문학

한국인이 미국으로 이민하기 시작한 역사는 1903년 1월 13일 93명의 노동자가 하와이 사탕수수 농장 노동자로 취업하여 도미한 것에서부터 시발되었다.[2] 이들 이후로 여러 유형으로 이민이 이루어지고 정착된 삶이 자리를 잡으며 자연스럽게 한글로 된 문학 작품들이 생산되기 시작하였다. 초창기 재미 한인들의 문화적 역량이 집결된 『신한민보』에서 한글문학 작품들을 지속적으로 게재하기 시작한 것은 여기에 주요한 기반이 되었다.

---

2) 이광규, 『재미한국인』, 일조각, 1989, pp. 22~25.

이민 1세대 이래 영어로 글을 쓰는 한인 작가들은, 근자에 이르기까지 미국 주류 문단에서 높은 평가를 받는 등 새로운 입지점을 형성해왔다. 소설에 있어서 『초당』의 강용흘, 『순교자』의 김은국, 『딕테』의 차학경, 『종군위안부』의 노라 옥자 켈러, 『네이티브 스피커』의 이창래 등의 작가군이 그동안 문학적 수준을 인정받아왔다. 뒤이어 『외국인 학생』의 수잔 최, 『백만장자를 위한 공짜 음식』의 이민진, 근자에 홍콩에 거주하면서 미국에서 베스트셀러가 된 『피아노 교사』의 제니스 리 등이 주류 문단의 관심과 대중적 호응을 함께 유발하는 성과를 보이고 있다. 시에 있어서는 여러 명의 시인이 있었으나 하와이에 거주하는 『사진신부』의 캐시 송이 대표적으로 거론된다.

그동안 이들에 대한 연구로 유선모의 『한국계 미국 작가론』[3]이나 임진희의 『한국계 미국 여성문학』[4]등의 저술은, 미국 내 소수민족으로서의 한국계 작가 및 작품 연구, 그리고 차학경·김난영·노라 옥자 켈러 및 그 이후 세대의 여성문학 작가 및 작품 연구를 밀도 있게 수행함으로써 재미 한인문학 연구의 진전된 성과를 이룩한 공로가 있다.

한편 미국에서 한글로 창작되는 문학 작품의 경우, 그 활동이 주로 문인 조직을 통해 이루어지고 각 지역의 문인들이 조직적 활동과 함께 계간 및 연간 문예지를 발간하는 등 지속적 발표 지면을 확보하고 있다. LA의 미주한국문인협회와 『미주문학』, 뉴욕의 미동부한국문인협회와 『뉴욕문학』 등이 대표적인 사례이며, 그 이외에도 워싱턴, 시카고, 애틀랜타, 샌프란시스코, 캐나다에 이르기까지 한글로 창작하는 활성이

---

3) 유선모, 『한국계 미국 작가론』, 신아사, 2004.
4) 임진희, 『한국계 미국 여성문학』, 태학사, 2005.

계속되고 있다.

이와 같은 미주 해외동포문학의 범주 문제를 두고 적지 않은 논자들의 고민이 있어온 것이 사실이다. 그 첫째 문제는 이들의 문학 작품을 한국문학의 영역으로 포함시킬 수 있을 것인가 하는 점이고, 둘째 문제는 그러할 때 한글로 씌어진 작품과 영어로 씌어진 작품을 어떻게 구분하여 연구할 것인가 하는 점이며, 셋째 문제는 한글 및 영어로 된 작품 상호 간의 공통점과 차이점을 어떻게 따질 것인가 하는 점이다. 앞의 두 가지가 태평양을 넘는 한국과 미주 양 지역 간의 문학적 범주를 논의하는 방식이 된다면, 마지막은 미주문학 내부에서 서로 다른 문화권의 충돌을 관찰하는 양상이 될 것이다.

홍기삼은 「재외 한국인 문학 개관」[5]에서, 그 창작자들이 한국인이며 동포라는 사실에 중점을 두고 '한민족 문화권'의 포괄적 개념 아래 적극적이며 능동적으로 그들의 문학적 성과를 수용해야 한다고 제안했다. 필자 또한 한글 문학을 넘어 영어로 된 작품에 이르기까지, 모국어가 아니라 할지라도 한국문학의 일반적인 주제와 정서 및 분위기를 반영하고 있는 작품이면 한국문학의 범주를 거기에까지 확장해야 한다는 논리를 제기한 바 있다.[6]

최원식은 「민족문학과 디아스포라: 해외동포들의 작품을 읽고」[7]에서, 한국문학이 해외동포문학을 바라보면서 민족주의적 함몰을 경계해야 한다고 주장하면서 그 상호 간의 경계를 넘어서는 새로운 이해의 지점을 모색했다. 그는 이를 두고 "차이에 저항하지 않으면서 그럼에도 차

---

5) 홍기삼, 「재외 한국인 문학 개관」, 『한국현대문학 50년』, 민음사, 1995.
6) 김종회, 「두 개의 꿈, 한국문학과 미주문학을 보는 눈」, 『한국문학평론』 2003년 가을·겨울호.
7) 최원식, 「민족문학과 디아스포라: 해외동포들의 작품을 읽고」, 『창작과비평』 2003년 봄호.

이에 투항하지 않는 황금의 고리는 어디에 있을까?"라는 비유적 반문을 내놓았다. 그런가 하면 오창은은 「이주문학에 나타난 정체성 변화에 대한 고찰」[8]에서, 재외 한인문학이 지속적으로 변화하는 정체성을 재현하고 있다고 보고 이를 민족적 개념의 고정적 정체성으로 수렴하는 것에 대해 비판적 의견을 제시했다.

그런데 이러한 쟁점들이 논거되던 시기에 비해 문학적 환경은 너무도 발 빠르게 달라지고 있고, 문학에 있어서도 세계화의 영역이 다각적으로 확대되고 있으며, 문학 자체의 성격 및 효용성에 대한 인식도 과거와 현저히 달라지고 있다. 이제 태평양을 넘는 8만 리의 거리는 인터넷을 타고 순식간에 이동할 수 있는 일이 되었으며 더 이상 공간적 격리가 문학의 내용을 압박하는 역할을 할 수 없는 시대가 되었다.

그러기에 해외동포문학을 두고 그것이 한국문학에 속하느냐 그렇지 않느냐의 평가를 앞세우기보다는 그 가운데 한국문학적 요소가 어느 수준으로 함유되어 있는가를 판단하는, 곧 가부의 문제가 아니라 정도의 문제가 되어야 한다는 것이 필자의 생각이다. 여기에는 그동안 이 문제에 대한 가치 척도로 사용되었던 속인주의, 속문주의, 속지주의를 비롯하여 대상 작품의 주제가 무엇인가, 그 작품의 수용층이 어디의 누구인가 등이 함께 고려되어야 할 것이다.

이러한 여러 논의의 저변에 변함없이 잠복해 있는 핵심적 주제는, 아마도 이들의 작품이 안고 있는 한인으로서의 정체성, 한민족으로서의 민족의식이 될 것이다. 그 작품이 어느 국적을 가진 작가의 것이든, 어떤 언어로 씌어졌든, 그리고 어느 나라에서 출판되었든 간에 그러한 민

---

8) 오창은, 「이주문학에 나타난 정체성 변화에 대한 고찰」, 『국제한인문학연구』, 2004, p. 370.

족의식이 바탕에 깔려 있지 않고서는 그것의 범주에 대한 논의가 별반 값이 없기 때문이다. 미국에서 출간된 김은국의『순교자』나 일본에서 출간된 김석범의『화산도』가 모두 이를 잘 증명하는 사례들이다.

동시에 이 민족의식의 문제는, 앞서 언급한바 미주 동포문학 내에서 한글로 씌어진 작품과 영어로 씌어진 작품의 공통점 및 차이점을 따지는 데 있어서도 그 구분 및 분류의 근간이 되는 개념이다. 크게 나누어 한글로 작품을 쓰는 1세대와 영어로 작품을 쓰는 1.5세대 또는 2, 3세대 사이에 하나의 분기점을 형성하는 지점이 민족의식에 대한 작가의 태도이기에 그러하다. 심지어 차학경의 경우에는 미국 주류 문학에서도 보기 드문 형식실험의 소설을 쓰면서도 이 문제를 벗어나지 못했으며, 이창래의 경우에는 세 편의 장편소설 중 그 전개에 따라 이를 예민하게 의식하고 반영하였다.

이 글에서는 미주 한인문학의 작품 가운데 영어로 씌어졌으며 동시에 미국문단에서 높은 평가를 받은 세 작가의 작품을 순차적으로 살펴보고, 그 가운데 여기서 언급한 민족의식이 어떤 분량과 수준으로 내포되어 있으며 그것이 어떤 의미를 갖는가를 살펴보고자 한다. 대상 작가 및 작품은 김은국의『순교자』, 차학경의『딕테』, 노라 옥자 켈러의『종군위안부』가 될 것이다.

3. 이민자의 정체성 위기와 극복의 담화

(1) 확장된 보편성의 민족의식—김은국의『순교자』

김은국의『순교자』는 1964년 영문으로 발표되었고, 미국과 한국은 물론 몇몇의 다른 언어로 번역되어 세계 각국에서 높은 평가를 받은 작품이다. 한글 번역은 세 차례에 걸쳐 이루어졌으며, 1964년 장왕록이 삼중당에서, 1978년 도정일이 시사영어사에서, 그리고 1990년 작가 자신이 을유문화사에서 번역 출판하였다. 작가는 자신의 뜻이 정확하게 전달된 한국판 정본이 갖고 싶어 '우리말 결정판'을 내고자 했다고 밝혔다.[9]

이 소설은 한국전쟁을 배경으로 신과 인간, 인간과 인간 사이의 갈등과 고뇌를 깊이 있게 매설하면서, 진정한 인간 구원의 의미가 무엇인가를 진지하게 성찰한 작품이다. 진실을 밝혔을 때 그 결과로 지불하게 될 대가가 아무리 크다 할지라도 진실 그 자체를 밝히는 데 무게를 두어야 한다는 이 대위, 그리고 비록 신의 뜻과 배치되어 보인다 할지라도 현실적 고통의 극점에 있는 인간을 먼저 구원하는 것이 오히려 신의 뜻이라는 신 목사의 사상은, 종교적 인간 구원의 근본에 대해 서로 다른 방향성을 갖고 충돌한다.

한국전쟁 당시 공산당 비밀경찰이 처형한 12명의 목사 사건과 살아남은 목사의 영혼이 갈등하는 과정을 통해, 진정한 순교의 의미와 그것의 목표인 신의 존재, 인간의 삶이 도달할 수 있는 궁극의 지점과 그 정당성 문제 등이 중심 주제로 부각된다. 작가는 이러한 신본주의의 형이상학과 인간적 갈등의 실존성을, 한국전쟁이라는 특정한 시대 상황에 매우 효율적으로 접목했고 그 보편성과 특수성의 조합이 큰 반향을 불러일으켰다.

기실 한국전쟁은 한국인의 삶에 획기적인 변화를 가져왔지만, 미국에

---

9) 김은국, 『순교자』, 을유문화사, 1990.

거주하는 한인들의 의식과 문화에도 많은 영향을 끼쳤다. 또한 1960년대 들어서 미국 이민법이 개정되고 미국으로의 한국인 이민이 활성화 되면서, 재미 한인문학은 그 층위가 확대되고 그만큼 내외적 관심도 확대되었다. 재미 한인 작가들 또한 초기와 달리 고등교육의 수혜와 영문 작성 및 해독 능력을 가진 엘리트들이 주류였다. 김은국도 이때 미국으로 건너간 1세대 신진 작가 중 한 사람이었다.

목사였던 외조부, 항일운동 경력이 있는 아버지, 음악인 출신의 어머니, 공산주의자였던 삼촌 등, 당시로서는 유다른 가계 구조 속에서 간첩으로 모함을 받아 고난을 겪은 아버지의 모습이 그로 하여금 『순교자』의 소설적 밑그림을 작성하게 했을 터이다. 소설은 처형당한 12명의 목사 사건에, 앞서 언급한 이 대위와 신 목사 외에도 이를 완전히 정치적 목적으로 이용하려는 장 대령 등 세 사람의 입장을 교차시키면서 진행된다. 이 가운데서 작가는 '순교'의 '교(敎)'보다는 '순(殉)'이 지닌 진솔한 뜻을 더 크게 헤아려줄 것을 요망했다.[10] 살아남은 사람들이 아니라 죽어간 본인들의 편에서 생각하자는 말이다.

신 목사의 이율배반적인 희생 실천은 가히 예수 그리스도가 보여준 원안을 닮아 있다. 그런가 하면 처형된 12명 목사의 지도자 격이었던 박 목사의 인간 구원 불가지론은 가롯 유다의 속성을 계승하는 측면이 있다. 그렇다면 이 엄중한 퍼즐 게임은 참으로 지켜져야 할 진실이 무엇이며 거기에 신이 어떻게 개재될 수 있는가를 묻는 형국이 된다. 매우 역설적으로 신은 스스로 광휘를 드러내지 않고 인간인 목사 '신(申)'을 통해 그 존재론적 가치를 현현한다.

---

10) 김은국, 「독자에게 드리는 글」, 같은 책.

순교의 각오로 신에 대한 신앙 고백을 지켰던 신 목사가 은밀히 신을 부정하고 인간적 희생의 한계를 넘었을 때, 거기 신성을 대체하는 인본주의의 극대화를 보는 시각이 있다. 작가 역시 그 자리에 섰다. 그러나 이러한 상황에서는 어느 누구도 확정된 정답을 갖지 못한다. 작가 자신의 작품이라고 해서 그의 추론과 판단에 더 점수를 줄 수도 없다. 만약에 신이 자신을 버리고 그 인간적 희생에 스스로의 그림자를 덧입히기로 했다면 신 목사와 작가의 논리 또한 다기한 해석론의 관점 중 한 면만을 주장한 것이 된다.

김은국의 『순교자』는, 지금껏 살펴본 바와 같이 그 소설적 구도나 주제의 깊이에 있어 괄목할 만한 수작에 해당한다. 여기에 작가가 이민 1세대요, 그의 가계와 가족사가 소설의 근간에 깊숙이 개입하고 있으며, 한국전쟁이라는 회피할 수 없는 역사적 사실을 배경으로 하고 있다는 점에서 불가분의 민족적 상관성을 갖는다. 그런데 확장된 주제의 보편성과 한민족 고유의 특수성이 결합되면서, 작가의 민족의식이 자연스럽게 작품 속에 용해되어 있는 상황은 큰 장점이 된다. 그로 인해 이 작품이 여러 유형의 세계어로 읽히는 문제작이 되었다고 할 수 있을 것이다.

(2) 해체된 형식 속의 민족의식―차학경의 『딕테』

차학경의 『딕테』는 1982년, 작가의 다른 작품 『아파라투스』와 함께 뉴욕에서 출간되었고 미처 이 작품이 유명해지기도 전에 작가가 피살당하여 많은 안타까움을 남겼다. 『딕테』는 미국 주류 문학에서도 보기 드문 강렬한 형식실험을 보여준 작품이며, 그 성과를 인정받아 버클리대에서 소수민족 관련 강의 교재로 쓰였다. 휘트니미술관은 1993년과 1995년 두 차례에 걸쳐 차학경 회고전을 열어 그 작품 세계를 기렸고 버클리대는 학교 박물관에 작가의 모든 유물과 작품을 소장하고 있다.

우리말로 '받아쓰기'란 의미의 표제어를 가진 이 작품의 작가 차학경은, 미국 이민 1.5세대 작가이다. 미국 소수민족 계열의 작가들이 대부분 그러하듯이, 미국 문화에 적응해가는 이민자의 삶을 다루고 있으며 작품 가운데는 작가의 자전적인 요소가 많이 드러난다. 기술 언어에 있어서도 영어와 프랑스어를 혼용하고 있고 형식상으로는 포스트모던한 기법을 도입함으로써 동시대의 미국문학과는 전혀 다른 분위기를 보여준다. 요컨대 이 작품은 소설도 시도 수필도 아닌 탈장르 또는 융합 장르의 문학이며, 이해할 수 없을 것 같은, 모든 가능한 설명을 넘어설 것 같은 텍스트이다.[11]

『딕테』는 1980년대 초반 출간 당시에는 큰 관심을 불러일으키지 못했으나, 1990년대 들어 이 책에 대한 비평서가 출간되면서 주목받기 시작했다.[12] 한국에서의 이에 대한 논의는 주로 영문학 분야에서 이루어졌으며, 이는 이 작품 또는 이와 유사한 환경에 있는 작품을 한국문학과 거리를 두고 영문학의 범주로 분류하기 때문이다. 그러나 여기에는 이민자의 자기 정체성 문제와, 그가 문학적 형식의 일탈을 통해 보여주는바 삶의 여러 부면에 대한 강력한 저항의지 등이 잠복해 있어 해외동포문학 가운데서도 특별한 관찰을 필요로 한다.

작품에 드러나는 다중적이고 복수적이며 분열적인 주체[13]는 한 문화

---

11) 고부응·유충현, 「차학경의 『딕떼』 읽기: 자기 정체성의 해체」, 『인문학연구』 제34집, 2002, p. 69.
12) 이귀우, 「『딕테』에 나타난 탈식민적 언어와 파편적 구조」, 『영문학페미니즘』 제8권 1호, 2000.
13) 서하나, 「이산의 미학과 다중적 주체: 데레사 학경 차의 『딕테』」, 부산대 석사학위논문, 2002, p. 43.

권 안에서의 성장과 자기갱신을 해온 작가에게서는 기대하기 어려운 결과물이다. 작가는 1962년 열한 살 때 가족과 함께 미국으로 이주하여 도공예·불문학·비교문학·영화학을 공부했으며, 1976년 프랑스로 건너가 영화이론을 공부했고, 1979년 18년 만에 모국을 방문해 2년을 머물렀다. 이때 모국에서 영감을 얻어 『딕테』를 쓴 것으로 알려져 있으니, 그의 작품은 미국계 한국인이 쓴 독특한 텍스트가 될 수밖에 없는 환경적 조건을 갖추고 있다.

『딕테』는 이주민으로서 겪는 자전적 체험을 반영하는 동시에, 백인 문화 속의 소수민족 출신과, 그리고 남성 중심 사회 속의 여성이 당착하는 이중적 타자성을 풀어낸다. 다른 작품과 이 작품이 현격한 차이를 보이는 것은, 스토리를 형성하는 사건 위주의 서술로서가 아니라 언어 사용의 기술을 통해 이를 전개해나간다는 데 있다. 타자화된 인식주체는 그 저항의 방법으로 전략적이며 파편적인 언어, 그리고 몽타주와 같은 구성상의 파탈을 도입한다.

이 작품은 모두 열 개의 부분으로 구성되어 그리스 신화의 신들과 유관순, 잔 다르크, 성 테레사 등 역사적 여성들을 앞세우고, 원문도 시 또는 산문시의 형태를 취하고 있다. 이러한 비선형적이고 형식 파괴적인 작품 속에 수준 있는 세계 인식과 지성적 관찰력을 함께 담아내는 가운데, 탈식민주의적인 민족의식과 탈가부장적인 페미니즘을 함께 드러내는 복합적 텍스트의 면모를 보인다.

언어의 용법이 주요한 기능을 하는 이 텍스트를 통해, 작가는 영어·프랑스어·라틴어·중국어 등 여러 외국어의 발화가 환기하는 소외감과 모국어인 한국어에 대한 그리움을 나타낸다. 작품의 주제를 두고 말하자면 언어 기법을 앞세우는 방식이 간접적이고 부차적인 말하기 방식이지만, 이 작가로서는 자기 사고의 핵심을 이루는 언어의 운용으로써 타자로서의 저항적 의지를 발현하는 것이다. 그와 같은 다양한 언어의 운용은 이주민으로서의 자기 정체성을 표현하는 데는 유익하지만, 그것을 유발하는 뿌리로서의 민족의식과 그 범주를 설정하는 데는 혼란스러울 수밖에 없다.

그런데 바로 여기에 차학경 방식의 민족의식이 존재한다는 사실이 중요하다. 이주자의 민족성에 대한 의문과 그리움, 그것을 탐색하고 구명하는 글쓰기는 근본적으로 그 혼란에서 출발하는 것이며, 그에 대한 결과론적 해석이 일정한 수준의 체계화를 기할 수 있다 할지라도 당초의 혼란 자체를 회피할 길이 없는 것이기 때문이다. 끝내 이 작가와 같은 이주자는 한국 사람이면서 미국 사람이고, 동시에 한국 사람도 미국 사람도 아닌 경우가 다기한 계기마다 되살아날 운명에 처해 있다. 이와 같은 엄연한 실존적 현실을 문학 텍스트의 이름으로 증명한 작품이 곧 『딕테』이다. 이 작품의 인식 및 발화 주체가 다중적이며 분열적으로 기능하고 있는 것은 바로 그 때문이다.

(3) 자기갱신과 극복의 민족의식—노라 옥자 켈러의 『종군위안부』

노라 옥자 켈러의 『종군위안부』는 1977년 미국 펭귄북스 출판사에서 간행되었고, 한국어판은 20년 후인 1997년 박은미 번역으로 밀알출판사에서 간행되었다. '종군위안부'란 번역 용어 자체에 대해서는 적지 않은 논란이 있었으며, '종군'이라는 어휘가 지시하는 자발성 문제, 그리고 '위안부'라는 어휘가 상기하는 완곡어법 문제 등이 구체적으로 지적되어왔다.[14] 이는 자칫 비인도적이고 비극적인 역사적 사실의 호도나 은폐의 혐의가 있을 수 있다는 인식에 근거한다. 그만큼 이 주제는 근대사의 어두운 과거를 절실하게 반영하고 있는 상황에 있다.

작가 노라 옥자 켈러는 한국인 어머니와 독일계 미국인 아버지 사이에서 태어난 혼혈아이며, 유아였던 3세 때 미국으로 이주한 1.5세대로 하와이 대학과 캘리포니아 주립대학UCSC에서 수학했다. 이후 대학에서 미국문학을 강의하며 작가로 활동해왔으며, 그 작품 세계는 이민생활을 시작하면서 겪는 1세대들의 삶에 대한 관찰과 자신의 이민 후계 세대로서의 기억 및 체험을 바탕으로 하고 있다. 더욱이 이 작품은 역시 이민자이면서 과거 종군위안부였던 황금주 할머니의 실제 경험을 원용하여 썼다는 점에서, 제2차 세계대전을 전후한 한민족의 민족의식을 밀도 있게 반영한 경우이다.

1990년대에 접어들어 종군위안부 문제는 국제사회의 주요 어젠다 중 인권 및 여성 부문에 있어 우선 순위의 안건으로 부상하기 시작했고, 유엔을 비롯하여 미국 사회에 새로운 테마로 충격을 주기 시작했다.[15] 재미 한인 작가의 이와 같은 소설이 그 분위기에 기여한 측면이 있는가 하면, 그 분위기가 또 이창래의 『제스처 라이프』*A Gesture Life*(Riverhead Books, 2000) 등 새로운 작품의 창작을 독려한 측면도 없지 않을 것이다. 국내에서도 여러 편의 관련 작품이 출간되었다.[16]

노라 옥자 켈러가 쓴 소설 『종군위안부』의 주인공 아키코(김순효)는, 부모를 모두 여읜 뒤 언니의 결혼 지참금 마련을 위해 일본군에 팔려간다. 소설은 이 아키코라는 인물의 행적을 통하여 당시 종군위안부들이

---

14) 우에노 치즈코, 『내셔널리즘과 젠더』, 이선이 옮김, 박종철출판사, 1999, p. 225.

15) 김준길, 「한국인이 영어로 쓴 소설 이야기」, 『월간조선』 2007년 7월호, p. 475.

16) 허만길, 「원주민촌의 축제」, 『한글문학』 제12집, 1990; 정현웅, 『그대 아직도 거기에 있는가』 상·중·하, 대산출판사, 1999; 고혜정, 『날아라 금빛 날개를 타고』, 소명출판, 2006; 차인표, 『잘가요 언덕』, 살림, 2009 등.

처했던 삶과 분열증적 증상을 보일 수밖에 없었던 정신 세계를 증언한다. 작가가 한민족의 민족의식을 그 혈통으로부터 이어받은 당사자가 아니었더라도 이 문제는 인간 보편의 관심과 호응을 불러일으킬 사안이지만, 작가가 어린 날 그리고 성장 과정에서부터 체득하고 있는 유형무형의 민족의식이 작품의 구성 및 주제 부각에 직접적인 영향을 미쳤을 것임은 불문가지의 일이다.

이 소설은 그러한 태생적 상관성을 가진 작가의 자전적 체험을 창작 동기로 하고, 한국의 역사와 문화를 그 배경에 깔고 있으며, 스토리가 진행되는 공간 환경에 있어서도 한국·제3국·미국 등의 지역을 순차적으로 따라감으로써, 재미 이주민의 민족의식을 다각적으로 노출시킬 수 있는 내용 및 형식상의 개연성을 갖추었다. 종군위안부 경력을 지닌 조선인 여성 아키코의 독백과, 그녀와 미국인 목사 리처드 브래들리 사이의 딸 베카의 회상이 함께 제시되면서, 이 두 중심인물이 모두 일인칭 화자로 등장하는 것은 체험적 서술을 효율적으로 전개하기 위한 글쓰기의 방법이라 할 수 있다.

일제강점기 당시에는 일본군의 성적 노예로 심신을 억압받고, 광복 후에도 그 고통을 발화할 길 없이 침묵을 강요당하며 살아야 했던 종군위안부의 삶은, 유교문화의 전통 아래 규정화된 삶 의식을 물려받은 이들에게는 더할 수 없이 가혹한 천형이었다. 소설 속에서 일본군에 짓밟힌 후 아키코는, 더 이상 김순효라는 자신의 이름을 사용할 권리가 없다고 생각하는 자기 방기의 상태에 이른다. 그래서 많은 종군위안부 경력의 여성들이 고향과 가족에게로 돌아가지 못하고 타지에서 삶을 마감했다. 미국도 그 타지 가운데 하나였다.

그 고통스러움은 아키코의 딸 베카에게 대물림된다. 베카는 신 내림으로 현실과 영혼의 경계를 쉽게 넘어서며 영적 매개를 통해 죽은 자와 대화하는 어머니, 언제라도 자기를 버리고 자살을 감행할 수 있는 어머니를 이해할 길이 없다. 베카는 아키코가 죽은 후에야 남겨진 테이프와 서류를 통해 비로소 어머니를 이해한다. 그렇게 됨으로써 어렸을 때 어머니가 들려준 「바리공주 설화」는 베카에게 또 다른 아픔과 죄책감을 유발한다. 설화 속의 바리공주는 그 부모를 구원하는데, 베카에게는 그럴 능력이나 기회, 더욱이 정확한 사태 인식의 기회조차 없었던 것이다.

소설은 이런 사실을 알게 된 딸이 어머니의 삶을 기억하고 재구성하면서 모녀관계를 회복하는 과정을 서술한다. 그리고 그것은 곧 한국과 한국인의 피를 인정하는 과정이기도하다. 베카는 작가 자신처럼 미국인 아버지와 한국계 어머니 사이에서 난 혼혈아이기 때문이다.[17] 『종군위안부』는 그런 점에서 서로 다른 문화와 세대를 뛰어넘는, 또는 그 양자를 잇는 가교로서의 기능을 담보한다.

작가는 그 역사적 비극을 생동하는 인물을 통해 기술하는 가운데, 한국의 샤머니즘으로 대표되는 전통적 문화를 깊이 있게 도입하고 그것이 중심 주제를 도출하는 데 기여하도록 하는, 괄목할 만한 전문성을 보여준다. 여기에 한국계 미국인으로서의 정체성 확인과 그로 인한 위기의식의 극복 의지가 결부되어 있다. 이 작가의 민족의식은 곧 그러한 자기갱신의 다른 이름이다.

(4) 민족의식의 유형과 새로운 가능성

지금까지 이 글에서는 재외 한인 디아스포라 문학과 민족의식이란

---

17) 권택영, 「종군위안부: 노라 옥자 켈러와 이창래의 고향의식」, 『국제한인문학연구』, 2004.

시각으로 미주 지역의 주요한 문학 작품 세 편을 살펴보았다. 그에 앞서 이러한 디아스포라 문학이 한민족 문화권의 문학으로서 어떤 존재 양식을 갖고 있으며, 특히 미국의 경우 국문 문학과 영문 문학, 그리고 1세대 작가와 그 이후 세대 작가의 구분에 따라 어떤 공통점과 차이점의 양가적 특성을 갖고 있는지도 검토해보았다.

구체적인 작품을 통해 살펴보는 가운데, 김은국의 『순교자』는 한국 전쟁과 한국적 상황의 특수한 환경 아래에서 종교적 신성 및 인간 중심주의에 걸쳐져 있는 보편적 인식의 민족의식을 확인할 수 있었다. 차학경의 『딕테』에서는 지적인 차원을 갖춘 문학의 형식실험 속에 그 예기와 혼란함을 함께 숨기고 있는 실존적 민족의식을 확인할 수 있었다. 그리고 노라 옥자 켈러의 『종군위안부』에서는 유년·성장기로부터 시작된 작가의 자전적 삶과 역사적 경험을 가진 실제적 인물과의 만남 등을 두루 조합하여, 자기 정체성의 확인과 위기 극복의 의지를 표방하는 체험적 민족의식을 확인할 수 있었다.

이들 세 작품에서 드러난 민족의식은 그 표현 양상이나 지향점은 서로 구별되어 나타나지만, 그 내부에 잠복해 있는 한민족으로서의 동질감이나 태생적 근본에 대한 경도에 있어서는 유사한 경향을 보이고 있다. 그것은 재미 한인이라는 후천적 상황 논리에 있어서도 동일하게 적용되는 형편이다.

적극적으로 부정한다고 해도 벗어날 수 없는 뿌리의식이 작가의 내부에 있고 이는 혈통을 이어받은 앞선 세대로부터 부지불식간에 대물림된 것이며, 그로 말미암은 정체성의 위기·혼란·고통의 극복이 현실적 삶의 지표를 개선할 경로임을 인식할 수밖에 없는 것이 이들의 몫이다. 재미 한인 디아스포라 문학의 작가들은 거개가 이 운명적 굴레로부터 자유로울 수 없다.

이들보다 이후 세대의 작가들이 영문으로 소설을 써서 미국 주류 문단에 진입하고 높은 평가를 받는 후속 사례들도, 궁극적으로는 이 도식의 연장선상에 있다. 『네이티브 스피커』의 이창래는 익히 알려져 있고 『외국인 학생』의 수잔 최, 『백만장자를 위한 공짜 음식』의 이민진, 『에딘버러』의 알렉산더 지, 『멀리 인적이 끊긴』의 문나미, 근자에 홍콩에서 글을 쓰면서 미국에서도 베스트셀러가 된 『피아노 교사』의 작가 제니스 리 등이 그러하다.

이들 작가는 이제 이민 1세대들의 회고담이나 술회, 자전적 글쓰기를 넘어, 복합문화 사회에서 개방된 의식 구조로 한민족의 특수한 성격을 보편화하는 데 일정한 역할을 수행하고 있다. 때로 그것은 작가 자신이 인지하고 있는 의식의 범주를 넘어서는 일이 되기도 할 터이다.

한국문학의 의미 개념과 그 영역을 좀더 포괄적으로 확대하는 노력은, 새로운 시대적 가치인 문화통합의 길을 예비하고 확장할 것이다. 한국문학을 협의의 개념으로 사용하거나 그 범주 안으로의 수용을 까다롭고 인색하게 점검하는 소아병적 인식을 청산하는 문제, 이것이 심각하게 고려되어야 할 때이다. 오히려 그것을 적극적으로 확대 수용하고 과감하게 영역을 확장함으로써, 전 세계적인 한민족 문화권을 형성할수는 없을까 생각해보는 것이 바람직하다.

그와 같은 시각으로 재미 한인, 재일 조선인, 재중 조선족, 재중앙아시아 고려인 등, 이 모든 지역 재외 한인들의 디아스포라 문학을 한민족 문화권이라는 이름으로 통칭할 수 있을 것이며, 그 전반에 대한 이해와 포용을 통하여 민족 언어의 터전을 넓히는 한편 지구촌시대, 국제화시대에 대응하는 한국문학의 역량을 강화할 수 있을 것이다.

참고문헌

고부응·유충현, 「차학경의 『딕떼』 읽기: 자기 정체성의 해체」, 『인문학연구』 제34집, 2002.

고혜정, 『날아라 금빛 날개를 타고』, 소명출판, 2006.

권택영, 「종군 위안부: 노라 옥자 켈러와 이창래의 고향의식」, 『국제한인문학연구』, 2004.

김은국, 『순교자』, 을유문화사, 1990.

김종회, 「두 개의 꿈, 한국문학과 미주문학을 보는 눈」, 『한국문학평론』 2003년 가을·겨울호.

김종회 편, 『한민족 문화권의 문학』 1, 국학자료원, 2003.

──── , 『한민족 문화권의 문학』 2, 국학자료원, 2006.

김준길, 「한국인이 영어로 쓴 소설 이야기」, 『월간조선』 2007년 7월호.

서하나, 「이산의 미학과 다중적 주체」, 부산대 석사학위논문, 2002.

오창은, 「이주문학에 나타난 정체성 변화에 대한 고찰」, 『국제한인문학연구』, 2004.

우에노 치즈코, 『내셔널리즘과 젠더』, 이선이 옮김, 박종철출판사, 1999.

유선모, 『한국계 미국 작가론』, 신아사, 2004.

이광규, 『재미한국인』, 일조각, 1989.

이귀우, 「『딕테』에 나타난 탈식민적 언어와 파편적 구조」, 『영문학페미니즘』 제8권 1호, 2000.

임진희, 『한국계 미국 여성문학』, 태학사, 2005.

정현웅, 『그대 아직도 거기에 있는가』 상·중·하, 대산출판사, 1999.

차인표, 『잘 가요 언덕』, 살림, 2009.

최원식, 「민족문학과 디아스포라: 해외동포들의 작품을 읽고」, 『창작과비평』
　　　2003년 봄호.

허만길, 「원주민촌의 축제」, 『한글문학』 제12집, 1990.

홍기삼, 「재외 한국인 문학 개관」, 유종호 외, 『한국현대문학 50년』, 민음사,
　　　1995.

미주 한인 디아스포라 문학에 나타난 민족 정체성
―이창래·수잔 최·이민진의 작품을 중심으로

1. 미주 한인문학을 보는 눈

한인이 작품을 쓰고 한글로 작품 활동이 이루어지는 미국, 일본, 중국, 중앙아시아 등 해외 주요 지역의 한인문학을 '한민족 디아스포라 문학'이라 호명한다. 필자가 여기에 한민족 문화권의 문학이라는 명칭을 부여하고 이를 제목으로 한 편저[1] 등의 저술과 논문 발표를 시작할 때만 해도 연구자나 연구 활동의 층위가 전혀 두텁지 않았다. 그로부터 아직 10년이 지나지 않았지만 이제는 이 분야의 연구와 논의가 하나의 학문적 조류를 이루는 방향으로 진행되고 있다. 국제한인문학회 등 관련 학회가 결성되어 활발한 학술 활동을 벌이는가 하면, 재외동포재단에서도 이러한 학계의 동향을 긍정적으로 평가하고 지원을 시작하기도

---

1) 김종회 편, 『한민족 문화권의 문학』 1·2, 국학자료원, 2003~06.

했다.

필자는「재외 한인 디아스포라 문학과 민족의식」[2]이란 논문을 통해 해외 각 지역에서의 한인문학 및 연구 현황을 검토하고 그 가운데서 미주 지역 문학 작품을 중심으로 한인문학의 국문 및 영문 문학이 가진 양가적 성격을 살펴본 다음, 영문으로 창작된 김은국(Richard E. Kim, 1932~2009)의『순교자』, 차학경(Theresa Hak Kyung Cha, 1951~1982)의『딕테』, 노라 옥자 켈러(Nora Okja Keller, 1965~)의『종군위안부』를 분석하면서 이민자의 정체성 위기와 극복의 담화에 관해 서술한 바 있다. 그 결과 이들 여러 작가의 민족의식이 각기 차별화된 유형과 성격을 가지고 있으면서도 작품의 내부에 잠복해 있는 한민족으로서의 동질감이나 태생적 근본에 대한 경도에 있어서는 유사한 경향을 보이고 있음을 밝혔다.

이 글에서는 앞의 논문에 적용했던 시각과 기술 방식을 그대로 유지하면서, 계속해서 미주 한인 영문문학으로서 이창래(Chang Rae Lee, 1967~)의『네이티브 스피커』, 수잔 최(Susan Choi, 1969~)의『외국인 학생』, 이민진(Lee Min Jin, 1970~)의『백만장자를 위한 공짜 음식』등 세 작품의 의미를 집중적으로 구명해보려 한다.

그리하여 미주 국문 문학 세대의 다음 세대인 이들 작가와 작품이, 이중 문화 체험이 필연적인 현실 속에서 어떤 모습으로 그 문화 충격을 응대하며 동시에 어떤 방식으로 그 속에 민족 정체성을 드러내는가를 추적해보고자 한다. 이와 같은 연구는 앞으로『에딘버러』를 쓴 알렉산

---

2) 김종회,「재외 한인 디아스포라 문학과 민족의식」, *Comparative Korean studies* 제17권, 2009.

더 지(Alexander Chee, 1967~), 『멀리 인적이 끊긴』을 쓴 문나미(Nami Mun, 1969~), 『피아노 교사』을 쓴 제니스 리(Janice K. Lee, 1973~) 등 다른 미주 한인 영문 문학 작가들의 연구로 이어져야 할 것이다. 그리고 종내는 국문 및 영문 문학에 대한 연구가 함께 시도되면서 양자를 비교 고찰하는 수준에까지 이르러야 비로소 미주 한인 디아스포라 문학에 대한 연구가 제자리를 찾게 될 것으로 사료된다.

영어로 작품을 써서 미국 주류 사회에서 인정을 받는 한인들의 작품 활동은 어떤 의미로든 한민족의 저력을 드러내는 긍정적 결과를 유발 하는 것이지만, 궁극적으로는 이민 사회 내부에서 민족 정체성을 포기 하지 않을 때 주제 및 소재의 생산과 가공이 가능했다는 사실의 반증 이 되어왔다. 그와 같은 까닭으로 이들의 문학에 대한 한국문학의 관심 은 단순한 해외 한인의 영문문학이라는 차원이 아니라 한민족 문화권 문학이란 좀더 큰 틀에서 접근하는 것이 바람직하다.

2. 정체성의 자각과 극복의 의지—이창래의 『네이티브 스피커』

이창래의 『네이티브 스피커』는 1995년에 발표되어 미국 언론의 큰 주목을 받으며 PEN 상, 헤밍웨이 상, 아메리칸북 상 등 미국 문단의 여 섯 개 주요 문학상을 수상했다. 국내 언론도 이와 같은 상황을 대대적 으로 보도했고 뒤이어 번역도 이루어졌다. 이 소설은 재미교포 2세인 사립탐정 헨리 박, 다시 말해 박병호라는 인물이 다른 교포 존 콩이라 는 인물을 추적하면서 자신의 민족 정체성을 확립해가는 줄거리를 담 고 있다. 헨리는 미국 이민자 2세 거의 모두가 그러한 것처럼 영어를 모국어로 생각하고 모국어로 구사하기 위해 애쓰지만, 끝내 원어민 발음자의 사고 체계를 보유할 수 없음을 자각하는 과정을 그린다.

헨리가 추적하는 존 쾅은 성공한 이민자의 후세, 이민 사회에서 성공한 한국인의 표본에 해당하는 인물이다. 헨리는 쾅을 존경의 대상으로 바라보고 자신을 그에 동일시하려 시도하면서 그로부터 한국인의 민족 정체성을 탐색한다. 소설의 종국에 쾅은 헨리에 의해 몰락하고 헨리는 별거 중이던 미국인 아내와 다시 결합한다. 민족 정체성의 자각과 미국 사회 현실에의 동화 의지가 동시에 작동하고 있는 소설이다. 이와 함께 백인 중심의 사회에서 소수민족의 일원으로 겪어야 하는 의식의 혼란, 이중 언어 사용자가 당면할 수밖에 없는 문화적 갈등 등이 함께 표출된다.

현재 미국 내 한국계 미국인은 1백만 명을 훨씬 넘어섰으나 미국 사회에 있어서 그 영향력은 아직 미미한 것으로 알려져 있다. 1990년 뉴욕의 한인상점 불매운동과 1992년 로스앤젤레스의 인종폭동은 미국 내 한인들의 존재를 확인시켜주는 계기가 된 것이 사실이고, 특히 1.5세대 및 2세대 한인들에게는 민족의식에 대한 새로운 체험과 그것이 가진 양가적 측면에 대한 이해를 확장하는 계기가 되었다. 이와 같은 정치·사회적 상황과 더불어, 이창래의 『네이티브 스피커』는 두 문화 간의 차이를 인식하고 조화로운 접점을 모색하는 한편 아시아계 이민들의 상실감[3]을 환기함으로써 하나의 사회사적 문제 제기를 하기에 이르렀다.

이 대목에 설득력이 확보된다면, 이 소설은 소수민족의 문학적 담론

---

3) 신혜원, 「『네이티브 스피커』에 나타난 정체성과 의사소통의 문제」, 고려대학교 석사학위논문, 1999.

을 넘어서서 문학 일반론의 보편성을 발굴하는 지점에까지 나아갈 수 있을 것이다. 『네이티브 스피커』가 앞서 언급한 바와 마찬가지로 미국 문단의 여섯 개 문학상을 수상하면서 영예롭게 출발한 만큼, 이창래의 두번째 소설 『제스처 라이프』는 책이 나오기 전부터 미국 주요 일간지들이 작가의 작품 세계를 조명하면서 출간을 예고하는 등 관심의 표적이 되기도 했다. 이창래는 미국의 저명 잡지 『뉴요커』가 선정한, '미국 문학을 이끌어 갈 40세 이하의 작가 20인'에 선정되기도 했다.

기실 1967년 한국에서 태어났으나 세 살 때 미국으로 이민을 갔고, 미국에서 교육과정 전체를 이수하고 영어가 모국어이며 백인 여성과 결혼한 이창래의 이력은, 그의 내면 심상을 검색하지 않는 한 완벽한 미국인이다. 더욱이 예일대 영문과와 오리건대 대학원을 졸업하고 프린스턴대 창작과정 교수로 있는 그는, 미국 사회에서도 흔하지 않은 엘리트 계층에 속한다. 그러기에 그 미국인 엘리트로서의 지위와 한국 출생자로서 근본 사이, 거기에 개재된 거리 재기를 통해 이창래의 문학이 가진 의미를 탄력적으로 추출할 수 있을 것이다.

그가 다른 한인 작가들과 달리 이창래라는 한국 이름을 그대로 지키고 있는 점은, 스스로 지닌 양가적 정체성을 그대로 인정하는 방식일 수도 있다. 그래서 그는 '정체성은 나에게 대단히 중요한 문제'라고 전제하고, '한국에서 태어났지만 미국에서는 한국인이 아니다. 내 삶은 미국인의 것과 별 차이가 없다. 그렇지만 나는 여전히 한국인이고 한국에 대해 강력한 연대성을 지니고 있다'라고 밝혔다.[4] 작가의 이러한 사고 유형은 『네이티브 스피커』의 중심인물 헨리 박을 통해 잘 드러난다. 하

---

4) 이창래 인터뷰, 『시사저널』, 1999년 9월 30일자.

지만 실제로 작품 속에서 헨리가 이에 반응하는 행위의 방식은 그 사회와 직장, 그리고 백인 아내 릴리아에게 제대로 적응하지 못하는 어정쩡한 형태로 시작된다.

헨리의 이러한 미성숙한 중간자로서의 상황에 절대적인 영향을 끼친 이는, 곧 헨리의 아버지이다. 가부장적 전통이 현실 생활에 연계되어 있는 아버지는, 전혀 새로운 문물을 호흡하며 살아야 하는 헨리에게 당연히 정체성 분열의 원인을 제공한다. 한국에서 일류대학을 나온 한국식 엘리트인 아버지, 두 가지 정체성을 확고히 구분하여 고국의 정신 체계와 현실의 물리적 적응을 양립하여 보유하고 있는 아버지, 그 아버지를 답습할 기능이 헨리에게는 없다. 헨리가 직업인으로 새로운 임무를 부여받아 조사하게 된 존 쾅은 어린 시절 혼자 도미하여 작은 도매상과 기계 부품상을 거쳐 성공한 시의원이며, 그의 상대적 역할 또한 범박하게 보아 아버지의 역할과 다르지 않다. 헨리는 쾅을 통하여 한국계 미국인들의 삶과 중간자적 고통을 자신의 것으로 받아들인다.

오늘 밤 배 씨는 늦게까지 가게 문을 닫지 않을 것이다. 댄스클럽에서 쏟아져 나오는 취객들을 상대로 싸구려 금반지나 공단 스카프, 티셔츠 한 장을 더 팔기 위해. 이 거리의 다른 상인들도 마찬가지일 것이다. 베트남인이 운영하는 간이식당, 서인도제도 출신이 하는 분식점. 가게 문을 열어두어라. 두 눈을 크게 뜨고. 가장 값싼 노동력. 이것이 바로 이민자가 성공할 수 있는 최대의 비결, 최대의 무기이다. 침침한 형광등 불빛 아래서 그 무엇과도 바꿀 수 없는 시간을 죽이는 것. 시간을 기계처럼 써먹으라. 오직 시간만을 믿으라. 이것이 한 줄기 구원의 빛이 될 테니.[5]

146

헨리가 느끼는 이러한 연민의 감정과 동정심은, 당초 헨리의 몫이 아니다. 그는 쾅의 시장 선거 홍보요원으로 일하면서 쾅을 무너뜨릴 수 있는 치명적 약점을 찾는 것이 목표였다. 유사한 사례가 그 이전에도 헨리에게 있었다. 정신과 의사 에밀 루잔에게 접근한 헨리는 그의 약점을 찾아내고 마침내 그를 자살로 몰고 갔다. 쾅에게 자기 정체성의 교본을 발견하고 그를 위험에 빠뜨리는 것을 두려워하면서도, 결국 헨리는 정치자금 문제를 발굴하여 쾅을 파멸에 이르게 한다. 에밀 루잔의 경우는 이 사건에 개연성을 부가하기 위한 복선이며, 양자의 순차적 조합을 통하여 헨리의 의식에 충돌하는 정체성에 대한 반성적 성찰이 한층 강화된다.

쾅의 파멸은 그와 심리적으로 근접해 있던 헨리의 자아 한 부분이 상실되는 결과를 초래한다. 이 사건을 계기로 헨리는 직업적 스파이를 그만두게 되고 아내 릴리아에게로 회귀한다. 아내에게로 돌아간 헨리는 아이들의 언어 치료를 돕기 위해 '언어괴물Speech Monster'로 변장한다. 괴물은 아이들에게 달려들다가 아이들이 정확한 발음을 할 때 물러난다. 이 상황 설정은 매우 상징적이다. 정확한 미국식 영어를 구사하지 못할 때, 다시 말해 미국 생활에 제대로 적응하지 못할 때 마주치게 되는 괴물과 같은 상황을 진중하게 표현하고 있기 때문이다. 소설의 말미를 이렇게 압축적으로 처리하는 것은, 이 작가가 글쓰기와 이야기 구성의 기교를 남다르게 구사할 수 있는 능력이 있음을 증거한다. 더욱이 그 매개 인자를 언어 치료로 설정하고 거기에 다층적 의미망을 연계한 것은, 언어 소외의 문제가 단순한 생활의 수단이 아니라 문화적 적응의 핵심적 요체임을 환기하는 효율적인 장치이다.

실제로 이창래는 이 부분에 깊은 관심을 두고 있었고 한국 문화와 미국 문화, 한국어와 영어, 모국어가 한국어인 아버지와 미국어인 아내 릴리아 사이에서 완전한 의사소통이 불가능한 헨리를 통해 자신의 내부에 잠복해 있는 문화 충돌의 실재를 소설로 옮겼을 것으로 추론된다. 그는 한 인터뷰에서 "어디엔가 소속되고자 하는 강한 열망과 완벽하게 한 사회의 울타리 안에 있고자 하는 느낌이 있었지만, 도대체 그러한 것이 무엇을 의미하는지 알지 못해 방황했다"고 고백한 바 있다.[6] '원어민 발음자'라는 이 소설의 제목은, 역설적으로 원어민 발음이 불가능한 이민자의 언어적 박탈감을 시사하고 있다. 헨리는 아들 미트가 자신과 같은 비원어민의 혼란 가운데 살기를 원치 않는다.

물론 이창래는 헨리를 통하여 언어 소통의 부재, 그로 인한 삶의 갈등과 소수민족 출신의 상실감을 발화하고 있지만, 이는 문면에 드러난 한국계 미국인에 국한된 문화적 양상만을 말하는 것만은 아니다. 이러한 언어 및 사회적 적응의 정황은 어느 시대 어느 사회에서도 동일하게 출현할 수 있는 객관성을 동반하고 있는 까닭에서이다. 더 나아가 오늘날 모든 나라에서 동시다발로 현현될 수 있는 상호 소통의 난조와 단절, 소외와 고립감의 심화를 보여주고 그 출구를 납득할 만한 수준으로 제시하였다는 성과를 인정받을 만하다.

이 과정에서 이창래가 헨리 박을 통해 서술한 민족의식은, 현실의 바탕에 숨어 있지만 지속적으로 현실적 삶을 간섭하고 또 지배하는 근원 같은 존재였다. 이를 미국적 사유와 행위의 패턴으로 포장하여 위기와

---

6) 임혜기, 「임혜기의 뉴욕 이야기 — 미국 문단의 주류에 선 이창래」, 『월간조선』 2010년 4월호.

극복의 해법을 작성하는 데 소설적 의의가 있다. 그리고 그 서술의 구조적 얼개와 사건의 전개에 영어 문화권의 상위 수준에 필적하는 기량을 갖추었으므로, 주류 사회의 강고한 출입문을 개방할 수 있었던 것이다.

3. 전쟁·사랑을 통한 정체성 회복 — 수잔 최의 『외국인 학생』

수잔 최의 『외국인 학생』은 1998년에 발표되었으며, 같은 해 『LA타임스』에 의해 토니 모리슨 등의 작품과 함께 '미국에서 가장 좋은 소설 베스트 10'에 선정되었고 국내에는 이듬해 번역 출간되었다.[7] 이 소설은 창이라는 한국인 유학생의 미국 생활을 표면에 두고 그의 의식을 통해 과거와 현재를 넘나드는 구조로 이루어져 있다. 이러한 과정을 거치면서 재미 한인 2세대의 민족 정체성 혼란과 그에 대한 탐구, 그리고 그것을 넘어 인종 간 화해의 길로 나아가는 인물 유형을 보여주는 작품이다. 미국 유학생 창은 한국전쟁을 겪으며 남북이 아닌 제3의 세계 미국을 선택하지만, 그곳에서도 이방인의 불행한 삶을 벗어나지 못한다.

이 작가가 창의 궁벽한 현실 가운데 새롭게 상정하고 있는 탈출의 길은 캐더린이란 여자와의 사랑이다. 캐더린은 불륜으로 인해 사회에서 소외되어 있는 인물이며, 이처럼 소외의식에 침윤한 양자가 함께 조합함으로써 독자적인 길, 곧 창의 정체성 회복 및 극복의 방안을 찾아나가는 이야기의 방향성을 보여준다. 그러므로 이때의 사랑은 창이 미국 사회에 동화되는 것을 말하지 않으며, 그 나름대로 이민 2세대의 민족

---

7) 수잔 최, 『외국인 학생』, 최인자 옮김, 문학세계사, 1999.

정체성 문제에 대해 창의적 해법을 제기하는 모티프로 작용한다. 창은 여전히 두 문화가 접촉하는 회색지대에 중간자의 존재로 서 있다.

작품의 마지막 대목에서 한국으로 돌아가는 가족들을 먼발치에서 바라보는 창은 가족에게로 돌아가는 것도 아니고 또 캐더린과의 사랑을 완성한 것도 아니다. 그러나 캐더린의 사랑이 없었더라면 그와 같은 창의 입지점과 거기서 유지하고 있는 의식의 균형성은 마련되기 어려웠을 것이다. 앞 항에서 살펴본 이창래의 『네이티브 스피커』에서도 그러했던 것처럼, 1.5세대 작가인 이창래와 2세대 작가인 수잔 최[8]는 모두 미국에서 자라 미국 시민으로 살아가지만 미국인의 눈에는 여전히 국외자인 이방인이다. 이는 당연히 이들의 정체성 혼란을 야기하는 환경 조건으로 작동하고, 이들이 온전한 미국 생활을 유지하기 위해서는 이를 극복할 명제를 스스로의 내부에서 추출하지 않으면 안 된다. 여기에 대응한 수잔 최의 답안이 궁극적으로 사랑이었던 것이다.

이들은 1세대 작가들과 달리, 한국적 정체성을 우위에 두고 이를 심각한 반성 없이 추구하는 자리에 서지 못한다. 어렸을 때부터 부모에게 한국인의 정체성을 의식의 유전자처럼 물려받고 한국인으로서의 뿌리를 부정하지 않지만, 이들이 현실 생활을 구성하는 미국 사회의 외형과 내면 모두에 참여하고 동화하려는 노력은 당연하고 절실한 생존 전략의 차원에 걸쳐져 있다. 1세대 작가들의 작품이 조국의 해방이나 이민자의 실향의식을 보여주는 직접 체험의 형상화에 머물렀다면, 1.5세대 이후의 작가들은 부모의 과거 경험 또는 미국 문화에 기반한 민족 정체성

---

8) 재미 한인의 세대 구분은 앞의 p. 108과 동일한 기준으로 분류했다. 이일환, 「재미 한국계 작가 연구」, 『어문학논총』 제21집, 국민대학교 어문학연구소, 2002.

문제를 좀더 적극적으로 드러내는 차별성을 보인다. 이를 문학이라는 양식에 담는 일은 이들로서는 새로운 가능성에 대한 모색이었다.[9]

1969년 미국 인디애나 주에서 한국인 아버지와 유대인 어머니 사이에서 태어난 수잔 최는 기본적으로 중립적 정체성의 바탕 위에서 출발했다. 그의 아버지는 서울에서 성장한 다음 예일대에서 공부하기 위해 미국으로 이주했고, 어머니는 러시아에서 유대인 부모 아래 태어나 미국으로 이주했으니, 그에게는 이주자의 후예이자 혼혈아라는 이중적 타자의 정체성이 주어졌던 것이다. 그러할 때 정체성의 중립은 그의 표현에 의하면 '미국적인 것'이며, 그는 미국적인 것으로의 '동질성'과 '단일화'에 해당한다고 받아들였다.[10] 그러나 아무리 이러한 논리적 가설을 강력하게 수립한다고 해도 정체성의 중립이 그 부재와 곧바로 소통될 수 있는 동전의 앞뒷면과 같다는 사실을 부정하기는 어렵다. 그의 『외국인 학생』은 이렇게 복합적인 의식이 배태한 문학적 산물이었다.

수잔 최의 『외국인 학생』은 전쟁과 사랑이라는 두 가지 주제를 함께 형상화함으로써 민족 정체성의 혼란과 갈등을 화해와 회복으로 이끌어가는 이야기의 형식을 가졌다. 한국계 미국 유학생 안창이 겪었던 한국전쟁의 아픈 기억은 그에게 지속적으로 불안과 공포를 유발하고, 이와 관련된 민족의식은 그 앞 시대인 일제강점기와도 맞닿아 있다. 이 구조적 인식의 질곡으로부터 벗어날 힘을 섭생하는 것은 소설적 이야기의 전개를 가능하게 하는 요인이자, 창작심리학적으로는 작가를 비롯한 이민 2세대들의 정신적 활력을 암시하는 매우 실제적인 요인으로 받

---

9) 조규익, 「이민문학은 우리 문학이다: 재미한인 이민문학의 현황과 의미」, *OK Time: Overseas Koreans*, 2002, p. 21.

10) 유선모, 『미국 소수민족의 이해―한국계 편』, 신아사, 2001, p. 394.

아들여질 수 있다. 거기에 전형적인 미국 문화에의 접촉 또는 남부 출신 여자 캐더린과의 사랑이 그 난관을 극복할 대안으로 준비된다. 캐더린과의 사랑은 표현법을 바꾼 미국 문화 및 미국적인 삶과의 연대를 말한다. 캐더린이 창의 한국식 이름을 되찾아주는 일은, 실종 상태였던 창의 정체성 회복의 계기를 마련한다.

창의 한국전쟁 경험, 전쟁 피해자로서의 삶은 가족·친구와의 모든 유대를 상실하고 자신의 존재조차 부정하는 극단적 상태에 도달해 있다. 한때 미군 사령부의 통역관으로 일하기도 했으나 남과 북 그 어느 쪽에도 이념적 또는 심정적 동조를 확립하지 못한다. 첩자로 오인되어 수용소로 끌려가고 혹독한 고문을 당한 후 제3의 세계인 미국을 선택하지만, 미국으로 이주한 후에도 전쟁의 피해로 인한 상실의 상처와 인간관계의 고립을 벗어날 수 없다. 영문학을 전공한 아버지의 영향으로 상당한 수준의 영어를 구사할 수 있는 인물이지만, 의사소통의 수단인 언어에 대한 신뢰 자체를 상실한 형국에 이르렀다.

그 발단을 보여주는 하나의 범례로, 창이 미군 사령부의 통역관에 이어 미 공보부 통신원으로 취직했을 때 가까운 사이였던 피터 필드 기자가 '창'이라는 이름을 '척'이라는 미국식 이름으로 단호히 바꿔버리는 삽화가 있다. 창에게 이름이란 단순한 호칭이 아니라 그의 정체성을 나타내는 하나의 상징이었다.[11] 이름을 바꾼다는 사실은, 일제강점기의 창씨개명이 그러했던 것처럼 호칭의 변경이 아니라 정체성의 파탈을 의미한다. 피터 필드로 축약된 다각적인 압제의 조건들은, 창의 자기신뢰와 정체성을 파괴하고, 한국전쟁의 발발과 더불어 한마디 말도 없이 창

---

11) 유선모, 같은 책, p. 283.

을 버리고 서울을 떠나버리는 피터 필드는 앞날에 창이 부딪힐 냉혹한 이주 현실의 예고이기도 하다. 이러한 사건들의 연장선상에 창의 고국 탈출과 유학 생활의 불협화가 대기하고 있다.

창에게 새로운 자아발견의 가능성은 거의 무망해 보일 만큼, 작가는 그를 극단의 어려운 길목으로 몰았다. 상황이 엄중할수록 그 반작용의 탄력이 커질 것임을 염두에 두었다면, 캐더린과의 만남과 사랑의 발양은 소설 구조에 있어서는 매우 극적인 의미를 형성한다. 남부 지방의 부유한 백인 가정에서 성장한 캐더린은 아버지의 친구 찰스 애디슨 교수와의 불륜에 빠졌고, 그를 위해 모든 가진 것을 포기했다. 미국 사회의 공인을 마다하고 불륜을 버리지 못할 만큼 캐더린은 자기 감정에 충실했고 한편으로는 그것이 한 인간의 진실한 모습으로 비치기도 한다. 캐더린의 불륜은 창을 만남으로써 비로소 해소된다. 이 양자는 말하자면 서로 이방인의 상처를 치유하고 정체성을 회복하게 하는 동질적 기능의 보유자이다.

"'척'이 진짜 당신 이름인가요?"
"아닙니다."
캐더린이 의문에 가득 찬 표정으로 성급하게 고개를 끄덕이자, 창이 다시 덧붙였다.
"제 진짜 이름은 '창'입니다."
"도대체 어떤 사람이 당신 이름을 '창'에서 '척'으로 바꿨죠? 좀더 기억하기 쉽게 하려고 그랬나 보죠? 제 말이 틀렸나요?"[12]

---

12) 수잔 최, 앞의 책, p. 25.

미국으로 유학 온 창을 처음으로 만난 자리에서, 창과 캐더린이 나눈 대화이다. 이 대화를 시발로 하여 창에게 삶의 의욕과 기력을 되찾아준 것은 자유로운 기회의 나라 미국의 풍요가 아니라, 그 사회의 국외자이 며 유사한 고통의 소유자인 캐더린의 사랑이었다. 그 사랑의 치유력에 힘입어 자아의 각성과 회복, 과거 전쟁의 상처 또는 민족 정체성과의 화 해가 가능하게 된 창은 한국으로 다시 돌아간다.

소설에 있어서 갈등 구조의 작성이나 이야기의 위기보다 훨씬 더 어 려운 것은, 그것을 해소하여 원만하고 설득력 있게 결말로 인도하는 통 어력이다. 더욱이 이처럼 문화적 이중성과 이질적 소재로 출발한 작품 은 더욱 그러할 수밖에 없다. 거기에다가 창작자와 수용자를 함께 위무 하고 이들이 동시에 납득할 수 있는 화해의 대단원을 구성하는 것은 일 반적인 서사 능력으로서는 감당하기 어렵다. 수잔 최의 『외국인 학생』 은 이 난감한 조건들을 관통하는 방략을 손에 쥐여주고 창을 귀국시킨 다. 이 소설이 미국 언론과 문단에서 좋은 평가를 받을 수 있었던 이유 가 여기에 있다.

어머니가 그를 알아보지 못하는 순간, 가족에 대한 그의 의무도 끝난 것이다. 그리고 계속 밀려드는 수치심과 불안에도 불구하고, 언제나 은 밀히 마음속에 간직해왔던 그의 생각이 옳았다는 것이 마침내 증명되었 다. 이곳에서의 삶은 결코 그의 것이 될 수 없으며 이 전쟁도 결코 그를 규정할 수 없다는 생각이었다. 〔……〕

그는 몸이 회복되자마자 아무렇지도 않게 부산에 있는 미 공보부를 찾아가 일자리를 얻고 전쟁이 끝날 때까지 전보를 번역하면서—그는 마치 새로운 어휘가 새로운 사고의 틀을 줄 수 있는 것처럼, 영어를 빨아들였다—2년 동안이나 세월을 보냈지만, 그는 이미 그 순간에 그곳을 떠나버린 것이었다. 그는 자유로운 몸이었다.[13)]

마침내 전쟁이 그를 규정지을 수 없다는 생각으로 한국으로 돌아간 창에게, 영어는 새로운 어휘가 되어 새로운 사고의 틀을 제공한다. 과거의 기억들에 겹쳐서 과거의 자리를 찾아가지만, '이미 그 순간에 그곳을 떠나버림으로써' 그는 '자유의 몸'이 되었다. 모든 것으로부터 자유로운 자아를 발견한 그의 새로운 탄생은, 소설 밖에서 주시하고 있는 이민 2세대들의 갈망을 반영한다. 전쟁의 상처와 사랑의 치유를 통한 민족 정체성, 자아 정체성 회복의 한 모델이 이 소설이다.

4. '두 개의 나'와 정체성의 충격 노출
—이민진의 『백만장자를 위한 공짜 음식』

이민진의 『백만장자를 위한 공짜 음식』은 두꺼운 단행본 두 권 분량의 장편소설이며, 2007년에 출간되었고 이듬해인 2008년 한국에서 번역되었다. 미상불 이 작품은 그 제목부터 의미심장하다. 삶의 본질적 의미가 그 바탕에서부터 내부 충돌을 일으키는 미국 이민자 1.5세대의 정황을 매우 효율적으로 드러내주기 때문이다. 이 소설을 쓴 작가 이민진이 그와 같은 상황에 당착해 있고, 소설 속의 중심인물 '케이시 한'이

---

13) 수잔 최, 같은 책, pp. 274~75.

작가의 현실적 상황을 상당 부분 작품 가운데로 수평이동시키고 있다.

국내에서 번역 출간되기도 전에, 출산지인 미국에서 주류 문학의 평가를 받은 성공 사례를 거론하며 벌써 화제가 되었던 소설이다. 『USA 투데이』에 첫 서평이 실린 것을 시작으로 『뉴스위크』『AP』『퍼블리셔스 위클리』 등 유수의 언론 서평과 방송에서 이민진을 앞다투어 소개했고, 특히 『뉴욕 타임스』는 앞서 서술한 이창래를 이을 작가라는 기대 섞인 기사를 실으며 한 면을 모두 할애해 파격적으로 이민진에 대해 다루었다.

재미 한인 1.5세대의 현실 적응과 그에 따른 불협화의 문제를 정면에서 다루고 있는 이 소설은, 미국 버지니아 공과대학의 조승희 총기난사 사건 이후 그 사건의 원인을 짚어주는 면모가 있어 더욱 주목을 받았다. 조승희가 1세대 이민자 자녀의 실패를 보여준다면, 이민진의 경우는 성공 유형 중 하나이다. 이민진은 7살 되던 1976년, 부모를 따라서 서울을 떠나 뉴욕에 정착했고 쉬는 날 없이 일하는 부모의 후원으로 예일대와 조지타운 로스쿨에서 수학했다. 작가 개인의 경력은 한국계 미국인이 아메리칸 드림을 이룬 표본 모델이었다.

작가의 의식과 행위의 방식을 비교적 충실하게 반영하고 있는 것으로 보이는 작중인물 케이시 한은 컬럼비아 대학 로스쿨의 입학 허가를 받아 장차 변호사로서의 부와 명성이 보장되어 있는 것처럼 보이지만, 맨해튼에서 세탁소를 운영하는 고달픈 가정의 딸이다. 대학의 후원 장학금 없이 사회에 나간 그녀가 설 자리는 남아 있지 않다. 아버지 조셉에게 반항하면서 얼굴에 매를 맞고 집을 나간 케이시 한의 실타래처럼 얽힌 생각과 엉거주춤하기 이를 데 없는 행동 양식을 통해, 작가는 자신의 체험이 투영된 한인 1.5세대의 혼란스러운 정체성을 하나씩 보여준다.

이 잡다한 이야기들을 풀어나가기 위해 작가는 전지적 작가 시점을 사용한다. 이를 두고 작가는 책의 서문에서 한국의 독자들에게 보내는 글을 통해 소설 속에서 자신이 '신의 노릇'을 했노라고,[14] 인물 형상화와 사건 구조화의 자의적 의도를 밝혀두었다. 그리하여 케이시 한 이외에도 케이시의 친구인 '엘라 심'과 어머니인 '리아 조' 등 세 명의 중점적 인물을 집중적으로 조명하면서 이들이 가족관계 또는 교우관계를 통해 형성하는 이민자의 삶과 그 내면 풍경을 매우 적나라하게 서술한다.

문제들을 바라보는 방향은, 한국인의 시각으로 미국을 바라보는 것이 아니라 확고한 미국인의 시각으로 한국 이민자들에 접근하는 것이다. 한국인의 모습을 유지하고 한국 이민자의 문제를 감당하고 있지만, 그는 근본적으로 미국적 사유 방식에 침윤해 있는 미국인이다. 이 이중적 정체성의 갈등이나 고통스러움, 그리고 갖가지 문화 충격들과 더불어 그것이 언제든지 되살아날 수 있다는 문제적 환경이야말로, 이 소설을 개별적 민족 집단의 문제가 아니라 세계적 보편성을 확보하게 하는 힘이 된다.

나이가 들어가면서 케이시와 티나는 부모님이 열심히 일하기는 했지만 전혀 발전이 없다는 것을 깨달았다. 거리에 나가면 리아는 여전히 두려워했으며 리아와 조셉 둘 다 손님들에게 바보 취급을 당했다. 손님들은 열심히 일하는 세탁소 주인 부부가 영어 말고 다른 언어는 유창하게 읽고 쓸 줄도 안다는 사실에는 관심조차 없었다. 케이시와 티나는 부모

---

14) 이민진, 『백만장자를 위한 공짜 음식』, 이옥용 옮김, 이미지박스, 2008, p. 8.

님의 어려움을 알았으며, 그들이 체벌을 해도 그것이 선한 의도에서 비롯되었다는 것을 알았다. 케이시와 티나는 부모님의 행동이 오해를 살까 봐 두렵기도 했다.[15]

이 소설 속에는 이처럼 한인 이민자와 그 자녀가 남모르게 겪어야 하는 차별적 상황이 아주 많은 분량으로, 아주 구체적이며 동시에 지속적으로 탑재되어 있다. 그것은 작가 자신의 경험적 사실에 근거하지 않고서는 형용이 어려운 터이며, 그 한국적 또 미국적인 양자의 정체성을 함께 붙들 수 있는 지점에 작가가 서 있다는 사실이 소설적 성취를 부양하는 근력이 되었음을 말해준다. 이는 한국문학이 미국에서 영어로 쓴 이 작가의 소설을 소중히 받아들이는 연유 가운데 하나이다.

이와 같은 사실에서 볼 수 있듯 작가 이민진은, 이 소설의 분량이 말해주듯 만만찮은 이야기꾼이다. 소설의 이야기가 쉽게 읽히는 장점이 있는 한편 인물들을 구성하는 조직력 또한 탄탄해 보인다. 그러기에 미국문학의 평단이 이민진을 제인 오스틴과 조지 엘리엇에 비교하고 있는 터이다. 여기 등장하는 중심인물인 세 여성은 다른 인물들과 맺는 관계성에 있어서도 시사하는 바가 크지만, 각기의 입지점에서 수많은 이중적 정체성의 인물들을 대변하는 전형적 성격을 담보한다.

"미국인들은 아시아계를 벌레라고 생각해. 너는 아주 착한 개미거나 훌륭한 일벌이거나, 아니면 징그러운 바퀴벌레야."
그렇다고 해서 사빈느는 민족주의자도 아니었다.

---

15) 같은 책, p. 69.

사빈느는 미국에서는 몇 가지 조건만 적절하게 충족된다면 안 되는 것이 없다고 굳게 믿고 있었다. 즉, 남보다 더 열심히 일하고, 더 독립적으로 생각하고, 경쟁 상대가 누구인지를 알고, 올바른 인도자와 적정한 도움을 받을 수 있으면 성공은 가능하다는 것이었다. 어떤 면에서 보면 사빈느는 비이성적일 정도로 낙관적이었다.[16]

예문에서 보듯, 아무리 수용자의 시각이 한국문학의 시각으로 한국계 미국 이민자들의 사고방식을 뒤쫓고 있다 할지라도, 그들이 모두 한국에 대한 민족애적 발상과 민족의식을 가지고 있는 것은 아니다. 그것은 이민진에게도, 또 그녀가 '신' 노릇을 하는 케이시 한에게도 마찬가지이다. 그런데도 미국에서 발간된, 영어로 된 이민자 문제의 소설을 두고 우리가 관심을 집중하는 이유는, 그것이 범박하고 포괄적인 눈으로 볼 때 한민족 디아스포라의 한 영역에 걸쳐져 있는 이유에서이다.

강용흘, 김용익, 김은국, 차학경, 노라 옥자 켈러, 이창래, 수잔 최, 이민진, 캐시 송, 수키 김 등 재미 한인 영문 문학을 대표하는 작가들의 작품이 시대를 따라 지금까지 흘러오면서 일정한 변화를 보이는 데서 짐작할 수 있는 것처럼, 앞으로는 영어로 소설을 쓰면서 미국 주류 문학의 내부로 진입한 문학적 성과로부터 한국적 사유 체계나 정서적 반응 방식을 과도하게 기대하는 것은 무망하기도 하거니와 논리적으로 합당하지도 않다. 그것은 대표적인 사례가 곧 이민진의 경우이며, 그 작품 『백만장자를 위한 공짜 음식』이라 할 수 있겠다. 의식의 뿌리에 잠복해 있는 민족의식과 민족 정체성은 이처럼 여러 형식으로 드러나며, 그것

---

16) 같은 책, pp. 307~08.

을 추수하는 이해의 방식도 다각적으로 적용되어야 할 것이다.

5. 한국문학의 새로운 영역

그리스 신화에 등장하는 다이달로스와 이카로스가 새의 깃털과 밀 탑으로 만든 인공의 날개로 탈출을 시도하는 공간은, 위로 태양의 뜨 거움이 있고 아래로 바다의 습기가 있다. 그 사이로 아슬아슬한 비행을 해야 하는 것인데, 여기 함께 살펴본 세 편의 장편소설이 그 문학적 의 미를 운용하는 공간도 꼭 그와 닮아 있다. 미국이라는 현실적 생활 환 경과 한국에 두고 온 선험적 의식의 근본이 동시에 자기력(磁氣力)을 발 휘하는, 중층적 의미의 삶이 거기에 있는 까닭에서이다. 이 작가들에 있어 문학은, 그 양자를 두루 감당하면서 자신의 이중적 정체성을 탐색 하기 위한 이카로스의 날개였던 터이다.[17]

한민족 문화권의 문학, 그중에서 태평양을 가로지른 이카로스의 날 개와도 같은 존재 양식을 가진 재미 한인문학 가운데 현지어인 영어로 작성된 문학 작품들은, 그것이 한국문학과 관련이 있느냐 없느냐를 따 지는 것으로는 해답을 얻기 어렵다. 본문에서 규정해둔 바와 마찬가지 로 그 작품 속에 한국문학적 요소가 어느 정도로 함축되어 있는가를 적출하는, 곧 가부 판단이 아니라 정도 측정의 관점을 적용해야 마땅하 다. 그러할 때 여기서 대상으로 한 세 편의 장편소설은, 이제껏 살펴본 바와 같이 한국문학의 유다른 관심을 촉발할 요소를 강도 높게 함유하

---

17) 김종회, 「태평양을 가로지른 이카로스의 날개」, 『21세기문학』 2008년 여름호, p. 105.

고 있는 편이다.

이창래의 『네이티브 스피커』는 민족 정체성의 자각과 그로 인한 현실적 상황의 극복 의지가 비교적 선명하게 드러나는 작품이며, 한국계 미국인 이민자가 역할 모델의 동선을 넘어 아내와의 화해로 상징되는 자아 발견 방향성을 획득한다. 수잔 최의 『외국인 학생』은 한국에서의 전쟁 체험과 미국에서의 사랑 체험이라는 대칭적 사건 구조를 교직하여 정체성 회복을 도모하는 작품이며, 한국인 유학생이 그 회복의 힘을 한국에까지 확장하는 자아 정립의 결과를 도출한다. 이민진의 『백만장자를 위한 공짜 음식』은 굳이 화해나 회복의 도그마를 제시하지 않고 그 정체성의 문화 충격을 여과 없이 노출하는 작품이며, 그것이 있는 그대로 이민자 삶의 실상을 보여주는 장점을 갖는 동시에 수용자로 하여금 자생적 인식의 행로를 따라 이 문제에 접근하도록 하는 추진력을 촉발한다.

이와 같이 재미 한인 영문 문학의 민족 정체성과 관련된 서로 다른 성격의 성과들은 그 정체성과 갈등을 문학 작품으로 표현하는 사회적 성격을 표방하는 한편, 고국과 고향에 대한 그리움을 형상화함으로써 각기 개별적 감정의 카타르시스를 이루는 다층적 기능을 수행했다. 그리고 주류 사회에서 소외된 소수민족 출신의 시각으로 자기 정체성 찾기의 사회적·역사적 담론을 표출하기에 2, 3세대들의 영문 문학이 훨씬 효율적이었다. 1세대 작가들이 모국과 고향에 대한 직접적인 관심의 표현과 함께 자기 삶의 균형을 유지하는 중간자의 곡예를 시도하고 또 거기서 일정한 소득을 수확할 수 있었다면, 2, 3세대 작가들 역시 자신의 방식으로 민족 정체성에 대한 탐구와 그것의 의미 규정을 통해 뿌리 깊은 의식의 카타르시스를 경험할 수 있었다.

이러한 영문 문학을 통한 언어의 확장은 이민자 문학의 이해에 중요한 의미를 지닌다. 들뢰즈와 가타리는 이민자 문학을 '탈영토화를 위한 재영토화'[18]라고 평가하면서, 이 문제에 대한 관심을 표명하고 체코에서 독일어로 작품 활동을 한 유대인 출신 작가 카프카를 분석하였다. 언어를 통한 소수민족의 독자성 고수와 정체성의 축적이 탈영토화, 자가 증식, 경계의 문학이라는 것이다.

1980년대에서 1990년대까지 주로 활동했던 재미 한인 작가들이 소외된 현실에 대해 타자화된 인물을 중심으로 비판적 서사를 구사한 반면, 2000년대 이후에 활발한 활동을 하는 한인 작가들[19]은 미국 사회에 편입된 코스모폴리탄의 관점으로 경계 양쪽의 동시대적 문제를 직접적으로 다루는 서사를 구사한다. 이들의 언어는 앞 세대에 비하면 훨씬 '탈영토화'의 경향이 강화되어 있다. 이창래와 수잔 최에서 이민진에 이르는 작가 및 작품 성향의 변화는 이러한 측면을 잘 반영해 보인다.

2000년대 작가 가운데 『에딘버러』의 알렉산더 지는 한국계 아버지와 스코틀랜드 어머니 사이에서 태어났으며, 첫 장편인 이 소설이 『퍼플리셔스 위클리』의 '올해 최고의 책'으로 선정되면서 일찍 두각을 나타냈다. 『멀리 인적이 끊긴』의 문나미는 어린 시절 도미했고, 2008년 첫 소설이 영어로 쓰인 전 세계 여성 작가들의 작품을 대상으로 하는 영국 오렌지 상의 신인상 후보에 올랐다. 『피아노 교사』의 제니스 리는 홍콩에서 태어나 미국을 오가며 두 나라의 베스트셀러 작가가 되었고,

---

18) 들뢰즈·가타리, 『소수 집단의 문학을 위하여—카프카론』, 조한경 옮김, 문학과지성사, 1992, p. 33.
19) 2000년대에 활동하는 재미 한인 작가들에 대한 최근 연구는 특집 '영어권 디아스포라 작가들이 뜬다', 『플랫폼』, 2009년 7·8월호에 비교적 잘 제시되어 있다.

전 세계 23개국에 판권이 팔리는 등 대중과 학계의 주목을 받았다. 이들의 작품은 이 글에서 언급했듯이 분명히 그보다 앞선 세대 작가들의 작품과 구별된 문학적 행보를 보인다.

앞으로 재미 한인 영문 문학에 대한 연구는 이러한 변화의 보속을 충실히 추적하면서 그것이 가진 탈식민지적, 코스모폴리탄적인 요소의 검색과 함께 이루어져야 할 것이다. 동시에 미국 내에서 오랜 역사적 경과 과정과 확대된 수량의 집적을 보여주고 있는 국문 문학에 대한 연구와 연동되는 부분도 고려해보아야 할 것이다. 그리고 종국에 있어서는 이러한 한민족 디아스포라의 문학적 성과들이 한민족 문화권 문학의 연구와 한민족 문학사의 기술에까지 나아가는, 좀더 진취적으로 학문적 미래의 전망을 상정하는 새로운 계기가 되어야 한다고 본다.

참고문헌

김종회 편, 『한민족 문화권의 문학』 1, 국학자료원, 2003.
──, 『한민족 문화권의 문학』 2, 국학자료원, 2006.
김종회, 「재외 한인 디아스포라 문학과 민족의식」, *Comparative Korean studies* 제17권, 2009.
──, 「태평양을 가로지른 이카로스의 날개」, 『21세기문학』 2008년 여름호.
들뢰즈·가타리, 『소수 집단의 문학을 위하여─카프카론』, 조한경 옮김, 문학과지성사, 1992.
수잔 최, 『외국인 학생』, 최인자 옮김, 문학세계사, 1999.

신혜원, 「『네이티브 스피커』에 나타난 정체성과 의사소통의 문제」, 고려대학교 석사학위논문, 1999.

유선모, 『미국 소수민족의 이해 ― 한국계 편』, 신아사, 2001.

이민진, 『백만장자를 위한 공짜 음식』, 이옥용 옮김, 이미지박스, 2008.

이일환, 「재미 한국계 작가 연구」, 『어문학논총』 제21집, 국민대학교 어문학연구소, 2002.

이창래, 『네이티브 스피커』, 현준만 옮김, 미래사, 1995.

이창래 인터뷰, 『시사저널』, 1999년 9월 30일.

정은귀 외, 「영어권 디아스포라 작가들이 뜬다」, 『플렛폼』 2009년 7·8월호.

임혜기, 「임혜기의 뉴욕 이야기―미국 문단의 주류에 선 이창래」, 『월간조선』 2010년 4월호.

조규익, 「이민문학은 우리 문학이다: 재미한인 이민문학의 현황과 의미」, *OK Time: Overseas Koreans*, 2002.

대륙의 평원에 가꾼 민족문화의 텃밭
—중앙아시아 고려인문학 자료 발굴에 부쳐

    한민족 디아스포라 문학. 중앙아시아 고려인문학, 중국 조선족문학, 일본 조선인문학, 미국 한인문학 등 해외에서 우리말로 창작이 이루어지는 주요 지역의 문학들에 대한 연구는 그 역사가 그다지 오래지 않다. 과거 간헐적으로 개별 작가나 작품에 대한 고찰이 이루어져오다가, 디아스포라 문학에 대해 관심을 가진 연구자들이 이 지역의 문학들을 전체적인 시각으로 통합하면서 그 의미를 구명하기 시작한 것은 불과 10년 이내의 일이다.

    그 가운데서도 중앙아시아 고려인문학은, 이념의 장벽으로 인하여 오랫동안 닫혀 있던 문호가 개방되자마자 우리말 창작자들의 세대가 사라져가는 절박한 상황에 당착하게 되었다. 이미 고려인 5, 6세에까지 이른 젊은 세대들은 우리말 사용 자체가 어려워지고 소수민족으로서 특성화된 명맥을 이어오던 고려문화의 보존도 여러 가지 난관에 봉착하고 있다. 비극적 근대사의 희생자로서 출발한 삶의 궤적 속에 고유의 민족문화와 문학이 깃들어 있었다는 사실과 이를 소중하게 유지하고 보존하려는 의지는 그 중요성을 재차 강조해서 말해야 옳을 것이다.

필자가 회장을 맡고 있는 두 기관, 국제한인문학회와 한국문학평론가협회에서는 이와 같은 시의성과 당위성을 감안하여, 2010년 6월 19일 경희대학교에서 한민족 디아스포라 문학에 관한 공동 학술회의를 개최하고 특히 중앙아시아 고려인문학의 의미에 대해 집중적으로 조명한 바 있다.

뒤이어 8월 13일부터 일주일간 동 학회 및 협회의 임원들이 카자흐스탄 현지의 알마티와 고려인 첫 정착지 우슈토베 등을 방문하여 공동 국제학술회의와 자료 발굴 및 수집 등의 학술적인 활동을 진행했다. 알마티에서는 카자흐스탄 국립대학에서 중앙아시아한국학회와 함께 학술회의를 열고, 고려인문학의 현주소와 앞으로의 전망에 대해 심도 있는 논의를 벌였다.

중앙아시아 고려인문학의 원본 자료 수집은, 아마도 우리말로 작품 창작을 한 세대의 마지막 유품에 해당하는 것으로 앞으로는 이처럼 묻혀 있던 육성 자료는 더 이상 발견되기 어려울 것이라는 중론이었다. 이 자료들은 그냥 단순한 삶의 기록이 아니라, 파란과 굴곡의 근대사를 감당하며 살았던 현지 고려인들의 애환과 그것이 환기하는 이주 민족사의 실체를 실감으로 보여주는 값진 기록들이다.

비록 그것의 문학적 성취나 예술적 가치가 이미 보고되고 검토된 다른 디아스포라 문학들에 비해 뒤떨어지는 측면이 있다 하더라도, 그 단처를 훨씬 상회하는 역사적 삶의 사료로서 그리고 민족사적 기록의 실상으로서 존재값을 인정받아야 할 것이다. 더욱이 이제는 다시 유사한 발굴의 가능성이 없다는 희소성에 비추어서도 주의 깊은 관심과 관찰

의 대상이 되어야 한다고 본다. 이번에 발굴된 자료들의 목록은 다음과
같다.

중앙아시아 고려인문학 발굴 자료

강태수

소시집　『80고개 오르면서』
　　　　　「일요일」
　　　　　「높은 마루턱 향하여」
　　　　　「푸른 쪼각 하나」
　　　　　「제발!!」
　　　　　「외짝사랑」
　　　　　「초가을」
　　　　　「가을비」
　　　　　「불행과 행복」
　　　　　「마음속에 넣어 두었던 글」
　　　　　「까옥까옥」
　　　　　「꿈결」
　　　　　「봄날의 하루저녁」
　　　　　「이 마음 그리도 몰라!」
　　　　　「마슈크산에서」
　　　　　「무제 1~8」
시　　　　「사람의 한생」
　　　　　「푸르무레한 눈」

「보름달」

「한밤」

「환상」

「카라싸이 마을에서」

「사랑을 부르짖노라!」

「무제 9~12」

단편   「그날과 그날밤」

리 왜체슬라브

시   「조선의 소나무」

「생각」

「개성의 마돈나」

「고향땅에 대한 추억」

「생」

「집으로 돌아가는 길」

「꿈에 본 증조부」

「어린 시절」

「소리」

「동향인」

「북극성」(노래말)

리시연

수필   「체끄도멘 림업사업소 노동자들의 신세」, 1992년 7월 10일.

「원동 림업사업소에 와 있는 민주조선근로자들의 이모저

모」, 1992년 7월 7일.

문금동

단편   「솔밭관 토벌」

최영근

단편   「비겁쟁이」

김부르트

단편   「카니스트라」

장영진

시   「나부루즈 명절」

            「비참한 가을」

희곡   「어머니와 아들」

한진

희곡집   『한진희곡집』

            「산부처」

            「의부어머니」

            「나무를 흔들지 마라」

            「토끼의 모험」

발굴된 자료는 정리된 목록에서 보는 바와 같이 모두 여덟 명의 시인·
작가의 작품으로 전체 숫자는 시 46편, 소설 4편, 수필 2편, 희곡 5편으로 총 57편에 이른다. 이 자료들을 수집하기까지 현지에서 지역 언론사를 운영하며 활동하고 있는 최석 시인의 적극적인 도움을 받았다. 최석 시인은 고려인 문화 및 문학을 보여줄 수 있는 자료는 연구자들에게 개방되고 공유되어야 한다는, 매우 합리적인 생각을 갖고 있었다. 이번의 자료 발굴은 그의 진취적인 사고에 힘입은 바 크다.

강태수의 작품은 시 33편, 소설 1편이 발굴되었다. 이은영, 김광현 등과 더불어 고려인문학의 한 세대를 대표한 강태수는 조명희의 제자 중 한 사람이었다. 구한말 전후에 두만강 건너 블라디보스토크 중심의 연해주 지역에 모여 살던 한인들의 우리말 신문인 『선봉』에 정기적인 문예면을 마련한 조명희는, 10년가량 현지에서 강태수 이외에도 조기천, 연성용 등 청년들의 우리말 문학을 지도했다. 이들은 1937년부터 중앙아시아로 강제이주된 이후 카자흐스탄 알마티 등지에서 『선봉』의 후신인 『레닌기치』, 그러니까 현재의 『고려일보』를 창간하고 이를 중심으로 고려인문단을 형성했다. 강태수는 강제이주 후 고려인 사회를 지속적으로 지켜본 문인 중 하나로 2001년 한 많은 삶을 마감했다.

그는 강제이주 직후인 1938년, 카자흐스탄 크질오르다 사범대학 벽보에 「밭갈이하는 처녀에게」라는 시를 실었다는 이유로, 북극 원시림에서 22년이란 세월을 사회와 격리된 채 보냈다. 노년에 이른 그의 시는 전체적으로 세월에 대한 성찰을 주제로 한다. 많은 고려인들이 그러했듯이 구소련 사회에 적응하면서 오랜 세월을 인내해온 소수민족 이방인의 모습이 잘 드러나 있다.

1938년 강제이주의 불가항력적 시련 앞에서 죄인처럼 죄수 차를 타고 가는 시인이 여전히 조국과 동포를 사랑하고 있다고 토로하는 시 「마음에 넣어두었던 글」이나, 봄볕을 쬐면서 자신의 운명과 세월을 반추하는 시 「무제 10」 등이 그의 현실적 정황을 대변한다. 그가 20여 편에 이르는 시를 한데 묶어두고 '80 고개 오르면서'라는 제목과 '몇 마디'라는 머리말을 써둔 것을 보면 이를 하나의 소시집으로 출간하려 준비했던 것으로 여겨진다.

그의 단편소설 「그날과 그날 밤」은 22년의 원시림 격리 생활 체험을 그 바탕에 두고 있다. 오랜 세월이 흘러 옛 친구를 찾아온 주인공 춘일은 가까스로 득범을 만나 밤늦도록 살아온 지난 이야기를 나눈다. 온갖 역사와 세월의 풍상을 다 겪고 80 고개에 이른 작가의 작품에는, 아무런 시비도 욕망도 없고 다만 일생을 반추하는 회한과 초탈의 감상만 서려 있다. 그 대화와 회상의 곳곳에 베를린 함락과 같은 역사적 사건, 문학적 스승 조명희, 고려인문화의 중심이었던 조선극장 등이 파노라마처럼 스쳐 지나가고 옛 여인 혜숙의 추억까지 등장한다. 고려인 공동체의 삶과 그 내면을 들여다보기에는 아주 좋은 자료에 해당한다.

리 왜체슬라브는 리 왜체슬라브 보리스비치라는 풀 네임과 리영광이란 한국 이름을 갖고 있고, 1944년 우즈베키스탄 타슈켄트에서 태어나 러시아어로 작품 활동을 해온 시인이다. 모스크바 국립사범대학 러시아어학과를 졸업했으며 『레닌기치』 타슈켄트 주재 기자를 지냈다. 1966년 이후 러시아어 시 작품 1백여 편을 발표한 시인으로서, 2002년에는 대구 세계문학대회에 참가차 한국을 방문한 바 있다. 이번에 발굴된 「조선의 소나무」 등 10편의 시는 남경자 시인의 번역이며, 시상이 단순하고 언어도 직정적이기는 하나 조국과 민족, 고향과 동족에 대한 곡진한 정서를 난삽한 수식 없이 잘 표현하고 있다.

리시연의 수필 두 편, 「체끄도멘 림업사업소 노동자들의 신세」와 「원동 림업사업소에 와 있는 민주조선근로자들의 이모저모」는 1992년 7월하바롭스크에서 작성되었다. 글의 제목에서 알 수 있는 바와 같이, 벌목장 노동자들의 처절한 현실을 실증적으로 서술한다. '조소림업체결'에 따라 북한에서 온 노동자들과 이들을 관리하는 간부들 사이의 착취 및 비인도적인 처사들, 북한의 현실과 이에 대한 재외 인민의 심사, 림업사업소의 조직 체계와 뇌물의 액수 등이 생생하게 그려져 있다. 아마도 현장 노동자 가운데 한 사람으로 보이는 이 글의 작자 리시연은, 북한 체제 자체에 반대 의사를 표명하는 바는 없지만 림업사업소의 '큰 감옥'을 폭로하면서 추후 이러한 고발의 글을 계속해서 쓸 것임을 다짐한다.

문금동의 단편소설 「솔밭관 토벌」은 1920년 독립군과 일본군의 사이에 벌어진 솔밭관 전투의 결과와 배경을 지극히 사실적으로 그리고 있어, 이러한 문학 작품을 찾아보기 어려운 한국문학으로서는 매우 뜻깊은 소설 자료 발견에 해당한다. 이 소설의 화자 금동은 바로 작가 문금동의 어린 시절을 회상하고 발화하는 실명소설이며, 금동의 아버지가 독립군을 몰래 지원하면서 온갖 고초를 다 겪는 현장을 순진한 동심의 눈으로 일일이 목격하는 이야기를 담았다.

독립전쟁에 직접 참전한 이야기가 아니라 그것을 후원하고 관찰하는 내용으로 이루어져 있으나, 아버지가 당한 혹독한 고문의 서술은 동시대 우리 동포들이 타국 땅에서 나라 잃은 아픔과 함께 당해야 했던 수난사를 증명한다. 어머니 없는 가정에서 금동의 누이와 어린 동생이 아버지의 숨은 의지를 뒤따르며 동족을 위하는 눈물겨운 장면들은, 그것이 갖는 시대적 의미보다 각기 사건의 구체성으로 인하여 더욱 실효성 있는 감응력을 촉발한다. 말하자면 이 소설은 독립운동 현장의 실상을 증언자의 눈을 통해 그려낸 기록적 가치를 끌어안고 있으며, 비록 고어

투의 문장과 북방 방언으로 점철되어 있으나 그러한 한계를 훨씬 넘어서는 사료로서의 의미가 크다.

최영근의 단편소설 「비겁쟁이」는 2006년 알마티에서 창작된 것으로 작품의 말미에 기록되어 있다. 작가 최영근은 아마도 『선봉』과 『레닌기치』의 후신인 『고려일보』에서 주필과 사장을 지낸 그 최영근일 것으로 보인다. 이 소설은 일제강점기에 고향으로부터 사할린의 산판 벌목장으로 징용되어간 동포들이 노역과 함께 살아가는 모습을 그리고 있다. '비겁쟁이'라는 별명을 가진 김춘섭을 중심으로 결혼과 친구관계 등이 상세하게 서술된다. 왜 그가 끝까지 비겁쟁이로 남는가에 대해서는 합당한 논리가 제시되지 않았으나, 그 생활상의 세부는 주목에 값할 만하다.

김부르트의 「카니스트라」는 다른 작가의 작품들과는 달리, 놀랍게도 젊은 세대의 방황과 각성을 소재로 한 성장소설이다. 단순히 성장소설로만 그치는 것이 아니라 사건 구성의 조직성과 속도감, 문학적 문장의 묘미까지 갖춘 소설다운 소설이다. 작가 김부르트는 1948년 우즈베키스탄 타슈켄트에서 태어났고 1976년부터 주로 러시아어로 소설을 썼다. 『고려일보』 타슈켄트 특파원으로 있다가 1997년 7월에 창간된 『고려신문』의 편집장을 지냈다. 『고려신문』은 경영난으로 지금은 발행되지 않는다. 이 소설은 러시아어로 휘발유통을 말하는, '카니스트라'라는 별명을 가진 '바샤'라는 소년이 주인공이며, 그의 친구와 좋아하는 여자아이 등과 더불어 세상살이 이치에 눈떠가는 입사(入社)의 과정이 날렵하고 비유적인 어법들을 동원하며 묘사되고 있다.

장영진의 시 「나부루즈 명절」은 우즈베키스탄에서의 봄 명절을 노래하고, 「비참한 가을」은 강제이주에서 노력 영웅에까지 이르는 세월을 노래하고 있다. 소품 희곡 「어머니와 아들」은, 서른이 넘도록 장가를 들지 못한 아들에 대해 걱정하는 어머니, 마침내 혼인 약조를 한 처녀와 만나는 장면 등을 아주 간략하면서도 강렬하게 핵심적인 주제를 조명해 보인다. 이들 작품들 또한 중앙아시아 고려인들의 삶과 그 내면의식을 관찰할 수 있게 하는 좋은 범례라 할 수 있다.

『한진희곡집』은 1988년 알마티의 사수쉬출판사에서 간행되었으나 그동안 국내에는 알려지지 않았다. 본명이 한대용인 한진은 1950년대 후반에 소련으로 망명한 북한 출신의 고려인 문인이다. 1988년에 알마티에서 출판된 『한진희곡집』에는 모두 네 편의 작품이 실려 있다. 그 작품들의 면면을 간략히 살펴보면 다음과 같다.

「산부처」는 후고구려를 건국하고 '살아 있는 부처'라고 자처하며 횡포가 심했던 폭군 궁예의 이야기이다. 궁예가 음모를 꾸며 양길을 제거하고 왕이 되는 과정의 1막, 전제군주로서 횡포가 심해 백성이 도탄에 빠지는 2막, 왕건이 궁으로 쳐들어오자 도망가다가 죽는 3막으로 구성되어 있다. 이 작품은 고려인문학 중에서 민족의 역사를 다룬 많지 않은 작품 중 하나라는 점에서 의미가 있지만, 작가는 민족의 과거사보다 궁예의 모습을 통해 스탈린과 김일성을 비판하는 것에 초점을 맞추었다고 한다.

「의부어머니」는 작품 말미에 1965년이라고 창작 연도를 밝히고 있다. 애 딸린 홀아비에게 시집왔지만 그 남편은 가족을 버리고 새 아내를 얻는다. 어머니는 홀로 그 아이들을 정성으로 키우지만, 자신이 의붓어머니인 것을 자식들이 알까 봐 두려워한다. 하지만 그 사실을 알고서도 자식들은 늙어서 되돌아온 친아버지보다도 의붓어머니를 따른다. 이 희곡에는 남의 땅을 대신 경작해주는 '고본질' 농업에 대한 상반된 시각과 그에 따른 갈등, 남자아이를 중요시하는 풍조, 학업을 중요하게 여기는 태도, 별다른 계획 없이 술로 세월을 보내는 젊은이 등 당시 고려인의 다양한 삶의 모습이 담겨 있다.

「나무를 흔들지 마라」는 한진이 모스크바 국립연극대학교 희곡과에서 유학할 때 졸업 작품으로 제출하여 좋은 평가를 받았던 것으로 알려져 있다. 한국전쟁 때 부대에서 낙오된 남한 군인 한 명과 북한 군인 한 명이 큰 홍수가 일어나자 한 나무로 피신한다는 허구적인 상황을 배경으로 한다. 두 사람은 한 나무의 양쪽에 올라 앉아 설전을 벌이지만, 점차 가까워져서 각자가 소지하고 있던 술과 담배를 나누기도 한다. 두 사람 모두 경주 김씨라는 점에서 서로를 더욱 친근하게 느끼기도 한다. 그리고 물에 떠내려온 처녀 춘희까지 어울려 세 사람은 나무 위에서 잠시나마 단란한 시간을 보낸다. 드디어 물이 잦아들고 나무에서 내려온 세 사람은 전쟁이 끝나고 통일이 되는 날 이 나무에서 만날 것을 약속하며 헤어진다. 군사분계선 안에 있는 이 나무는 그 후 30여 년 동안 사람의 그림자를 보지 못하였다는 춘희의 방백으로 막이 내린다.

「토끼의 모험」은 우리가 잘 알고 있는 「토끼전」의 내용과 동일하다. 2010년 여름에 카자흐스탄의 고려극장을 방문했을 때, 최근에 이 작품을 공연한 포스터가 부착되어 있었던 것으로 보아, 인기 있는 레퍼토리 중 하나로 추측해볼 수 있다. 한 가지 특이한 것은 주인공 토끼가 여자라는 점이다. 작품 말미에 이에 대한 설명이 덧붙여있는데, 토끼 역을 맡을 배우가 없어서 불가피하게 여자 역으로 고쳤다고 한다. 고려극장의 남자 배우가 부족한 상황에 대해서는, 카자흐스탄에서 만난 3대 춘향이 최 타치아나 씨도 다음과 같이 회고한 바 있다. 「사랑은 비를 타고」라는 작품을 공연하는데, 원래의 내용은 두 남자와 한 여자 주인공으로 구성되어 있지만, 두 여자와 한 남자 주인공으로 각색하여 공연했다는 것이다.

　거듭 밝혀두지만 이 작품들은 그 문학적 수준과 미학적 가치보다는 현지 고려인의 생활상과 심상의 내면 풍경들을 적출하는 데 효용이 있다. 이는 민족 언어에 대한 존중인 동시에 한민족 문화권 전반에 대한 각성된 인식을 보여주는 구체적 사례가 된다.

3부

북한문학의 새 이정표와
변화 양상

『주체문학론』 이후 북한문학 변화의 실상

1. 머리말

2000년 6월에 개최된 남북정상회담 이후 남북 간의 다양한 인적·물적 교류가 진행되고 있지만, 아직도 우리 앞에 놓여 있는 분단의 상처와 흔적은 엄연한 현실로 존재한다. 또한 분단 현실에서 파생된 정치·경제·사회·문화적 여러 난관들이, 세계 정세의 역동적 변화 속에서도 여전히 한반도 문제 해결의 현실적 걸림돌로 작용하고 있다. 하지만 민족 통합이라는 절체절명의 과제는 우리에게 20세기 한반도에서 벌어진 전쟁과 분단의 역사를 딛고, 21세기 한민족의 새로운 도약과 비상을 준비할 것을 엄중히 요구하고 있다.

탈냉전 세계화 시대에 전 지구적 질서는 이미 다기한 개인의 정체성이 민주적으로 혼재하는 정보화 사회로의 재편을 경험하고 있다. 하지만 한반도는 여전히 냉전의 그늘에 묶여 앞날을 예측하기 어려운 난제들이 현존하는 실정이다. 특히 남북의 폐쇄적 혹은 단발적 상호 교류는 한반도 문제의 점진적 해결을 더디게 진행시키고 있다. 이제 좀더 적극적인 교류와 협력, 대화와 공존의 열린 자세가 절실한 때이다.

이 글에서는 현재까지 북한 문예이론의 지침서인『주체문학론』의 의미를 고찰하면서 담론적 차원에서 드러나는 미세한 균열의 징후를 포착하고자 한다. 그러한 균열의 징후가 조국통일, 청춘 남녀의 애정, 과학환상, 이농 문제 등을 다룬 1990년대 이후 북한 단편소설 속에서 어떻게 표현되고 있는지를 구체적으로 살펴보고자 한다. 또한 1994년 김일성의 사망 이후 유훈통치 시대를 포함하여 김정일 시대를 형상화한 시들을 선군정치 시대의 시와 반제반미사상의 시로 나누어 살펴보고자 한다. 이러한 고찰을 통해『주체문학론』이후의 북한문학의 방향성을 가늠해볼 수 있을 것이다.

2. 분단시대와『주체문학론』의 의미 고찰

2000년 남·북 정상의 만남 이후 경제 협력과 이산가족의 상봉 등 정부·민간 차원의 교류가 활발하게 논의되고, 표면적으로는 통일의 분위기가 무르익은 듯이 보인 적이 있었다. 일부 학계에서는 분단시대가 가고 통일시대가 오고 있다는 흥분을 감추지 않았다.[1] 그러나 문학의 경우, 1992년 이후 지금까지 북한의 문예이론 지침인 김정일의 『주체문학

---

1) 강만길·김경원·홍윤기·백낙청 좌담, 「통일시대를 어떻게 살아갈 것인가」, 『창작과비평』 2000년 가을호.

론』²⁾은 북한 체제의 근본적인 변화 가능성을 보여주지는 못하고 있다. 따라서 우리의 독법은 담론적 차원에서의 근본적 변화가 아니라 담론의 이면에 내포되어 있는 미세한 균열의 징후를 포착하는 것을 필요로 한다.

해방 이후 북한의 문예학은 1967년을 기점으로 커다란 변화를 보인다. 1967년 이전까지는 마르크스-레닌주의의 유물론적 문예이론을 당의 공식적인 노선으로 채택하였다. 그러나 1967년을 기점으로 북한은 이전의 문예이론을 주체적으로 계승한 '주체문예이론'을 당의 공식 문예이론으로 삼는다.³⁾ 이후 지금까지 북한의 문학은 주체문예이론이라는 공식 틀을 벗어나지 않고 있다. 따라서 북한문학에 대한 접근은 주체문예이론 자체를 비판·거부하기보다는 주체문예이론 내부의 미세한 균열의 징후를 감지하는 작업이 유효할 것이다. 이러한 관점에서 많은 연구자들이 1980년대 북한문학에 주목하였다. 주체문예이론의 틀을 크게 벗어나지 않으면서 다소 유연한 시각을 견지한 작품들이 발표되었기 때문이다. 1980년대 현실 주제의 북한소설은 일상생활의 '숨은 영웅'을 형상화한다든지 애정 문제를 본격적으로 다루거나 북한 사회의 관료주의적 속성을 비판하였다. 이는 주체문예이론의 경직성을 내부적으로 반성하는 징표로 해석되기도 하였다.⁴⁾

---

2) 김정일, 『주체문학론』, 조선로동당출판사, 1992.
3) 김정일, 「문학예술부문에서 당의 유일사상체계를 튼튼히 세울 데 대하여」(1967년 5월 30일): 「작가, 예술인들 속에서 당의 유일사상체계를 철저히 세울 데 대하여」(1967년 7월 3일): 「문학예술작품에 당의 유일사상을 구현하기 위한 사업을 실속있게 할 데 대하여」(1967년 8월 16일) 등 참조.
4) 김재용은 1980년대 현실 주제의 북한소설은 "북한 당대 현실내에서 제기되는 절실한 문제들을 폭넓게 다룬다는 점에서 그 이전의 소설과 다른 것은 물론이고 북한 사람들의 진지한 관심과 사랑의 대상이 되고 있다"고 지적한다(김재용, 「1980년대 북한소설 문학의 특징과 문제

그러나 1980년대 후반의 동구 사회주의권의 붕괴에 뒤이은 북한 사회의 가뭄과 기근은 북한 체제를 근본적인 위기 상황으로 몰고 갔다. 국제적인 고립과 내부적 문제를 해결하기 위해 북한의 문학은 다시 보수적인 경향으로 후퇴하였다. 이에 1990년대 북한문학은 1980년대 문학의 유연성을 확장·발전시키지 못하고 과거의 주체문예이론을 강화하는 방향으로 나아간다. 그러나 이미 사회주의적 현실 문제를 나름대로 깊이 있게 형상화한 체험을 간직한 북한의 작가들이 주체문예이론의 당위적 명제 앞에 굴복하여 순순히 과거의 작품 경향으로 회귀하지는 않는 듯하다.

　　김정일의『주체문학론』은 1980년대 문학의 유연성과 1990년대 문학의 경직성 사이의 이러한 딜레마를 반영한다.『주체문학론』의 첫 장이 '시대와 문예관'이라는 점은 의미심장하다. '새 시대는 주체의 문예관을 요구한다'로 요약되는 이 장은 새롭게 조성된 정세에 대한 북한식의 대응 방안을 잘 보여준다. 이는 1990년대의 시대적 상황이 요구하는 절박한 과제를 스스로 반영하는 것이다. 위기의 시대를 대응하는 북한식의 처방전은 과거의 주체문예이론으로 재무장을 요구한다. 따라서 이 장을 이해하는 핵심은 주체문예이론 내부의 미세한 균열(새롭게 조성된 시대 상황과 주체문예이론 사이의 불균형)을 포착하는 데에 있다. 변화된 시대에 능동적으로 대처하려는 고육지책(苦肉之策)에서 나왔지만 이러한 균열은 북한문학의 변화 가능성을 보여주는 소중한 지표가 될 수 있다.

　　'주체적 문예 활동 방법'이란 "문학예술 창작과 지도에서 나서는 모든 문제를 주체적 립장에서 우리식으로 풀어나가는 것"을 말한다. 이러

점」,『북한 문학의 역사적 이해』, 문학과지성사, 1994, p. 271 참조).

한 주체성의 강조는 새롭게 조성된 정세를 돌파하는 데 있어서 '민족적 특성'을 강조하는 방향으로 나아간다. 세계적으로 고립된 스스로의 정치 체제를 유지·보존하기 위해서는 '조선민족제일주의정신'[5)]을 발양시킬 필요가 있는 것이다. 하지만 이러한 요구도 그 자체의 당위성만을 강조한다고 해서 이루어지는 것이 아니며, 우리가 주목하는 부분이 바로 여기이다. 김정일은 "문학에서 어떤 인물을 전형으로 내세우려면 일반화의 요구와 함께 개성화의 요구"도 실현하여야 하며, "문학에서 사상성이 없으면 예술성이 없고 예술성이 없으면 사상성도 있을 수 없다"고 말하고 있다. 물론 일반화의 요구나 사상성이 개성화의 요구나 예술성을 규정하는 일차적인 요소라는 단서를 달고 있지만, 개성과 예술성의 중요성을 구체적으로 언급하고 있다는 점은 의미심장하다. 좀더 구체적으로 이 둘의 조화를 요구하는 방법이 이어서 논의되고 있기 때문이다.

① 문학의 묘사대상에는 자주성을 위한 인민대중의 투쟁뿐아니라 생활의 모든 분야, 모든 령역이 다 포괄되며 한 작품 안에서도 생활분야가 국한되거나 한정되어 있지 않고 여러 갈래로 복잡하게 얽혀 있다. 문학은 복잡한 인간생활을 그 본래의 모습 그대로 묘사하여야 생활을 다양하고 풍부하게 보여줄 수 있다.[6)]

② 우리 시대 인간의 높은 혁명성과 뜨거운 인간성을 심오하게 그려내여 사람의 문화정서교양에 도움을 주자면 작품에서 딱딱한 정치적인 술어나 구호 같은 것을 라렬하지 말고 현실에 있는 산 사람의 사상과 감정,

---

5) 김정일, 「조선민족제일주의정신을 높이 발양시키자」(1989년 12월 28일), 조선로동당 중앙위원회 책임일군들 앞에서 한 연설.
6) 김정일, 앞의 책, p. 19.

생활을 구체적인 화폭으로 생동하게 그려야 한다.[7]

위의 인용문은 '자주성을 위한 인민대중의 투쟁'과 구체적인 현실의 다양한 감정을 있는 그대로 포착하여야 함을 강조하고 있다. 이는 '혁명성'과 '인간성' 혹은 정치적인 구호와 '산 사람의 사상과 감정, 생활'을 구체적인 화폭으로 생동하게 그려야 한다는 주장으로 변주된다. 예를 들어, "언어와 구성, 양상과 형태와 같은 일련의 형상수단과 형상수법을 다 동원하여야 내용을 충분히 살릴 수 있다"라든가 "사람의 구체적인 성격과 생활에 파고들어야 하며 그 과정에 정치적 내용이 스스로 우러나오게 작품을 써야 한다" 등의 주장은, 앞으로의 북한문학이 이념 중심에서 생활 중심적인 문학으로 나아갈 것이라는 징후를 보여준다. 철학적인 것과 형상적인 것의 통일을 보장하는 데에서 형상보다 결론을 앞세우지 않고 형상에 대한 결론을 독자에게 맡겨야 한다는 주장은 이러한 논의의 연장으로 이해된다.

이렇듯 '제1장 시대와 문예관'은 새롭게 조성된 시대에 대응하는 북한의 수세적 방어 전략을 보여준다. 위기의 시대를 과거의 주체사상에 대한 강조로 극복하려는 의도는 다소 무리한 시도로 보인다. 하지만 이러한 요구를 실현하려는 구체적 방법을 제시하는 부분에서 기존 문예이론의 경직성을 다소 탈피하고 있다는 점에서 긍정적으로 받아들여진다.

현실과 당위의 불균형을 극복하려는 시도는 제6장에서 좀더 구체적이고도 현실적으로 제기되고 있다. '제6장 문학형태와 창작 실천'에서 김정일은 시, 소설, 아동문학, 극문학 등의 형식과 창작 실천에 대해서

---

7) 같은 책, p. 20.

구체적으로 언급하고 있다. 시문학에서는 당의 정책적 요구와 서정성을 조화시키는 문제를 주로 논의하고 있다.

① 시문학의 서정성을 높이자면 시인의 개성적인 얼굴을 뚜렷이 드러내는 것이 필요하다. 시의 서정은 시인 자신의 정서를 직접 표현하는 주정이다.[8]
② 시에서는 서정적 주인공의 모습이 뚜렷하여야 하며 다른 사람이 대신할 수 없는 독특한 정서세계가 펼쳐져야 한다.[9]

그러나 '다른 사람이 대신할 수 없는 독특한 정서세계'와 당의 정책적 요구를 어떻게 조화시킬 것인가, 인간 생활을 떠나 순수 자연을 찬미하는 시와 아름다운 자연을 통하여 거기에 비긴 인간 세계를 깊이 있게 드러내는 작품을 어떻게 구분할 것인가의 문제는 여전히 미해결의 과제로 남는다. 이러한 구체적인 문제를 깊이 있게 천착할 때 북한의 시문학은 이념과 서정 사이의 간극을 어느 정도 좁힐 수 있을 것이다.

김정일은 소설 속에 형상화된 생활은 "시대와 사회의 본질이 반영된 전형적인 생활이며 작가의 발견이 깃든 새롭고 특색있는 생활"이라고 주장하면서, 도식은 "문학과 독자 사이를 갈라놓은 장벽"이므로 작가는 "온갖 도식에서 벗어나 저마다 새로운 것을 들고 나와야 한다"[10]고 함으로써 도식에서 벗어난 형상성의 문제를 제기한다.

그러나 이러한 장벽은 주체문예이론 자체의 도식성이 아니라 소설 창

---

8) 같은 책, p. 228.
9) 같은 책, p. 229.
10) 같은 책, p. 244.

작 기법과 관련된 도식성이다. 이어 그는 '다주인공을 설정하는 수법' '주인공을 감추어놓고 형상하는 수법' '부정적 인물을 중심에 놓고 형상하는 수법' '인물의 심리를 기본으로 펼쳐나가면서 생활을 묘사하는 수법' '랑만주의 수법' 그리고 벽소설 같은 짧은 형식, 서한체, 일기체, 추리소설, 탐정소설, 실화소설, 환상소설, 의인화의 수법으로 엮인 소설, 운문소설, 지능소설 등 다양한 기법과 형식을 소개하고 있다. 이러한 기법과 형식의 도식 배제가 곧바로 주체소설의 도식성을 극복하는 계기가 될 수는 없다. 하지만 다양한 기법과 형식의 실현이 주체소설의 내부에 조그마한 균열의 징후로 기능할 수는 있다. 이러한 징후에 대한 탐색과 발견이 소중한 이유도 바로 여기에 있다.

『주체문학론』에서 특히 주목하고 있는 영역은 아동문학이다. 아동들은 새 시대를 이끌어갈 주역이기 때문이다. 이러한 아동문학에 대한 논의에서도 여지없이 내용과 기법 사이의 균열이 감지된다. 작가가 "아동문학을 우리 당의 정책과 우리나라 어린이의 특성에 맞는 우리식 문학으로 발전시켜야 한다"[11]고 강조함으로써 계몽적 담론과 민족적 특수성을 이야기하는 것은 기존의 관점과 차이가 없다고 볼 수 있다.

하지만 이러한 당위적 명제에 이어 김정일이 구체적인 기법 차원에서 아동문학의 형상화 문제를 언급하고 있는 것이 주목된다. 아동문학은 작품에 재미가 있어야 하며, 사상을 논리적으로 주입하려 하지 말고 흥미 있는 형상 속에서 감성적으로 받아들이게 하여야 하고, 변화무쌍한 행동성과 강한 운동감이 느껴져야 한다는 것이다. 또한 될수록 쉬운 말과 표현을 써야 한다는 점을 강조한다. 이렇듯 "아동문학에서는 의인화

---

11) 같은 책, p. 254.

된 수법과 환상, 과장, 상징을 비롯한 이미 있는 수법을 다양하게 리용하는 한편 새로운 형상 수법과 기교를 대담하게 창조하여야 한다"[12]는 인식은 기법적 새로움을 통해 이론적 당위와 형상성의 한계를 극복하려는 몸짓으로 읽을 수 있는 것이다. 이러한 당위와 형상 사이의 괴리는 '주체문예이론'의 미래를 보여주는 징후로 기능할 수 있다.

김정일은 극문학, '텔레비죤문학', 평론문학 등 다양한 형태의 문학을 언급하면서 '그것을 발전하는 현실의 요구와 인민의 미감에 맞게 끊임없이 혁신해나가는 것'이 중요하다고 강조한다. 이러한 표현은 그동안의 문학 작품들이 '현실의 요구와 인민의 미감'을 도외시하거나 간과해왔음을 역설적으로 파악하게 한다. 따라서 "우리는 력사적으로 이루어진 기성형태나 새로 창조하는 형태나 할 것 없이 모든 형태의 고유한 특성을 뚜렷이 살려 주체문학의 화원을 더욱 풍만하고 다채롭게 장식하여야 한다"[13]는 김정일의 강변은 오히려 기존의 '주체문학의 화원'이 왜소한 일면만을 지녀왔음을 실토하는 것이라고 할 수 있다.

이상으로 김정일의 『주체문학론』을 '주체문예이론' 내부의 미세한 균열에 초점을 맞추어 일별해보았다. 『주체문학론』은 1960년대 후반에서 1970년대에 걸쳐 확립되어 1980년대 다소 유연하게 전개된 주체문예이론의 1990년대판 중간 결산이라 할 수 있다. 특히, 1980년대 북한문학은 전일화된 유일사상체계에 대한 반성으로 전개되었다는 점에서 주목을 요한다. 이에 『주체문학론』은 북한문학 내부의 '변화하고 있는 것'과 '변하지 않는 것' 사이의 미세한 긴장을 보여준다. 이는 당위와 욕망, 혁

---

12) 같은 책, p. 256.
13) 같은 책, p. 267.

명과 일상, 이념과 기교, 내용과 형식 등이 다양하게 변주되고 있다.

1994년 김일성의 갑작스런 사망과 이후 전개된 북한 체제의 경직된 모습은 대내외의 시련을 극복하기 위해 김정일 체제를 옹위하는 '선군정치'를 앞세우게 된다. 문학 또한 2000년대에 이르러 "고난의 행군 시대에 태어난 새로운 문학" "개화, 발전하는 새로운 형태의 문학"인 '선군혁명문학'을 강조하면서 김일성 시대의 '혁명문학'과의 차별화를 시도하게 된다. 이러한 다양한 변화 양상 속에서 '현실'과 '절대정신' 사이의 줄타기로 요약할 수 있는 『주체문학론』은 '주체문예이론'의 자의식, 더 나아가 북한 체제의 자의식을 유추할 수 있는 각주의 역할을 한다. 자의식은 스스로에 대한 객관적 거리를 바탕으로 형성된다. 주체문예이론의 자의식은 스스로를 타자화하는 아픔, 즉 타자(개방)를 통한 스스로의 위상 정립과 맞물려 있는 절체절명의 과제 속에서 형성될 것으로 보인다. 이러한 자의식의 징후는 『주체문학론』을 통해 암시적으로 드러난다. 예컨대 '기질' '개성'(기법/형식)에 대한 강조는 '주체문예이론'의 이념성(내용)에 미세한 균열로 작용할 것이다. 이러한 흐름에 대한 지속적인 탐색은 북한문학 내부의 과제일 뿐만 아니라 통일문학을 준비하는 남한문학의 실질적 과제이기도 하다.

3. 『주체문학론』 이후 북한소설의 주제론적 특성

(1) 조국통일 주제 소설의 특성

1980년대 후반 이후 남한 사람의 방북 등 새로운 차원의 통일 방법의 가능성이 북한 사람들에 의해 검토 수용되면서, 분단과 통일 문제를 일종의 탈이데올로기적인[14] 차원 내에서 접근하는 새로운 경향의 북한 소설들이 나오기 시작한다. 특히 1992년 김정일의 『주체문학론』에 이르러서는 그러한 통일운동의 새로운 경향을 언급하게 된다. 즉 "해외동포들의 조국방문은 그 무엇으로써도 막을 수 없는 하나의 추세로 되고 있"으며, "조국을 방문한 해외동포들 가운데는 일제의 식민지통치와 미제의 민족분열책동으로 말미암아 수십 년 동안 서로 헤어져 생사조차 알지 못하였던 아들딸을 만난 부모도 있고 안해를 만난 남편도 있"고, "그들의 눈물겨운 상봉에 대한 감동적인 이야기는 참으로 극적인 것"이라며 상봉에 대한 이야기를 소설화할 것을 강조한다.[15]

1996년 『조선문학』에 발표된 주유훈의 「어머니 오시다」는 헤어진 아들과의 만남을 일생의 꿈으로 가진 황설규의 어머니와, 북한의 저명한 음악가로서 잃어버린 가족으로 인해 고통과 슬픔을 가진 아들 황설규의 극적인 상봉을 통해, 분단의 아픔과 조국통일의 필요성을 다룬 작품이다. 이 작품이 이데올로기로부터 거리를 확보하고 있는 것은 왜 가족이 헤어지게 되었는가라는 설정에서 확인할 수 있다. 즉, 황설규가 남한을 떠나 북한에 거주하게 된 동기를 북한을 동경해서가 아니라 해방 이전 금강산 수학여행이라는 우연으로 인해 어쩔 수 없이 살게 되었다는 것으로 설정한 것이다. 또한 이산 이전의 행복한 가족의 삶과 이후의 고통스러운 삶을 동시에 회상하게 하는 바이올린과 활조이개는 황설규 일가 가족사의 탁월한 상징으로서 이데올로기 너머에 자리 잡고 있다. 분리되었던 바이올린과 활조이개를 결합해 황설규가 주체할 수 없는 딸

---

14) 김재용은 이러한 측면을 "심정적이고 인도적"이라고 규정한다(김재용, 앞의 책, p. 310).
15) 김정일, 앞의 책, p. 261.

림 속에 연주하는 곡은 모든 인간의 근원적인 노래라 할 동요이다. 동요 「푸른 하늘 은하수」가 상징하는 의미는 헤어짐 이전의 행복했던 가족 의 삶 그 자체이며, 상봉을 통해 누리게 된 인간적 슬픔과 기쁨이다.

그러나 이 작품의 결말 부분은 새로운 조국통일 주제 소설에 대해 북 한 사회의 '오직 우리식대로 창작하자'의 경구가 어떻게 작용하는가를 확인하게 해준다. 상봉의 기쁨이라든가 이산가족의 인간적 슬픔과 고 통 그 자체는 지엽적이라는 것, 미제의 식민지인 남한과의 분단이라는 전체적인 현실을 망각해서는 안 된다는 경고를 이 작품은 염두에 두고 있는 것이다. 따라서 이 작품은 1990년대 이후 나온 새로운 경향의 조 국통일 주제 소설이 당의 공식적인 이데올로기와 어떻게 적절한 조율에 이르는가를 보여주는 범례적인 작품이다.

2000년 『조선문학』에 발표된 김교섭의 「누이의 목소리」는 통일에 대 한 염원이 자기희생을 매개로 실현될 수 있음을 강조하는 작품이다. 이 작품에서는 월북의 동기가 갑작스런 풍랑으로 인한 표류 때문에 어쩔 수 없었다는 식으로 설정된다. 또한 김우범의 과거사 서술에 이른바 미 제와 괴뢰정권에 의해 고통받는 남한 인민의 전형적 모습도 드러나지 않는다. 단지 분단으로 인해 누이와 만나지 못하는 인간적 슬픔이 주로 서술될 뿐이다.

그러나 생면부지의 김우범을 위해 자신의 다리뼈를 제공하는 김숙 희의 자기희생에 내재해 있는 이데올로기는 의사로서의 직업윤리를 뛰 어넘는 심리적 동인에 있다. 즉, 누이와 어머니가 살고 있는 모국인 북 한 땅에서 김우범이 죽거나 불구가 되는 사태는 '조선민족제일주의정 신'의 핵심인 자존심과 긍지에 상처를 주는 사건이기에 어떻게 해서든 지 막아야 하는 것이다. 자기검열을 통해 김숙희가 자신의 다리뼈를 제공하기를 결심하는 과정에서 죽었지만 살아 있는 '수령'의 명령과 법(유훈)에 따라 김숙희는 자신을 희생하는 것이다. 김숙희의 이러한 자기희생은 『주체문학론』에서 '우리 문학에서 영원한 형상의 원천'이라고 규정한 '사회정치적 생명체'의 한 구현 행위라 할 수 있다.[16]

통일과 수령을 위해 자신을 희생하는 김숙희는 전통적인 조국통일 주제 소설에 나타난 인물형의 한 반복이며, '오직 우리식대로 창작하자'에서 제기된 경구를 충실히 재현하고 있는 인물인 것이다. 이런 점에서 이 작품은 최근에 발표된 작품임에도 불구하고 조국통일 주제 소설의 공식적 이데올로기의 핵심을 충실히 재현하고 있는 전통적인 작품이다.

(2) 청춘 남녀의 애정 관계를 다룬 소설의 특성

북한에서 청춘 남녀의 사랑은 동지애적 관계와 올곧은 신념에의 확인이 감정 교류에 우선한다. 북한 사회는 항일무장투쟁 이래로 고난과 시련에 맞서 조국과 민족을 보위해야 한다는 당위성을 전면에 내세우며, 신념으로 굳게 뭉쳐진 구호식의 사회이기 때문이다. 그러므로 북한 사회의 현실 반영태로서의 소설에서 자유주의적 감성이나 본능에 충실한 남녀 관계는 찾아보기가 어렵다. 북한소설에서 대부분의 남녀 간의 사랑은 서로에 대한 이성적(理性的)인 판단이 그 성패를 가늠한다. 그러므로 업무에 대한 성실성과 동료들에 대한 신뢰와 애정이 북한식 사랑법의 핵심 요소가 된다. 감정에의 충실성이나 본능적 이끌림은 부차적인 요소로 작용하며, 타자의 욕망을 욕망하는 욕망의 삼각형(르네 지라르) 역시 배제된다. 오로지 맞대면한 상대방에 의해 자리가 배치되며

---

16) 같은 책, pp. 118~19.

그 상대에 의해 사랑이 의미화되기 마련인 것이다.

맹경심의「첫 개발자들의 이야기」(『청년문학』2002년 9월호)는 병으로 앓아누운『탄광신문』주필(액자 속 '나')로부터 탄광의 연혁을 서술하는 사업을 인계받게 된 액자 바깥의 '나'가, 그의 구술을 받아 탄광 초창기 무렵 탄광 노동자로서 첫 노력영웅이 된 '주먹'(김주형)과 제대군인 여병사의 '값진 사랑'에 대한 회고담을 기록한 액자형 소설이다. 대부분의 북한 단편소설이 그렇듯 인민을 교양하려는 계몽주의적 의도가 작품 면면에 묻어나는 이 작품은 청춘 남녀의 사랑이라는 외피를 둘러싸고 있으면서도, '전 세대의 고귀한 사랑과 희생을 오늘에 되살리자'는 계승적 주제의식을 앞세운 작품이다. '주먹'이라는 탄광 노동자와 제대군인 여병사가 탄광을 개척하며 보여준 숭고한 사랑을 형상화한「첫 개발자들의 이야기」는 신념과 성실성에서 모범을 보여주는 양심적, 긍정적 인물을 통해 헌신적 탄광 노동과 동지적 연애라는 양 날개 속에서도 균형 감각을 잃지 않는 사회주의적 인간형의 전형적 모습을 보여준다. 즉, 외골수적 성실성의 남성과 당찬 여성의 맺어짐이라는 이상적 남녀 관계를 형상화하고 있는 것이다.

윤경찬의「겨울의 시내물」(『조선문학』2002년 10월호)은 이제는 일흔의 고령이 된 리학성이, '한국전쟁'에서의 부상으로 팔을 절단하고 폐절제수술을 받은 부상자였던 자신과 담당 간호원 옥심이의 사랑을 회감하며, 생활에 대한 사랑과 의지를 다지고, 조국에 필요한 존재가 되었음을 감사하는 형식으로 그려진 애정소설이다. 작품 말미에서 학성이 피력하는 '생활에 대한 사랑과 의지'와 '조국에 필요한 사람'이라는 두 구절은 이학성의 70 평생을 압축하는 말이 된다. 특히 비겁쟁이에서 괴짜로, 다시 김책공대 교수로 인생을 달리해온 고령의 이학성은 불구적 시련을 극복한 숨은 영웅의 전형으로 작품 속에 형상화되었다고 볼 수 있다. 결국 이 작품은 의지적으로 유약한 신체적 불구의 남성과 헌신적이고 강인한 당찬 여성의 맺어짐을 통해 고난과 시련을 극복해온 개인의 과거사를 낭만적으로 조감하는 연정소설이라고 할 수 있다.

홍남수의 「시작점에서」(『청년문학』 2003년 1월호)는 '불량청년'이었던 철진이 노동의 신성함을 깨달으며 각성된 노동자로 거듭나는 내용을 '길' '생활의 흐름' '래일은 더 아름답다' 등의 소제목으로 구성한 일인칭 고백체 소설이다. 북한소설에서는 보기 드물게 철진은 '순수 소비자'이자 '사회의 근심거리'였으며, 주위로부터 '쓰지 못할 인간, 불량청년'이라는 평가를 들으며 살아온 자신의 삶을 회상한다. 북한 사회가 노동을 신성한 의무로 여기는 '통제된 공간'이라는 점을 감안한다면, 비록 의식의 각성을 통해 새로운 인간형으로 철진이 거듭나기는 하지만, 북한에서 두 젊은이가 2년 동안 '순수 소비자'로서 '자유주의'적 행태를 일삼을 수 있었다는 사실은 북한소설에서의 일탈적 변화의 조짐을 읽어낼 수 있게 한다. 이 작품은 북한소설이 일반적으로 '고난과 시련, 미성숙→의식의 각성, 모범→어머니당을 향한 충성'의 도정을 거치며 결국 도식적, 긍정적, 화해적 결말에 어떻게 도달하게 되는지를 극명하게 보여준다. 이 작품은 좌충우돌하다가 의식의 각성을 보이는 남성과 가녀린 심성의 소유자로서 비주체적, 수동적인 모습을 보이는 여성과의 맺어짐을 통해 청년의 의식적 각성이라는 주제를 그려낸 소설이라고 볼 수 있다.

북한소설에서 드러나는 이성 간의 교제는 철저히 일대일의 관계로 형상화된다. 현실적으로 인간의 감정 교류가 일대일의 쌍방향 관계에서만 비롯될 수는 없다는 점에서 북한소설 속 연애관계는 현실을 외면하는 편향을 보인다고 할 수 있다. 특히 윤리적, 사회적, 도덕적 규범과 관습에 얽매인 남녀관계는 사회적 신념의 충실성에 기반한 동지적 애정만을 유일무이한 답안처럼 제시하고 있다는 점에서 문제적이다. 북한소설 속 여성상을 종합해보면, 집단의 목표와 성취동기가 뚜렷한 과제를 앞에 둔 여성은 당차고 강인하게 불굴의 신념과 개척 정신을 소유한 주체적 모습으로 그려지기도 하지만, 남성 앞에서나 가족 앞에서는 한없이 여리고 부드러우며 가녀린 여성으로서 남성에 의해 끌려가는 수동적 여성상을 보여주기도 한다. 결국 '강한 부드러움'이라는 모성의 양면성을 극단적으로 양분화한 모습으로 여성들이 형상화된다는 것은 여성의 다기 다양한 현실적 모습을 왜곡하는 방편이 될 수도 있다는 점에서 문제점을 드러낸다.

(3) 과학환상소설의 특성

북한문학에서 과학기술을 소재로 다룬 작품들의 주인공은 대체로 당과 수령에 대한 충성심이 강하고 창조적인 지혜와 열정을 지닌 소유자들로서 긍정적 사고관을 보여준다.[17] 이들은 대의명분을 위해 과학기술을 사용하는 긍정적이고 낙천적인 인물형들로서 대중들에게 감화를 줄 수 있는 올바른 도덕과 윤리를 표방한다. 인민대중의 사회적 관심을 과학기술의 영역으로 돌려야 한다는 목적의식 아래 그동안 많은 과학소재소설이 창작되어왔다. 그중에서도 미래사회에 대한 상상력을 발휘한 과학환상소설은 새롭고 참신한 문예 장르 중의 하나로 주목을 받아

---

17) 김종회, 「해방 후 북한문학의 전개와 실증적 연구 방향」, 『북한문학의 이해』 1, 청동거울, 1999, pp. 36~39.

왔다.

이미 김정일은 자신의 시대를 열어갈 새로운 문예 장르로서 과학환상소설을 예시하면서 미래의 인재 육성이라는 방침 아래 과학소설이 필요함을 강조한 바 있다.[18] 기존의 주체문학이 지닌 도식성을 극복하고 인민대중과 연계하는 새로운 주제를 필요로 하는 상황에서 과학환상소설이 훌륭한 길잡이가 될 수 있다는 판단을 내린 것이다. 북한문학에서 과학환상소설의 대표 작가로 손꼽히는 황정상은 『과학환상문학창작』[19]이라는 저서에서 인간의 윤리적 결단을 중심에 둔 과학환상소설의 중요성을 역설하였다. 그는 올바른 인간, 고귀하고 숭고한 과학자의 품성을 창작적인 측면에서 강조하면서 북한문학이 지향하는 '주체의 인간학'이 과학환상소설이라는 장르에서도 중요한 요소가 되고 있음을 밝힌다.

리금철의 「붉은 섬광」(『조선문학』 2002년 9월호)은 미제국주의를 날카롭게 비판하는 정치적 시각을 깔고 있는 과학환상소설이다. 소설의 이야기는 남태평양 아열대 수역에 위치한 작은 섬나라인 '아씨르'의 수도에서 한밤중에 항구에서 발생한 화재 사건으로부터 시작된다. 이 소설에서 스토리의 흥미로운 점은 헬렌이 주어진 정황을 가지고 화재 사건의 진상을 밝혀가는 추리 기법을 사용한 데서 나온다. 처음에 아씨르 섬의 화재 사건은 섬에 주둔한 미 해병대의 전략물자인 연유통을 공격하려는 사람들의 음모처럼 보인다. 김학성을 비롯한 조선의 과학자들은 미군의 연유통 폭발 사건과 모종의 관련이 있는 듯한 용의자로 등장

---

18) 김정일, 앞의 책, p. 247.
19) 황정상, 『과학환상문학창작』, 문학예술종합출판사, 1993.

하지만 이는 헬렌의 치밀한 증거 해석으로 인해 곧 실마리를 드러내게
된다. 자신의 공로를 자랑하지 않고 숨어 있으려는 김학성의 품성은, 헬
렌의 추리 과정을 통해 차례로 밝혀지면서 더욱 고귀한 인성으로 돋보
이는 효과를 자아낸다. 더불어 이 소설에서 보여주는 미래적 상상력은
북한의 과학기술이 얼마나 선진적으로 발달할 것인가에 대한 낙관적인
전망으로 연결된다. 눈부신 과학기술을 선한 의도에서 사용할 줄 아는
정의로운 국가에 대한 믿음이야말로 북한의 과학환상소설에서 중요한
내용인 것이다.

리금철의 「붉은 섬광」이 북한 과학환상소설의 전형적인 특징을 보여
주는 작품이라면, 리철만의 「박사의 희망」(『청년문학』 2002년 8월호)은
사이보그와 인간이 공존하는 미래 사회를 다소 음울하게 형상화했다
는 점에서 좀더 환상성을 강화한 작품이라고 할 수 있다. 「박사의 희망」
이 보여주는 미래의 문명사회에 대한 상상력은 물질적 욕망이 인간의
존재 근거까지도 파괴할 위험이 있음을 경고한다. 이 작품에서도 갈등
의 구조와 그 해소 과정은 매우 분명하게 드러난다. 악의 세계는 '존 슈
믹쯔' 박사로 대변되는 황금만능주의의 세계이며, 선의 세계는 공공의
이익을 위해 과학기술을 올바르게 사용하려는 김대혁이 표상하는 세계
이다. 슈믹쯔가 철저히 이익을 추구하는 자본주의 사회체제의 한 특성
을 상징한다면 김대혁은 기술과 이득을 모든 사람들에게 나누어주고
실행하는 이상적인 사회주의 체제의 특성을 상징한다.

「붉은 섬광」과 함께 「박사의 희망」이 보여주는 미래 문명세계는 다
소 모호한 빛깔을 띠고 있다. '조국'에 대한 뜨거운 애정과 '김일성종합
대학'에 대한 찬양적 발언이 거듭 강조되긴 하지만 미래 사회가 어떤 정
치체제를 갖춘 사회가 될지에 대해서는 선명한 투시도를 보여주지 않는

다. 단지 이들 작품에서 미래의 문명세계는 인간의 자율적인 가치 판단과 윤리의식이 더욱 중요하게 요구되는 것으로 그려진다. 공공의 선과 이익을 위해 자신의 개인적 이득은 포기할 수 있는 희생적이고 헌신적인 인간적 품성이 원칙적인 차원에서 강조될 따름인 것이다.

소재와 주제의 참신성을 개발한다는 점에서 과학환상소설은 북한문학의 지형도 속에서 새로운 가능성의 장르로 평가받고 있다. 물론 북한의 소설들이 처음부터 갖고 있는 도식적인 한계, 즉 선과 악의 구도로 형상화된 인물형은 과학환상소설 장르에서도 예외 없이 드러난다. 남성과 여성의 사랑 이야기가 공공의 선을 통해 더욱 굳건히 다져지는 감정으로 묘사되고 있는 것 역시 상투적인 설정으로 지적할 수 있다. 그것은 주체의 인간학이라는 강박적 개념에서 자유로울 수 없으면서 한편으로는 그것을 벗어나는 새로운 미래적 상상력을 끌어들여야 하는 과학환상소설의 이중적 부담을 보여주는 것이기도 하다. 결국 과학환상소설은 다양한 문학적 주제와 형식을 수용하면서 일상 속에서 좀더 현실적인 인물들을 그려내려는 북한문학의 고민과 시도를 보여주는 미완의 장르로서 존재 의미를 지닌다고 할 수 있다.

(4) 이농 문제를 다룬 소설의 특성

1990년대 이후 북한의 이농소설은 도시에 살고 있었거나, 기술직·사무직에 종사하던 사람이 농촌으로 이주하여 겪는 이야기를 다루고 있는 경우가 많다. 이는 토지에 뿌리를 둔 자가 땅과의 투쟁을 통해서 혁명과업을 완수한다는 내용의 전통적인 농촌소설의 문법과는 거리가 있는 것이다. 꼭 이농소설이 아니라 하더라도 90년대 농촌소설에서 토착농민을 주인공으로 내세우는 경우는 흔하지 않다. 중심인물의 성격도 변화하여 인텔리 계층의 농촌체험이 자주 등장한다. 전형적 인물이 반동인물과 갈등을 겪고 그 과정에서 승리하는 구조보다는 아직 진정한 혁명가로 거듭나지 못한 중심인물이 영웅적인 주변인물에 의해 교화 혹은 감화되는 내용의 서사가 압도적이다. 이전의 농촌소설과는 확실히 다른 양상이지만 한편으로는 전후 복구기 및 사회주의 건설기의 '숨은 영웅' 찾기 전통을 잇고 있는 것으로도 판단된다. 우선 주목되는 것은 개인주의적인 인물형과 이타주의적인 인물형을 대립시켜 '우리의식'을 부각시키는 경향이다. 한 명의 '영웅'이 아닌 '나'를 망각한 '우리'가 하나의 사회주의적 전체를 구성할 수 있음이 강조된다.

김창림의 「옆집 사람」(『청년문학』 2002년 10월호)은 '기계화반'의 인정받는 선반공이었던 진석이 자신보다 뒤늦게 농장으로 이주한 '옆집 사람'(강호식 아바이)과 겪는 갈등을 다룬 작품이다. 분배의 기준이 되는 두 집 사이의 울타리를 허락 없이 뽑아버렸다는 이유로 강 아바이를 좋지 못한 눈초리로 보게 된 진석은 강 아바이의 성실한 생활과 풋풋한 인정에 끌려 점차 처음의 선입관을 버리게 되지만 작업하고 있는 동료 일꾼들을 버려두고 '위의 손을 빌려' 일을 처리하려 했다는 이유로 강 아바이에게 꾸중을 듣자 강 아바이의 출신성분을 트집 잡아 신랄한 공격을 하게 된다. 그러나 강 아바이가 자신이 농촌 출신임에도 불구하고 자식들은 모두 농촌을 외면하게 된 현실을 통탄하고 농촌에 자원하여 내려온 훌륭한 사람임을 알게 되자 곧 오해를 풀고 애초의 울타리를 손수 제거하고 "한평생 낫을 억세게 틀어잡고 쌀로서 장군님을 받들" 의지를 다진다.

리승섭의 「삶의 위치」(『청년문학』 2002년 12월호)는 공간적 배경은 다르지만 인물 갈등의 구도 및 '우리의식'의 강조가 「옆집 사람」과 유사하다. 발전소 건설 현장의 취사원으로 돌격대 생활을 시작한 조학실은 자신이 배치받은 장소에 실망하여 어떻게든 현장영웅이 되기 위해 노력한다. 남자인데도 현장 경비나 서고 있는 오광삼이나 취사원 생활에 만족하는 친구 허정금은 그에게는 이해가 되지 않는 인물이다. 그러나 소설의 말미, 언덕 언제가 홍수에 무너질 위기에 처하자 정금은 자신의 목숨을 바쳐 언제를 지키고, 학실은 그를 통해 '집단 속에서 생활'하는 삶의 의미와 '영웅의 딸'이 되는 진정한 방법을 배우게 된다는 줄거리이다.

강혜옥의 「고향에 온 처녀」(『청년문학』 2002년 10월호)는 '불도젤' 운전수 범국의 시선으로 교대 운전수로 나선 나 어린 처녀 김채향의 영웅적 행위를 묘사하고 있는 작품이다. 범국은 '차칸'에서 음악이나 듣는 연약한 처녀 채향이 남자들도 힘들다는 불도젤을 운전할 수 있으리라 믿지 않는다. 그러나 점차 채향의 굳은 의지와 사나이다움을 발견하게 되고, 채향이 아픈 몸으로 밤새 벌을 뒤져 동천벌로 가는 지름길을 찾아낸 일을 계기로 고향땅과 장군님을 모시는 새로운 감격을 뜨겁게 경험하게 된다는 내용이다. 기본 구도는 앞의 것들과 같지만 상부의 지시에 무조건적으로 따르지 않는 한 인물의 '창조적 노력'이 강조되고 있다는 점과 1980년대 이후로 자주 등장하기 시작한 '로맨스 모티프'가 양념처럼 섞여 있다는 점이 눈에 띈다.

도시 처녀들의 농촌체험을 미화한 지인철의 「막내딸」(『청년문학』 2002년 11월호)과는 반대로 도시의 삶을 동경하는 농촌 총각의 성장을 다룬 변영건의 「씨앗의 소원」(『청년문학』 2002년 8월호)도 있다. 미술대학 시험에 떨어져 농장원으로 주저앉게 된 '나'는 화가에 대한 이상과 농부로서의 현실 사이에서 괴로워하는 꿈 많은 청년이다. 제대군인 출신의 분조장은 그러한 '나'를 좋게 보지 않는다. 결국 '나'는 자신의 '부르죠아'적인 근성을 깊이 반성하고 한 알의 씨앗을 살리는 전투에 적극 참여하여, 분조장의 눈물 어린 지원을 받게 될 뿐만 아니라 생활과의 접촉을 통해 인간적 성장과 예술적 성장을 겸비한 예술가로 입문하게 된다. 여기서 흥미로운 것은 '땅'과 '씨앗'의 메타포가 동시에 등장하여 후자의 중요성이 강조되는 쪽으로 결론이 나고 있다는 점이다. 이는 최근 북한 농촌소설의 일반적인 경향이기도 한 것으로, 북한문예학의 주된 관심이 식량 문제를 해결해줄 '씨앗'의 지킴과 함께 북한 농촌 문제의 '내부적 요인'을 극복할 '인간 종자' 육성에 놓여 있음을 분명히 보여주는 대목이다.

비단 2000년대에 한정된 이야기는 아니지만, 최근의 북한소설을 거꾸로 읽어야 할 필요성이 여기에서 생긴다. '우리'와 '인텔리의식'이 자주 등장하는 것은 북한 농촌이 개인주의와 무사안일주의, 그리고 학벌 및 지역의식의 병폐에 시달리고 있다는 증거이다. 물론 '여성'과 '사랑'이 주요한 테마로 떠오르는 것은 '남녀평등'과 '자유연애'의 보편화가 진행되고 있는 추세를 반영하는 것으로도 볼 수 있을 것이다. 반면 '성 문제'가 하위 갈등이나 화해의 모티프로 제시되는 데에 그치고 있다는 사실은 그것이 인민대중을 교화하기 위한 무의식적 기제나 이데올로기적 수단으로 활용되고 있다는 심증을 굳히게 한다.

4. 『주체문학론』 이후 북한시의 전개 양상

(1) 『주체문학론』 간행 이후 북한시의 전반적 검토

1992년 김정일에 의해 간행된 『주체문학론』은 10여 년의 세월이 흐른 지금까지도 북한 시 창작 방법의 '길라잡이'로 기능하고 있다. 최근에도 북한의 시인들은 『주체문학론』을 기반으로, '추호의 동요 없이 혁명적 원칙성과 사상적 순결성을 확고히 고수해나가며' '당과 운명을 같이하는 혁명가'의 역할을 충실히 수행하고 있는 것이다. 이 같은 사실은 북한의 '공식' 문예 월간지인 『조선문학』을 통해서 단적으로 확인할 수 있다. 여기에 실려 있는 작품들은 대개가 『주체문학론』에서 제기된 세부 조항들, 예를 들면 '문학은 마땅히 이 위대한 시대와 발걸음을 같이하여야 하며 인민대중의 자주 위업 수행에 적극 이바지하여야 한다' 혹은 '사회주의의 완전 승리와 조국의 자주적 통일'과 같은 기본 원칙들을 변함없이 고수하고 있다. 그런데 사실 『주체문학론』에서 제시하는 '주체사상'에 입각한 대중 선전·선동의 작품 유형은 따지고 보면 그리 새로운 것이 아니다. 지난 반세기 동안 북한시는 시기별, 현안별로 약간의 차이점을 노정하고 있을 뿐, 당과 인민과 수령을 중심으로 하는 '북조선 사회주의' 체제와 김일성·김정일 권력 유지를 위한 강력한 '도구', 또는 반제반미의 사상적 '무기'로서 우선적으로 기능해왔기 때문이다. 따라서 김정일의 『주체문학론』을 바탕으로 1990년대 이후에 창작된 작품들은, 궁극적으로 북한문학의 오랜 '전통'인 체제 종속적 문학 담론의 연장선상에 놓여 있다고 할 수 있다.

한편 『주체문학론』이 발표된 이후에도 북한의 주요 정책들은 체제 종속적인 북한문예의 성격상 이 시기의 창작방법론에 적극적으로 수용된다. 이 시기의 북한시들은 『주체문학론』을 기반으로 붉은기 사상, 고난의 행군, 강성대국과 선군정치 등, 순차적으로 제시되는 시대 정치사적 테제에 민감하게 반응하고 있는 것이다. 특히 1990년대 후반부터는 '선군정치'가 북한의 핵심 정치 이념으로 제기되는 까닭에 선군정치의 시대정신을 형상화하는 작품들이 속출하고 있다. 아울러 북한문학의 오랜 주제인 반제반미사상도, 국가적 위기 상황을 맞이한 이 시기 들어 한층 강화되어 나타나고 있음을 알 수 있다. 따라서 『주체문학론』 간행 이후 북한시의 성격과 동향을 궁극적으로 파악하고자 하는 이 장에서는 선군혁명문학과 반제반미 사상의 문학적 구현 양상에 대하여 집중적으로 살펴보기로 한다.

(2) 선군정치 시대의 시

선군정치는 단적으로 말해서 군대를 중시하고 이를 통해 선대의 혁명위업을 완성해나가자는 북한식 통치 이데올로기를 의미한다. 북한은 1998년 5월 선군정치를 공식적으로 표명[20]하는데 2004년 현재까지도 이에 입각한 통치 방식을 선택하고 있다. 북한이 이처럼 선군정치를 적극적으로 표방하는 이유는 무엇보다도 경제 위기와 체제 모순의 한계를 '혁명적인 군인정신'으로 극복하고자 하는 데 있다. 1998년 이후 북한은 식량난과 경제 위기에서 어느 정도 벗어나고 있기는 하나 국가 차원에서 근본적인 문제를 해결할 수는 없었다. 이에 따라 체제 붕괴의 국가적 위기를 사상 강화로 돌파하게 되는데, 이것이 바로 인민군대를 전위로 삼아 혁명적 동지 의식을 강조한 선군정치로 제시되는 것이다. 현재 북한에서 '선군정치는 만능의 정치 방식'[21]으로 인식된다.

---

20) 북한에서 군대의 위상을 강조한 글은 1997년 「혁명적 군인정신을 따라 배울 데 대하여」에서 가장 먼저 발견된다. 김정일의 이 글은 혁명적 군인정신을 북한의 당원과 인민들이 따라 배워야 할 투쟁정신이며 '오늘의 난관을 뚫고 승리적으로 전진하기 위한 사상 정신적 양식'으로 밝히고 있다. 그러나 현 단계 김정일의 핵심 정책 이념으로 제시된 선군정치의 공식화는 1998년 이후로 보는 것이 적절하다.
21) 『로동신문』 사설, 2003년 1월 3일자.

고립과 압살 봉쇄의 쇠사슬을
우리 과연 무엇으로 끊었더냐
그처럼 어려운 〈고난의 행군〉을
무엇으로 이겨냈더냐
그러면 말해주리 선군혁명의 총대가
장군님 틀어쥐신 백두산 총대가

그 총대에 받들려
내 조국은 강성대국으로 일떠서나니
제국주의 무리가 악을 쓰며 발악해도
총대로 승리하는 김정일 조선으로
새 세기에 더욱 빛을 뿌리나니

아, 장군님 높이 모셔
세상에 존엄 높은 백두산 총대여
김일성 민족의 넋으로 추켜 든
무적필승의 총대가 우리에게 있어
혁명의 최후승리는 밝아오리라!

—리동수, 「백두산 총대」 부분

　북한의 문예 정책이 당의 정책에 복속된다는 점을 감안하면 선군정
치가 공표된 이후 적지 않은 북한문학 작품들이 선군정치 이념을 표방
하고 있음을 추측하기란 그리 어려운 일이 아니다. 정치적 이념과 미학

적 실천을 동일시하는 북한문학의 특성상 현 체제 북한의 지도 이념으로 자리 잡은 선군정치를 형상화하는 문학 작품은 이미 어느 정도 예견된 것이다. 현재 북한에서 선군정치, 선군혁명 사상을 "문학으로 뒷받침하는 것이 바로 선군혁명문학이다."[22] 선군혁명문학은 '총대'를 중시하는 선군정치의 시대정신이 반영된 것으로서, "선군영장이신 우리 당과 인민의 위대한 령도자 김정일 동지에 대한 절대적인 숭배심을 간직하고 그이의 사상과 령도에 충실할 때" 또한 "위대한 장군님과 영원한 혁명동지로 될 때" "빛나는 성과를 담보할 수 있다."[23] 인용 시는 이러한 선군혁명문학, 즉 '총대문학'의 모범적 사례에 해당한다.

인용 시에서 우선적으로 주목해야 할 점은 '총대'라는 시어의 빈번한 사용이다. 이 시에서 총대는 작품 전체를 이끌어가는 핵심 단어이자 동시에 각각의 연을 연결하는 매개어로 기능한다. 이에 따라 앞의 시는 총대의 시어를 중심으로 재구될 수 있는데, 이를 내용순으로 살펴보면, ① 제국주의자들의 '고립과 압살 봉쇄의 쇠사슬을' 끊는 것은 '선군혁명의 총대'이고, ② '장군님 틀어줘신 백두산 총대'이며, ③ '세상에서 존엄 높은 백두산 총대'이다. 그리고 ④ '그 총대에 받들려' '혁명의 최후 승리는 밝아'온다로 정리된다. 여기서 총대는 북한 혁명 역사상 최악의 시련기로 꼽히는 1990년대 중후반의 '고난의 행군' 기간을 비롯하여 현실의 모든 문제를 해결하는 '무적 필승'의 대상으로 인식되고 있다. 또한 이 시에서 그것은 북한 인민대중들에게 혁명의 '찬연한' 승리를 보장하는 '최후의' 수단이기도 하다. 이런 이유로 시적 화자는 '총대'의 중요성

---

22) 노귀남, 「선군혁명의 문학적 형상」, 『문학과창작』 2001년 7월호.
23) 「조국해방전쟁승리 50돐을 맞는 올해를 선군혁명문학의 성과로 빛내이자」, 『조선문학』 2003년 1월호, p. 6.

을 전 10연으로 구성된 이 시에서 반복적으로 강조하고 북한의 인민대
중들에게 '혁명의 수뇌부'를 총대정신으로 지켜나가자고 격앙된 어조로
주장한다. 그렇다면 이 시의 화자가 그토록 신뢰하고 소중하게 받아들
이는 총대란 무엇인가. 아울러 혁명의 최후 승리를 장담할 수 있는 근거
로서의 총대정신이란 무엇인가.

앞의 시에서 '총대'란 작품 전반에 산재되어 있는 '군복' '총' '권총' 등
의 시어들이 환기하는 의미와 마찬가지로 궁극적으로 군대를 지칭한
다. 즉, 총대란 김일성·김정일 부자의 '사상과 령도'에 따르는 인민군대
를 말하며, 총대정신이란 군대를 중시하고 이를 바탕으로 혁명적 동지
의식을 발휘해 현 북한의 체제를 결사옹위하자는 굳은 결의와 같다. 결
과적으로 이 시는 총대를 '총동원'하여 현재 북한에서 군대의 중요성을
새삼 확인하고 북한 인민대중들로 하여금 혁명적 군인정신을 계승하기
를 당부하고 있다. 이 점에서 이 시는 전형적인 '총대문학', 혹은 '선군혁
명문학'이라고 할 수 있다.

군대를 우대하고 총대를 위주로 혁명의 과업을 완수해나가려는 시적
주제의식은 선군혁명문학론의 두드러진 특징이다. 이런 의미에서 선군
혁명문학은 『주체문학론』 이후 북한시에 나타난 새로운 유형이라 할 것
이다. 그러나 앞의 시에서 살펴보았듯이 김일성·김정일 부자에 대한 우
상화 작업을 함께 수행하고 있다는 점에서, 한편으로 선군혁명문학은
이제까지 북한문학의 왜곡된 '전통'이라 할 수 있는 '수령형상문학'의 연
장선에 놓여 있다고 할 수 있다. 이러한 사실은 이제까지 발표된 작품들
의 면면을 통해서도 다양하게 확인된다. 가령, 「군복 입은 사랑이 나에
게 있어」 「초소여 나를 맞아다오」 「총이여 너와 나」 「병사의 인사」 등은
그 좋은 예에 해당한다. 이들 작품은 제목에서 암시되듯 '총대문학'과의

연관성을 분명하게 드러내면서도, 동시에 당과 김일성 부자에 대한 맹
목적인 충성심을 빼놓지 않고 기록하고 있다.

쌓이고 쌓인 그리움이
화산처럼 분출하는 땅
한없이 열렬한 그 뜨거움이
병사의 총창 우에 담겨져 있어
더 밝아지고
더 억세여지고
더 무거워진 나의 조국

기쁘게 받으십시오
총대로 안아 올린 아름다운 이 강산
총대로 가꾼 조국의 아름다운 모습

아버지가 집을 떠나 먼길을 갈 때
맏자식에게 집을 맡기듯이
병사의 어깨 우에 맡긴 인민의 집
백두산 총대 우에 맡긴 사회주의 집
이 집을 지킨 자랑으로 하여
병사는 긍지로 가슴 부푼 게 아닙니까

　　　　　　　　　　　—박해출, 「병사의 인사」 부분

앞의 시는 외국 방문을 마치고 돌아온 김정일을 맞는 한 병사의 감회

를 적어놓은 작품이다. 총 8연으로 구성된 이 시에서 특히 주목을 요구하는 대목은 앞의 인용 부분이다. 병사의 '쌓이고 쌓인 그리움'을 뒤로하고 김정일은 2003년 연말 러시아와 중국을 방문하고 돌아온다. 인용시는 이런 김정일의 정치 일정을 '아버지가 집을 떠나 먼 길을 가'는 것에 비유하고 있다. 이 시의 화자가 김정일을 아버지에 비유하고 있다는 사실은 북한이 '김일성 민족'을 자처하고 있음을 염두에 둘 때, '수령형상'이라는 북한문학의 특수한 성격을 고려할 때 그다지 특이할 만한 현상은 아니다. 그런데 여기서 한 가지 흥미로운 점은 이 시에서 시적 화자로 등장하는 '병사'의 가계적 신분이 '맏자식'으로 상정되고 있다는 것이다. 이 점은 최근 북한에서 군대가 차지하는 위상을 분명하게 보여주는 중요한 단서로 작용한다. 선군정치 시대의 김정일 체제에서 구심적역할을 해나가야 할 대상이 군대임을 이 시는 새삼스럽게 확인시켜주고 있는 것이다. "맏자식에게 집을 맡기듯이/병사의 어깨 우에 맡긴 인민의 집/백두산 총대 우에 맡긴 사회주의 집." 이 집은 다름 아닌 '선군혁명문학'이라는 명패를 단 21세기 북한문학의 현주소이다.

(3) 반제반미사상의 시적 구현 양상

김정일의 『주체문학론』 간행 이후 1990년대 북한문학에 나타나는 또 하나의 주목할 만한 특징은 '미제'에 대한 적개심이 강하게 환기된다는 것이다. 사실 미국에 대한 북한의 적대적 태도는 그리 새로운 것은 아니다. 한국전쟁 당시, 혹은 그 이전부터 북한은 미국을 남북한 '공공의 적'으로 규정하고 '미제 타도'를 주장해왔다. 북한의 입장에서 미제국주의야말로 분단을 야기한 실질적 장본인이며 사회주의 국가 건설에 있어 가장 큰 장애물로 인식되는 것이다. 이에 따라 북한 당국은 이미 오래전부터 사회 내부적으로 인민들의 반미사상을 고취시켜왔다. 지금까지 북한에서 '미제 타도'는 '북조선 인민민주주의공화국'의 역사와 그 맥을 같이한다고 해도 무방할 정도이다. 그렇다면 북한의 인민대중들 사이에 이처럼 '미제'에 대한 '전통적' 경계심이 충분히 형성되어 있음에도 불구하고 1990년대의 북한문학이 반제반미사상을 새삼 강조하는 까닭은 무엇인가.

이러한 원인으로는 북한 당국의 전통적 적대감 외에도 이라크 전쟁 이후의 국제적 분위기 및 핵 문제와 관련된 미국의 강경 대응 방침 등 최근의 상황에서 그 원인을 찾을 수 있다. 현재 북한은 미국이 주도하는 국제 사회에서 핵무기와 같은 대량 살상 무기 보유국으로 지목되어 비난 여론에 직면하고 있다. 이로 인해 북한은 국제적으로 고립 상황에 처해 있으며, 국가적 위기감은 점차 고조되고 있다. 북한은 이 모든 사태를 여전히 미국을 비롯한 제국주의자들의 봉쇄 책동 탓으로 돌리고 있다. 이러한 현실에서 북한이 실질적으로 할 수 있는 일은 자주국방의 대외적 선전과 함께, 대내적으로는 반미사상을 재차 강화하는 것이다. 얼마 전까지 북한이 조심스럽게 핵 보유설을 흘리고 있었던 것도, 최근 미국을 '겨냥'한 혁명 구호들이 한층 강도를 높여가는 것도 이러한 사정과 무관하지 않다. 이는 1990년대 이후 북한의 급박한 현실을 집약적으로 반영하고 있는 것이다. 1990년대 북한문학에 강도 높게 투사된 반제반미의 주제의식은 다음의 시편들을 통해서 단적으로 확인할 수 있다.

① 오, 허나 무등산 기슭에/연분홍 진달래를 피우기에는/여기에 슴배인 피 너무도 짙고/유보도가에 청춘들을 부르기엔/너무도 차거운 살풍

이/이 땅 우에 휘몰아치거니//보라 오늘도/나어린 두 소녀를/장갑차로 깔아 죽인/아메리카 식인종들이/뻐젓이 활개치며/광주의 더운 피 식지 않은/이 땅을 우롱하고 있다

　　　　　　　　　　　　　　　　─리광선, 「5월이 부르는 노래」 부분

　② 초불이 탄다/방울 방울 가슴 찢는 피눈물인 듯/방울 방울 초물이 녹아 곡성을 터친다/신효순 심미선 꽃나이 열네살/그 혼을 불러 몸부림 친다//바다가 기슭이 있다면/초불의 바다는 그것을 모른다/어찌 더 참고 견디랴/어찌 더 이상 죽음으로 모욕을 참고 넘어서랴//내 조국의 남녘아/네가 말해다오/살인자가 무죄로 되는 세상이/우리가 탯줄 묻은 이 땅이란 말이냐//미국은 하늘도 아니다/미국은 하느님도 아니다/두 눈도 감겨주지 못한 열네 살 꽃망울들/그 순진한 가슴을/장갑차의 무한궤도로 짓뭉갠/미국은 이 세상 악마이다//악마는 죽어야 한다/원통하게 가버린 민족의 혼을 부르는/저 초불의 바다가 하늘이다/이 준엄한 심판의 하늘 앞에서/미국 놈들아/십자가에 못 박히라/아, 저 초불의 바다가 력사의 십자가다!

　　　　　　　　　　　　　　　　─홍현양, 「초불의 바다」 부분

　9연 50행의 장시 형태로 구성된 위의 ①시는 1980년 5월 남한에서 발생한 광주항쟁을 중심소재로 다루고 있다. 1980년대 이후 북한시에는 남한의 반정권투쟁을 찬양하고 고무하는 작품들이 자주 등장한다. 특히 『조선문학』을 비롯한 북한 문예지의 매년 5월호에는 '5월 광주'의 역사적 사건을 형상화한 작품들이 집중적으로 소개되고 있다. 남한의 정권과 관련된 비극적 사건들이 상대적으로 북한 체제의 우월성을

입증하는 좋은 단서로 활용되고 있음을 추측할 수 있다. 2003년 『조선문학』 5월호에 게재된 이 시도 "5월이 부르는 노래"라는 제목에서 엿볼 수 있듯이, 광주항쟁을 소재로 하는 북한 '5월 시'의 연장선상에 있다고 할 수 있다. 그러나 「5월이 부르는 노래」는 기존 북한시의 유형과 약간 다른 면모를 보여준다. 이제까지 광주항쟁을 매개로 한 북한시가 전반적으로 남한 사회의 구조적 모순을 드러내는 데 치중하고 있었다면, 이 시의 경우 반제반미 사상의 주제의식을 중점적으로 표출하고 있는 것이다. 이러한 사실은 시의 5연에서 '미군 장갑차 사건'과 연계하여 미국을 '아메리카 식인종'이라는 원색적인 비유로 묘사하는 대목에서도 단적으로 확인된다. 이는 종전 북한 '5월 시'의 경향과 변별되는 가장 특징적인 점이다.

2002년 남한에서 발생한 '미군 장갑차 사건'은 ②의 시에서 좀더 구체적으로 다루어진다. 인용한 시 「초불의 바다」는 이 사건의 희생자인 여중생들(신효순, 심미선)을 추모한 남한의 '촛불 시위'를 소재로 해서 쓴 작품이다. 이 시에서 시인은 '천만 개'의 '초불'을 천만 개의 '분노한 심장'과 '민족의 혼을 부르는 불'로 형상화한다. 두 여중생의 죽음을 애도하는 남한의 촛불 행진에 시인은 정서적으로 동참하고 있는 것이다. 그러나 시①의 경우와 마찬가지로 이 시의 주제가 궁극적으로 지향하는 바는 반미사상의 고양이다. 이 시에서 시인은 남한에서 진행된 '촛불 행진'에 민족적, 역사적 의미를 부여하면서, 한편으로 이 사건이 미제국주의자들에 의해 자행되었다는 점을 놓치지 않고 있다. 그리하여 이 시에서 미국을 '살인자' '악마' '미국놈' 등의 과격하고 극단적인 시어로 표출한다. 이러한 사실은 『주체문학론』 이후에도 여전히 북한시의 '시눈'이 어디를 향하고 있는지 분명하게 보여준다 하겠다.

5. 마무리

체제의 통합은 다양한 이질성을 극복했을 때에야 비로소 가능하다. 하지만 이질성의 극복은 가만히 앉아서 정치적 해결을 기다려 얻을 수 있는 것이 아니다. 정신적 연대감과 문화적 동일성의 회복은 쌍방 간의 합리적 의사소통 속에서 가능할 수 있다. 즉, 남북문화의 지속적인 교류와 다양한 접촉만이 서로에 대한 불신과 이질감을 극복할 수 있는 계기로 작용할 것이다. 따라서 민족 동질성 회복을 위해 문화적 첨병 역할을 할 수 있는 북한문학 연구는 그만큼 소중하다.

이 글은 『주체문학론』과 그 이후의 북한문예물을 집중적으로 검토하여, 구체적이고 실제적인 작품 분석을 병행하고자 하였다. 2절에서는 김정일의 『주체문학론』이 내포하고 있는 북한문학에서의 의미를 비판적으로 검토하고 있다. 3절에서는 『주체문학론』 이후 북한 단편소설의 주제론적 특성을 고찰하면서 1990년대 이후 최근까지 『조선문학』과 『청년문학』 등에 나타난 단편소설들을 중심으로 조국통일 문제, 청춘 남녀의 사랑, 과학환상, 이농 문제 등을 소항목화하여 구체적인 작품 분석을 실질적으로 진행하였다. 4절에서는 『주체문학론』 이후 북한 시의 주제론적 특성을 고찰하면서, 선군정치 시대의 시, 반제반미사상의 시적 구현 양상 등에 대하여 비판적인 작품 분석을 진행하였다.

이 글은 『주체문학론』에 나타난 담론 속에서 미세한 균열의 징후를 포착하고자 하였으며, 1990년대 고난의 행군 시기 이후 선군정치 시대에 이르기까지 북한문학의 양상에 대하여 미시적 작품 분석을 구체적으로 진행하고자 하였다. 10여 년에 이르는 북한 체제의 내외적 변화(김일성 사망 전후, 2000년 남북정상회담 등)만큼이나 다양하게 전개되었을 북한문학의 변화 양상을 몇몇 단편소설과 시를 통해 일반화하려고 했다는 점에서 본고는 한계와 문제점을 지닌다고 할 수 있다. 이후 시기적으로 더욱 세목화하여 접근하는 보완 작업이 지속되어야 하리라고 본다.

참고문헌

강만길·김경원·홍윤기·백낙청, 「좌담, 통일시대를 어떻게 살아갈 것인가」, 『창작과비평』 2000년 가을호.

고인환, 「『주체문학론』의 서술 체계와 특징」, 『북한문학의 이해』 2, 청동거울, 2002.

──── , 「『주체문학론』에 나타난 소설 창작방법론 비판」, 『북한문학의 이해』 3, 청동거울, 2004.

김병진, 「1990년대 이후 '조국통일주제' 소설의 변모 양상」, 『북한문학의 이해』 3, 청동거울, 2004.

김성수, 『통일의 문학, 비평의 논리』, 책세상, 2001.

김재용, 『북한 문학의 역사적 이해』, 문학과지성사, 1994.

──── , 『분단구조와 북한문학』, 소명출판, 2000.

김정일, 『주체문학론』, 조선로동당출판사, 1992.

──── , 「문학예술부문에서 당의 유일사상체계를 튼튼히 세울 데 대하여」 (1967년 5월 30일).

──── , 「작가, 예술인들 속에서 당의 유일사상체계를 철저히 세울 데 대하여」

(1967년 7월 3일).

———, 「문학예술작품에 당의 유일사상을 구현하기 위한 사업을 실속있게 할 데 대하여」(1967년 8월 16일).

———, 「조선민족제일주의정신을 높이 발양시키자」(1989년 12월 28일).

김종회, 「해방 후 북한문학의 전개와 실증적 연구 방향」, 『북한문학의 이해』 1, 청동거울, 1999.

———, 「오늘의 북한문학, 어떻게 볼 것인가」, 『북한문학의 이해』 2, 청동거울, 2002.

———, 「통일문화의 실천적 개념과 남북한 문화 이질화의 극복 방안」, 『북한 문학의 이해』 3, 청동거울, 2004.

노귀남, 「선군 혁명의 문학적 형상」, 『문학과창작』 2001년 7월호.

———, 「체제 위기와 동행자문학」, 『북한문학의 이해』 3, 청동거울, 2004.

노희준, 「'종자'와 '씨앗'의 변증법」, 『북한문학의 이해』 3, 청동거울, 2004.

박태상, 『북한문학의 동향』, 깊은샘, 2002.

———, 『북한문학의 현상』, 깊은샘, 1999.

백지연, 「과학환상소설과 미래적 상상력」, 『북한문학의 이해』 3, 청동거울, 2004.

성기조, 『주체사상을 위한 혁명적 무기의 역할』, 신원문화사, 1989.

오태호, 「북한식 사랑법을 찾아서」, 『북한문학의 이해』 3, 청동거울, 2004.

이봉일, 「2000년대 북한문학의 전개 양상」, 『북한문학의 이해』 3, 청동거울, 2004.

이성천, 「『주체문학론』 이후 북한 시의 행방」, 『북한문학의 이해』 3, 청동거울, 2004.

홍용희, 「통일시대를 향한 북한문학의 이해」, 『북한문학의 이해』 3, 청동거울,

2004.

황정상, 『과학환상문학창작』, 문학예술종합출판사, 1993.

월간지『조선문학』(1992년 이후).

월간지『청년문학』(1992년 이후).

북한문학에 반영된 한국 현대사

1. 하나이며 둘인 남북한문학

오늘날 한반도를 배경으로 하는 모든 학문 연구는, 어떤 방식으로든 북한에 관한 부분을 배제할 수 없는 형편에 이르렀다. 이를테면 북한 연구는 이제 변수(變數)가 아니라 상수(常數)의 지위에 도달해 있다. 문학 연구에 있어서도 북한문학은 이미 동시대의 주요한 화두가 되었고, 북한을 간과하고서 민족문학 전반을 조명하기 어려울 뿐 아니라 추후 통합된 남북한문학사의 기술과 남북한 문화통합의 전망을 위해서도 불가결의 요인이 되었다. 따라서 북한문학에 반영된 한국 현대사의 여러 역사적 사건들을 검색하고 또 남북한문학의 경계와 그 접점의 의미를 해석하며 이를 비교론적으로 연구하는 것은, 매우 의미 있는 일이라 할 수 있다.

그동안 다방면에 걸친 남북 간 교류의 활성화, 그리고 북한 자료의 개방과 더불어 북한 및 북한문학에 대한 연구는 많은 진척을 보였고 질적 양적 성장을 이룬 것이 사실이다. 그러나 북한에 대한 연구라는 것이 대개 북한을 중심으로 연구하는 데 그치는 것은 남북관계의 변화와 민족통합의 가능성을 내다보는 학문적 효용성에 있어서도 아쉬운 점이 많은 대목이다. 북한문학 연구에 있어서도 사정은 마찬가지이며, 지금까지 남과 북을 같은 연구대상으로 두고 그 상호 간의 영향관계나 비교론을 연구 결과로 수확한 사례는 아주 드문 형편이다.

이 연구는 이와 같은 시대적 학문적 요구를 반영하면서 그 성과를 한 단계 앞당기는 선도적 역할을 수행하는 데 목표를 둔다. 그동안 진행해온 다각적인 북한문학 연구나 『북한문학의 이해』 1·2·3·4권[1]의 출간 등 축적된 경험과 실적이 이 연구의 충실한 기반이 될 수 있을 것으로 본다. 이러한 연구 결과의 연장선상에서 북한문학에 반영된 한국 현대사를 고찰하는 일은, 해방 이래 분단체제의 성립과 심화, 그리고 변화·반성기를 거쳐온 남북관계의 가장 예민한 핵심 부위를 살펴보는 것과 다르지 않다. 이 분야에 대한 체계적 연구는 60년이 넘은 남북 분단의 역사 속에서 남과 북의 정신사가 어떻게 서로 다른 길을 걸어왔으며, 그 다르다는 사실의 구체적 세부가 무엇인지 증명할 수 있는 길을 밝히는 것이기도 하다.

그러므로 이 연구는 한반도에서 있었던 역사적 사건들에 대해 남북 간의 서로 다른 시각을 확인하며 남북관계의 실상을 파악하게 하는 장점이 있다. 그리고 그것을 내포적 측면에서 바라보고 문학의 표현 방식

---

1) 『북한문학의 이해』 1·2·3·4권은 모두 김종회 편, 청동거울 출판사 발행으로 각기 1999·2002·2004·2007년에 출간되었다. 1권은 북한문학사의 흐름, 2권은 실제적인 작가 및 작품론, 3권은 주체문학론, 4권은 남북한문학의 상관성을 주된 내용으로 다룬다.

을 통해 고찰함으로써, 그 현실적 사건들이 어떻게 북한 인민의 정신적 영역으로 도입되고 수용되었는가를 확인할 수 있는 이득이 있다. 또한 이를 통해 앞으로 도래할 남북한 문화교류의 접점과 문화통합의 전망을 제시할 수 있는 이론적 기초를 다질 수 있을 것이다. 이와 같은 접근법은 단순히 문학 분야 연구의 새 지평을 개척한다는 의의 외에도, 향후 여러 유형의 남북관계 현장에 긴요한 참고자료이면서 동시에 그와 관련된 기층적 인식을 확립하는 데도 도움이 되리라 본다.

이 연구에서는 먼저 북한문학의 성격과 방향성, 특히 1967년 주체문학론 이후의 이념적 방향과 작품의 실상을 점검하여 연구 주제의 범주 및 문학사적 위치를 공고히 하려 한다. 이어서 북한문학에 있어서의 해방 공간과 제주 4·3사건을 비롯한 '남조선 해방 서사', 북한문학에 반영된 6·25동란, 4·19의거 등의 역사적 사건에 대해 서술할 것이다. 그 이후 5·16군사쿠데타와 유신체제, 5·18광주민주화운동, 6·15남북공동선언 등이 어떻게 문학적으로 형상화되어 있으며 그 근본적 창작 심리의 바탕이 무엇인지 살펴보는 일은 향후의 지속적인 과제로 연구하려 한다.

그리고 북한문학에 있어서 고전의 발굴, 홍명희의 『임꺽정』 및 박태원의 『갑오농민전쟁』 등 대작, 정지용·백석 등의 시, '구인회' 작가들의 소설, 박노해 등 남한 체제에 저항한 시, 근래 북한문학의 베스트셀러인 홍석중의 『황진이』, 방북자와 비전향 장기수에 관한 문학 등을 전체적으로 살펴보는 일들 또한, 앞의 연구에 이어 남북한문학의 현실적 상황 및 환경 조건과 대조하면서 좀더 총체적인 시각의 연구가 필요하다고 본다. 이러한 남북한문학의 경계와 상관성에 관한 연구를 통해 남북한문학 비교연구의 새로운 모델을 설정해볼 수 있을 것이다.

2. 북한문학의 성격과 방향성

2000년 6월에 개최된 남북정상회담 이후 남북 간의 다양한 인적·물적 교류가 진행되고 있지만, 아직도 우리 앞에 놓여 있는 분단의 상처와 흔적은 엄연한 현실로 존재한다. 또한 분단 현실에서 파생된 정치·경제·사회·문화적 여러 난관들이, 세계 정세의 발 빠른 변화 속에서도 여전히 한반도 문제 해결의 현실적 걸림돌로 실재하고 있다. 하지만 민족 통합이라는 지상 과제는 우리에게 20세기 한반도에서 벌어진 전쟁과 분단의 역사를 딛고, 21세기 한민족의 새로운 시대적 삶의 모형 전개를 당위적으로 요구하고 있다.

북한 문예이론의 지침서인 『주체문학론』을 면밀히 고찰해보면, 그 담론적 차원에서 드러나는 미세한 균열의 징후를 포착할 수 있다. 그러한 균열의 징후는 조국통일, 청춘 남녀의 애정, 과학환상, 이농 문제 등을 다룬 1990년대 이후 북한 단편소설 속에서 구체적으로 표현되고 있다. 또한 1994년 김일성의 사망 이후 유훈통치 시대를 포함하여 김정일 시대를 형상화한 시들도 선군정치 시대의 시와 반제반미사상의 시로 나누어 살펴볼 때 그러한 경향을 찾아볼 수 있다. 이러한 고찰을 통해 『주체문학론』 이후 북한문학의 방향성을 가늠해볼 수 있을 것이다.

역사를 거슬러 올라가보면, 해방 이후 북한의 문예학은 1967년을 기점으로 커다란 변화를 보인다. 1967년 이전까지는 마르크스-레닌주의의 유물론적 문예이론을 당의 공식적인 노선으로 채택하였다. 그러나 1967년을 기점으로 북한은 이전의 문예이론을 주체적으로 계승한 '주체문예이론'을 당의 공식 문예이론으로 삼는다. 이후 지금까지 북한의 문학은 주체문예이론이라는 공식적인 틀을 벗어나지 않고 있다. 따라서 북한문학에 대한 접근은 주체문예이론 자체를 비판·거부하기보다는 주체문예이론 내부의 미세한 균열의 징후를 감지하는 작업이 좀더 효율적일 수 있을 것이다. 이러한 관점에서 많은 연구자들이 1980년대 북한문학에 주목하였다. 주체문예이론의 틀을 크게 벗어나지 않으면서 다소 유연한 시각을 견지한 작품들이 발표되었기 때문이다. 1980년대 '현실 주제'의 북한소설은 일상생활의 '숨은 영웅'을 형상화한다든지 애정 문제를 본격적으로 다루거나 북한 사회의 관료주의적 속성을 비판하였다. 이는 주체문예이론의 경직성을 내부적으로 반성하는 징표로 해석되기도 한다.

그러나 1980년대 후반의 동구 사회주의권의 붕괴에 뒤이은 북한 사회의 가뭄과 기근은 북한 체제를 근본적인 위기 상황으로 몰고 갔다. 국제적인 고립과 내부적 문제를 해결하기 위해 북한의 문학은 다시 보수적인 경향으로 선회하였다. 이에 1990년대 북한문학은 1980년대 문학의 유연성을 확장·발전시키지 못하고 과거의 주체문예이론을 강화하는 방향으로 나아간다. 그러나 이미 사회주의적 현실 문제를 나름대로 깊이 있게 형상화한 체험을 간직한 북한의 작가들이, 주체문예이론의 당위적 명제 앞에 굴복하여 전적으로 과거의 작품 경향으로 회귀하기는 어려운 일이다.

김정일의 『주체문학론』은 1980년대 문학의 유연성과 1990년대 문학의 경직성 사이의 이러한 딜레마를 반영한다. 『주체문학론』의 첫 장이 '시대와 문예관'이라는 점은 의미심장하다. '새 시대는 주체의 문예관을 요구한다'로 요약되는 이 장은, 새롭게 조성된 정세에 대한 북한식의 대응 방안을 잘 보여준다. 이는 1990년대의 시대적 상황이 요구하는 절박한 과제를 스스로 반영하는 것이다. 위기의 시대에 대응하는 북한식의 처방전은 과거의 주체문예이론으로 재무장을 요구한다. 따라서 이 장을 이해하는 핵심은, 주체문예이론 내부의 미세한 균열, 곧 새롭게 조성된 시대 상황과 주체문예이론 사이의 불균형을 포착하는 데에 있다. 변화한 시대에 능동적으로 대처하려는 고육지책에서 나왔지만 이러한 균열은 북한문학의 변화 가능성을 보여주는 소중한 지표가 될 수 있다.

'주체적 문예활동방법'이란 "문학예술 창작과 지도에서 나서는 모든 문제를 주체적 립장에서 우리식으로 풀어나가는 것"을 말한다. 이러한 주체성의 강조는 새롭게 조성된 정세를 돌파하는 데 있어서 '민족적 특성'을 강조하는 방향으로 나아간다. 세계적으로 고립된 스스로의 정치체제를 유지·보존하기 위해서는 '조선민족제일주의정신'[2]을 발양할 필요가 있는 것이다. 하지만 이러한 요구도 그 자체의 당위성만을 강조한다고 해서 이루어지는 것이 아니다. 김정일은 "문학에서 어떤 인물을 전형으로 내세우려면 일반화의 요구와 함께 개성화의 요구도 실현"하여야 하며, "문학에서 사상성이 없으면 예술성이 없고 예술성이 없으면 사상성도 있을 수 없다"고 말하고 있다. 물론 일반화의 요구나 사상성이 개성화의 요구나 예술성을 규정하는 일차적인 요소라는 단서를 달고 있지만, 개성과 예술성의 중요성을 구체적으로 언급하고 있다는 점은 매우 중요하다. 좀더 구체적으로 이 둘의 조화를 요구하는 방법이 이어서 논의되고 있기 때문이다.

---

2) 김정일, 「조선민족제일주의정신을 높이 발양시키자」, 조선로동당 중앙위 책임일군들 앞에서 한 연설.

① 문학의 묘사대상에는 자주성을 위한 인민대중의 투쟁뿐아니라 생활의 모든 분야, 모든 령역이 다 포괄되며 한 작품 안에서도 생활분야가 국한되거나 한정되어 있지 않고 여러 갈래로 복잡하게 얽혀 있다. 문학은 복잡한 인간생활을 그 본래의 모습 그대로 묘사하여야 생활을 다양하고 풍부하게 보여줄 수 있다.[3]

② 우리 시대 인간의 높은 혁명성과 뜨거운 인간성을 심오하게 그려내여 사람의 문화정서교양에 도움을 주자면 작품에서 딱딱한 정치적인 술어나 구호 같은 것을 라렬하지 말고 현실에 있는 산 사람의 사상과 감정, 생활을 구체적인 화폭으로 생동하게 그려야 한다.[4]

앞의 인용문은 '자주성을 위한 인민대중의 투쟁'과 구체적인 현실의 다양한 감정을 있는 그대로 포착하여야 함을 강조하고 있다. 이는 '혁명성'과 '인간성' 혹은 정치적인 구호와 '산 사람의 사상과 감정, 생활'을 구체적인 화폭으로 생동하게 그려야 한다는 주장으로 변주된다. 예를 들어, "언어와 구성, 양상과 형태와 같은 일련의 형상수단과 형상수법을 다 동원하여야 내용을 충분히 살릴 수 있다"라든가 "사람의 구체적인 성격과 생활에 파고들어야 하며 그 과정에 정치적 내용이 스스로 우러나오게 작품을 써야 한다" 등의 주장은 앞으로의 북한문학이 이념 중심에서 생활 중심적인 문학으로 나아갈 것이라는 예시를 보여준다. 철학적인 것과 형상적인 것의 통일을 보장하는 데에서 형상보다 결론을 앞세우지 않고 형상에 대한 결론을 독자에게 맡겨야 한다는 주장은 이

---

3) 김정일, 『주체문학론』, 조선로동당출판사, 1992, p. 19.
4) 같은 책, p. 20.

러한 논의의 연장으로 이해된다.

　김정일의『주체문학론』을 '주체문예이론' 내부의 미세한 균열에 초점을 맞추어 일별해볼 때, 이 저술은 1960년대 후반에서 1970년대에 걸쳐 확립되어 1980년대 다소 유연하게 전개된 주체문예이론의 1990년대 판 중간 결산이라 할 수 있다. 특히, 1980년대 북한문학은 전일화된 유일사상 체계에 대한 반성으로 전개되었다는 점에서 주목을 요한다. 『주체문학론』은 북한문학 내부의 '변화하고 있는 것'과 '변하지 않는 것' 사이의 미세한 긴장을 보여준다. 이는 당위와 욕망, 혁명과 일상, 이념과 기교, 내용과 형식 등 여러 모습으로 다양하게 변주되고 있다.

　1994년 김일성의 갑작스런 사망과 이후 전개된 북한 체제의 경직된 상황은 대내외의 시련을 극복하기 위해 김정일 체제를 옹위하는 '선군정치'를 앞세우게 한다. 문학 또한 2000년대에 이르러 "고난의 행군 시대에 태어난 새로운 문학" "개화, 발전하는 새로운 형태의 문학"인 '선군혁명문학'을 강조하면서 김일성 시대의 '혁명문학'과의 차별화를 시도하게 된다. 이러한 다양한 변화 양상 속에서 '현실'과 '절대정신' 사이의 줄타기로 요약할 수 있는『주체문학론』은, '주체문예이론'의 자의식, 더 나아가 북한 체제의 자의식을 유추할 수 있는 각주의 역할을 한다. 자의식은 스스로에 대한 객관적 거리를 바탕으로 형성된다. '주체문예이론'의 자의식은 스스로를 타자화하는 아픔, 즉 타자로의 개방을 통한 스스로의 위상 정립과 맞물려 있는 절대적 과제 속에서 형성될 것으로 보인다.

　이러한 흐름에 대한 지속적인 탐색은 북한문학 내부의 과제일 뿐만 아니라 통일문학을 준비하는 남한문학의 실질적 과제이기도 하다. 1980년대 이후 북한문학의 사회주의 현실 주제를 반영한 변화가 감지되기 시작한 이래 오늘까지의 여러 유형의 변화는, 남북한문학의 비교 연구나 북한문학에 반영된 남한 현실에 대한 연구를 수행하는 데 있어 그 근본적 바탕을 확인하게 하는 일이다. 이러한 변화의 의미가 먼저 구명되지 않고서는, 양자 간의 상호 교류 또는 그 가능성을 균형성 있게 바라보기가 어렵기 때문이다.

3. 한국 현대사와 북한문학에의 반영 양상

(1) 북한문학의 해방 공간과 '남조선 해방서사'

일제강점으로부터 해방이 된 후 한반도, 특히 남한 사회는 사상 유례 없는 혼란의 와중으로 빠져들게 된다. 뿐만 아니라 전체 인구 중 70퍼센트 이상에 이르는 빈농과 영세소작농[5]이 주식을 생산해야 하는 열악한 상황에 있었으므로, 그 혼란은 더욱 가중되었다. 좌우익의 분별없고 극심한 이념 대립에 우선적인 원인이 있었다 하겠지만, 36년간에 걸친 일제의 수탈로 빈사 상태에 이른 국가 경제력으로 인하여 식민 잔재의 청산이라는 과제를 피안의 불처럼 바라볼 수밖에 없었다.

1946년 철도·인쇄 노동자들을 중심으로 한 총파업과 그 이후 폭력의 난무, 남로당에 의한 '2·7구국투쟁'과 '5·10선거반대투쟁' 그리고 1948년 '여순반란사건' 이후 지리산을 비롯한 좌익 빨치산 형성 등으로 민족 분열 과정이 진행된다. 이 시기 좌익의 무력투쟁은 "투쟁을 위한 투쟁이지 정치 목적을 달성하기 위한 투쟁으로 보기 어렵다"[6]는 지적을

---

5) 황한식, 「미군정하 농업과 토지개혁정책」, 『해방전후사의 인식』 2, 한길사, 1985, p. 297.

받고 있다.

이러한 남한에서의 형편과는 달리 북한에서는 사회주의 정치 체제의 기반이 큰 저항 없이 확립되고, 1946년 2월 '무상몰수 무상분배에 의한 토지개혁'이 실시되었다. 동시에 북한은 남한을 두고 북한과 같은 사회주의 국가 건설을 실행해야 할 대상으로 상정하고 이에 대한 투쟁 역량을 강화해나가기 시작했다.

이와 관련하여 남한 내의 투쟁을 선도하거나 그 구체적 실천의 모습을 보여주기 위한 작품들이 생산되었는데 이태준의 「첫 전투」, 박태민의 「제2전구」, 리동규의 「그 전날 밤」, 김영석의 「격랑」, 김사량의 「남쪽에서 온 편지」, 남궁만의 「하의도」, 송영의 「금산군수」, 함세덕의 「산사람들」, 리갑기의 「료원」, 유항림의 「개」 등이 이에 해당한다.[7]

해방 후 남한에서는 '조선문학건설본부'와 '조선프롤레타리아예술가동맹'이 서로 맞서 민족문학 논쟁을 유발하고 여러 경과를 거치게 되지만, 결국 이 양자는 하나로 결합하여 '조선문학가동맹'을 형성한다. 북한에서는 1946년 3월 '북조선예술총연맹'이 결성되고 계급적 관점에 의한 문학관을 확립하여, 문학의 사회적 역할을 민족 과제와 계급 과제 등으로 확산시키게 된다. 이와 같은 문학 단체들의 성립과 사회적 활동은 문학 작품에 있어 그 미학적 가치보다는 이념적 당위성을 앞세우는 시대적 성향을 배태하고 그것의 공동체적 연대를 중시하게 한다.

남한에서의 이러한 문학적 이합집산과 방향성의 모색 또는 유도가

6) 김남식, 「1948~50년 남한내 빨치산활동의 양상과 성격」, 『해방전후사의 인식』 4, 한길사, 1989, p. 239.
7) 신진숙, 「남조선 해방 서사'에 나타난 인민적 영웅과 국가 형성의 이상」, 『북한문학의 이해』 4, 청동거울, 2007, p. 70.

이루어질 때, 북한은 비교적 안정적으로 그 정치 체제의 기초를 확고히 하는 문학 활동을 전개하고, 동시에 이 무렵부터 문학을 인민 계도의 주요한 수단으로 활용하기 시작한다. 1945년부터 6·25동란 이전까지의 기간을 '평화적 민주건설 시기'라 호명하며, 문학은 '사회주의 건설을 위한 창조적 로력'에 복무하는 것이 된다. 따라서 문학은 철저히 목적론적 경향을 띠게 되고, 그것을 설계하는 '당의 령도'는 점차 문학의 지상 명제로 자리 잡는다.

이 경우 문학에 나타나는바 사회주의 체제 확립을 위한 영웅적 활동, 그리고 남한을 해방시키려는 인민들의 투쟁적 노력을 그린 '남조선 해방서사'는 당대 북한문학의 주요한 내용을 이룬다. 이러한 대 남한 이념적 투쟁으로서의 문학은 사회주의 문학의 목적론을 대변하는 '혁명적 낭만주의'의 경향을 드러내게 되며, 같은 시기 북한의 문예이론이 내세운 '고상한 사실주의'와 맞물려 북한문학의 특정한 성격을 실현한다. 이 경우 문학 내부의 등장인물은 사회주의 체제에 대한 강한 확신과 긍정적 인식을 바탕으로 모범적인 사회주의 인물의 전형을 이룬다. 부분적으로 김영석의 「격랑」 등 작품 내용에 있어 이질적인 성격을 보여주는 경우도 없지 않으나, 이 시기 전반적인 북한문학의 외형은 인민적 영웅을 창출하고 그를 역할 모델로 하는 것 이상을 넘어서지 않는다.

궁극적으로 해방 공간에 있어서 북한 정권의 지도노선을 추종하는 문학으로서 '남조선 해방서사'는, 새로운 사회주의 국가라는 절대적 명제를 그 목표로 한다. 이 목표를 달성하기 위하여 남한의 정치·사회·문화의 모든 절목과 내용은 파괴와 멸절의 길을 걸어도 상관없다는, 냉엄한 현실주의가 그 기저에 깔려 있다. 더 나아가 남한을 원조하고 있는 '미제국주의' 또한 그와 조금도 다르지 않은 적대세력일 수밖에 없다.

문학이 자기성찰의 안목을 버리고 대상에 대한 맹목적 증오만을 증대한다면, 일찍이 괴테가 『에커만과의 대화』에서 언급한 바와 같이 "이데올로기라는 모자를 귀 밑까지 눌러쓴 형국"이 되는 것이다.

그렇다고 해서 남한과 미국에 대한 적대적 감정을 표방하고 그 파괴를 선동하는 목적론적 문학이, 그와 유사한 자기 체계의 문제를 환기할 수 있느냐 하면 이는 당초부터 무망한 것이다. 그러므로 이 시기의 북한문학은 스스로 여러 가지 단처들을 노출시킨다. 북한을 예정된 '유토피아의 땅'으로 설정하고 그에 반대되는 정치 체제를 서술하는 일방적 유형의 작품들은, 문학적 갈등 구조나 인물의 생동감 그리고 전파력 있는 주제의 설정에 미치기 어렵다.

북한문학의 이러한 출발, 해방 공간에서부터 보이기 시작한 단순하고 때로는 치졸한 이분법적 원색 사고는, 이후 1980년대 분단 시대에 대한 변화와 반성이 시작되기 전까지는 거의 변화 없이 그대로 지속된다. 그동안 1960년대 중반, 보다 정확히 말해 1967년 '조선노동당 제4기 15차 전원대회'에서 주체사상과 주체문학이 확립되기까지, 사회주의 원론에 입각한 일련의 노력들이 없지 않았으나 그 효과는 미미했다. 1980년 이후 '주체문학론'의 한결같은 대세 속에 부수적인 '사회주의 현실 주제 문학론'이 등장하긴 했어도, 여전히 당성·인민성·노동계급성에 입각한, 그리고 당성이 가장 우위를 보이고 있는 북한문학의 경직된 고정성은 그 면모를 달리하지 않고 있다.

(2) 북한문학에 나타난 6·25동란

한국사의 공식 기록에서 '6·25동란'이라고 명명되던 용어 개념은, 이제 그 지위를 점차 상실해가고 있다. 기본적으로 '난(亂)'은 체계적 정통성이 있는 국가 또는 집단과 그렇지 않은 상대방 사이에서 발생한 쟁투를 말하고, '전(戰)'은 그것이 자격이 동등한 양자 사이에서 발생한 경우를 두고 말한다. 그런데 이 용어 개념의 원칙성에 대한 인식이 흐려지고, 특히 국제화시대의 여러 소통구조가 활성화되면서 '한국전쟁The Korean War'이라는 영어식 표기법이 역수입되어 사회과학계를 중심으로 세력을 얻게 되자 어느덧 이 용어가 자연스러운 대체 현상을 보이는 지점에 이른 것이다.

그런데 정작 중요한 것은, 이러한 용어 자체의 사용 사례나 빈도를 따지는 일이 아니고 그 용어 사용 양상의 변화가 언표하는바 6월 전쟁에 대한 성격 규정 문제이다. 다시 말하자면 북한을 한반도 내에 있어서 '대한민국'과 동등한 자격을 갖춘 합법적 정치 체제로 인정하느냐, 그렇지 않으면 '유엔이 인정한 한반도의 유일한 합법 정부'라는 명분을 고수하여 북한 체제를 일시적인 개별 집단으로 간주하느냐 하는 문제인 것이다. 미상불 이 인식의 모양새에 따라, 북한을 그냥 '북한'이라고 부를 것인지 '조선민주주의인민공화국'이라고 호명해도 괜찮을 것인지의 판단이 맞물리는 형국이 된다.

남과 북이 서로 전혀 다른 경로를 통해 각기의 6월 전쟁에 대한 인식과 그 문학적 생산을 전개해갈 수밖에 없었던 것은 현실적 상황 논리에 비추어 당연한 귀결이었고, 그리하여 전쟁 시기의 종군문학, 전쟁 종료 이후의 전후문학, 그리고 양자의 정치 체제가 독자적으로 안정되어가면서 생산한 분단문학·이산문학·실향문학과 통일시대 지향의 문학에 이르기까지 판이한 문학적 산출을 집적해가게 되었던 것이다. 특히 북한은 조국해방이라는 정치적 이념을, 남한은 자유민주주의 체제의 수호라는 이념을 관철시키고자 모든 자원을 총동원하였던 것이 한국전쟁[8]이었으니, 그에 대한 문학적 반응과 해석도 각자의 정치적 이념에 종속될 수밖에 없는 운명이었다 하겠다.

전쟁에 대한 문학의 구체적 반응에 있어서도, 남한의 경우에는 전쟁 그 자체의 비인도성과 잔인성, 분단의 고착화 및 실향민 문제 및 그로 인한 사회 구조적 변동, 전후 사회의 비인간적인 환경과 그에 따른 삶의 양식 등[9]의 시각으로 대별해볼 수 있다. 실제로 작품의 문면을 두루 살펴보면, 전쟁 체험으로 환기된 현실의 문제적 상황은 일상적 질서의 갑작스러운 파열로 폭로되는 낯설고 공포스러운 '극한상황'의 세계[10]로 나타난다. 요컨대 전쟁을 중심 소재로 한 남한의 문학은, 주로 전쟁 그 자체의 성격과 그로 인한 인간사의 상관성을 다루는 데 주된 목표가 있다 할 것이다.

물론 1960년대 최인훈의 『광장』이 보여준 이데올로기적 접근이나 1980년대 이후 전쟁의 본질에 대한 총체적 시각을 확보하려 한 김원일의 『불의 제전』 및 조정래의 『태백산맥』 등을 두고 말하자면 논의의 형태가 달라질 터이지만, 아직 전쟁 상황으로부터 객관적 시간의 거리가 확보되지 못하고 전쟁에 대한 직접적인 반응을 보일 수밖에 없었던 작품들의 경우에는 여기에서의 논의가 유효하게 적용될 수밖에 없다.

6월 전쟁을 다룬 북한의 문학은 그 분량이 여러 장르에 걸쳐 방대할 뿐 아니라, 전쟁 시기를 지나서도 항일 빨치산 투쟁의 문학적 형상화와 함께 지속적으로 창작의 소재가 되어왔다. 전쟁 시기에 문학의 효용성을 극대화하려고 한 종군문학이나 전후 복구 건설을 위한 문학의 '투

---

8) 신명덕, 『한국전쟁과 종군작가』, 국학자료원, 2002, p. 7.
9) 유학영, 『1950년대 한국 전쟁·전후소설 연구』, 북폴리오, 2004, p. 224.
10) 이부순, 『한국 전후소설과 전도적 상상력』, 새미, 2005, p. 17.

쟁'에 해당하는 작품들은, 북한의 사회주의 국가 체제 성립 도정에 주요한 모범을 형성하면서 동시에 다음 세대에 대한 교양의 수단으로서도 유효했다. 여기에서는 전쟁 시기의 북한문학 작품들을 시문학을 중심으로 살펴보게 될 것이고, 자료의 주된 출처는 『조선문학사』 제11권(조국해방전쟁 시기)으로 하게 될 것이다.

북한의 대표적 문학사인 『조선문학사』는 제11권 제1장 「위대한 수령 김일성 동지께서 조국해방 전쟁시기 영웅적 문학예술을 창조함에 대한 방침 제시」에서 그 '로선' 및 '령도'에 대한 내용과 그 시기 문학의 '발전' 및 '특성'에 대한 개괄적 내용을 서술한 다음, 제2장 「시문학」, 제3장 「산문문학」, 제4장 「극 및 영화문학」을 차례로 싣고 있다.[11] 그런가 하면 『조선문학개관』은 제2권에서 '위대한 조국해방전쟁 시기(1950년 6월~1953년 7월) 문학'이란 항목에서 역시 시문학, 산문문학, 극문학·영화문학으로 나누어 이에 대한 서술을 순차적으로 실었다.[12]

시문학에서 『조선문학사』가 가장 먼저 주목한 것은, 전쟁 시기에 십대의 김정일이 직접 지은 '10대의 어리신 나이에 경애하는 수령 김일성 동지의 위대성과 숭고한 풍모를 감명 깊게 형상한 불후의 고전적 명작' 「조국의 품」(1952)과 「축복의 노래」(1953) 등의 작품이다.

> 어둡던 강산에 봄을 주시고
> 조선을 빛내신 아버지 장군님
> 저 멀리 하늘가 포연이 서리면

---

11) 김선려·리근실·정명옥, 『조선문학사』 11, 사회과학출판사, 1994.
12) 박종원·류만, 『조선문학개관』 II, 사회과학출판사, 1986, pp. 139~75.

인민은 안녕을 축복합니다

나라의 운명을 한몸에 지니신
아버지 장군님 인민의 수령님
준엄한 전선길 안녕하심은
온 나라 가정의 행복입니다

미제를 쳐부신 영웅의 땅에
락원을 펼치실 아버지 장군님
찬란한 조선의 미래를 위해
인민은 안녕을 축복합니다

—「축복의 노래」

　김정일의 「조국의 품」이 '서정성'이 강한 송가가사라면, 「축복의 노래」는 북한문학사의 표현으로 '정론성'이 강한 송가가사이다. '포연'이나 '준엄한 전선길'이나 '미제'가 등장하고 '인민'과 '나라'와 '락원'이 절대적 가치로 상정되면, 거기에 영도자로서 '아버지 장군님'의 역할이 불변의 고정성을 표방하는 구조이다. 그런데 이 시를 김정일이 십대의 어린 나이에 썼다는 것은, 그 탁월한 영명함과 인민의 수범이 되는 충성심을 강조하기 위한 의미 구조를 형성한다.

　다음으로는 '김일성 동지에 대한 충성의 연가'인데, 그 '탁월하고 세련된 령도와 영광찬란한 혁명업적' 및 '령도의 현명성과 고매한 덕성'에 대한 칭송이 중심 주제를 이루고 있다. 김일성을 두고 '한밤에도 솟는 전설의 태양'(백인준, 「크나큰 그 이름 불러」, 1952)이라고 부르거나, 지난날 머슴살이로 겨우 살아오던 시적 화자가 '영광스런 김일성 원수님의 전사'(박세영, 「수령님은 우리를 승리에로 부르셨네」, 1953)가 된 것을 노래하는 시들은, 김일성의 영도와 전쟁의 승리 및 조국의 미래가 하나의 꿰미로 엮여 있다는 사실을 반증하려는 시적 지향성을 가진다.

> ―자, 동무들, 말해보오!
> 무엇이 괴로운가? 부족한 건 무엇인가?
> 그이께서는 우리들의 손을 이끌어
> 어깨만이 아니라 가슴속까지 두드려주신다
> 함께 따라온 군관이 세계를 연신 보며
> 가시자고 다음 길 아뢰는데
> ―이 동무들 요구를 다 들어줘야지…
> 어서 품은 소원들을 말해보라 하신다
>
> ―「경애하는 수령」

「경애하는 수령」(김우철, 1952)은, '후방전선을 돌아보시는 그 바쁘신 길'에도 '한 영예군인학교를 찾으시여 그들과 허물없이 지내시며 크나큰 온정과 사랑을 기울여주시는' 김일성의 '인민적 풍모와 숭고한 덕성'을 노래한, 곧 김일성의 인간적 면모를 부각시킨 시다. 북한의 문예당국자들도 인민들을 감동시키는 시의 힘이, '그이는 우리의 태양 조선 인민의 수령 김일성 장군'(차덕화, 「수령」, 1952)과 같은 경탄 구호 조의 묘사와는 전혀 다른, 소박한 인간미의 표현에서 더 절실할 수 있음을 인식하였을 것이다.

『조선문학사』는 특히, '평화적 민주건설 시기 위대한 수령 김일성 동지의 불멸의 업적을 만대에 길이 전하는 영원한 백두의 메아리'를 창작한, 장편서사시 「백두산」의 시인 조기천을 하나의 절로 독립시켜 다루면서 그 창작의 내용과 특성을 서술하고 있다. 그의 전쟁 시기 시인 「조선은 싸운다」(1951)를 중점적으로 분석하면서, '위대한 수령을 중심으로 일심단결된 조선의 영웅적 기상을 격조 높이 노래한 우수한 시작품들을 수많이 창작하여 전쟁승리에 이바지'하였다는 평가를 내놓는다.

그런가 하면 '전선과 후방에서 높이 발휘된 대중적 영웅주의에 대한 시적 형상'이나 '인민군 전투원들의 상징의 노래' 등이 각기의 주제만 조금씩 다를 뿐 그 묘사나 서술의 내용에 있어서는 대체로 유사한 모습으로 이 시기 북한 시를 보여주고 있고, '미제의 침략적 본성에 대한 준렬한 단죄와 규탄의 시형상'과 '전투적이며 낭만적인 노래 — 전시가요'도 주요한 분석 및 평가의 대상으로 제시되어 있다. 특히 여기서 전시의 '대중적 영웅주의'는 30여 년 후 1980년대에 이르러 '사회주의 현실 주제 문학'의 도입과 '숨은 영웅'의 창조에 비교해볼 때, 대중 동원력이 필요한 위기의 시대에 확대된 인민성으로서의 대중성 확보가 과제로 부상하는 사회주의 체제 속성의 한 단면을 보여준다 하겠다.

『조선문학개관』에 서술된 시문학 부분은, 그 전체 분량이나 예거 및 분석된 작품의 수에 있어 『조선문학사』와 비교할 수 없는 정도이지만, 그 시기 시문학의 전체적 면모를 작품과 함께 개괄적으로 설명하고 있어 전모를 한눈에 파악할 수 있도록 하는 장점이 있다.

(3) 북한문학에 나타난 마산의거와 4월혁명

마산의거에서 4월혁명에 이르는 한국 현대사의 극명한 시기에 대한 연구는 크게 두 가지 경향을 가지고 있다. 하나는 이를 서구의 고전적인 시민혁명, 곧 부르주아 민주주의혁명으로 보는 견해이고, 다른 하나는 그것을 한국 근대 민중운동사의 흐름 속에서 파악하고자 하는 견해이다.[13] 김성식, 최문환, 차기벽 등의 해석이 전자에 속한다면, 강만길, 박현채 등의 해석은 후자에 속한다.

전자의 해석에 의하면, 4월혁명은 한 역사적 시기에 소임을 다한 '완결된 혁명'이 될 수 있다. 마치 근대 프랑스의 부르주아 민주주의혁명이 봉건 전제군주제를 붕괴시키고 시민계급, 부르주아 계급의 세력을 구축할 수 있었던 것처럼, 절대군주에 비견되는 이승만 정권을 퇴진시키고 부르주아 정치권력인 장면 정권을 등장시켰기 때문이다. 다만 아직 한국 사회에서 사회세력화하지 못한 시민계급 대신에 자각이 앞선 학생운동권이 주축이 되었던 것이며, 이러한 현실을 두고 최문환은 '옆으로부터의 혁명'이란 표현을 사용했다.[14]

후자의 해석에 의하면, 한국 근대사를 민중운동사의 측면에서 바라보면서 민주주의운동에서 민족통일운동까지 나아간 것에 의의를 두거나,[15] 1950년대 한국 사회구조의 모순에 주목하면서 민주주의와 민족해방의 실현을 위한 민중혁명이라고 평가하고 있다.[16] 이 양자는 시각의 토대에 있어 부분적 차이가 있으나 같은 관점으로 4월혁명을 보고 있으며, 그 관점의 시선이 미치는 범주가 민족해방이나 민족통일의 문제에까지 이르고 있으므로, 당연히 '미완의 혁명'이란 결론에 도달할 수밖에 없다. 뒤이은 장면 정권의 붕괴 및 5·16군사쿠데타의 발발과 그 반

13) 김일영, 「4·19혁명의 정치사적 의미」, 『1950년대 한국사회와 4·19혁명』, 태암, 1991, p. 151.
14) 최문환, 「4·19혁명의 사회사적 성격」, 『사상계』 1960년 7월호.
15) 강만길, 「4월혁명의 민족사적 맥락」, 『4월혁명론』, 한길사, 1983, p. 14.
16) 박현채, 「4월민주혁명과 민족사의 방향」, 『해방전후사의 인식』 2, p. 46.

민중성은 이를 미완의 역사적 사건으로 보는 해석이 설득력을 얻도록 하는 증빙이 되었다.

그 외에도 4월혁명의 배경이 되는 이승만 정권의 부정적 성격에 대해 미국의 악역을 강력하게 비판하는 논문[17]이 있는가 하면, 4월혁명의 결과로 출범한 제2공화국의 장면 민주당 정권이 결코 '무임승차'한 경우가 아니라고 주장하는 논문[18]도 있다. 따라서 그에 대한 역사적 평가는 아직도 여러 측면에서 심도 있게 검토해야 할 필요가 있고, 특히 그 의미를 민족 전체의 차원으로 확대하거나 남북 통합 문제와 결부할 때는 더욱더 그러하다 하겠다.

그런데, 4월혁명이 '완결된 혁명'이건 '미완의 혁명'이건, 또 국내외 문제와 관련된 역사적 평가가 어떠하건 간에 이를 정치·사회사적 논리로 검증하지 않고 문학과 그 상상력의 발현이라는 형식에 탑재할 경우에는, 여기서 살펴볼 바와 같은 학술적 의미 규정이 위력을 발휘하기보다는 당대의 사건 현장에서 진행된 구체적 현실에 대한 인식과 그에 대응하는 발화자들의 내면적 심상이 더 큰 영향력을 발생시킬 수밖에 없다. 물론 문학 작품에 대한 평가와 판단에 객관적 사실관계가 기반이 되어야 마땅하지만, 문학 그 자체의 의의와 가치를 검색하고자 할 때는 사건의 실상에 대해 민중, 시민들이 보인 현장의 감성적 반응을 더 주목해야 할 터이다.

1960년 한반도의 남쪽 마산에서 시발된 3·15마산의거와 4·19혁명은, 북한 지도자와 문예정책 당국에서 볼 때 자신의 체제가 더 정통성

---

17) 박세길, 「4월혁명」, 『다시 쓰는 한국현대사』 2, 돌베개, 1988, pp. 73~297.
18) 이용원, 「4월혁명」의 공간에서」, 『제2공화국과 장면』, 범우사, 1999, pp. 112~16.

이 있고 우월하다는 선전·선동의 기회이자 작품의 소재로서 더없이 좋은 재료가 되었다. 이들은 즉각『조선문학』등 주력 문예물을 통해 이러한 사상적 판단을 반영하고 작품으로 제작된 것을 수록하였다.

1960년대 초반의 북한문학은 소위 1950년대의 '전후 복구 건설과 사회주의 기초 건설을 위한 투쟁 시기'를 거쳐 천리마운동을 문학에 반영하며 수령형상문학을 본격화하는 시기이다. 1967년 '조선노동당 제4기 15차 전원대회'를 분기점으로 주체사상과 주체문학이 형성되기까지, 북한 사회가 점차 사회주의적으로, 그리고 김일성 체제 중심으로 안정되어가고 있었다. 그런 만큼 분단 체제는 더욱 그 골이 깊어져 남한에 대한 부정과 비난이 강화되고, 그렇게 하는 것이 정권의 안정에 탄력을 더하는 상황이었다. 따라서 3·15의거나 4·19혁명과 같은 남한 내부의 격변을 북한이 대내외적 선전·선동에 적극 활용한다는 것은 당연한 결과였다.

이러한 경향은 분단 이래 북한문학사 전반에 걸쳐 시도되는 것이었으며, 그것은 시·소설·평론 등 장르의 구분이 없이 행해졌으되, 특히 마산의거와 4월혁명이 일어난 후인 1960년대에 그 빈도와 분량이 집중되었다. 남한에서의 사건 발생 1주년이 된 1961년『조선문학』4월호에는 김철의 시「4월은 북을 울린다」와 정론이란 장르로 구분된 윤세중의 글「4월」과 김운룡의 글「또다시 사월은 왔다」가 실려 있다.

오오, 4월
용맹스러운 투쟁의 계절―
4월은 북을 울린다
우뢰를 친다

마산과 대구 서울과 부산을

남조선 모든 도시와 마을들을

불의 날개

폭풍의 날개 밑에 휩싸 안고

온 겨레를 싸움에로 부른다…

일어나라

일어나라

일어나라 동포야!

판가리 싸움에로

나가자 형제들아!

—김철, 「4월은 북을 울린다」¹⁹⁾ 부분

  북한의 주요한 시인인 김철의 이 시를 보면, 남한 민중의 투쟁을 정당
화하고 영웅시하며 계속적인 투쟁의 전개를 부추기면서, 미국과 이승만
·장면 등 남한의 정치인을 함께 싸잡아 비난하고 있다. 동시에 남한 각
지역 도시들의 인민, 곧 시민이 다시 일어나 반미반정부투쟁을 벌일 것
을 촉구한다. 정치적 지향성과 미리 확정된 창작 방향이 있는 그대로 드
러나는, 북한식 목적시의 대표적인 사례에 해당한다. '정론'이란 이름으
로 발표된 윤세중과 김운룡의 글 또한, 그 형식만 다를 뿐 내용에는 하
등의 차이가 없다.

  윤세중의 「4월」과 김운룡의 「또다시 사월은 왔다」 등 두 편의 '정론'
에서 부분적으로 목도할 수 있는 바, 이들 곧 북한의 문학은 남한의 정

---

19) 김철, 「4월은 북을 울린다」, 『조선문학』 1961년 4월호, pp. 75~76.

권 담당자와 미국에 대해 투쟁할 것을 지속적인 선전·선동으로 요구하고 있다. 그리고 그것이 한반도 내에 머무는 것이 아니라 '세계를 격동시키던 영웅적 기세'에 이르렀다고 평가하면서, 남한에 '진정한 자유의 봄'이 깃들게 하자고 주장한다. 그러나 이들은 학생들의 무고한 희생에 대한 애도보다는 그것의 결과를 더 확대하여 해석하고, 그 결과에 의해 세워진 장면 정권에 대해서는 조금의 긍정적 인식도 없으며, 그 '진정한 자유의 봄'이 북한에서는 어떤 형편에 있는지 한 가닥의 자기검증도 없다. 몇 해를 더하여 1964년이나 1965년이 되어도 이러한 문학적 태도는 촌보도 변화하지 않는다.

> 항쟁의 영웅들 흘린 피
> 헛되이 짓밟고 인민을 속이는
> 군사 파쑈 악당들을 향해
> 노한 파도마냥 웨치며 나아가는
> 내 고향의 누나들아,
>
> 그대들 꽃다운 몸이
> 그대로 투쟁의 도화선이 되여
> 남녘 땅 형제들과 함게
> 타올라라, 싸움의 불길로!
>
> —안룡만, 「마산포 제사공 누이에게」[20] 부분

---

20) 안룡만, 「마산포 제사공 누이에게」, 『조선문학』 1964년 3월호, pp. 56~57.

지금 내 깊은 산중에 누웠어도

흰 머리 수건 해풍에 날리며

내 혈육과 이웃들이 기다리는

가야 할 그 해변이 눈 앞에 보이고…

도하장의 모래를 밟을 때마다

양키의 구둣발에 무참히 쓰러지는

피 흐르는 백사장이 나를 부르거니

밝으라, 훈련의 아침이여!

울려라, 진군의 나팔소리여!

—리범수, 「마산의 모래」[21] 부분

안룡만의 시 「마산포 제사공 누이에게」는 섬유공장 노동자인 '누나'들의 쟁의 행위를 정치적 목적으로 유도하고 있으며 그 '누이'들로 하여금 '군사 파쑈 악당'들을 대적하도록 충동하고 있다. 이는 사태의 진면목에 대한 왜곡이자 부당한 방식의 투쟁 요구이다. 그런가 하면 리범수의 시 「마산의 모래」는, 훈련 중 모래밭에 천막을 치고 자신의 고향 마산의 모래를 그리워하는 인민군 지휘자의 감상을 담았다. 인민군대가 중부 이남으로 밀고 내려왔을 때 일시적으로라도 점령하지 못했던 마산의 모래를 그리워한다는, 다분히 정치적인 의식을 담았다. 시의 머리맡에 '서정시'라는 장르 구분이 되어 있으니 북한의 서정시가 어떤 서사적 방식을 답습하고 있는지 잘 드러나고 있다.

21) 리범수, 「마산의 모래」, 『조선문학』 1965년 5월호, p. 37.

이처럼 북한문학, 곧 북한의 시와 산문에 나타난 마산의거와 4월혁명의 형상은, 그 역사적 사건 자체로서의 의의와 가치를 밝혀보려 한다거나 억울하게 희생된 청년 학생들과 그 가족에 대해 인도주의적 애도를 표현한다거나 하는 문학 본유의 기능이 전혀 나타나지 않는다. 남한의 정치 지도자들 및 그 배후 세력으로서의 미국에 대한 강력한 적대감과 남한 '인민'들에 대한 선전·선동, 또 그에 대비한 북한 체제의 우월성을 암시하는 데 확고한 목적의식을 두고 있는 것이다.

그러므로 북한문학에 나타난 이러한 문학적 결과를 살펴본다는 것은, 지금까지 이어지고 있는 남북 분단 시대의 비극적 상황을 다시 확인하는 일이며, 동시에 '의거'와 '혁명'이 갖는 한민족 역사 위에서의 입지가 어떠한가를 입체적으로 검증하는 일이 된다. 민족사적 단위의 과제로 생각하면, 이들 남과 북에서 수행된 역사적 사건에 대한 의미 규정뿐만 아니라 기존에 제기된 평가의 방식과 내용에 있어서도 이제 새로운 연구가 필요하다 하겠다. 이는 또한 남북 간 국토의 통합에 선행되어야 하는, 문화적 인식의 진정한 통합을 향해 나가는 발걸음의 시작이기도 할 것이다.

4. 남북한문학의 비교론적 연구

지금까지 논거한 바와 같이, 북한문학에 반영된 한국 현대사 소재의 작품들을 두루 살펴보면, 분단 이래의 현실 상황에 대한 남북한 서로 간의 현격한 시각 차이와 그것이 각기 문학 장르에 반영된 모습을 볼 수 있다. 이 가깝고도 먼 거리의 문제를 해소하는 것은, 비단 남북한문학의 괴리를 메우고 간극을 좁혀나가는 일에 그치지 않고 민족적 문화통합과 화해로운 통일의 길목을 확장하는 뜻깊은 일에 해당된다.

미상불 한반도의 남과 북, 두 체제는 반세기를 넘긴 오랜 대립적 역사과정의 관성과 서로 다른 목표로 인하여, 그 본질적 관계 개선이 극도로 어려운 형편에 있다. 이 양자는 그간 상대를 '주적(主敵)'으로 인식하고 이를 체제 유지의 기반으로 활용한 역사를 갖고 있으며, 지금도 여전히 서로 다른 전체적 목표와 그에 연계되어 있는 사회체제를 넘어서기 어려운 현실에 처해 있다.

뿐만 아니라 한반도의 지정학적 위치가 국제 정세 및 국제적 이해관계와 밀접한 관련성을 갖는 만큼, 남북 양자가 주체적으로 하나의 방향을 합의하고 결정하는 것 자체가 불가능한 상황이다. 이러한 측면은 정치·군사적 문제와 같은 배타성과 고착성을 갖는 분야는 물론, 경제·사회적 문제와 같은 근시성과 한계성을 갖는 분야에 있어서도 마찬가지로 그러할 수밖에 없다.

그래서 남북 간의 문화적 상관성과 교류 문제, 곧 '문화통합' 문제가 하나의 대안이자 거의 유일한 출구로 논의될 수 있다. 민족적 삶의 원형을 이루는 전통적 정서에 수많은 공통점이 있고, 정치·경제 문제처럼 직접적인 갈등 유발의 가능성이 미소하며, 좀더 장기적인 시각으로는 문화를 통해, 아니 문화적 교류의 발전과 성숙만이 진정한 남북 통합의 가능성이라고 할 수 있는 만큼, 이제는 남북 간의 문화통합이라는 과제를 본격적으로 연구하고 실천할 시기에 이른 것이다.

사정이 그러할 때 남북한 문화통합의 당위적 성격은, 귀납적으로는 그것이 양 체제의 통합이 완성되어간다는 사실의 징표인 동시에, 연역적으로는 여러 난관을 넘어 그 통합을 촉진하는 실제적 에너지가 된다는 사실의 예단으로 나타난다. 이러한 이유로 인하여 남북한문화를 서로 비교연구하고 문화 이질화 현상의 구체적 실례를 적시하여 구명하는 것은 매우 중요한 과제가 된다. 이러한 성격의 일, 곧 길이 없는 곳에 길을 내면서 가는 일은, 결코 말로만 하는 구두선에 그쳐서는 진척이 없다.

먼저 남북한문화 이질화에 대한 정확한 이해와 상황 분석이 필요하다. 그 현황에 대한 체계적인 진단과 분석, 문화통합 항목별로 접근 및 성사 가능한 추진 방안의 모색, 남북 공동연구의 가능성 타진과 협력체계 수립, 민족 고유의 전통과 양식 또는 언어와 습관 등에서 공동체적 공통성 추출 등 여러 방향과 단계의 실천적 노력이 수반되어야 한다. 이러한 항목들의 현상적 실제, 변화의 실태 등에 대한 객관적 연구가 이루어져야 한다.

그리고 그와 같은 연구 성과를 바탕으로 하여 실천 가능한 통일문화운동의 항목 개발과 적극적 추진이 필요하다. 정치·군사 문제를 그 밑바탕에서 떠받치고 있는 정치문화·군사문화, 경제·사회 문제를 그 밑바탕에서 떠받치고 있는 경제의식·사회의식이, 남북 간에 서로 어떻게 이질화되었고 그 이질성을 극복하고 민족적 통합의 길로 나아갈 방안이 무엇인가를 연구하는 것이 먼저이다.

그리고 그다음에는 이를 하나의 국민운동 수준으로 승격시키고 동시에 이를 추진해나갈 방안과 방향성을 확보해야 한다. 그만한 각오와 의욕이 없이는 어려운 문제이기 때문이다. 그 운동 또한 과거 새마을운동의 전례에서 교훈을 얻은 바와 같이 정권적 차원이 아니라 민족적 차원에서 분명한 대의 아래 추진되어야 마땅하다. 여기에 정부와 민간 기구가 서로 연합하여, 공동 노력의 결실을 지향해나가야 할 것이다.

이상에서 살펴본바 남북한문화의 통합적 전망을 논리적으로 수렴하고 구체적으로 논의해나가기 위해, 가장 우선적으로 살펴보아야 할 것이 북한문학이다. 일제의 강점으로부터 해방된 이후의 북한문학은 그 문학적 논의의 내부에 자기 체계와 시기 구분을 설명하는 일정한 시스템을 확립하고 있다. 평화적 민주건설 시기, 김일성 사망 후의 조국해방전쟁 시기, 전후문학 및 천리마문학 시기, 유일주체사상 시기, 김일성·김정일 통치 시기, 김일성 사망 후의 김정일 통치 시기 등이 그것이다. 그중에서도 유일주체사상 시기는, 1967년 조선노동당 제4기 15차 전원대회를 기점으로 주체사상과 주체문학의 논리를 확립하고 수령형상문학을 최우선 과제로 하여 이를 1970년대 말까지 변동 없이 유지한 기간이다.

이 사상적 체계와 그것의 반영은 모든 문화 및 문학 장르에 걸쳐 강력한 지배 이데올로기로 기능했으며, 1980년대 들어 주체문학론에 부수하는 현실주제문학론의 등장 이전까지는 경미한 변화나 반성적 성찰의 기미를 찾아보기 어려웠다. 인민들이 살아가는 삶의 현장에서 그 실상과 관심 사항을 반영하는 현실주제문학론의 새로운 변화는, 우선 교양 수단인 문학으로부터 멀리 떨어진 인민들의 홍미를 유발할 것을 도모하는 일방, 동구 사회주의권의 몰락이나 공산주의의 패퇴에 따른 위기의식을 표현하고 있다. 물론 여기에는 변해야 살 수 있다는 인식과 '우리식 사회주의'의 딜레마가 꼬리표처럼 뒤따라 다닌다.

1994년 김일성의 사망이 일시적 경직 현상을 초래한 바 있으나, 변화의 흐름을 지속시키는 보이지 않는 힘이 장강의 뒷물결처럼 벌써 부지불식간의 대세로 되어가고 있음을 부인할 수 없는 터이다. 기실 이것은 남북 간의 어떤 회담이 성공적으로 이루어지고 어떤 교류가 실행되었는가 하는 사실보다 훨씬 더 잠재적인 영향력을 가진다. 정치나 경제 문제는 뒷걸음질을 칠 수 있으나, 문화나 문학은 그렇지 않다. 그것은 일찍이 노스럽 프라이가 간파했듯이 인간의 삶을 다음에서 다음으로 형성하고 또 해체하는 힘이어서, 어떤 경우에도 있었던 궤적을 무화시킬 수 없다.

이 소중하고 값비싼 불씨, 남북한문학의 교호와 통합의 전망에 관한 의식을 잘 살려내고 잘 가꾸어나가야 할 책임이 이 시대 문학인들의 어깨에 있다. 남북 간의 상호 교차하는 삶을 과거의 가상공간에서 현실공간으로 전화한 작품들, 림종상의 「쇠찌르레기」, 리종렬의 「산제비」, 김원일의 「환멸을 찾아서」, 이문열의 「아우와의 만남」 등을 새로운 감격으로 읽는 자리들을 만들어볼 필요가 있다. 남북한문학사의 시대 구분을 비교하며 공통된 인식의 접점을 찾아보기, 남북의 문화 및 문학 연구의 사실관계 확인과 접근 시도, 문화현상과 외세의 문화제국주의에 대한 공동체적 대응력의 개발 협력 등 비대치적 과제부터 함께 수행해나갈 길을 찾아보아야 한다.

그런 연후에 구체적 연구로서 우상적 지배자와 문학성, 친일문학과 항일문학의 주류, 북한문학사의 기술 방식과 변화 양상, 북한문학에 수용된 친일·재남 작가들과 그 사유 등 남북한 통합문학사의 과제들을 실질적으로 예비할 수 있을 것이다. 여기에 문학인 자신의 수범적 노력은 물론, 정부와 문화당국이 적극적으로 후원하여, 북한문학의 연구와 수용이 도저한 하나의 물결을 형성해야 마땅하다. 북한문학에 대한 건실한 인지력과 균형 있는 안목, 이에 관한 실천력 있는 장기적 투자를 통해 민족사적 통합의 미래가 발양될 수 있을 때, 우리는 비로소 이를 위해 경각심을 갖고 노력하는 문학을 '국적 있는 문학'이라 이름 할 수 있겠다.

5. 남은 문제들

이 논문에서는 북한문학에 반영된 한국 현대사의 주요 사건들이 어떤 형상으로, 어떤 가치 판단 아래 수용되어 있는가를 구명하는 문제를 다루었다. 이를 위하여 먼저 북한문학의 주력인 '주체문학'에 나타난바 자체적 성격의 구조 및 방향성을 검토해본 다음, 북한문학에 반영된 한국 현대사의 구체적 실체를 추적하고 분석해보았다. 그리고 이러한 역사적 사건들에 대한 해석과 평가의 문제를 두고, 남북한문학의 비교론적 연구 가능성을 탐색하는 순서로 서술하였다.

한국 현대사의 주요 사건 가운데 해방 공간에 있어서의 '남조선 해방 서사'를 먼저 살펴보고, 이어서 북한문학에 나타난 6·25동란과 마산의거 및 4월혁명을 다루었다. 이 논문의 분량상 함께 다루지 못한 5·18광주민주화운동 그리고 남북한 화해 분위기를 형성한 6·15남북공동선언 등의 사건들에 대해서는 다음 글을 기약하기로 한다. 그 외의 남북한 간에 상호 관련성을 갖는 홍명희의 『임꺽정』이나 박태원의 『갑오농민전쟁』 등 대작에 관한 논의도 역시 다음으로 미룰 수밖에 없다.

오늘날의 북한은 핵무기 문제 등으로 세계 유일의 초강대국 미국과 벼랑 끝 단판 승부를 연출하는 절체절명의 자리에 이르러 있다. 동시에 심각한 식량 부족으로 자국민 일부가 아사 지경에 이른 상황으로 인하여 엄혹한 내외적 비난에 직면해 있다. 이를테면 이 정치 체제 및 집단의 경우에는, 상식을 넘어선 위험성과 돌출적 행위가 가능할 수도 있다는 의미이다.

우리 민족은 일찍이 6·25동란의 참상을 통해 민족상잔의 전쟁 상황이 얼마나 엄청난 인적 희생과 물적 대가를 치러야 하며 그 상처의 극복에 얼마나 오랜 세월이 소요되는가를 생생하게 목도했다. 그러기에 남북한 문학 및 문화의 통합과 그로 인해 탄력을 받을 수 있는 화해 협력의 길은, 크게는 민족 전체의 생존권 문제와 상관이 있고, 작게는 민족 내부에 있는 각자 개인이 균형성 있는 역사적 안목 아래 그 개별적 삶을 소중히 가꾸어가고자 하는 인간적 권리 문제와 상관이 있다 할 것이다.

참고문헌

강만길, 「4월혁명의 민족사적 맥락」, 『4월혁명론』, 한길사, 1983.

김남식, 「1948~50년 남한 내 빨치산 활동의 양상과 성격」, 『해방전후사의 인식』 4, 한길사, 1989.

김선려·리근실·정명옥, 『조선문학사』 11, 사회과학출판사, 1994.

김일영, 「4·19혁명의 정치사적 의미」, 이종오 외, 『1950년대 한국사회와 4·19 혁명』, 태암, 1991.

김재용, 「1980년대 북한소설 문학의 특징과 문제점」, 『북한 문학의 역사적 이해』, 문학과지성사, 1994.

김정일, 「문학예술부문에서 당의 유일사상체계를 튼튼히 세울 데 대하여」 (1967년 5월 30일).

_____, 「작가, 예술인들 속에서 당의 유일사상체계를 철저히 세울 데 대하여」 (1967년 7월 3일).

_____, 「문학예술작품에 당의 유일사상을 구현하기 위한 사업을 실속있게 할
    데 대하여」(1967년 8월 16일).

_____, 「조선민족제일주의정신을 높이 발양시키자」(1989년 12월 28일).

김 철, 「4월은 북을 울린다」, 『조선문학』 1961년 4월호.

리범수, 「마산의 모래」, 『조선문학』 1965년 5월호.

박세길, 「4월혁명」, 『다시 쓰는 한국 현대사』 2, 돌베개, 1995.

박종원 · 류만, 『조선문학개관』 II, 사회과학출판사, 1986.

박현채, 「4월민주혁명과 민족사의 방향」, 강만길 외, 『4월혁명론』, 한길사,
    1983.

신명덕, 『한국전쟁과 종군작가』, 국학자료원, 2002.

신진숙, 「'남조선 해방서사'에 나타난 인민적 영웅과 국가 형성의 이상」, 『북한
    문학의 이해』 4, 청동거울, 2007.

안룡만, 「마산포 제사공 누이에게」, 『조선문학』 1964년 3월호.

유학영, 『1950년대 한국전쟁 · 전후 소설 연구』, 북폴리오, 2004.

이부순, 『한국 전후소설과 전도적 상상력』, 새미, 2005.

이용원, 「'4월혁명'의 공간에서」, 『제2공화국과 장면』, 범우사, 1999.

최문환, 「4 · 19혁명의 사회사적 성격」, 『사상계』 1960년 7월호.

황한식, 「미군정하 농업과 토지개혁 정책」, 『해방전후사의 인식』 2, 한길사,
    1985.

남한의 체제 및 정치적 사건에 대한 북한문학의 비판 양상

1. 남북한문학에 대한 총괄적 시각

오늘날 국제 정세는 매우 복잡다단하게, 그러나 매우 속도감 있게 변화하고 있으며, 그에 따라 시대·사회적 삶을 반영하는 인문학 분야 역시 그 변화의 양상을 동일한 방식으로 반영할 수밖에 없다. 특히 한반도를 배경으로 하는 모든 학문적 연구는 남북 간의 관계는 물론 주변 열강과의 관계에 있어서 상기와 같은 경향을 직접적으로 수용해야 하는 상황이다.

거기에서는 먼저 북한문학의 성격과 방향성을 좀더 큰 틀에서 점검한 다음, 북한문학에 반영된 남한의 역사적 사건들의 수용 양상을 살펴봄으로써, 장기적으로 남북한 문화 및 문학의 접점과 관계를 확인하고 향후 남북한 통합문학사와 문화통합의 전망을 마련해보려는 목표를 두었다. 그리하여 북한문학의 해방 공간과 남조선 해방서사, 북한문학에 나타난 6·25동란, 북한문학에 나타난 마산의거와 4월혁명, 그리고 남북한문학의 비교론적 연구 등의 항목에 따라 분석적 연구를 진행하였다.

그와 같은 성과를 뒤이을 뿐 아니라, 북한문학의 남한 체제 및 역사적 사건의 반영과 수용을 더욱 폭넓게 조명하고 남북한문학의 상관성 연구를 한층 강화하기 위하여, 시기적 순차성에 따라 후속 연구를 진행하기로 하였다. 궁극적으로는 이러한 일련의 연구가 남북한 통합의 가능성을 내다보며 문학 연구를 수행하는 전체적 얼개 아래 복속되어야 한다고 보며, 따라서 여기에서의 연구는 그 총괄적 과정의 한 부분에 해당한다고 할 수 있다.

이 글은 그러한 입지 위에서 먼저 북한 주체문학론의 형성기와 그 이후 북한문학의 변화 양상을 살펴본 다음, 1960년대의 5·16군사쿠데타와 유신체제, 곧 박정희 정권에 대한 북한문학의 시각을 검색할 것이다. 그리고 뒤이어 5·18광주민주화운동, 6·15남북공동선언에 대한 반응을 시대 변화의 흐름에 따라 검토해나가게 될 것이다. 그리하여 남북한문학의 경계와 접점 및 그 상관성에 대한 고찰에 이르는 데 의의를 두기로 한다.

2. 주체문학론 형성기와 그 이후의 북한문학

(1) 1960~80년의 북한문학 변화 양상

북한문학사에서 1967년까지 전반기는 '사회주의의 전면적인 건설을 다그치기 위한 투쟁 시기'로 표현되며 1967년 이후는 '온 사회의 주체사상을 앞당기기 위한 투쟁 시기'로 기록된다. 전자의 시기가 '천리마 현실'을 반영하며 공산주의적 인간형의 창조와 인민들의 삶을 그렸다면, 후자의 시기에서는 김일성 우상화를 내용으로 한 '불멸의 력사' 총서 등 '수령형상화'에 주력하게 된다.

'천리마대고조운동'의 현실을 맞은 1960년대 전반기 문학은 '천리마 현실 반영기'라 불리며, 이 시기의 시문학에 대해 북한의 문학사는 "천리마의 기상으로 들끓는 장엄한 현실은 이 시기 시문학에 새로운 시대정신의 나래를 달아주었다"[1]고 기술한다. 오영재의 「조국이 사랑하는 처녀」, 정서촌의 「하늘의 별들이 다 아는 처녀」 등이 그 대표적인 작품이다.

수령형상화문학이 본격적으로 시작되면서 북한문학사는 이와 관련하여, 당의 유일사상을 더욱 철저히 내세우며 사회주의의 완전 승리와 온 사회의 주체사상화를 내세운다.[2] 이는 곧 김일성에 대한 찬양을 목표로 한 송가시의 창성을 말하며, 정서촌의 「어버이 수령님께 드리는 헌시」 등과 김일성 가계에 대한 칭송의 집체창작 「영원히 빛나라 총성의 해발이여」를 비롯한 많은 작품의 산출을 보게 된다.

시와 마찬가지로 소설에 있어서도 이 시기 초반의 작품은 천리마 기수의 전형 창조를 하나의 과제로 한다. 그리하여 천리마운동과 공산주의적 인간형의 창조에 나선 작품들로 김병훈의 「해주—하성서 온 편지」, 권정웅의 「백일홍」, 석윤기의 「행복」, 리병수의 「령북땅」 등을 들 수 있다.

---

1) 박종원·류만, 『조선문학개관』 Ⅱ, 사회과학출판사, 1986(인동 재간행, 1998), p. 251.
2) 같은 책, p. 324.

1967년 이후 주체사상화를 앞당기기 위한 투쟁 시기의 소설은 우선 김일성을 중심으로 한 혁명 전통의 계승과 북한문학의 3대 고전으로 불리는 『피바다』『한 자위단원의 운명』『꽃파는 처녀』등의 재창작에 대한 열정으로 시작된다. 이 3대 고전은 김일성 주체사상과 혁명문예사상이 완벽하게 구현된 고전적 모범에 해당하며[3] 평범한 민중적 인물이 어려운 현실 속에서 혁명 의식화해가는 과정을 그리고 있다.

아울러 수령 형상의 창조가 1967년 주체사상이 확립된 이후 본격적으로 시작되며,[4] 이 무렵에 결성된 '4·15문학창작단'을 중심으로 김일성의 일대기를 장편소설 총서로 간행하는 '불멸의 력사' 시리즈가 시작된다. 이 시리즈의 각각의 소설들은, 김일성이 소년 시절부터 시작하여 '혁명적이고 영웅적인 활약'을 벌여온 과정을 각각 한 부분씩 나누어 기술한다.

이는 북한 문예이론의 혁명적 수령관이 소설 작품에 총체적으로 적용된 경우이다. 동시에 이 시기 소설의 수령형상문학은 이후 북한소설의 경향을 지배하는 움직일 수 없는 기준이 되며, 1980년대 이후의 현실 주제문학도 궁극적으로 이 범주를 벗어나지는 못하게 된다.

북한문학 자체의 문학적 상황이 이러할 때 같은 시기 남한의 5·16군사쿠데타와 유신체제, 그리고 박정희 군사독재에 대한 북한문학의 반응은, 주체사상과 주체문학의 내부적 질서를 견고히 하는 한편 인민들의 여론을 정권에 유리하도록 유도하고 대남 등 대외 관계에 있어서 기선을 잡기 위해서도 공격 일변도가 될 수밖에 없었다. 그 구체적 양상은

---

3) 같은 책, p. 278.
4) 권정운의 『력사의 자취』, 석윤기의 『눈석이』 등이 그 시발에 해당함.

다음 절에서 살펴보게 될 것이다.

(2) 1980년 이후의 북한문학 변화 양상

1980년 이후 북한문학은 철저히 주체사상에 입각한 문예이론에 의해 지배되고 있다. 당성을 중심축으로 인민성과 노동계급성이 바탕을 이루고, 이를 통해 인민의 자주성과 애국주의적 내용이 기본 주제가 된다. 따라서 반동부르주아문학과 종파주의로부터 북한 특유의 사회주의 이념을 보호하며 반자본주의 및 반제국주의 노선을 견지하면서 통일시대를 내다보는 문학관을 수립하고 있다.

그런데 1980년대 들어 점진적으로 부각되기 시작한 '현실주제문학'은, 사회주의적 문예 창작의 지침으로서 확고한 지위를 누리던 영웅적 인물의 형상화로부터 일상생활 속에서 평범하고 진실한 인물을 그리는 '숨은 영웅 찾기'로 그 방향성의 변화를 보이게 되었다. 이를 북한식 표현으로 말하자면 개성과 철학적 심도를 지닌 '사상예술성'의 창작이 나타나는 것이다. 전체적으로 1980년대 이후의 북한문학은 주체문학론의 주류와 부수적 현실주제문학론이 공존하는 형태로 드러나고 있다.

북한문학에서 주체문학의 대표적 유형이 송가시이며 그 시작은 김일성에서부터 비롯되는 것이지만, 1980년대에 들어와서 김정일에 대한 송가시가 김일성과 대등한 편수를 보이다가 1990년대에 이르러서는 양적 질적 팽창을 보인다. 대표적 작품으로는 정서촌의 「조선의 영광」, 전병구의 「정일봉의 해맞이」, 백하의 「하늘에 새긴 글발」, 구희철의 「귀틀집 생가에서」, 한찬보의 「김일성 장군 만세」, 강명학의 「수령님은 우리의 김일성 동지」, 최창남의 「태양만이 보이는 언덕」 등을 들 수 있다.

1980년 이후의 북한소설은 그 주제에 따라 크게 두 갈래로 나눌 수 있다. 하나는 역시 시에서와 마찬가지로 주체문학의 큰 흐름이며, 이는 김일성을 대상으로 한 '불멸의 력사' 시리즈와 김정일을 대상으로 한 '불멸의 향도' 시리즈가 주축이 된다. 다른 하나는 사회주의 현실주제문학으로서 이는 1980년대 들어 처음 나타나기 시작하는 경향이며 세대 간의 갈등, 부부 간의 갈등 및 여성의 사회 활동을 둘러싼 갈등, 경제 문제와 관련된 갈등, 통일주제문학 등을 대표적인 관심사로 하게 된다.

이 가운데 통일 주제문학은 전통적으로 반미투쟁으로부터 출발[5]하는 것인데, 1990년대 이후에는 북한 인물들이 겪은 분단 현실을 다룬 작품이 점점 많아지고 있다. 이를 주제별로 구분해보면, 분단 현실에서 북한 사람들이 겪는 문제를 다룬 작품으로 리화의 「옛말처럼」, 이산가족의 아픔을 다룬 작품으로 김대성의 「상승」, 해외동포의 현실을 다룬 작품으로 설진기의 「조국과의 상봉」이 있으며, 반미투쟁을 주제로 한 작품으로 남대현의 「광주의 새벽」, 남한의 방북 사건을 다룬 작품으로 리종렬의 「산제비」 등을 들 수 있다.

이 시기의 작품들을 종합해보면 작가들의 예술적 기량이 성숙되고 있음을 알 수 있으나 결말의 도식성 등 여전히 극복하기 어려운 한계를 발견하게 된다. 그러나 '숨은 영웅'의 등장이나 긍정적 인물 및 부정적 인물의 갈등 구조 등은 지금껏 북한문학에서 볼 수 없던 것으로 향후의 문학적 전개와 더불어 주의 깊은 관찰을 필요로 한다 하겠다.

1980년대 이후의 북한문학이 이와 같은 변화의 양상, 다시 말하면 지금까지 북한문학에서 도저히 볼 수 없었고, 미세하지만 명료한 변화 양상을 보이고 있음에도 불구하고 남한의 역사적 사건을 바라보는 시

---

5) 박영태, 「반미투쟁을 주제로 한 소설을 더 많이 창작하자」, 『조선문학』 1986년 3월호.

각에는 과거의 그것과 하등 다를 바가 없었다. 물론 5·18광주민주화운동과 6·15남북공동선언은 그 사건의 성격과 북한과의 관련성에 있어 큰 편차를 가지고 있으므로 문학적 묘사 또는 서술의 운용에 외형적 차이를 나타내기 마련이다.

하지만 사상성에 있어서 남한보다 비교 우위를 점유해야 하고, 남북관계를 유리하게 이끌려 하는 문학의 선도적 상징적 기능을 활용하려는 시도에 있어서는 과거와 다를 바가 없다는 뜻이다. 이 문제는 앞으로도 남북한문학의 접속 면적 및 상관성에 관한 비교 연구를 수행할 때, 중요한 시사점이 되리라 본다.

3. 남한 체제에 대한 북한문학의 비판 양상

⑴ 제3공화국 체제와 동류의 모순을 내보인 비판

1960년대는 남북한 모두에 있어 과거와는 다른, 자기 체제의 새로운 변화를 유발한 시기이다. 남한의 경우 초반에 있었던 4·19혁명이나 5·16 군사쿠데타를 거쳐, 그 중반부터 수출 드라이브를 앞세운 경제개발계획이 본격적으로 시작되었다. 국가적 자력갱생을 위한 도전과 세계 자본주의 시장에의 종속이 동전의 앞뒷면처럼 함께 시발된 이 상황을 두고 북한은 '신식민지종속국가'로 폄하하고 비판하는 데 초점을 맞추게 된다.

이와 같은 북한의 관점은 제3공화국 군사정권의 친미 정책과 한일협정, 곧 북한이 적대시하는 열강과의 우호선린 관계를 추구하는 정책 방향에 대한 비판이면서, 동시에 1967년을 기점으로 한 주체사상 및 주체문학의 확립에 근거한 주의주장이기도 하다. 북한은 1967년 '조선노동 당 제4기 15차 전원대회'를 통해 주체문학을 국가적 강령으로 채택하기에 이르는데, 이는 그 내용에 있어서는 김일성의 가계·행적과 위대성·영도력을 철저히 뒷받침하는 '수령형상문학'의 다른 이름일 뿐이다.

이로부터 시작된 남북한의 서로 다른 체제는, 세계 단일민족 역사상 가장 골이 깊은 대립 구도를 형성하면서 정치·경제 등 모든 분야에서 무한 경쟁에 돌입하게 된다. 두 체제가 모두 국민의 기본권을 제한하고 독재적 정권을 운용하면서 각기의 정치·경제적 목표를 추구해나갔는데, 그 점에 있어서는 서로 동류의 성격을 가졌을 뿐 아니라 상대방의 존재가 자기 정권의 존립의 정당성을 변호하는 닮은꼴의 존재 양식을 보여주기에 이른다. 말하자면 내용에 있어서 가장 적대적이면서 형식에 있어서 여러모로 유사한 세기적 모순의 현장을 매설하게 되었다는 뜻이다.

문학에 있어서도 교조적 성격이 강한 북한문학은 자연히 남한의 체제와 사회적 사건들에 대한 비판이 강화되고, 이는 1967년 이후가 더 많아진다. 동시에 과거사에 대한 재평가도 이루어져, 안함광 등이 '혁명적 프롤레타리아'의 '조선민족해방투쟁'으로 칭송하던 3·1운동[6]을 평가절하하고, 김일성의 '항일혁명투쟁'을 마치 건국신화처럼 격상시키고 있다.[7] 이는 북한 정권이 스스로의 존립 기반을 공고히 하기 위한 노선의 선택이며, 그와 같은 입지 위에서 남한의 4·19혁명을 찬양하고 이를 남한에서의 혁명전통 수립과 인민들을 체제 반대 세력으로 선동할 수 있

---

6) 안함광, 『조선문학사』, 연변교육출판사, 1956. p. 178.
7) 노희준, 「1990년대 『조선문학사』의 현대문학 서술체계와 방법론」, 『북한문학의 이해』 2, 청 동거울, 2002, pp. 131~36.

는 계기로 받아들였던 것이다.

『조선문학』을 비롯하여 북한의 문학 작품이 실린 문예지들은 남한의 사회 체제에 대한 비판의 소재를 매우 다양한 방법으로 여러 곳에서 거두어들였다. 학교, 군대, 농촌, 어촌, 공사 현장 등 남한 사회의 제도적 경제적 모순을 민중의 빈핍한 삶을 통해 보여줄 수 있는 곳은 모두 동원하는 형국이다. 물론 이 시기 북한문학의 비판적 내용들이 전혀 사실과 거리가 먼 것은 아니다. 그러나 이러한 형편은 북한 사회도 마찬가지이고, 경제 문제에 관한 비교론적 비판보다는 윤리적 우위를 내세우는 것이 오히려 더 효율적이라는 인식이 형성되면서 한일협정 등의 사건이 중심 과녁이 되었다.

북한문학의 주체적 시각에 의하면 한일협정은 굴욕적 역사 청산의 시도였으며 매판적 민족 반역의 성격을 지닌 만행에 해당하는 것이었다. 박종상의 「하늬바람」[8]은 다도해의 어촌을 배경으로 어부들의 궁핍한 생활과 일본 어선의 침범 및 남한 경찰의 무능을 내세우면서 이에 대비되는 북한 사회의 '천국'과 같은 모습을 보여준다. 소설은 북쪽으로 간 어민들이 '일제 재침 책동'과 '매국매족적인 한일협정'을 분쇄하고 '위대하신 김일성 수상님'을 모시고 그렇게 살아봐야 할 것이라는 결의에까지 도달한다. 여기에서의 하늬바람은 '북쪽에서 불어오는 희망의 바람'이다.

최국영의 「삶의 길」[9]은 한 제조 공장의 노동 현장을 배경으로 '미국놈들이 떠들어대는 허울좋은 원조'가 '남조선의 경제를 완전히 틀어쥐

---

8) 박종상, 「하늬바람」, 『조선문학』 1970년 5월호.
9) 최국영, 「삶의 길」, 『조선문학』 1965년 10월호.

고 예속과 침략의 발판을 다져 가려는 흉악한 목적'이라는 악의적 등식의 수립에서 출발한다. 여기에 침투한 영준이 일제의 재침 책동을 분쇄하고 한일회담을 저지하자고 선동하는 획일적 방향성을 드러내는 소설이다.

그런가 하면 오선학의 「그 길에 노을이 비긴다」[10]는 군대를 배경으로 하여 남한 체제의 모순을 고발하는 형식을 취한다. 일선 중대에 배속된 미군 고문의 모욕과 횡포, 물자와 식량의 부족, 사단장·대대장 등 지휘관들의 비리 등을 나열하고 서울에서 일어난 '난리'를 진압하기 위한 '서울 출동'을 거부하는 병사들의 이야기를 그렸다.

이 난리가 무엇인지 적시되어 있지도 않거니와, 오로지 비판을 위한 비판으로 짜인 소설로서 당시 북한문학의 대남 인식이 어떤 수준이었는가를 확인하게 한다. 이 시기의 다른 작품들, 조성호의 「총소리가 울려퍼진다」[11]와 김영근의 「별들이 흐른다」[12] 등도, 그 창작 시기와 소설 내부의 이야기를 견주어볼 때 한일회담에 대한 비판과 '미제와 박정희 괴뢰도당'에 대한 적개심을 내세우고 있지만, 당대의 남북관계 현실과 전혀 동떨어진 담화를 생산하고 있다. 이는 이 시기 북한문학이 남한 체제와 관련된 지각 및 역할을 어떤 수준으로 갖고 있었는가를 말해주는 사례에 해당된다.

(2) 5·18광주민주화운동과 문학의 정치화에 함몰된 비판

5·18광주민주화운동은, 기실 이 이름을 확보하는 데도 오랜 시일이

---

10) 오선학, 「그 길에 노을이 비긴다」, 『조선문학』 1966년 2월호.
11) 조성호, 「총소리가 울려퍼진다」, 『조선문학』 1968년 6월호.
12) 김영근, 「별들이 흐른다」, 『조선문학』 1970년 5월호.

걸렸고 당초에는 '광주사태'라는 명칭으로 통용되었다. 그만큼 남한의 현대사에 있어 가장 충격적이고 치유가 어려운 사건이었으며, 남한 사회의 동시대 정권에 대한 민심 이반은 물론 북한과 북한문학에서 남한의 체제를 비판하고 공격하여 문학을 통한 정치 쟁점화를 도모하기에는 더 없는 호재로 기능했다. 역사적 시기의 흐름에 따라 북한문학이 여러 유형으로 대남 비방의 기치를 올릴 기회를 확보하려 했을 때, 자국 군대에 의한 인민의 대량 살상이라는 이 사건보다 더 입맛에 맞는 경우를 발견하기는 어려웠을 터이다.

북한 문예당국의 지침에 따라 북한문학이 김일성의 혁명전통과 과업, 사회주의 건설의 의지와 위업, 남한 현실의 피폐와 미제의 침략, 수령의 영도에 의한 적화통일의 완성 등을 형상화할 때, 이 사건은 여러모로 적절한 소재로 활용될 수 있었다. 또한 이는 남한의 체제를 비판하고 북한 정권의 비교 우위를 확고히 주장할 수 있는 동시에, 북한 체제 내부 결속을 다지는 데도 유익한 형편이었다. 만약 1950년대처럼 사회주의 원론에 대한 지지가 중심 줄기가 되어 있었다면 자기 체제의 우월성에 대한 논리가 앞섰겠지만, 주체사상과 주체문학의 확립 이후에는 모든 논리가 궁극적으로 김일성 수령의 영도력에 연계되는 특정한 경향을 나타내게 된다.

시에 있어서는 남한의 지배체제와 정권에 대한 원색적 비난이 주류를 이루고, 그처럼 역사의 질곡 아래에 있는 남조선을 해방시킴으로써 민족적 소명을 다하기 위하여 불퇴전의 의지와 '어버이 수령'을 추앙하는 결속력으로 전진해나갈 것을 직접적으로 발화한다. 이때의 시는 미학적 차원에 있어 선전 삐라의 격정적 문구 수준을 벗어나지는 못하지만, 그것이 당대 북한문학이 보인 불변의 실상이었던 것이다. 남한의 문학에서 5·18광주민주화운동을 다룬 시들이 그 비극적 역사의 진실을 구명하려는 노력에 중점을 둔 것과는 문학적 지향점 자체가 판이하게 나타나고 있다.

1980년대에 발표된 북한문학의 '광주'를 다룬 시들은 림호관의 「광주의 꽃」(1980), 문재건의 「광주의 얼」(1986), 김영근의 「광주는 솟아있다」(1987) 등이 있고 1990년대에 발표된 시들은 박원종의 「광주 사람들 문을 걸지 않는다」(1990), 문성락의 「광주의 5월」(1991), 장혜명의 「투쟁의 도시 광주에」(1991), 류항모의 「5월」(1993), 고호길의 「5월의 광주여」(1994) 등을 들 수 있다.[13] 이들 시에서 남한의 체제는 '흉악무도한 파쑈의 광풍'이 되고, 투쟁하는 민중은 '붉은 잎사귀'로서 '불꽃이 되어 격문이 되어' 온 세상을 날리는 것으로 묘사된다.

소설의 경우는 구체적 이야기 구조에 따라 서술해야 하는 그 장르의 특성상 시와 같은 순발력과 기동력으로 직설적인 언표를 내세우기는 어려우나, 전반적인 이야기의 흐름과 종결에 있어서는 시와 전혀 다를 바 없는 인식의 기조를 유지하고 있으며 이는 곧 북한 문예당국의 지침이 두 장르에 걸쳐 조금도 어김없이 적용되고 있음을 반증한다. 1980년대에 발표된 소설 작품으로 이러한 성격을 잘 드러내는 것으로는 남대현의 「광주의 새벽」(1980), 고병삼의 「미완성 조각」(1983) 등이 있고 1990년대의 작품으로는 최승칠의 「함정」(1998) 등을 들 수 있다.

고병삼의 「미완성 조각」은, 5·18광주민주화운동을 직접 체험한 두 인물, '혜경'과 '영걸'이라는 주인공을 제시하고, 이들이 바람직한 목표에 신념을 두고 죽음을 선택하는 극단의 항쟁 의지를 부각시킨다. 이때

---

13) 김종회 편, 『북한문학의 이해』 1·2권 등 참조.

민중적 열망인 민주화는 남한 체제 전복 시도의 다른 표현이 된다. 상황이 이렇게 되면 거기에는 민주화의 전제 조건이 되어야 하는 인간애나 인간다움, 죽음에 대한 실존적 감각이나 그 가치에 대한 정당한 평가 등이 모두 실종되고 만다. 오직 북한식 사고와 행위의 전범, 그리고 그 과실을 수령에게 바치는 충성심이 최종의 목표로 남는다. 여기에서도 북한문학은 남한 체제에 대한 비판과 북한 체제의 결속이라는 두 과제를 동시에 추구한다.

최승칠의 「함정」도 제재와 접근 방식은 다소 다르나, 전체적인 소설적 형상화의 목표와 방식은 앞서의 작품들과 하등 다를 바 없다. 소설에서 '문상기'라는 인물은 동생을 찾으러 광주에 갔다가 폭도로 오해를 받고 마침내 죽음에 이르게 된다. '문상기'는 죽음에 이르기 전 갇혀 있는 동안 '주체사상 신봉자'의 영향을 받고 주체사상을 수용하게 된다. 자신이 광주 사람도 폭도도 아니면서 억울하게 죽음을 당하게 되지만, 이 항쟁에는 구경꾼이 따로 있을 수 없다는 인식에 도달하는, 요컨대 의식의 환골탈태를 체현해 보인다. 여기서도 남한과 북한의 체제, 미제국주의와 주체사상이 예각적으로 대비되어 있으며 각기 후자의 우월성을 이야기 구조를 통해 강변하고 있다.

그런데 그 '강변'이 객관적으로 납득되지 않을 때에는, 그것 자체가 스스로의 논리가 가진 맹점을 드러내는 '함정'이 된다는 사실을 간과하고 있는 것이다. 여기에 북한문학 일반이 당착하고 있는 한계가 있고, 그것이 앞으로 남북한 문화통합에 대한 논의나 통합문학사 작성에 관한 구체적 사안들이 추진될 때에는 강력한 장애로 부상할 것이라는 예측을 가능하게 한다.

(3) 6·15남북공동선언과 변화의 양면성을 노정한 비판

6·15남북공동선언은 김대중 전 대통령과 김정일 국방위원장이 2000년 6월 13일에서 15일까지 평양에서 화해와 협력, 조국의 통일을 위해 뜻을 함께하고 내놓은 분단 사상 최초의 양 체제 정상회담 선언문이다. 해방 이래 반세기가 경과하도록 남북 양 체제가 민족의 장래에 대한 책임 있는 당국자의 직접적 협의를 봉쇄하고 있었다는 역사 현실에 대입해보면, 이는 세기적 사건의 하나라 할 수 있다. 이 선언을 계기로 남북 간의 정치·경제·사회적 측면은 물론, 문화·문학에 있어서도 많은 변화와 반성이 일어났다.

통칭 1천만에 달하는 남북 이산가족 문제 해소의 지속적 추진, 동해의 금강산 관광을 비롯한 인적·물적 자원의 교류, 학술·문화·스포츠 교류 등 다방면에 걸친 남북 간 직접 대화의 활성화 등이 진척되고 국제사회의 평판에 있어서도 긍정적 결과를 추수할 수 있는 대목이 많았다. 이에 반응한 북한문학의 표현도 '경애하는 지도자 김정일 장군님'의 영도력을 중심으로 남북관계가 개선의 길을 걸었다고 보는 만큼 그 진척에 대한 찬양을 내놓았고, 특히 남북한 인적 교류와 관련하여 비전향 장기수 문제에 있어서는 여전히 체제 우월적 요소를 발견하고 이를 과대 포장하는 '특수(特需)'를 누렸다. 그만큼 남북관계의 개선은 결과적으로 북한 체제의 실익에 연계되어야 한다는 양면의 가면을 벗을 수 없었다는 것이다.

6·15남북공동선언이 있은 후 3년 만에 쓰어진 북한의 문예이론가 류만의 글 「시인은 누구나 시를 쓰고 있다. 그러나…(3)」[14]에서는, 시에 있

---

14) 류만, 「시인은 누구나 시를 쓰고 있다. 그러나…(3)」, 『조선문학』 2003년 1월호, p. 55.

어서 '서정의 다양성'을 강조하고 이를 앞서 언급한 비전향 장기수 문제를 다룬 시들에 연계하여 설명한다. 여기서 대상으로 한 시는 오영재의 「한 비전향 장기수에게」[15]이며, 실제로 남한의 감옥에서 영어의 몸으로 살았던 이들에 대한 찬사인 만큼 그 양심·순수성·인내와 정신의 아름다움이 깊은 사색과 함께 형상화되었다고 평가했다. 이는 그가 시의 다양성을 '형식의 다양성'과 구분하여 사뭇 변화된 시론을 피력하여 한 것이나, 결과적으로는 기존 북한문학의 논리적 잣대를 거의 바꾸어 쓰지 못했다.

그러나 6·15남북공동선언 그 자체에 대한 직접적인 문학의 언급에 있어서는 "6·15북남공동선언은 통일성업의 대진군길에서 커다란 전변으로 이러한 새 세기의 벅찬 환경은 통일 주체 문학 작품의 활발한 창작을 요구"[16]한다는 주장을 내놓고 있고, 실제의 시 창작에 있어서도 그러하다. 그리하여 2002년 『조선문학』에 실린 오영재의 「6·15는 밝은 달 ── 6월 15일 5월 단오날 금강산에서」에서 볼 수 있듯, "빛나는 새 아침 밝아오고 통일의 해님은 누리를 밝히리라"는 희망적 미래를 담아낸다. 또한 2005년 『청년문학』에 실린 하복철의 「아이들이 렬차를 바래운다」에서도, 아이들을 시 속에 등장시키며 "6·15북남공동선언에 따라 우리 민족끼리 힘 합쳐 열어제끼자"고 제안하고 있다.

이와 같은 북한문학의 환경과 태도 변화는 기실 간단한 문제가 아니다. 6·15남북공동선언이라는 역사적 전기(轉機)가 개재되어 있다 할지라도, 실상은 북한문학 내부에서 1980년대 초반부터 꾸준히 제기되어

---

15) 오영재, 「한 비전향 장기수에게」, 『조선문학』 2001년 5월호.
16) 김광철, 「조국통일 주제 시문학 창작과 시적 체험」, 『청년문학』 2003년 8월호, pp. 56~58.

온 사회주의 현실주제문학의 결과가 이 시기에 와서 일종의 개화(開花)를 한 것으로 보아야 온당할 것이다. 물론 북한문학의 주류는 이때에도 여전히 주체문학론이며, 부수적으로 맥락이 이어져오던 현실주제가 그 축적된 면목을 드러낸 것으로 해석할 수 있다. 이 경우 주체문학과 현실주제문학은 스스로 종속적 관계를 유지하고 있으므로 내부적으로는 상충의 외양을 나타내지 않으나, 남한 체제에 대한 태도에 있어서는 여전히 과거의 양면성을 드러낼 수밖에 없는 구조이다.

이러한 북한문학의 대남관계 변화는 어쨌거나 분단 현실에 대한, 그리고 그것을 넘어서고자 하는 남북한의 공통된 인식과 노력이 반영된 측면이 있다. 그리고 이는 앞으로의 역사 과정에 있어서도 남북한이 함께 노력해나가야 할 당위적 과제에 해당된다. 2003년에 간행된 남대현의 장편소설 『통일련가』[17]는, 비전향 장기수 고광인 씨의 삶을 다루면서 그 나름대로 민족적 장래에 대한 문학적 견해를 내놓은 작품이다. 이 소설은 남북한의 현실을 비교적 객관적으로 다루려 한 균형 감각의 흔적이 남아 있어 주목을 요한다. 남대현은 북한 사회에 있어서 청춘 남녀들의 사랑을 소설로 쓴, 1987년의 『청춘송가』로 널리 알려진 작가이다.

이 소설에서 형상화의 대상이 된 고광인은 '고광'이라는 이름으로 명호를 바꾸어 달고 등장한다. 그의 파란만장한 일생은 곧 한반도의 근대사와 남북한 관계사와 그 굴곡을 같이한다. 그런데 이러한 문학적 서술의 상황은, 그동안 남한에서 분단 현실을 소재로 소설을 써온 여러 작가들의 작품에서 쉽사리 목도할 수 있었던 광경이다. 한반도에서 함께 역사 과정을 나눈 작가들이 이러한 제재의 동일성에만 합일할 수 있어

---

17) 남대현, 『통일련가』, 문학예술출판사, 2003.

도, 소설을 통한 문화통합의 미래에 하나의 기반을 마련할 수도 있을 것이다.

남대현은 북한문학에서 사랑 이야기를 선도해온 작가답게 여기서도 '고광'과 '희애'의 기구한 사랑을 '성애(性愛)'를 동반하여 매설한다. 이러한 북한문학의 변화, 그리고 홍석중의 『황진이』에 성애 장면이 등장하는 것만으로도 과잉반응을 일으키던 남한에서의 북한문학 관찰 방식을 겹친 꼴 눈길로 살펴보면, 6·15남북공동선언 이후 북한문학의 변화가 일정한 방향성을 갖고 진보해나갈 것이며 이에 남북한문학이 교호하고 소통할 수 있을 것이라는 상황 인식을 추수할 수 있다. 비록 그 변화에 대한 북한 문예당국의 대응이 양면적 태도를 유지한다 할지라도, 이미 한 발자국 앞으로 진전한 문화 및 문학 현상의 결정론적 과정을 되돌릴 수는 없을 것이다.

4. 마무리

이 글은 남한의 체제 및 역사적 사건들이 북한문학에 반영된 양상과 그러할 때 남북한문학의 상관성이 어떻게 형성되고 변화하는지를 구명하기 위해 쓰어졌다. 대상이 되는 주요 사건은 북한에서 주체사상과 주체문학이 확립되는 1960년대 이후로 하고 남북 간의 서로 다른 시각을 전제로 비교론적 관점, 양자의 경계에서의 접점 및 상관성 등을 유지하면서 논의를 전개했다. 먼저 이 시기에 있어 북한문학의 진행 과정과 작품의 실상을 주체문학 시기(1960~80년)와 현실주제문학 도입 시기(1980년 이후)로 나누어 살펴봄으로써, 논의의 바탕이 되는 북한문학

자체의 성격이 어떤 기조 위에 서 있는가를 확인했다. 이어서 남한의 역사적 사건에 대한 북한문학의 수용과 비판, 그리고 그 변화의 양상을 세 단계에 따라 분석해보았다.

4·19혁명 직후 사회적 혼란을 기화로 5·16군사쿠데타와 함께 집권한 박정희 정권과 제3공화국에 대해서는, 비난 일변도의 문학적 반응을 보였다. 특히 친미 정책과 한일협정에 관해 민족적 가치관을 매개로 한 부정적 인식이 주류를 이루었으며, 그 배경에는 북한의 체제 우월성 선전과 김일성 수령에 대한 충성 표현이라는 북한문학 고유의 목표가 함께 결부되어 있었다. 그러나 남과 북이 각기의 지역에서 '한국적 민주주의'나 '우리식 사회주의'라는 각기 독특한 '민주의 이름을 빈 독재' 정권을 운용하고 있었음을 염두에 둘 때, 서로가 '괴뢰정부'라고 비난하는 적대적 관계이면서 동시에 각기 독재 정권의 존립 근거가 되는 기묘한 모순에 당착하게 된다.

1980년 광주에서 발발한 5·18광주민주화운동은, 북한이 남한의 신군부정권을 비방하고 사회주의 체제의 정당성을 찬양할 수 있는 가장 유용한 기회였다. 북한문학은 이를 주요한 쟁점으로 삼아 문학의 정치화를 시도하면서, 북한문예이론의 '속도전 이론'을 적용한 신속한 대처의 모습을 보인다. 해방 직후에 있었던 '남조선 해방서사' 등은, 이러한 변혁적이고 비극적인 사건과 더불어 역사적 정당성을 담보하고 있다고 주장할 근거를 얻은 셈이다. 그러나 그 논리화 및 문학적 표현의 과정에 있어서는 '강변'과 견강부회가 앞서 목적문학의 한계를 여실히 드러낸 사례가 되었다.

2000년 남북 정상이 만나 이루어진, 그야말로 역사적인 6·15남북공동선언은 남북 간에 공히 분단시대의 새로운 전환을 구현해나갈 수 있는 계기였다. 하지만 북한문학은 여기에서 인간의 정신을 부양하는 문학의 본령을 지키기보다는 지도자에 대한 찬양과 북한 정책 당국이 설정한 방향을 문학적으로 재현하는 데 그쳤다. 물론 이는 북한문학의 근본적인 성격이 노정하는 한계이기도 하다. 그러나 1980년대 이래 그 명맥이 살아 있는 사회주의 현실 주제와 더불어 민족문제에 관한 서정적 접근이 가능해지고 표현 형식에 있어서도 과거와 다른 자유로움의 분위기가 감지되고 있어, 남북한문학 교류 또는 문화통합의 장래를 다시 내다보게 하는 측면이 있다.

이와 같은 연구는 엄밀한 의미에서 앞으로 도래할 남북한문학 공동연구의 미래를 바라보면서, 일종의 기반을 축조하고 도구를 부가하는 논리적 준비의 성격을 갖고 있다. 좀더 본격적으로 남북한문학의 작품을 중심으로 한 비교 연구 등이 수행되면, 이러한 기초 연구들이 제 몫을 확장하게 될 것이다. 그러한 방향성 아래 남북한에서 함께 읽고 연구할 수 있는 문학 작품, 곧 남북한에서 동시에 문학적 평가를 받고 있는 작품들에 대한 연구를 다음의 과제로 상정해둘 수 있다.

소설에 있어서는 홍명희의 『임꺽정』, 박태원의 『갑오농민전쟁』, 홍석중과 여러 남한 작가들의 『황진이』, 구인회 작가들의 작품과 통일지향의 소설 등이 대상이 될 수 있고 시에 있어서 정지용, 백석 등의 시와 박노해의 『노동의 새벽』을 비롯한 양자의 노동 문제에 관한 시 등이 우선적인 대상이 될 수 있을 것이다. 그러한 장기적 계획과 관련하여 판단해보자면, 남북한문학의 연구도 여러 가지 상황적 인과들이 얽혀 있는 남북관계 만큼 쉽지 않은 길이 될 터이지만, 그것이 분단시대의 질곡을 넘어서 통일시대의 민족적 과제를 해소해나가는 데 긴요한 디딤돌이 된다는 소명의식 또한 소중하다 하지 않을 수 없다.

참고문헌

김광철, 「조국통일 주제 시문학 창작과 시적 체험」, 『청년문학』 2003년 8월호.

김교섭, 『생활의 언덕』, 문예출판사, 1984.

김영근, 「별들이 흐른다」, 『조선문학』 1970년 5월호.

김종회 편, 『북한문학의 이해』 1, 청동거울, 1999.

────, 『북한문학의 이해』 2, 청동거울, 2002.

남대현, 『통일련가』, 문학예술출판사, 2003.

류 만, 「시인은 누구나 시를 쓰고 있다. 그러나…(3)」, 『조선문학』 2003년 1월
　　　호.

박영태, 「반미투쟁을 주제로 한 소설을 더 많이 창작하자」, 『조선문학』 1986년
　　　3월호.

박종상, 「하늬바람」, 『조선문학』 1970년 5월호.

박종원·류만, 『조선문학개관』 Ⅱ, 사회과학출판사, 1986(인동 재간행, 1998).

백남룡, 『벗』, 문예출판사, 1998.

안함광, 『조선문학사』, 연변교육출판사, 1956.

오선학, 「그 길에 노을이 비낀다」, 『조선문학』 1966년 2월호.

오영재, 「한 비전향 장기수에게」, 『조선문학』 2001년 5월호.

정 희, 「현실 주제소설문학에 형상된 우리 시대 청년 과학자, 기술자의 성격적
　　　특질」, 『조선어문』 1964년 4월호.

조성호, 「총소리가 울려퍼진다」, 『조선문학』 1968년 6월호.

최국영, 「삶의 길」, 『조선문학』 1965년 10월호.

분단시대에서 통일시대로의 이정표
─소설을 통해 본 6·25동란

1. 머리말

 '전쟁은 모든 악의 어머니이다' '전쟁은 인류를 괴롭히는 최대의 질병이다'와 같은 레토릭에는 전쟁의 참상과 그로 인한 고통스러운 삶의 체험이 배어 있다.

 6·25동란. 우리 민족사상 최대의 비극으로서 이 전쟁은 국가를 양분했다는 표층적 사실과 함께 동시대를 살고 있는 수많은 개인의 생애에 지울 수 없는 심혼의 상처를 안겨주었다. 문제는 이 상처의 그루터기가 '과거완료'의 사실이 아니라 지금도 내연하는 '현재진행형'이라는 점이다.

 외면적으로 한반도의 분단이 고착화된 것과 우리의 의식 체계 및 문화 관습에서 건강한 활력이 위축된 것은 결코 서로 떨어져 있는 별개의 항목이 아니다. 6·25가 한국 현대문학사를 관류하여 하나의 줄기를 이루는 소재가 되어온 것은, 그 여파의 자장이 여전히 우리 삶의 뿌리에까지 미치고 있기 때문이다. 작가들의 이에 대한 인식이야말로 해방 이후를 통할하는 용어로서의 분단시대에 있어 분단문학의 다양한 시도와 전개를 가능하게 한 원동력이라 할 터이다.

시대 현실에 반응하여 패배와 반항의 군상을 그린 전후소설들, 그리고 이데올로기와 인간성의 갈등에 관념적으로 접근한 소설들을 거쳐, 1970년대의 소설에 이르면 분단 문제가 소설의 주요한 주제로 등장하는 사정을 훨씬 상회하여 이 주제로 인하여 우리 소설이 일대 흥왕기를 맞게 된다.

전상국, 김원일, 윤흥길, 유재용, 하근찬, 홍성원, 한승원 등 주요한 작가들의 작품에서 6·25는 현실의 삶 속에 파고든 후유증의 진원, 유년 시절의 아프고도 잊을 수 없는 기억, 그리고 다시 점검되고 극복되어야 할 대상으로 형상화되었다. 1980년대로 들어와서는 이문열, 조정래, 김용성 등의 작가들이 본격적인 장편소설로 분단 문제에 접근했으며, 임철우, 양선규, 이창동 등 미체험 세대들의 시각이 주목의 대상이 되기도 했다.

이와 같은 흐름에서 우리는 '국가불행시인행(國家不幸詩人幸)'이라는 동양 고문의 경구처럼 6·25가 소설의 소재에 있어 중요한 보고(寶庫)가 되어왔고, 분단 이후 반세기를 헤아리는 세월의 경과가 문학을 체험에서 분리시켜 역사적 안목 아래 정리할 수 있는 시간상의 간격을 확보해주었음을 확인할 수 있다.

이러한 현상은 또한 남북 간 화해의 전망을 탐색해나갈 앞으로의 시대에서도 그러할 터이다. 남북한이 국토를 통일하고 문화를 통합하는 문제만큼 절실하게 우리 민족의 정신사를 압박하는 것이 없다고 한다면, 분단문학의 발전적 진행 단계야말로 민족사의 환부를 보살피는 작업이며, 직접적으로 밝은 해결의 길이 보이지 않더라도 꾸준하게 천착되어야 할 과제이다.

물론 문학이 이를 위해 구호나 행동을 앞세울 수는 없으며 그 해결의 가능성과 방안을 정신적 결정으로 응축하여 제시하는 데 그치겠지만, 이를 통해 우리 사회의 관심과 의욕을 환기하는 일은 곧 문학의 책무이기도 할 것이다. 이 글에서는 이토록 확고하게 우리 문학의 중심부를 점유하고 있는 분단문학의 개념적 성격과 이를 소재로 한 역작의 산출 가능성, 작품으로 나타난 구체적 실상과 그 형상화, 그리고 분단문학의 바람직한 진로 등에 관하여 살펴보려 한다.

2. 분단문학과 역작의 산출 가능성

'분단'이라는 말은 궁극적으로 '통일'이라는 말의 하위개념이다. 분단의 정치·경제·사회적 제반 상황을 논의할 때나 분단문학이라는 문화적 현상의 개념을 해석해 나아갈 때, 우리는 그것이 통일시대나 통일이 이루어진 이후의 문화 패턴이라는 당위적인 목표를 전제해두고 그에 이르는 과정상의 과제임을 묵시적으로 인정하고 들어간다.

분단된 조국의 비극을 언급할 때, 우리는 단순히 국토의 분단만을 말하지 않는다. 크게는 민족 동질성의 균열로부터 작게는 일상적 삶의 밑바닥까지 침투해 있는 쓰라린 고통에 이르기까지 끈질긴 멍에로 남아 있는 분단 상황의 극복을 전제하지 않고서는, 자유롭고 진취적인 민족적 진로를 그려보기가 불가능하다.

그럼에도 불구하고 그 극복이 오늘 내일의 일이 아님이 분명한 이상, 우리는 분단의 언덕을 넘어서 통일의 길로 시대사의 물줄기를 전이시켜 갈 정신적 단련을 구체적으로 제시해보는 데 게을러질 수 없는 처지에 있다. 오늘날 우리 분단문학이 서 있는 지평은 바로 이와 같은 숙제를 안고 선 자리라 해야 옳을 것이다.

분단문학이란 넓은 의미에서 분단시대에 산출된 모든 문학을 가리킨 다고 할 수 있으나, 좀더 정제된 의미에서는 민족의 분단 현실을 통일의 터전으로 끌어올리는 데 유익한 내면적 가치와 힘을 내포하고 있는 문 학을 지칭하는 것이어야 하겠다. 분단 상황이 야기한 온갖 고통과 절망 감을, 냉엄한 반성과 진취적 의욕의 촉발에로 변용시키는 순발력 및 추 진력이 분단문학의 바탕에 깔려 있어야 할 것이며, 그러할 때 문학은 국 적을 가진 문학이요, 대사회적 책무에 민감한 문학이라는 평가를 획득 하게 되리라 본다.

지금껏 사용해온 '분단문학'이란 용어는, 물론 문학이론에서 일반적 으로 사용하는 보편어가 아니다. 민족의 분단이 얼마나 뼈아픈 것인지 체험해보지 못한 나라의 문학인에게 있어서는, 이 용어가 생소하고 현 실감 없이 느껴질 수도 있을 것이다. 요컨대 분단문학이란 한반도를 비 롯하여 몇몇 특수한 지역에서 노정되었던 분단 역사와 그 시대상을 문 학적으로 반영하고 있는 특수한 문화 현상이다.

이와 같은 특수성이 자체적인 체험과 반응의 양식을 설명하는 데 머 물 때에는 한 특정한 문화의 개별성을 드러내는 데 그치겠지만, 문학적 형상력을 통하여 역사적 계기의 의미 공간과 공감의 영역을 넓혀나갈 때에는 좀더 확장된 보편성을 확보하게 된다. 이는 곧 우리 문학의 소재 적 측면에서 가장 큰 줄거리를 이루고 있는 분단 현실을 어떻게 형상화하여야 세계문학의 무대로 나아갈 발판이 마련될 수 있을 것이며, 그에 앞서 어떻게 특수한 상황의 주변성과 한계성을 극복할 수 있을 것인가라는 커다란 부피의 질문과 관련되어 있다.

작가가 현실적인 삶 가운데에서 겪게 되는 체험들을 어떻게 개성적으로 받아들이고 깊이 있는 감동을 수반하여 형상화하며, 또한 그러한 체험의 해석 방법이 어떻게 당대 사회의 진행 방향에 대한 논리적 설득력을 획득하느냐 하는 문제는, 곧 동시대 삶의 진실과 그 특성을 대변해주는 역작의 산출 가능성이 어떠한 기반 위에 있게 되는가를 말하는 일과 다르지 않다.

근대 이후 우리 한반도의 역사는 격렬한 변혁의 파고를 타고 흘러왔고, 그 주류를 이루는 것이 이제껏 논거한 동족상잔의 6·25동란이었으며 또 그로 인한 쓰라린 분단 상황이었다. 민족 구성원 안팎에서 익히 알고 있다시피, 분단은 그 시발에서부터 우리에게 하루아침에 주어진 재난이 아니었다.

미·소 양국의 군사적 편의주의가 국토를 분할해놓았다 하더라도, 근본적인 원인을 추적해 올라가면 결국 일제의 강압에 의한 병탄을 거쳐, 봉건사회에서 근대사회로 넘어오는 변혁기를 대처하는 범민족적 의식의 각성이나 순발력이 미약했다는 본질적인 문제와 마주치게 마련이다. 말하자면 우리 근대사 전체가 이미 비극적인 색조를 띠고 흘러왔고 그 연장선상에 오늘의 분단 현실이 배태되었다는 결과론적 설명이 가능하다.

이처럼 거시적인 관점으로 볼 때 근대사 전체의 성격과 유기적으로 맞물려 있으면서, 인간의 모든 갈등과 모순이 특징적으로 나타나는 전쟁 및 분단의 장면들을 실제로 체험해왔으면서도, 우리 문학사가『전쟁과 평화』 같은 세계 수준의 작품을 내놓지 못한 데는 여러 가지 이유가 있을 것이다.

그 가운데서 격변하는 역사철학적 계기나 구체적인 사상성의 문학화, 또는 이를 집약적으로 드러내는 문제적 개인의 전형성 확보에 미치지 못하였음을 우선적으로 지적할 수 있겠는데, 결과적으로는 앞서 언급한 강렬한 체험적 사실들을 문학화하는 형상력의 부족을 논거할 수밖에 없겠다.

물론 이와 같은 요구가 문학을 지나치게 도식화하는 일이라 간주하고 순문학의 토양을 진지하게 가꾸어나가기를 주장하는 작가들이 또다른 층운을 이루고 있기도 하지만, 우리 문학이 독자적인 입지 조건과 현실감각을 살려 세계문학의 무대로 나아가는 데 이르기 위해서는, 1950년대의 전후문학에서부터 2000년대의 이산문학까지의 분단문학 주류를 그 디딤돌로 삼지 않을 수 없는 형편에 있다.

사정이 이러하다면, 6·25동란이 당초 어떤 형태로 우리 문학 속에 나타나기 시작했고 어떤 과정을 거쳐 지금의 분단문학에 도달했으며, 아울러 앞으로 어떤 행로를 찾아야 할 것인가를 총체적으로 살펴보는 일의 중요함을 힘주어 말할 수 있을 터이다.

3. 작품의 실제와 그 형상력

전쟁이 문학의 소재로서 큰 비중을 차지하고 있음은 과거의 작품들 속에 얼마나 많이 반영되어 있으며 또 얼마나 많은 전쟁문학의 걸작들이 있는가를 통하여 가늠해볼 수 있다.

『일리아드』이래 헬레니즘의 전통을 이어온 서구 문화의 토대 위에서 질적 깊이와 양적 부피를 유지한 해외의 전쟁문학에 비추어, 우리의 전쟁문학이나 전후문학이 세계문학사의 지평 위에서 상대적 빈한함을 면하지 못하고 있음은 주지의 사실이다. 제1차 세계대전 이전 전쟁문학의 걸작은 역시 톨스토이의『전쟁과 평화』이다. 여기서 톨스토이는 스펙터클한 전쟁의 현장과 함께 러시아 귀족사회의 변환 과정, 그 가운데서 부침하는 개인의 삶과 사랑, 나아가서 나폴레옹 전쟁을 겪고 있는 러시아와 서구의 시대상을 그렸다.

제1차 세계대전을 거치면서 레마르크의『서부전선 이상 없다』, 헤밍웨이의『무기여 잘 있거라』, 바르뷔스의『포화』, 듀아메르의『순교자의 생활』등이 나왔고, 제2차 세계대전을 전후해서 어윈 쇼의『젊은 사자들』, 제임스 존스의『지상에서 영원으로』, 노먼 메일러의『나자와 사자』를 비롯한 좀더 많은 작품들이 나왔는데, 이 두 경우를 비교해볼 때 양적인 팽창이나 시기적으로 후반에 위치하는 것이 꼭 질적인 진보를 의미하지 않았다는 점은 지적해둘 필요가 있겠다.

우리의 근대문학 가운데 소위 전기소설로 불리는 많은 소설들은 거의 영웅열전이며 대개 전쟁 스토리를 상당 부분 함유하고 있는데, 따라서 전쟁문학의 시발을 어디서 잡을 것이냐 하는 의문이 생기게 된다. 또한 전쟁문학이 전쟁 중에 씌어진 문학이냐, 아니면 전후의 모든 상황 및 흔적들을 소재로 한 문학을 포함시킬 것이냐도 우선적으로 해결해야 할 문제이다. 여기서는 그러한 원론적인 질문들에 유의하면서 6·25를 중심으로 그와 관련된 소설들을 논의의 대상으로 상정하여 전쟁 당시로부터 오늘날에까지 이르는 문학사적 전개를 살펴보기로 하겠다.

6·25와 더불어 우리 문학은 일시적 공백 상태로 접어들었다. 이 전쟁

은 우리 문학사에 있어서 근대 이후에 겪는 큰 역사적 사건의 하나였으며, 정부의 부산 피난 다음부터는 '전시문학' 또는 '전쟁문학'의 촉발을 가져오게 하였다.

1951년 6월 부산에서 창간된 문예지 『신조(新潮)』의 '전시문학 12인집'에는 황순원의 「목숨」, 김동리의 「귀환장정」, 손소희의 「바다 위에서」, 김영수의 「군인댁」 등이 실려 있는데, 이와 같은 작품들과 모윤숙의 「국군은 죽어서 말한다」, 유치환의 「전선에서」 등 전쟁이 소강상태로 들어간 이후의 종군문학은 전시문학의 대표적인 것들이라 할 수 있다. 그리고 이 연장선상에 직접 전장에서 교전하는 상황을 다룬 작품은 아닐지라도 전쟁의 메커니즘을 문학적으로 비판하고 휴머니즘의 온기를 부각시킨 임옥인의 「월남전야」, 황순원의 『카인의 후예』 등을 놓을 수 있을 것이다.

전쟁이 종료되고 휴전협정이 체결된 이후에는 소위 전후문학의 시대가 열려 바야흐로 우리 문학은 또 하나의 흥륭기를 맞게 되는데 손창섭, 장용학, 이범선, 서기원, 선우휘, 이호철, 오상원 등 패배와 반항의 군상을 그린 작가들과 현대시연구회 '후반기' 동인들을 비롯, 이 시기의 거의 모든 시인들이 이 전후문학파에 해당된다.

이들 1950년대 작가들의 작품은 역사적, 시대적 조건을 예술적 여과 과정을 거쳐 수용할 만한 현실감각이나 정신적 여유를 확보하기 어려웠다. 그보다는 오히려 살아남기 위한 생존의 문제가 초미의 급무로 눈앞에 다가와 있었고, 당대의 특징적인 인간상을 그리는 데 급급하였다. 극도의 인간모멸과 자기비하의 세계를 표현한 손창섭의 소설, 실존적 한계 상황에 반응하는 사고와 행위의 양태를 부각시킨 장용학의 소설, 무너져가는 인간성에 대한 분노를 치열하게 반영하고 있는 선우휘의 소설 등을 통해 우리는 이를 어렵지 않게 알아차릴 수 있다.

전후문학 이후의 우리 문학은 실향문학, 이산문학에까지 이르는 변화 과정을 밟아가게 되는데, 근대사의 이 큰 격랑의 소용돌이를 디딤돌로 하여 상당한 변화와 발전을 이루었음을 부인할 수 없다.

전쟁의 여진이 점차 가라앉고 사회 각 부분과 계층이 안정을 찾기 시작하자, 1960년대에 접어들면서 문학은 전쟁의 의미를 이데올로기의 차원에서 재점검해보고 새로운 가치 정립의 방향 탐색을 해나가게 되었으며, 최인훈의 『광장』을 그 대표적 작품으로 논거할 수 있겠다. 아울러 김승옥, 서정인과 같은 작가들이 관념의 늪에서 사변적인 진술을 일삼던 문학적 경향에 감수성화라는 충격요법을 시도하였는데, 이와 같은 경로를 통해 우리 문학은 현실에 대한 직접적인 반응이라는 조건반사 작용으로부터 서서히 문학 본래의 위치를 찾아가게 되었다.

1970년대로 들어서면서 분단현실을 소재로 한 문학은 1950년대와 1960년대에 비해 하나의 분수령을 넘어서게 되는데, 그것은 전쟁으로부터 한 세대가 경과하기 시작하면서 그 파행의 역사가 던져준 의미를 보다 객관화시켜 바라볼 수 있는 시간적 간격이 확보되었기 때문이며, 따라서 전쟁 이후의 심각한 문제와 불투명한 미래의 진로에 대해 간접화법으로 말할 수 있게 되었기 때문이다. 김원일의 『노을』, 전상국의 「아베의 가족」, 윤흥길의 「장마」 등으로 대표되는 이 시대의 작품들은 산업화시대의 계층 간 갈등을 드러내는 일군의 작품들과 더불어 가히 소설시대의 개화를 이루었다고 말할 수 있다.

1980년대의 분단문학은 여러 가지 다양한 길을 모색해나갔다. 지금까지 남한에서의 상황에 국한하여 전개되던 소설의 스토리들이 남북을 오가며 그 무대를 설정하기 시작했고, 6·25를 이데올로기 대리전의 측면에서가 아니라 지배계급과 피지배계급 사이에 자생적으로 발화된 보복전의 양상으로 설명하려는 작품들이 나오게 되었으며, 그동안 금기시되어오던 좌익의 지식인을 주인공으로 하여 격심한 인간적 고통의 기록을 남기려 하는 소설이나 수기 들이 출간되어 베스트셀러라는 꼬리표를 달게 되었다.

또한 이를 장편 역사소설로 분량을 확대하여 그 역사적·시대적 의미 구조를 총체적으로 해명하려는 노력이 기존의 역량 있는 작가들을 통해 이루어지는가 하면, 6·25를 체험하지 못한 2, 3세들이 이를 보는 시각을 드러내거나 분단과 이산 이후의 후대 가족사를 기록하기 시작하였다. 또한 분단을 넘어서 통일 지향의 문학을 표방하는 작품들이 분단문학의 다양한 전개에 한 부분을 이루기도 하였다.

지금까지 우리가 분단문학을 살펴본 방식은 문학사를 10년 단위로 나누어 고찰하는 것이었는데, 근래의 문학사 기술에서 배격하고 있는 이 방식을 피하기는 기실 쉽지가 않다. 그것은 그 문학 산출자의 세대 문제에서 기인하기도 하고 또 분단 현실에 대응하는 우리 사회의 체제 변화와 상관되기도 한다. 1980년대 말 납·월북작가의 해금도 그 한 보기에 해당된다.

어쨌거나 1990년대를 넘어 2000년대로 들어선 이래 우리 분단문학이 안고 있는 가장 큰 과제는, 이제까지의 절름발이 문학사를 다시 쓰면서 남북 간의 문화통합을 통한 통일시대문학의 새로운 규범과 장정을 만들어가는 일이라 할 것이다. 분단 상황의 가파른 언덕을 넘어 민족의 동질성을 회복하고 끝내는 화합과 통일을 추구해가는 문화적 소명 업무를 다양하고 폭넓게 진행시켜나가야 한다.

4. 분단시대 소설의 나아갈 길

이상과 같은 시대사적 고찰 외에도 우리는 분단문학의 작품들을 항목별로 분류하여 살펴볼 수 있다. 6·25전후사를 직접적인 소재로 한 작품으로 김동리의 「흥남철수」, 선우휘의 「진혼」, 최인훈의 『광장』, 윤흥길의 「장마」, 유재용의 「누님의 초상」, 전상국의 『길』 등을 들 수 있다. 6·25 이후의 사회사와 관계된 작품으로 전상국의 「아베의 가족」, 윤흥길의 「무제」, 김용성의 『도둑일기』, 조정래의 『불놀이』, 임철우의 「아버지의 땅」 등을 예거할 수 있다.

또한 그 이전까지 볼 수 없었던 새로운 시각으로, 좌익을 주인공으로 하여 씌어진 소위 빨치산 소설로서 조정래의 『태백산맥』, 김원일의 『겨울 골짜기』, 이병주의 『지리산』 등을 들 수 있으며 북한을 작품의 무대로 등장시킨 이문열의 『영웅시대』와 김원일의 「환멸을 찾아서」가 있고 2세들의 아픈 체험을 도박판에 기대어 그린 이상문의 「마지막 한 판」과 같은 독특한 소설도 있다.

이상과 같은 작품들을 통독할 때 대략적으로 확인되는 것은, 인물의 형상화에 치중할 때 논리적 구조와 그 명징성이 허약해지는 경우, 이념적 결정론의 도그마가 선행되어 사회사적 인물의 부각과 전형화를 크게 제한하고 있는 경우, 그리고 단순히 가족사의 비극이나 개인적 차원의 통한을 표출시키는 데 그치고 있는 경우 등의 아쉬움이 앙금처럼 남아 있음을 느끼게 된다.

이러한 분류나 정의 자체도 물론 결정론적 평가에 치중될 위험성이 크고 작품들의 개별적 다양성을 간과하고 넘어가기 쉬울 터이다. 그것은 한정된 문면으로 이들 작품의 거개를 체계적으로 언급하기 어렵다는 점에서이기도 하고, 또 우리 작가들의 섣부른 문학적 선진화에 따른 기교와 형식 논리에의 치중이 '문학 속의 사상'을 미답의 상태로 남겨놓고 넘어갔기 때문이기도 할 것이다.

분단 상황, 즉 남북 간의 충돌 및 대치 현상을 소재로 하는 문학이 안고 있는 많은 제한규범에도 불구하고 분단문학의 걸작을 원하는 우리의 요구는, 그 어려움을 딛고 제 몫을 해낼 문학이 반드시 있어야겠다는 각성과 다르지 않다. 분단 60여 년에 이른 이 시대의 상황을 정확히 진단하고 진행 방향에 대한 예리한 통찰력을 보여주는 소설을 요구하기에, 우리 사회는 앞서 언급한 조건들 외에도 여러 문제를 안고 있다.

우선 분단의 정치적 상황이 반편의 문학을 강요하고 있고 내외 환경도 이를 자유롭게 다루지 못하게 한다. 그럼에도 불구하고 문학이라는 시각의 창을 통하여, 우리 민족의 삶 의식이 전쟁을 거치면서 어떤 형태로 걸러졌으며 그 참된 양상은 어떤 것이어야 할지, 또 남북 간의 인위적 장벽을 넘어서서 새로운 전범으로 확립될 이념과 도덕적 가치가 무엇이어야 할지 우리는 질문하지 않을 수 없다.

이는 문학의 고전주의적 교훈성이나 목적성을 앞세우는 '당의정 이론'과는 다른 것이며, 한국문학의 한계성 및 주변성의 극복이라는 진로 문제와 관계된다. 한 개인이 체험한 질곡이나 한 가족사의 굴절을 해명하는 데 그치는 것이 아니라 민족적 정신사의 행로를 밝혀주고 설득력 있는 감동을 남겨줄 분단문학 걸작에 대한 기대는, 분단된 한반도의 긴장과 갈등이 상존하는 한 계속적인 효용성의 탄력을 갖게 될 것이다.

지금까지의 논의를 토대로 할 때, 이제 '어떻게 해야 출중한 분단문학 작품을 얻을 수 있을 것인가'라는 질문에 대답해볼 필요를 느끼게 된다.

전쟁과 그 주변 문제를 다룬다는 사실은, '악의 묘사는 그 치료를 위해 있다'는 에밀 졸라의 자연주의 문학관에 의거해볼 때도 그 존재 이유가 명백해진다. 그러할 때 문인들이 그리스 독립전쟁에 참가하고 미국의 남북전쟁에 나가며 또 레지스탕스 작가들이 파시즘에 항거한 상황을 쉽게 상정해볼 수 있다. 단정컨대 호머 이래 전쟁문학에 나타난 비극성과 그 '공포와 연민'이 반전사상을 촉발시켜왔음은 틀림없는 일이다.

현재의 복잡다단해진 세계는 전쟁의 양상과 통상무기를 전면적으로 변화시켰으며 이에 반응하는 문학의 모습도 달라질 것임이 분명하지만, 전형적 서사 양식에 익숙한 우리가 지금 바라보는 전쟁문학–분단문학의 작품은 그러한 미래지향적 관점과는 걸맞지 않다. 요컨대 미래 세계의 전쟁 상황을 묘사하는 과학소설 같은 것이 우리의 검토 대상이 아니라는 의미이다.

이상과 같은 분단문학 논의를 기반으로 하여 여기서 척박한 모습인 채로 제기해보고자 하는 방향성의 문제들은 다음과 같다.

첫째로, 분단 상황이라는 우리만의 독특하고 강렬한 현실적 체험을 문학으로 변용시키는 서사적 형상력의 증폭작용이다. 한 편의 소설이 내면적으로 단단한 감화력을 갖추면서 외면적으로 균형 있는 방향감각을 내보일 수 있다면, 비록 그것이 한 단편소설이라 하더라도 우리 문학사에 분명한 존재 값을 매길 수 있게 될 것이다.

둘째로, 그와 같은 소설적 성과는 지금껏 우리가 논의해온 바에 비추어볼 때 시대적인 변혁의 기점이 되는 역사철학적 계기의 문학화와 이를 제대로 대변할 문제적 개인의 전형성 확보에 기댈 수밖에 없을 터인데, 이 지난한 과제가 분단 상황의 유전(流轉) 속에서 어느 정도 해결될 수 있다면 우리 문학은 그러한 소설적 인물의 인도를 따라 당당히 세계

문학의 무대로 나아갈 기반을 얻을 수도 있을 것이다.

셋째로, 시대와 사회의 현실을 보는 시각의 다양성이나 소설 구조상의 '낯설게 하기' 같은 것들이 단순한 기법상의 소격 효과를 노리는 데 그치는 것이 아니라, 거칠면 거친 대로 우리 삶의 진실을 체계적으로 드러내주고 일관된 사상성의 맥락을 짚는 도구가 되어야 한다는 사실이다.

예를 들면 3, 4세기 전에 우리 문학의 주된 흐름을 형성하던 유학의 정명주의(正名主義)는 한국적 리리시즘과 융합되어 시가문학 속에 파편화되어버렸는데, 오늘날 우리에게 가장 큰 문제로 떠올라 있는 이 힘겨운 분단 상황에 대한 가역반응이 부분적이고 산발적인 문제 제기의 형태로 미소화되지 않도록 절실한 정신적 질서와 가치 덕목으로 변용시켜 나가야 하리라 본다. 문학으로써 그와 같은 측면의 구체적 형상을 제시하는 노력을 기울임에 있어서는, 문학적 사상성의 확립과 이를 수용하는 문학적 용기(容器)의 개발이 동시적으로 이루어져야 할 터이다.

이러한 사항들이 우리 분단문학에 적용되어 확고한 모습을 드러내게 되면, 5천 년 역사를 통하여 축적된 문화적 역량이 분단문학을 통일시대의 새 면모를 갖춘 문학으로 끌어올리는 한편, 남북 간의 새로운 유화관계에 대한 전망을 내다보면서 민족사의 활로를 열어주는 소중한 예고의 장치로 기능할 수 있게 될 것이다.

4부

남북한에서 함께 읽는 작가 박태원

박태원 문학의 성격과 세계관

1. 머리말

　납·월북 작가들에 대한 해금과 더불어 박태원(朴泰遠)은 더 이상 낯설지 않은 우리 문학사의 한 주인공이 되었다. 많은 작품이 독자들의 손으로 전해졌고, 많은 평자들이 박태원을 연구했다. 그토록 많은 관심을 받았던 것은 박태원 문학이 가진 성격적 특성 때문이며, 박태원 개인의 일생이 고단했던 우리 근현대사의 모습을 압축적으로 보여주고 있기 때문이기도 하다.

　따라서 일제강점과 해방 그리고 한국전쟁과 분단으로 이어지는 우리 근현대사를 염두에 두지 않고서는 박태원에 대한 온당한 이해도 불가능하다. 이러한 산적한 과제 속에 위치한 것이 박태원의 문학이다.

　또한 박태원에 대한 이해의 선행 조건으로 1930년대에 대한 이해가 수반되어야 한다. 박태원이 문단에서 확고한 위치를 차지하기 시작한 것은 1933년 구인회에 가입하고부터이기 때문이다. 박태원과 구인회 중 어느 한쪽을 저버리고는 반쪽의 연구가 되기 십상이다.

박태원의 문학은 내용을 중시하던 프로문학에 대한 거부와 반발로부터 시작되어 예술 자체의 미적 형식을 추구하는 방향으로 발전되어갔다. 대표작으로 꼽을 수 있는『소설가 구보 씨의 일일』과『천변풍경』은 모두 이러한 배경을 통해 나타난 작품들이다.

그러나 이후 역사소설을 창작하는 변화 양상을 보이더니, 월북한 후에는 본격적으로 역사소설을 쓰기 시작했다.『갑오농민전쟁』이 그것이다. 이것을 범박하게 표현한다면 모더니즘에서 리얼리즘으로의 변화라고 할 수 있을 것이다.

하지만 박태원에게 있어 모더니즘에서 리얼리즘으로의 변화는 그렇게 간단한 문제가 아니다. 보기에 따라서는 매우 중요하고 근본적인 변화라고 할 수 있다. 그것은 작가의 세계관, 예술관, 인생관 전체와 관련된 문제이기도 하다. 가령 아래와 같은 두 편의 글을 살펴보면 이를 보다 확고하게 알 수 있다.

① 經妄된 數三評家들의 명명으로 나와 같은 사람은 기교파라는 렛텔이 붙어있는 모양이나 평가들은 혹 그들의 부실한 기억력을 위하여 간편하게 분류하여둘 필요상 그러하여도 容許되는 수가 있을지 모른다. 그러나 같은 작가들 중에 擧皆는 한참 當年에 프로작가라고 지칭하는 이들이지만 말에 궁하면 반드시 나와 같은 사람을 문장만 하느니 형식만 찾느니 기교만 중시 여기느니 하고, 그것만 내세우는 데는 너무나 어이가 없어 말도 하고 싶지 않다.

대체 君들은 그러한 말을 할 때 스스로 마음에 부끄러워하는 바가 없느냐? 작가로서 문장이 拙劣하고 형식이 미비하고 기교가 稚拙한 것보다 더 큰 비극이—아니 희극이 어디 또 있을 것이냐? 「그러나 내용이?」 대체 君들의 작품에 무슨 취할 만한 내용이 있다고 자부하는 것이냐?

설사 백보를 하여 참말 볼만한 것이 있다면 그러면 君들은 차라리 素材都賣商이라도 개업하는 것이 상책이리라. 소설은 제재만 가지고 결코 예술작품일 수는 없는 것이니까……

② 리조 철종 말년, 소위 '진주 우통'이라 불리우는 삼남 농민 폭동이 일어나기 한 해 전으로부터 고종 31년 갑오농민전쟁을 치른 뒤 을미년에 전봉준이 교수대의 이슬로 스러지기까지의 35년간을 취급하는 3부작 『갑오농민전쟁』의 완성은 진정 내게는 힘에 겨운 것이라 할밖에 없겠다.

그러나 나는 기어이 이 작품만은 써보고 싶었다. 해당 시기 봉건 지배층의 부패상, 조국과 인민에게 지은 가지가지의 죄악들 —그것을 분격에 끓는 붓끝으로 여지없이 폭로하고 싶었던 것이다. '병인양요' '임오군란' 특히는 '갑오농민전쟁'을 통해서 고도로 발양된 인민들의 숭고한 애국주의 사상을 내 필력이 미치는 데까지 찬양하고 싶었던 것이다. 그와 아울러 우리의 온갖 고상한 도덕적 품성들과 전래하는 미풍 양속 등등에 대해서 이야기해보고 싶었던 것이다.

①은 박태원이 구인회 활동을 하던 즈음인 1937년에 『조선일보』에 발표한 「내 예술에 대한 항변 — 작품과 비평가의 책임」이며, ②는 월북한 후인 1961년 『문학신문』에 발표한 「로동당 시대의 작가로서」이다.

이 두 편의 글은 작가로서의 박태원의 작품 세계와 문학관의 변화를 상징적이며 분명하게 보여주고 있다. ①에서 박태원은 프로문학 계열의 평자들의 편기교주의와 편형식주의에 대한 비판에 냉소를 보내며 오히려 프로문학의 편내용주의를 강하게 비판하고 있다. 내용만을 중시하는 프로문학 계열의 평자들에게 '소재도매상'이라도 하라며 소설은 제재만 가지고는 절대로 쓰일 수 없는 것이라고 날카로운 공격을 가하고 있다.

그러나 ②에서는 '봉건 지배층의 부패상, 조국과 인민에게 지은 가지가지의 죄악들 —그것을 분격에 끓는 붓끝으로 여지없이 폭로'하고 싶다며 창작열을 보이고 있다. 다시 말해 ②에서는 작품 자체의 미적 형식에 대한 고려에 중점을 두기보다는 '말하고자 하는 것' 즉 주제에 대한 명확한 인식을 바탕으로 한 소설을 쓰겠다는 의지를 밝히고 있는 것이다. 이 두 편의 글 사이의 간극을 밝히는 것이 박태원 문학의 핵심에 이르는 하나의 길이 될 수도 있을 것이다.

물론 이러한 질문에 대한 답변을 제시하기 위해서는 박태원 문학의 내적·외적 여건을 함께 고려해야 할 것이다. 즉, 창작자 자신의 내면 의식의 변화와 함께 창작의 외부적 환경의 변화를 숙고해야 하는 것이다.

따라서 박태원 생애를 추적하는 동시에 변모를 거듭하는 박태원 문학을 함께 고찰하는 것이 필요하다. 박태원의 생애에 대한 완벽한 실증적 고찰을 하기 어려운 분단 상황에서, 중간중간 빈 페이지로 남을 수밖에 없는 틈새는 박태원의 문학을 살펴보는 것을 통해 메워야 할 수밖에 없는 까닭에서이다.

이 글은 이와 같은 인식의 방식을 토대로 하여, 역사적이고 시대적인 상황 속에서 박태원 문학의 성격과 방향성 및 그 세계관을 고찰하게 될 것이다. 그리고 그것이 오늘날 우리가 박태원을 바라보고 또 연구하는 데 있어 어떻게 기층적 요소로 작용하게 되는가를 검토할 것이다.

2. 박태원 문학의 출발과 환경

박태원(泊太苑), 몽보(夢甫), 구보(仇甫)라는 필명으로 활동한 박태원은 1909년 1월 6일(음력 12월 7일) 서울 수중박골에서 태어났다. 수중박골은 지금의 종로구 수송동이며 당시의 행정구역상 명칭은 경성부(京城府) 다옥정(茶屋町)이다. 아버지 박용환(朴容桓)과 어머니 남양(南陽) 홍(洪) 씨의 4남 2녀 중 차남으로 태어난 박태원의 원래 이름은 점성(點星)이었다. 이는 등의 한쪽에 커다란 점이 있었기 때문이었다. 그 후 4년제인 경성사범부속보통학교에 입학하던 1918년에 태원으로 개명하였다.

박태원의 증조부인 박승진(朴承鎭)은 종9품인 장사랑(張仕郎)이었고 조부인 박두병(朴斗秉)은 구한말 시대의 각부에 있던 주임관인 참서관(參書官)이었으며 숙부인 박용남(朴容南)은 무임교관승통정(巫任敎官陞通政)을 지냈다. 이를 놓고 생각하면 박태원의 집안은 종9품의 말단이든 아니면 지금의 국장급인 참서관이든 간에 관직과 인연이 있는 집안이었던 것으로 보인다. 박태원의 집안은 조부 이전부터 서울 천변(川邊)에서 살았던 것으로 추측된다. 또한 박태원의 부친인 박용환은 공애당 약국(共愛堂藥局)을, 그리고 숙부인 박용남은 공애의원(共愛醫院)을 내고 있었다. 즉, 서양의학을 받아들여 그것을 생업으로 삼았던 것이다.

이와 같은 박태원의 가계를 살펴보면 우리는 중요한 두 가지 사실을 어렵지 않게 발견할 수 있다. 첫째는 박태원이 서울 토박이라는 점이며, 둘째는 박태원 일가의 계층적 위치가 중인이라는 점이다. 박태원의 대표작이라 할 수 있는 『천변풍경』과 『소설가 구보 씨의 일일』을 이해하기 위해서는 이러한 두 가지 배경이 먼저 고려되어야 할 것이다.

또한 중인이 조선 후기 실사구시, 이용후생의 실학사상을 바탕으로 봉건적 유교 풍습에 대한 비판과 개혁 그리고 새로운 문물의 수용과 현실 변혁에 앞장섰던 계층임을 고려해본다면, 내용 중심적인 당시의 문학 풍토에 대한 반발을 통해 새로운 형식과 낯선 예술적 기교를 드러내고자 했던 박태원 초기 문학의 이해에 대한 실마리를 얻을 수 있다.

> 박태원이 "당시 일본에서 유행하던 '河童'의 머리라고 해서 일본의 세계적 양화가인 藤田嗣治가 파리에서 이 머리를 해 가지고 동경에 와 銀座를 활보하였으므로 일본에서 크게 유행한 머리 스타일인 '갓빠' 머리로 시내를 활보해 유명하였다는 조용만의 회고는 그가 知性과 感性뿐만이 아니라, 외모까지도 얼마나 유행 감각에 민감했느냐 하는 것을 잘 대변해준다.[1]

앞의 글에서 확인할 수 있는 바와 같이 박태원은 비단 예술과 학문에서 뿐만이 아니라 실생활에서도 세련된 도시적 감수성을 보여주었다. 이는 머리 모양 하나에 대한 과도한 의미 부여가 아니다. 왜냐하면 유행에 민감하다는 것은 그만큼 새로운 문화에 대한 거부감이 없는 것으로 이해할 수 있기 때문이다.

식민지 상황이 고착되면서 일본을 거쳐 들어온 서구 문물이란 식민지 지식인에게 새로움 그 자체였다. 새로운 문화와 풍습에 대한 적극적 수용을 통해 자신의 문학적 방향을 설정하고 그것을 바탕으로 작품 창

---

1) 정현숙, 『박태원문학연구』, 국학자료원, 1993, p. 42.

작을 한 박태원의 문학적 뿌리의 한 면으로 이해할 수 있을 것이다.

박태원의 문학 수업의 시작은 이러한 환경적 조건과는 달리 춘향전, 「심청전」「소대성전」 등의 고소설이 바탕이 되었다. 취학 전 박태원에게 글을 가르쳐준 사람은 큰할아버지인 박규병(朴圭秉)으로 알려져 있다. 박규병은 일곱 살인 박태원에게 『천자문』과 『통감(通鑑)』을 가르쳤고 또 많은 이야기를 들려주었다. 그 후 어린 박태원은 앞서 열거한 고소설을 섭렵하기 시작한다. 이러한 독서 습관은 계속 이어져 회동서관이라는 서점에서 책을 빌려다 보기도 하고, 직접 돈을 주고 책을 사 와 글을 읽기도 했다고 한다.

이러한 박태원의 독서 습관을 유심히 지켜보고 그 재능을 키워준 이는 숙부 박용남과 고모 박용일이었다. 앞서 밝힌 바와 같이 박용남은 공애의원이라는 병원을 낸 의사이다. 또한 박용일 역시 신교육을 받은 교사였다. 박용남은 남다른 문학적 감수성을 내보이는 박태원을 당시 알고 있던 문인들에게 소개해주었다. 또한 박용일은 이광수의 부인인 허영숙(許英肅)과 친분이 있는 사이였다. 이 두 집안 어른을 통해 박태원은 이광수와 백화 양건식에게 문학 수업을 받았다.

나는 가만이 「默想錄禮讚」이라는 一文을 草하였다. 양 선생이 그것을 읽으시고 당시 花洞 꼭댁이에 있던 동아일보사에 보내시어 마침내 二回에 나누어 발표됨에 이르렀다. 다만 표제는 양 선생의 의견대로 〈一예찬〉을 〈一을 읽고〉로 고치었다. 아마 大正十五年의 일인 듯 싶거니와 어떻든 이것이 나로서 최초로 활자화된 글이다.

내가 춘원 선생의 문을 두드린 것은 아마 昭和 2년인가, 3년경의 일이 었던가 싶다. 두 번쩬가 세 번째 찾아뵈웠을 때 나는 두어 편의 소설과

백여 편의 서정시를 댁에 두고 왔다. 그 중 수편의 시와 한 편의 소설이 동아일보 지상에 발표되었다.[2]

이렇듯 박태원은 당대의 거장 문인들에게 자신의 작품을 내보이며 문인으로서의 출발을 시작했던 것이다. 이런 점에서 박태원은 불우한 어린 시절을 보내며 문학에 입문했던 당대의 여타 작가와는 다르다고 할 수 있다. 즉 비교적 유복한 가정에서, 집안 어른들의 보살핌과 문인들의 지도로 작가로서의 길을 조금씩 가고 있었던 것이다. 박태원은 제일고보 시절에 본격적인 문학 서적들을 읽었고, 또한 문인들과 함께 습작함으로써 작가로서의 긴 여정을 시작하게 되었다.

3. 식민지 지식인의 일상 표현, 그 형성기의 풍경

공식적인 지면을 통해 활자화된 박태원의 첫번째 작품은 경성제일공립보통학교 재학 중인 15세 때에 『동명(東明)』 제33호의 소년 칼럼에 발표된 「달마지(迎月)」이다. 그러나 이는 학생들을 대상으로 한 공모에서 당선된 작문이므로, 이를 데뷔작으로 보기는 어렵다.

앞서 언급한 이광수의 지도로 글을 쓰게 된 박태원은 18세가 되던 1926년 3월 『조선문단』에 시 「누님」이 당선됨으로써 비로소 문단에 데뷔하게 된다. 이때의 필명은 박태원(泊太苑)이었다. 그러나 여기서 한 가지 주목해야 할 것이 있다. 박태원 스스로는 자신의 데뷔작을 다르게

---

2) 박태원, 「춘향전 탐독은 이미 취학 이전」, 『문장』 1940년 2월호, p. 5.

밝히고 있다는 점이다.

경오년 10월 『新生』에 발표된 拙作 「수염」이 내게 있어서는 이를테면
處女作이다. 以來 7·8년간 나는 數30篇의 작품을 제작하여 왔고 그 중
의 몇몇 작품은 月評에 올라 더러 是非가 되었듯 싶다.

1937년 10월 21일부터 23일까지 『조선일보』에 발표된 「내 예술에 대
한 항변—작품과 비평가의 책임」이란 글에서 박태원은 스스로의 처녀
작을 위와 같이 「수염」이라고 밝히고 있다. 그것이 어떤 이유에서인지
는 밝혀지지 않았다. 다만 박태원 스스로가 자신의 처녀작을 「수염」으
로 명시하고 있는 점만은 분명한 것이다. 하지만 「수염」을 발표하기 전
까지 박태원은 이미 총 27편의 시와 수필, 소설 그리고 평론과 콩트를
발표한 상태였다.

박태원의 문학의 출발은 그렇게 시작되었다. 당시 박태원은 자신의
지적 능력에 대해 자신감에 충만해 있었다. 어린 시절부터 시작된 독서
와 그를 통한 문학에의 심취는 학교 공부를 경시하기에 이른다. 그리고
는 마침내 학교까지 그만두게 된다.

舊小說을 卒業하고 新小說로 入學하야 數年來 「叛逆者의 母」-(고-리
끼), 「모오팟상選集」(투르게넵호) 이러한 것을 알든 몰으든 줏어읽고 「하
이네」 이러한 이들의 作品을 흉내내여 성히 抒情小曲이란 者를 作하든
仇甫는 드듸여 이해 가을에 일으러 집안어른의 뜻을 어기고 학교를 쉬어
버렸다.

나는 내 자신을 남에게 뛰어난 天才에게는 正規의 학교교육이라는 것

이 알안곳할배 아님을 잘 알고 있었든 까닭이다. 病이 이만하면 고황에
들었다 할까? 닷새에 한번 열흘에 한번 소년 구보는 아버지에게 돈을 타
가지고 本町書肆로 가서 문학서적을 구하여 가지고와서는 기나긴 가을
밤을 세워가며 읽었다. 그리고 새벽녘에나 잠이들면 새로 한 시 두 시에
나 일어나고 하였다. 일어나도 밖에는 별로 안나갔다. 대개는 책상앞에
앉아 붓을 잡고 가령 「흰 百合의 歎息」이라든 그러한 제목으로 순정소설
을 쓸여고 낑낑 매였다. 이러한 생활은 구보의 건강을 극도로 해하고 무
엇보다도 이 시대의 상하여 놓은 시력은 이제와서 큰 뉘우침을 그에게
준다. 그러나 물론 당시의 구보는 그러한 것을 깨달을 턱없다. 몸이 좀더
약하여지고 또 제법 심한 신경쇠약에 조차 걸리고 한 것을 그는 도리혀
그러면 그럴수록 좀더 우수한 작가일 수 있는 자격이나 획득한 듯싶게
기뻐하였다.[3]

이처럼 박태원은 문학가로서의 자신의 길을 이미 제일고보 시절에 확
고히 했다. 이러한 독서열과 창작에의 열정이 박태원 문학의 시발에 원
동력이 되었다. 이후 도쿄로 유학하기 전까지 박태원은 활발한 창작 활
동을 통해 지면에 자신의 이름을 올리기 시작했다. 지식인으로서의 자
각을 통해 작가로서의 자의식을 형성한 셈이다. 도쿄 유학 직후까지의
박태원의 작품은 이와 같은 박태원 개인의 의식이 고스란히 반영되어
있다. 이를 당시에 발표한 단편소설을 통해 살펴보면 다음과 같다.

---

3) 박태원, 「순정(純情)을 짓밟은 춘자(春子)」, 『조광』 제3권 10호, 1937년 10월호. pp.
131~32.

4. 당대 지식인의 소외의식과 소설적 발화법

어느 시대에서건 지식인의 역할은 인간해방, 인간의 보편화, 인간의 인간화라는 근원적 목적을 실천하는 일이다. 이런 과정을 통해 지식인은 때로는 지배계급의 헤게모니를 거부하고, 또 때로는 기층계급의 옹호자가 될 수 있는 것이다. 지식인의 올곧은 세계인식 방식은 보편적이고 합리적인 가치의 추구를 통해 동시대의 모순과 대립을 극복하는 것이다.

이는 익히 알려진 사르트르의 명제인데, 문명사회에서 인류의 역사가 인간 본래의 충만한 삶을 보존시키며 전개되어오지 못했다는 사실을 거꾸로 입증해주기도 한다. 인간해방, 인간의 보편화, 인간의 인간화가 지식인 역할의 '근원적 목적'에 해당된다는 사고 결과는 그동안 인류의 삶이 구체적으로 어떻게 전개되어왔는가를 충분히 짐작케 해주는 것이다. '억압−피억압' '지배−피지배'의 관계가 곧 그것을 말한다. 그 관계의 지탱은 개인 차원에서만이 아니라 집단, 국가, 민족적 차원에서도 마찬가지였음이 역사적 현실로 드러나곤 했던 것이다.

박태원 소설의 지식인 소외 현상을 살펴보면, 지식인이 당면한 실업 문제와 이에서 비롯된 여러 부정적 현상들을 반영하려는 의지를 작품을 통해 표출하고 있음을 실감할 수 있다. 이러한 경제적 소외는 지식인을 사회 전반에서 룸펜 인텔리겐차로 만들어가는 하나의 원인이기도 했다.

박태원의 소설 속에는 식민지 지배 체제에서의 이념상의 갈등으로 빚어지는 현실 사회에 대해 비판적이고 부정적인 시각은 드러나지 않는다. 다만 1930년대의 환경 적응적 삶의 태도와 내면적으로 불안한 심리 의식을 보여주고 있다. 이는 식민지 치하의 상황 속에서 지식인의 삶에 대한 관심과 작가 자신의 자아 투영의 결과라고 할 수 있다. 즉 작가 자신이 관찰하는 자아와 관찰되는 자아라는 이중적인 역할을 지식인 주인공들이 도시적 삶의 모습을 통해 나타내고 있는 것이다.[4]

박태원의 소설에서 지식인 주인공들은 대부분 궁핍한 상황에 처한 무직자이거나 실직자, 아니면 가난한 문인들이다. 그들은 직업을 얻으려고 필사적으로 노력하지만 그러한 노력의 대가를 현실에서는 찾을 수 없음을 인식하고 자기체념과 소모적인 상태에서 삶의 비애를 체험하게 된다. 따라서 그들의 자아는 경제적 궁핍과 사회적 정체감의 상실과 정신적인 불안 및 초조로 인해 다중의 고통을 유발하게 된다.

지식인이 주인공으로 등장하고 시대적 상황으로 인한 소외의식이 두드러진 소설은 「옆집 색시」 「딱한 사람들」 「거리」 「피로」 「소설가 구보 씨의 일일」 「비량」 등이다. 박태원은 문인의 가난과 그에 따른 소외의 징후를 그리는 데 초점을 맞추고 있으며 일정한 직장을 구하지 못한 채 번민과 방황을 일삼는 지식인을 그린다.

「옆집 색시」에서 주인공 철수는 동경 유학생이다. 그러나 철수가 사회 속의 한 집단 구성원이 될 수 있는 부분은 없다. 보이지 않는 미래에 대한 막연한 기대심리도 작용하지만 결국 '초조'와 '불안'만이 그를 따라다닐 뿐이다. 그러므로 그에게 비치는 대상은 모두 쓸쓸하고 어두우며 고독할 뿐이다.

「피로」도 도시 속에서 희망 없이 하루하루 살아가는 단조로운 삶 그

---

4) 변정화, 「1930년대 한국단편소설연구」, 숙명여대 박사학위논문, 1987, p. 119.

자체를 피로로 인식하고 있다. '나'는 '다방의 구석진 테이블'에 앉아서 음악을 듣고 담배를 피우면서 미완성 작품을 구상한다. 그러나 조금도 안심할 수 없는 사회와 인심으로 현실 세계를 파악하고 실제에 무기력한 하나의 지식인이 되어 도시의 암영 속에서 헤어나지 못하고 있다.

박태원의 소설 속의 인물들에게 지식은 자신의 자아성취 기회를 주지 않는다. 그들은 가장 기초적인 생계 그 자체를 위협받는 상황에서 학식이 있음에도 불구하고 타인의 삶에 기생하는 굴욕적인 삶을 지탱한다. 따라서 그들의 심리는 자폐적일 수밖에 없다.

당대의 사회상에 비추어볼 때, 일제강점기의 지식인들은 크게 식민지 권력 집단에 추종 또는 동조하는 순응주의자가 되거나, 식민지 권력층의 이념에 상충될 때는 비판주의자 혹은 허무주의자로 나타나고 있다. 그런데 박태원 소설 속의 지식인들은 순응주의자도 아니며, 결코 비판주의자도 못되는 허무주의자이다. 당장 현실 생활이 해결되지 않는데서 오는 불안, 굶주림은 그들을 정처 없는 방황과 무기력하면서도 자조적인 인물로 변형시킨다.

이와 같은 소설적 상황을, 박태원의 초기 단편 중 「옆집 색시」 「피로」 「전말」 등 세 작품을 통해 살펴보려 한다.

(1) 「옆집 색시」를 통해 본 지식인의 일상

「옆집 색시」는 1933년 『신가정』 1권 2호에 발표된 소설이다. 이 소설은 현실 개량의 적극적 의지를 상실한 채 일상적 삶의 무게에 수동적으로 이끌려 다니는 철수라는 인물이 서사 주체로 등장하는 작품이다. 일본에서 대학을 졸업하고도 취업을 하지 못한 채 '무어 하나 하는 것 없이 날마다 오정이나 되서야 일어날 줄 알고, 밥이나마 먹는지 안 먹는

지, 한번 밖에 나가면 자정이나 넘어서야 들어오는' 스물여덟의 룸펜 인 텔리 철수는 가족과 주위 사람들에게 골칫거리이다.

그럼에도 불구하고 철수는 자신의 그러한 절박한 처지를 타개해보려 는 적극적 노력을 보이지 않는다. 그가 하는 일이란 취업과 결혼 문제로 야기되는 초조와 불안 속에서 매일매일을 소극적으로 소일할 뿐이다. '창백한 의지의 상실자'인 철수의 유일한 관심사는 '약혼까지 했다가 갑 자기 파혼을 하고서 집에서 지내는' 옆집 색시의 신상에 관한 문제이다. 자신의 절실한 문제인 취업과 결혼은 오히려 부차적이다.

또한 철수의 옆집 색시에 대한 판단은 지극히 편협한 소재를 통해 주 관적으로 이루어지는 한계를 지니고 있다. '뒷굽이 뾰죽하고 높은 숙녀 화'를 신고 머리를 틀어올렸다고 해서 머지않아 시집을 갈 것이라고 단 정하는 철수의 판단은 자신의 내면 세계에서 이루어지는 관념의 유희 에 불과할 뿐, 객관적 타당성을 인정받을 수 없는 생각에 불과하다. 그 는 옆집 색시에 대한 몇 가지 객관적 자료를 지극히 자의적으로 해석함 으로써 올바른 행동 지침을 마련하지 못하는 잘못을 저지른다. 철수 자 신이 자기 자신을 속인다고 했지만 자신의 잘못된 판단에 속는 줄도 모 르고 속고 만 셈이 된다. 철수는 객관적 사실을 철저하게 자신의 주관 적 판단으로 치환하고 있다.

여기서 철수가 옆집 색시와의 만남을 '운명의 신이 그에게 준 분수에 넘치는 행운'이라고 할 정도로 이성으로 좋은 감정을 가지고 있으면서 도 그녀에 대한 적극적인 행동을 하지 못하고 쉽게 단념해버린 것은, 그 녀에 대한 객관적 사실을 아무런 논리적 타당성도 없이 주관적 결론으 로 이끈 데서 기인한다. 재차 ⑥항과 같은 주관적 판단으로 자기 생각을 강화시켜놓은 상태에서 ⑦, ⑧항의 주관적 판단을 통해 알 수 있듯이 그녀에 대한 자신의 감정을 바닷가에서 집어든 조약돌을 바다 위에 돌 팔매질하는 것과 같이 쉽게 팽개치고 만 것이다.

현실에서 접촉한 옆집 색시에 대한 관념은 불완전한 주체의 의식 속에 고착된 상태로 나타난다. 그녀가 어디론가 곧 시집을 갈 것이라는 강박관념이 그녀에 대한 자신의 적극적인 행동을 억압하고 있음은, 그녀가 서울로 떠나고 난 뒤 한 시간이 지나서야 자신이 취해야 할 당위적 행동 양식이 무엇인지를 떠올리는 데서 확인할 수 있다. 이는 주어진 상황에 대해 소극적으로 반응하는 자의식의 소산이다.

지식인일수록 자신의 판단에 주관적 확신을 갖는 경우가 많다. 또 이를 자신의 대타적 우월감으로 느끼는 경우도 허다하다. 철수의 의식이 바로 그러하다. 이처럼 완고한 의식이 깨어나지 못한 상황에서 새삼 그는 짙은 고독을 느끼면서 지식인의 더욱 심화된 내면의식 속으로 침잠하고 만다. 여기서 고독은 현실에 편입되지 못한 주체가 현실에의 패퇴를 대하는 보상적 태도라고 한다면, 철수는 자신의 주관적 판단이 어긋난 데 따른 능동적인 고독의 선택을 보인다고 할 수 있다.

물론 자신은 그러한 사실을 깊이 인식하지 못하는 것이 상례이다. 오히려 어린 누이동생이 오빠에 대해서 지적한 "오빠는 말이야, 게을러서 그래"나 "풍금만 치고 있는 옆집 색시나, 대낮이다 되어 자리에서 일어나는 내 집 서방님이나, 둘이 다 똑같이 딱하다"고 인식하는 할멈의 생각이 지식인인 철수의 생각보다 훨씬 더 정확한 상황 판단이며 권위 있는 진술로 받아들여진다. 지식인의 지적 판단 능력이 마비된 상태에서 지식인이 아닌 사람보다도 못하다는 것은 아이러니를 창출하는 상황이라 하겠다.

이와 같이 자신의 신변사에만 배타적 관심을 가진 인물이 서사주체이자 초점인물로 등장함으로써 이 작품의 서사 지평의 폭은 협소할 수밖에 없다. 이 작품에는 대학을 졸업하고 1년이 넘어서도 초조와 불안 속에서 부유, 방황하는 룸펜 인텔리의 심리적 편린들만 단편적으로 제시될 뿐, 그러한 사회 현상을 규정하는 발생 동인인 당대 사회 현실의 모순 구조에 대한 구조적 통찰력은 그 편린마저도 제시되지 못하고 있다는 비판[5]을 면하기 어렵다.

(2) 「피로」를 통해 본 도시 공간

박태원의 초기 단편소설들은 주로 1930년대의 경성을 대상으로 하여 그곳의 근대성 문제를 형상화하고 있다. 앞에서 살펴본 바와 같이 박태원 소설의 인물들은 한곳에 안주하지 못한 채 부유하며, 불안과 혼돈 속에 놓여 있는 분열된 주체의 모습을 보여준다. 이러한 주체의 분열된 모습을 드러내는 데 있어, 박태원은 그 텍스트를 시간성에 의하기보다는 시각화라는 공간성의 기법을 활용하고 있다.

이러한 공간화의 기법은 과거, 현재, 미래의 시간성을 해체하고 현재의 공간성마저 무의미한 것으로 만들어버리는 경향이 있다. 박태원에게 있어 도시 경성은 식민지의 공간이며, 근대성이란 일제의 수탈을 목적으로 한 강압에 의한 것이므로 이미 그 속에 모순이 내재되어 있는 것으로 인식된다.

「피로」는 "어느 반일의 기록"이라는 부제가 붙은 단편소설로서 1933년 『여명』 1권 2호에 발표된 작품이다. 이 부제가 암시하고 있듯이 이 소설은 '나'의 반나절 여정을 서술하고 있다. 소설은 어느 겨울 오후 2시 다

---

5) 공종구, 「박태원 소설의 서사지평 연구」, 전남대 박사학위논문, 1992, p. 41.

방 낙랑파라 안에서 시작되는데, 주인공 '나'는 다방 안에서 원고를 쓰다가 거리로 나와 배회한 후, 저녁 11시경에 다시 낙랑파라로 돌아가 작품에 대한 생각을 하는 것으로 끝을 맺고 있다. 박태원의 많은 소설들은 주인공이 떠난 자리로 다시 돌아오는 원점회귀형 공간 구조를 이루고 있는데 이 소설 또한 그러한 형식을 갖고 있다.

주인공 '나'가 이동하는 공간은 '다방 안→거리→버스 안→한강→다시 다방 안'으로 되어 있다. 이 소설은 구조상 모두 다섯 부분으로 분절되어 있는데, '나'의 공간적인 이동과 각각 대응되어 있기도 하여[6] 텍스트 내적으로도 배경을 공간화한다. 서술상의 구조적 분절 단위의 중요한 내용을 정리하면 다음과 같다.

① 나는 다방에 앉아 글에 대해 생각하다가 조선문단의 침체를 비판하는 청년들의 대화에 소설 쓰기를 그만두고 거리로 나온다. (다방 안)

② 나는 M신문사와 D신문사에 들르나 아무도 만나지 못하고 다시 거리로 나온다. (거리)

③ 나는 노량진행 버스를 타고 가면서 도시의 일상성을 목도하고, 인생에 피로한 자신을 발견한다. (버스 안)

④ 겨울의 한강에서 삶의 어수선하고 살풍경한 풍경을 보고 자신의 길을 본 듯 악연해한다. (한강)

⑤ 나는 다시 다방으로 돌아와 음악을 들으며 미완성의 원고를 생각한다. (다방 안)

---

6) 정현숙, 앞의 책, p. 121.

이 소설의 주인공이 공간 이동을 함에 있어서나 또는 서술 상황의 공간적 배경의 이동에 있어, 어떤 특별한 인과성에 의거한 변화를 보이고 있지는 않다. '나'가 다방을 나오는 자체부터 어떤 목적성이 배제된 행위이기에 주인공의 공간 이동은 필연성을 갖지 못한다. 그것은 주관성에 의해 포착되는 무의미성을 드러낸다. '나'의 행위는 어떤 결과를 예상하는 논리성에 바탕을 둔 것이 아니라, 무의지적인 방심 상태에 놓인다.

이러한 방심 상태에서는 하나의 행동에 무수한 기억의 가능성들이 매달리게 되고, 미묘하고 섬세한 의식의 교차 속에서 과거, 현재, 미래의 수많은 행동의 기억들이 펼쳐지게 된다.[7] 따라서 '나'는 대상들과의 접촉에서 자신만의 주관적 세계를 구축한다. 그 주관적 세계는 현실의 본질을 드러내는 것이 아니라, 현실을 은폐시키거나 아예 환상적 공산으로 치환시켜버린다.

「피로」는 '나'라는 일인칭의 화자를 통해 1930년대 근대 도시 서울의 면들을 드러내지만, 최소한 '나'에게 있어서는 서울이라는 근대 도시 공간은 단지 피로감만 안겨주는 무의미성의 공간이다.

'나'는 호떡을 먹으며 걸어오는 아이를 발견하고 몇 년 전에 보았던 음식점을 생각해내며 그곳에 있었던 광고판을 떠올린다. 그리고 경제공황 탓에 '특제 라이스카레' 제법을 아무에게든 전수해버렸을지도 모른다고 생각한다. 이것은 비논리적인 사념이다. 현재와 과거가 아무런 연관성 없이 의식 속에 자리 잡으며, 일어난 일인지 확실치도 않은 사건들을 연상한다. 내면의식은 끊임없이 유동하며 인과성이 없는 다른 것들로 이동한다.

---

7) 정현숙, 같은 책, p. 123.

이러한 내면의식에 의한 무의미적 연상 작용은 이 소설의 서술 상황의 특징이다. '나'는 창문을 통해 안을 엿보는 어린아이의 눈을 보았을 때 스티븐슨의 동요를 생각하고, 명암의 교착에서 황혼을, 그리고 황혼에서 인생의 황혼을 연상한다. 그리고 M신문사 앞에 이르러서는 R씨의 글이 휴재되었던 것을 기억하고, 역시 인생은 피로한 것이라 생각한다.

'나'는 M신문사 편집국장이 현재에 무엇을 하는지 알지 못하면서, '바로 지금 층계라도 오르내리고 있는 것일까? 또는 변소 안에라도 있을 것인가?'라고 생각하기도 하고, 내일의 신문기사의 표제를 "行衛不明의 編輯局長…編輯局長의 紛失…"이라고 고르기도 한다. 현재에서는 부재하는 것들을 의식의 연상작용은 현재성으로 만들어버린다. 이렇게 '나'의 내면의식에 의한 연상작용들은 현실이 전제되어 있지 못한 임의성이 짙은 것들로 나타난다.

(3) 「전말」을 통해 본 자아의 내면의식

「전말」은 1935년 12월 『조광』 1권 12호에 발표되었다. 이 소설은 '나'와 '나'의 의식 속에 설정된 '아내'와의 심리전이 밀도 있게 펼쳐지는 작품이다. 일인칭 서술자인 '나'는 '나'와 '아내'의 입장을 오가면서 두 사람의 입장을 균형 있게 서술하는 객관화된 입장을 견지하려는 모습을 보여준다.

가난한 무직 인텔리인 '나'는 경제적으로 무능하면서도 남의 원조를 받는 것에 대해 극도의 반감을 가지고 있는 자존심 강한 인물이다. 특히 장모와 아내 사이에 이루어지는 은밀한 금전 수수 관계는 '나'와 아내 사이의 불화와 갈등을 유발하는 요인이 되고 있다. 이와 같은 돈 문제로 생겨난 갈등이 두 사람의 애정관계, 조상의 능력, 아내의 용모 등

외적인 문제로까지 확산되면서 급기야 아내는 절대로 귀가하지 않겠다는 선언을 하며 가출한다.

처음에는 곧바로 귀가하리라고 생각했던 '나'는 점차 시간이 흐르면서 아내의 신변에 대해 불길한 상상력이 발동한다. 더구나 친정으로 갔을 것이라는 예상이 빗나가고 아내의 행방이 묘연해지면서 초조하고 불안한 심리 상태가 증폭된다. 결국 가출했던 아내가 귀가하던 도중에 '나'와 만나게 되는데 이성적이고 냉철하게 대처하리라던 결심은 자신도 모르게 사라지고 아내의 귀가에 대한 반가움만을 조건반사적으로 드러냄으로써 두 사람의 심리적 긴장관계는 해소되고 만다.

그러나 논리적이고 이성적인 사유에 의해 이루어지는 두 사람 사이의 교감이 아니라 감성적이고 즉물적인 방식에 의한 순간적 화해라는 점에서 문제의 본질이 근본적으로 치유된 것은 아니다. 이는 지금까지 남편이 지키고자 했던 자존심이 권위적 허상이었다는 것을 입증한다. 별다른 문젯거리도 아닌 것을 가지고 문제를 삼아 분란을 자초했던 것이므로 그 문제 해결에 있어서도 굳이 뚜렷한 논리를 앞세운 해결이 필요 없다.

따라서 남편이 보여준 결말 부분의 행동은 경제적 문제에 대해 표면적으로 지키고자 했던 위선적 자존심이 물리적 현실 앞에 굴복함으로써 좀더 진실에 가까운 인간적 면모를 드러낸 것으로 보아야 한다. 남편이 '정신'이라면 그에 대응하는 아내는 '물질'을 표상한다. 가출했다가 돌아오는 아내를 자신도 모르게 반기는 모습은 아내의 신변에 대한 걱정에서 비롯된 측면도 있기는 하지만, 아내의 가출에 계기를 제공했던 장모의 금전적 도움을 현실적으로 수용하고 있음을 의미한다. 그것도 아내를 만나기 전부터 내심으로는 돈의 가치를 충분히 인정한 데서 나온 행동이라고 해석하는 것이 자연스럽다.

이처럼 물질이 정신을 압도하는 현실 속에서 살아갈 수밖에 없는 지식인의 모습은 나약하고 위선적인 정체성을 강요당할 수밖에 없다. 자신의 자존심을 고수하기 위해 일부러 외출하는 '나'의 모습은 희극적인 분위기마저 느끼게 한다. 이는 정신이 물질을 선도하지 못하고 물질이 가져다준 환경에 따라 수동적으로 이끌려 반응하는 미숙한 지식인의 안타까운 면모이다.

일인칭 서술자의 자기 고백적 진술 형태가 주는 느낌이 이 소설에서는 주관적으로만 느껴지지 않는다는 특징이 있다. '나'의 섬세한 심리적 추이에 서술의 중심축이 설정되어 있기 때문에 다른 일인칭 서술자의 소설이라면 당연히 주관적이고 개인적인 차원의 심리적 토로가 되고 말았을 터인데도 객관적인 느낌마저 주고 있다. 그것은 '나'의 심리 고백 속에 아내의 입장이 반영된 이어적(異語的) 진술이 원심적 언어로서의 담론 특성을 형성하고 있기 때문이다.[8] 이것은 두 가지의 목소리를 가진 담론의 특별한 형태로서 말하는 등장인물의 직접적인 의도와 굴절되어서 표현된 저자의 의도가 동시에 드러난다.

5. 마무리

이 글에서는 박태원 문학이 가진 전체적인 성격과 의미를 개괄적으로 살펴본 다음, 초기의 박태원 문학이 어떤 환경에서 출발하였으며 식

---

8) 김홍식, 앞의 책, pp. 86~87.

민지 지식인의 일상에 대한 표현이나 지식인의 소외의식에 대한 소설적 발화법이 어떤 형태로 드러나는가를 검토해보았다. 그리고 이러한 성격적 특징을 잘 나타내는「옆집 색시」「피로」「전말」등 세 편의 단편을 그 주제와 결부하여 분석해보았다.

이 소설들은 뚜렷한 직업을 갖지 못한 룸펜이나 경제적으로 빈곤한 소설가들이 중심인물로 등장한다는 공통점이 있다. 또한 사회적 정체성을 확보하지 못한 소외된 지식인들의 내면적 고뇌가 체험적 삶의 양태로 드러난 것이다.

그리고 이들 작품은 소외의식과 삶의 무력감이 내면화되어 방관적이고 자조적인 의식으로 일관하고 있다. 당연히 이 소설들은 서사성의 약화로 이어질 수밖에 없고, 그 내용 자체도 '에세이즘'의 차원에 머무르는 것들이 대부분이다. 그러므로 이들은 경제적 궁핍이라는 현재의 물리적 환경이 과거의 주관적 체험과 연결되면서, 증폭된 자의식을 거쳐 예술성과 심미성이 조화를 이룬 허구적 진실로 실현된 소설이라고 할 수 있다는 평[9]을 얻게 되는 것이다.

박태원의 초기 소설을 중심으로 하여 이 작가의 작가로서의 환경과 작품의 특성에 대해 기술한 이 글은, 총체적인 박태원론의 서두에 해당하는 셈이 된다. 앞으로 이 글에 이어 구인회 시절과 이상(李想)과의 관계, 친일과 해방 공간의 작품, 월북과 역사소설의 문제 등 지속적 연구를 과제로 남겨놓고 있음을 밝혀둔다.

---

9) 김홍식, 같은 책, p. 106.

참고문헌

김홍식, 『박태원 연구』, 국학자료원, 2000.

공종구, 「박태원 소설의 서사지평 연구」, 전남대 박사학위논문, 1992.

박태원, 「춘향전 탐독은 이미 취학 이전」, 『문장』 1940년 2월호

박태원, 「순정(純情)을 짓밟은 춘자(春子)」, 『조광』 제3권 10호, 1937년 10월호.

변정화, 「1930년대 한국단편소설연구」, 숙명여대 박사학위논문, 1987.

정현숙, 『박태원 문학 연구』, 국학자료원, 1993.

박태원의 구인회 활동과 이상과의 관계

1. 머리말

박태원은 1930년 가을, 동경으로 유학을 떠났다. 당시의 유학은 지식인들에게는 유행과도 같은 것이었다. 봇물 터지듯 밀려드는 신문물은 일본을 통해 들어왔으며, 그만큼 동경이란 도시는 새로운 시대적 풍조인 자본주의를 가장 먼저 받아들이는 곳을 의미했다. 문화와 예술 역시 마찬가지였다. 더구나 박태원의 경우 유복한 가정환경 탓에 경제적 여유도 있었던 만큼 어렵지 않게 동경 유학을 결정했던 것으로 보인다. 그러나 동경에서의 그는 학문 자체에 관심이 있었다기보다는 새로운 문물의 체험에 더 흥미가 있었던 것으로 여겨진다.

동경에 도착한 박태원은 호세이(法政) 대학 예과에 입학했다. 그러나 학업에 힘을 쏟는 대신 영화 관람에 탐닉한다든지 술집을 드나드는 것으로 대부분의 시간을 보냈다. 즉, 서구 문물에 대해 왕성한 흡수의 경과를 보였던 당시 동경에서 영화·미술·음악 등의 예술에 대한 심취를 통해 자신의 예술적 감각을 키우려 했던 것이다. 특히 당시 일본문단에 유행하던 신심리주의 소설에 대해 많은 관심을 가지고 있었으며, 서구의 아방가르드 운동이나 모더니즘, 다다이즘에 호기심을 보이기도 했다.

그러나 박태원은 호세이 대학을 중퇴하고 얼마간 더 일본에 머물러 있다가 귀국했다. 귀국한 박태원은 구인회(九人會) 가입과 더불어 다시금 문학 활동을 시작하게 되는데, 구인회에서의 활동은 박태원의 삶과 문학을 이해하는 데 매우 중요한 지위에 있다. 일본에서 공부하고 느꼈던 서구 모더니즘의 문학적 형상화가 비로소 본격적으로 시작되었던 것이다. 이는 당시 우리나라 문단의 현실을 살펴보는 논의와도 깊이 연관될 수 있다.

이 글에서는 박태원의 구인회 시절 문학 활동에 대해 그 시발과 경과 과정을 살펴보고, 같은 구인회의 구성원이자 개인적으로 특별히 친밀한 사이였던 이상과의 관계에 대해 고찰해보려 한다. 이 대목이 박태원 문학 연구에 있어 중요한 위치를 차지하는 것은, 그 당시 구인회 활동이 박태원의 창작 심리에 큰 영향을 미쳤을 뿐만 아니라 실제로 이상을 소재로 한 소설이 여러 편 있기까지 한 점에 비추어 당연한 일이라고 할 수 있다. 특히, 이상과의 관계는 「소설가 구보 씨의 일일」이란 작품이 패러디되어 문학사적으로 전개되는 동안에도 계속해서 주제 및 소재상의 쟁점으로 남아 있게 된다.

2. 시대적 배경과 구인회 가입 및 활동

1930년대 우리 민족은 식민지 상태에 있었고 사회 경제적으로 또는 사상과 문예적으로 궁핍하고 절박한 상황에 처해 있었다. 3·1운동 후 20여 년에 걸친 총독정치 아래 거의 완벽하게 식민지 체제로 고착되어 있었던 것이다. 한반도를 발판 삼아 동북아까지 그 손길을 뻗치고자 하는 일본 제국주의의 야심이 한층 고조되면서 수탈 정책이 강화되던 시기에, 우리 지식인들 속의 반항은 사상, 학문, 교육, 문학, 예술 전반에 있어서 진작의 길을 모색하게 되는 것이지만 그 길은 멀고 험난했다.

1920년대까지만 해도 시인들은 인간의 정서나 단순한 자기 감정을 토로하는 데서 그쳤으나, 1930년대에 들어서자 무엇을 쓸 것인가에 중점을 두는 것이 아니라 어떻게 쓸 것인가에 대해 고심하게 되는 시의 방법론적 문제에 직면하게 된다. 동시에 1920년대와 1930년대 사이의 문학의 성격은 프로문학과 순수문학, 그리고 모더니즘 문학의 대결 상황이 말해주듯이 여러 사조가 혼재했었다.

1930년대는 카프의 해체 위기로부터 시작한다. 1, 2차 카프 맹원 검거 사건으로 결정적인 타격을 받은 카프가 결국 1935년에 해체되는 일련의 과정은 문학으로부터 모든 정치 사회적 이념이 추방되는 과정을 뜻한다. 이는 곧 1930년대 문학의 출산 과정을 의미하는 것이다.[1]

그래서 정치, 사회, 문화 등 1930년대의 시대 상황은 문학으로 하여

---

1) 염무웅, 「30년대 문학론 — 식민지문학의 전개과정」, 『민중시대의 문학』, 창작과비평사, 1979, p. 63.

금 문학 외의 다른 모든 것들로부터 탈피하여 오로지 문학 그 자체 속에 안주할 것을 요구하였다. 이렇게 됨으로써 1930년대의 시인, 작가들은 할 수 없이 당면한 사회적, 역사적 현실을 외면하게 되고 개인적인 장인(匠人)으로서의 기능에 충실하게 되었다.

여러 시인 및 작가들은 1920년대의 단순한 스토리 전달에서 벗어나 표현이나 묘사를 중시하면서 능률적인 기법[2]에 주목하는 작품 세계를 보여주는 과정에 이르게 되며 이러한 문학적 방법이 1920년대의 그것과는 확연한 차이를 보여주게 된다. 이렇게 본다면 1930년대 문학을 주도해나간 구인회의 문학은 1920년대의 순수문학에 대한 회의와 부정에서 비롯된 것임을 알 수 있다.

1930년대의 모더니즘 문학은 잘 알려져 있다시피 시문학파와 해외문학파에 의해 탐색되기 시작했으며 이러한 기운은 1933년 구인회가 결성되면서 점차 확대, 발전되어나갔다. 몇 명의 시인이 관여한 시문학파가 시에 국한하여 모더니즘 문학운동을 펼쳐나갔음에 비해 구인회는 시뿐만 아니라 소설까지도 아우르는 폭넓은 문학 활동을 보여주었다. 이를테면 1930년대의 모더니즘 문학은 구인회에 의해 비로소 정착되고 자리를 잡게 되었다고 보아야 하며 구인회의 문학적 특성도 모더니즘적인 문학의 일단으로 규정해야 할 것이다.

모더니즘 문학이란 단순하게 현대적이며 도회적인 감각을 바탕으로 새로운 실험적인 기교를 보여주는 문학만을 의미하는 것은 아니다. 이러한 요소들과 더불어 모더니즘 문학이란 전근대적인 교화주의, 목적주의에서 벗어나 본질적으로 언어의 자율적 구조에 의해 이루어진다는

---

2) 이중재, 『구인회 소설의 문학사적 연구』, 국학자료원, 1988, p. 9.

미적 자의식, 주관성의 원리 등을 토대로 한 문학을 지칭하는 개념이라 파악해야 한다.[3]

구인회가 결성된 1933년은 비록 제1차 카프 맹원 검거 사건이 있은 뒤라 할지라도 여전히 카프가 막강한 세력으로 문단을 장악하고 있던 때였다. 획일적이고 도식적인 이데올로기 문학만이 최고, 최선의 문학으로 인정되고 있던 때에 몇몇 뜻있는 시인, 작가 들이 이에 맞서는 문학 단체들을 만들고자 궁리하였으며 그것은 해외문학파와 시문학파의 형성으로 비로소 구체적인 형태를 보이고 이어서 구인회의 결성[4]으로

---

3) 유진 런E. Lunn은 서구 모더니즘의 일반적 특질로서 ① 미학적 자의식 또는 자기 반영성 ② 동시성, 병치 또는 몽타주 ③ 패러독스, 모호성, 불확실성 ④ 비인간화와 통합적인 개인의 주체 또는 개성의 붕괴 등을 들고 있는데, 이러한 특징들은 구인회 동인들의 작품에서 쉽게 찾아볼 수 있다. 정지용, 김기림, 이상의 실험적인 시뿐 아니라 박태원, 이상의 의식의 흐름을 다룬 소설 작품에서 흔히 발견된다. 구인회가 추구한 모더니즘 문학은 서구의 그것과 어느 정도 접맥이 되어 있다고 보이므로 런의 이와 같은 논점은 한국의 모더니즘을 이해하는 데 있어서 적지 않은 시사점을 던져주고 있다고 본다. 유진 런, 『마르크시즘과 모더니즘』, 김병익 옮김, 문학과지성사, 1986, pp. 46~50.

4) 구인회는 이종명과 김유영이 처음 발기를 하고 중간 역할을 맡은 조용만이 이무영, 김기림, 이태준 등 일간지 학예부 담당자들을 끌어들임으로써 모양새를 갖춘다. 이종명과 김유영이 카프에 대항하는 문학 단체를 만들겠다고 생각하고 염상섭을 모임의 리더로 내세울 것을 제안했다. 카프 측의 대표적인 실천가인 박영희와 이미 일대의 설전을 벌인 바 있는 염상섭을 리더로 앉힌다면 결국 카프와의 대결 양상으로 보일 것이라고 이효석과 이태준은 반대했다. 이는 곧 구인회의 '정치성'이 '순수성'에 거세됨을 의미했고 이종명과 김유영은 이태준과 정지용에게 주도권을 물려준다. 지금까지 언급한 회원은 선선히 구인회에 가입하여 자신들의 문학 활동을 구인회와 관련시켜 전개해나갔으나 이효석과 유치진은 곧 탈퇴한다. 이효석은 그 당시 얻었던 '동반작가'라는 이름과 결별하고 낙향해서 「산」「들」과 같은 순수문학 작품을 발표한다. 또한 이종명, 김유영도 구인회의 결성이 자신들의 생각과 방향이 다르다는 이유로 탈퇴하고 이어 조용만도 탈퇴한다. 이와 같이 구인회의 결성의 세 주역인 이종명, 김유영, 조용만과 형식적인 동조자 이효석, 유치진, 이무영 등이 떠나자 이태준, 정지용, 김기림만이 남게 된다. 이태준, 정지용, 김기림이 주축이 되어서 박태원, 이상, 박팔양, 김유정, 김환태, 김상용 등을 신입 회원으로 가입시킨다. 이러한 과정을 거치면서 이태준, 정지용, 김기림, 박태원, 이상 등 구인회의 핵심 멤버들은 개인적인 창작 활동은 물론이고 단체 활동 또한 그에 못지않게 활발하게 전개해나간다.

본격적인 면모를 드러낸다.

자연발생적인 신경향파 문학이 프롤레타리아 문학으로 발전되어나
가자, 1925년 사회주의 문학가들은 박영희, 김기진, 임화, 김남천 등을
중심으로 카프를 조직하고 나아가 이에 걸맞은 강령을 채택하여 이후
약 10년 동안이나 당시의 한국문단을 지배하였음은 익히 알려진 사실
이다.

이러한 조직에 대항하여 문학의 자율성, 순수성을 지키고자 뜻을 같
이했던 구인회 동인들은 이 단체를 그야말로 순수하고 소박하게 만들
자는 생각에 합의했다. 이들은 번잡스럽고 그럴듯해 보이는 강령이나
조직을 만들지 않은 채 무엇보다도 구인회가 소박한 문인 친목 단체의
성격을 띠고 있다는 점을 내세웠는데 이는 카프의 획일적이고도 경직된
사상과 조직적인 행동에 반감을 품은 미리 계획된 의도에서 비롯된 것
이었다.

구인회 동인들의 모더니즘 문학은 비록 일정한 조직에 의해 계획적이
고 체계적으로 전개되지는 못했으나 개인적으로는 물론이고 단체적으
로도 나름대로의 활발한 활동을 보여준 바 있다. 두 번에 걸친 문학 공
개 강좌,[5] 기관지 『시와 소설』의 발간,[6] 월 1회의 회원 작품 합평회, 신
문이나 잡지를 이용한 동인들의 집단적인 의사 표명과 기성 문단 비판

---

5) 제1차 행사인 '시와 소설의 밤'은 1934년 6월 30일 『조선중앙일보』 학예부 후원으로 종로 중
앙기독교 청년회관에서 개최되었다(『조선중앙일보』 1934년 6월 24일자 안내기사 참조). 제
2차 행사는 '조선신문예 강좌'로서 역시 『조선중앙일보』 후원으로 1935년 2월 18일부터 5일
간 청진동 경성보육 대강당에서 실시되었다(『조선중앙일보』 1935년 2월 17일자 안내기사 참
조).
6) 『시와 소설』은 총 40쪽으로 된 구인회기관지로서 1936년 1회를 발간하고 사정이 여의치 않
아 중단되었다.

등 가시적이고 집단적인 활동 이외에도 개인적인 시인, 작가의 자격으로 본격문학이라 할 수 있는 모더니즘 작품을 왕성하게 발표한 사실은 이를 반증하고도 남는다.

박태원은 1933년 구인회에 가입하면서 작가로서의 지위를 확고하게 정립하기 시작하였다. 구인회 회원들은 유동적이었지만 박태원은 구인회를 끝까지 지킨 회원이었다. 그의 소설의 기법도 구인회의 이념에 합치되는 모더니즘적인 것이며 그 문학적 성과 또한 괄목할 만한 것이었다. 이들의 여러 가지 활발한 문학 활동 즉 개인 활동은 물론이고 강연회 개최, 기성 문인 비판, 기관지 발간 등에 참여하여 구인회의 문학적 이념을 실천하려고 했다. 기존 회원의 연이은 탈퇴와 신규 회원의 가입이 계속되는 과정에서 이태준, 박태원, 이상 등은 끝까지 회원으로 남으면서 이들이 이 단체의 실질적인 역할은 수행하게 된다.

그 가운데 박태원은 여러 가지 표현 형식을 시도하였고, 심리소설이라는 독특한 소설 형식을 창출하였다. 묘사와 표현을 강조함으로써 이를 소설 기법의 하나로까지 인식하고 있던 이태준 못지않게 박태원 또한 이에 대하여 깊은 관심을 갖는다.

실제로 그의 작품에는 다양한 형태의 기교는 물론이고 독특하면서도 참신한 묘사와 표현이 주를 이루고 있다. 박태원의 소설적 실험을 간단히 요약하자면, ① 한 편의 소설은 수많은 쉼표를 사용하여 한 개의 장거리 문장으로 쓰는 것(「방란장 주인」), ② 수식(數式)으로 중간 제목을 삼거나 작품 속에 신문 광고를 삽입하는 방식(「딱한 사람들」), ③ 소설의 본문 일부를 중간 제목으로 삼거나 '의식의 흐름' 수법의 시도(「소설가 구보 씨의 일일」) 등의 모습을 볼 수 있다. 박태원은 자신이 채택하고 있는 소설 형식을 '심경소설'이라 명명한다.

심경소설이란 일인칭 형식으로 서술, 객관 세계의 묘사보다도 객관화된 주관 세계의 묘사에 치중, 삶의 총체성보다는 개별성 구현을 의도하고, 객관적 진실보다는 주관적 진실을 추구하는 종래의 전통적인 소설 양식과는 구분되는 특징을 갖고 있다. 박태원이 왜 심경소설을 택했는가는 그의 심경소설「소설가 구보 씨의 일일」을 통해 알 수 있다. 현실 세계와의 부조화, 잃어버린 자아의 행복, 내면적인 진실 등이 그 원인인데, 이는 심경소설 양식이 그의 체험 내용에 합당하기 때문이었다.

박태원은 심경소설이 본격소설에 비해 다루는 세계가 좁으나 깊이가 있고, 작가에게 친숙한 세계를 담을 수 있고, '심리해부'와 그 '수련'에 적합한 양식이라고 주장한다. 그는 소설 작품을 창작함에 있어서 현재와 과거, 현실과 환상을 동시에 표현할 필요가 있을 때 영화의 중요한 기법 중의 하나인 '이중노출'과 몽타주 기법을 활용하고 있다. 여기서 관심을 끄는 것은 그가 제임스 조이스의『율리시즈』에서 사용한 '의식의 흐름' 기법을 알았다는 것과 영화의 고유 기법 중 이중노출의 방법을 소설에 직접 수용했다는 점이다.

또한 그는 소설 작품을 창작함에 있어서 현재와 과거, 현실과 비평가에 대한 자신의 입장과 견해를 분명히 밝히고 있다는 점에서 주목을 요한다. 프로문학 작가에게 비판을 가하고 있는 박태원의 이러한 종류의 글을 통해서 우리는 박태원 소설, 나아가서 구인회의 소설이 애초부터 내용주의에 치우친 프로문학에 맞서기 위한 대타의식에서 비롯된 것이라는 잠정적인 결론을 얻어낼 수 있다.

박태원에게는 사실 여러 유형의 사소설적인 작품들이 많다. 또한 자신과 절친한 친구였던 이상과 그의 연인들을 소재로 하여 다룬「제비」「애욕」「이상의 비련」등의 작품도 이 범주에 든다. 이러한 소설들은 작가 자신의 심경이 크게 부각되어 나타나 있음으로 해서 심경소설의 한 부분으로 간주해야 할 것이라 본다. 이처럼 다양한 기법의 실험 양상과 서술 기법의 심화, 내면 세계로의 침잠 등으로 요약해서 그 소설적 성격을 특징지을 수 있겠다.

3. 이상과의 관계 및 작품으로의 발현

구인회에 적을 둔 여러 명의 시인, 소설가 들이 있었지만 그 회원들은 늘 유동적이었다. 그들의 문학정신이 서로 일맥상통하였지만, 박태원과 이상은 유독 친밀했다.[7] 박태원은 이상을 소재로 하여 「애욕」 「방란장 주인」 「성군」 「제비」 「이상의 비련」 등의 작품을 쓰기도 했다.

특히 박태원이 「제비」 「소설가 구보 씨의 일일」에서 실제 인물인 이상을 그대로 그려내고 있다는 점은 흥미로운 일이다. 이는 한국문학사 및 모더니즘 문학에서도 특수한 한 장면을 이루고 있다고 할 수 있다. 특히 이상의 삶을 그대로 소설화함으로써 독자들에게 유명한 '제비' 다방의 감각을 그대로 전달하고 있다. 또한 이보다 훨씬 더 인상적인 것은 「報告」의 한 대목이다. 이러한 내용들은 이상의 「날개」를 연상시킬 만큼 그 내용에 있어서 유사한 배경이 나온다. 「날개」에 나오는 '三十三번지'나 '十八가구'는 「보고」에 나타나는 대항 권번 근처의 관철동 '삼십삼번지' 및 '열여덟가구'와 정확히 일치한다.

이렇게 박태원의 「보고」는 「날개」의 상황을 전제할 뿐만 아니라 그것

---

7) 이경훈, 「이상과 박태원」, 『이상, 철천의 수사학』, 소명출판, 2000, pp. 91~99.

과 깊이 연관되고서야 씌어질 수 있었던 작품이다. 왜냐하면 「보고」는 서사 대상이 이상의 삶이고 그 서사 원리는 이상의 삶에 대한 관찰이기 때문이다. 한편 이 작품이 모두 1936년 9월호 잡지(「날개」는 『조광』에, 「보고」는 『여성』)에 같이 발표되었다는 사실 역시 의도된 행위였다는 것을 알 수 있다. 일단 그 실증적 사실만으로도 한국문학사에서 구현된 일종의 문학적 주고받기의 한 예를 이루고 있다. 이는 이상 및 박태원과 관련된 한국 모더니즘 문학의 핵심적인 한 양상을 설명하는 단서가 될 수 있다.

모더니즘의 새로운 문학형식을 추구했던 구인회 작가들의 '심리소설' '알레고리의 방법' '의식의 흐름' 등의 수법과 연관 지어 생각해볼 때 그들의 창작행위는 개성적이라 할 수 있다. 그들은 소설에서도 서로 마주 보고 있는 듯한 형태를 취하고 있다. 도시에서 거주하는 개별화된 한 인물의 생활을 묘사하고 그 현실을 재구성하며 개인적인 삶을 추구하는 경향을 보이던 이들의 소설에서 그들의 자세는 서로 다른 양태를 이룬다. 박태원은 한 개인의 삶을 들여다보면서 도시를 배회하는 배회자로서의 수평적인 시선을 보이지만, 이상은 한 공간에서 자신의 삶을 자조적인 어조로 서술하는 폐쇄회로의 소설을 구성한다.

즉, 박태원은 바깥에서 안으로 향하는 태도를 보이면서 객관 세계의 묘사보다 객관화된 주관 세계의 묘사에 치중, 삶의 총체성보다는 개별적인 구현을 의도한다. 현실 세계와의 부조화, 잃어버린 자아의 행복, 내면적인 진실을 찾아 끊임없이 이상과 자신의 둘레를 돌고 있는 것이다. 이상은 내면 깊숙이 그 마음의 골방에 숨어서 더 나아갈 수 없는 바깥 세계에 대해서 더욱 안으로 굳어 가는 현실을 내적 독백의 수법을 통해서 알레고리적 방법으로 형상화한다.

이들은 이처럼 구인회라는 조직을 통해서 돈독한 문학적 동질성을 구축하고 있다. 박태원과 이상의 작품에 나타나듯이 구인회 구성원 상호 간의 문학적 영향관계와 그 핵심을 읽을 수 있다. 현대라는 명제와 억압적인 정치 상황에서 이루어지는 반성적 분열과 그에 대한 관찰의 문학적 상호작용은 적어도 이상과 박태원을 통해서 구현된 1930년대 한국 모더니즘 문학의 주요한 한 양태이다. 이는 주관과 객관의 본격적인 소설적 교섭을 보여주는 문학사의 한 장면이다.

박태원은 이상을 모델로 한 작품 「애욕(愛慾)」(『조선중앙일보』 1934년 10월 6~23일), 「제비」(『조선중앙일보』 1939년 2월) 등을 발표하고 이상은 박태원의 소설 「소설가 구보 씨의 일일」에 필명으로 그림을 그려주기도 한다.[8] 박태원과 이상은 항상 붙어 다니면서 재담과 독설로 현실을 풍자하였다. 박태원은 어느 누구보다도 이상의 사생활에 대하여 가장 자세히 알고 있었으며 또한 그의 삶을 가장 잘 이해해주었던 것으로 보인다. 이상은 자주 도피 행각을 벌였던 것으로 알려져 있는데 서울로 귀환할 때마다 제일 먼저 찾아간 곳은 천변가로 나 있던 박태원의 방 창문이었다.

그 둘이 문학적 기량을 발휘할 수 있었던 것은 당시 「조선중앙일보」 문예부장이었던 이태준의 후원과 배려가 뒤따랐기 때문인 것으로 보인다. 이태준은 「오감도」와 「소설가 구보 씨의 일일」에 대한 독자와 평론가 들의 항의와 비판을 감수하면서 작품을 발표할 수 있게 해주었던 것이다. 이상이 죽은 후 박태원은 이태준, 김기림과 깊은 유대관계를 지속

---

8) 박태원이 자신과 이상에 대하여 쓴 글로는 「李箱의 悲戀」(『여성』 4권 5호, 1939년 5월호), 「李箱의 片貌」(『조광』 3권 6호, 1937월 6월호), 「李箱哀詞」(『조선일보』 1936년 4월 22일자) 등이 있다.

적으로 유지했으며 그들의 관계는 월북 후에까지 이어졌다.

한 작가의 세계관은 개인적인 성격뿐만 아니라, 신분 계층의 속성과 시대적인 상황과의 역학관계 속에서 생성, 변화한다. 문학은 본질적으로 독립된 영역임에 틀림없지만, 결코 시대와 역사 그리고 전통과 유리되어 존재할 수 없다. 전통을 거부하고 문학의 자율성을 강조했던 모더니스트 박태원도 역시 역사적 상황과 문화적인 전통을 절대적으로 부정할 수는 없었다.

모더니즘의 이론적 소개에 앞장섰던 김기림의 일련의 글들로 바로 이러한 점을 재인식한 것이다. 모더니스트 김기림의 현실에 대한 재인식과 박태원의 순수문학 기교주의 문학에 대한 회의 및 새로운 모색은 거의 같은 시기에 이루어졌다.

1930년대 후반에 파시즘이 서서히 세계의 절반을 장악하기 시작했고, 그러자 인간들은 도덕성도 아무런 공통의 관심사도 없는 삶을 포기하고 대신에 인류의 미래라는 공통의 관심사 혹은 모럴로 재무장하기 시작했다. 또한 그가 보다 실재감 있다고 파악했던 룸펜 인텔리들이 하나둘 어떤 이념에 복수하거나 투사가 되기 시작했다. 또 그들이 전범으로 삼았던 초현실주의자들이 시대착오적이라고 믿었던 입장들과 손을 잡는 예기치 못한 상황이 갑작스레 벌어진 것이다.

당대의 모더니스트들은 이 거대한 지각변동에 당황할 수밖에 없었다. 당대 문학인들은 국가독점자본주의의 한 형태인 파시즘을 야만주의(바버리즘), 혈족주의, 민족과 혈통의 고창자 등으로 인식했다. 박태원 문학의 현실적 근거가 자본주의 혹은 도시적 문명의 부정성에 있었다면, 1930년대 후반에 와서는 그들이 부정해야 할 대상이 갑자기 변모한 것이다.

박태원은 자신의 논리를 마련해주었던 자본주의 대신에 야만주의와 혈족주의라고 일컬어졌던 파시즘에 맞서야 했다. 이 당혹감은 당시의 모더니즘 문인들을 모두 변모시킨다. 이상은 동경을 향했고, 지성을 그토록 강조하던 최재서는 지성의 죽음을 선언했다.[9]

이 갑작스러운 변화를 박태원은 모더니즘을 지우는 것으로 대응했다. 다가올 미래상에 대한 예측을 포기하고 눈앞의 현실에만 시선을 고정하기로 한 셈이다. 이것은 박태원 문학에 있어서 거대한 변화라 할 만한데, 왜냐하면 이 시기를 전후하여 박태원은 앞날에 대한 예측, 탈일상적인 욕망, 룸펜 인텔리의 형상 모두를 그의 작품에서 지워내기 때문이다. 이러한 변화의 시기에 나타난 작품이 「염천(炎天)」이다.

4. 「염천」에 나타난 이상의 애정행각

「염천」은 「애욕」과 같이 이상의 생활을 소설화하였으나, 모더니즘 소설인 「애욕」과는 다른 특성이 강화되어 있다는 점에서 박태원 소설의 변모 양상을 뚜렷이 보여주는 작품이다. 왜냐하면 박태원이 일인칭 중심의 등장인물을 통한 자의식의 관찰과 자신의 생활 체험을 바탕으로 시대적인 면모를 조감하려 했던 경향에서 벗어나 그 시야와 관심의 대상을 확대하려는 작가의 의도를 분명히 감지할 수 있기 때문이다. 바로이 점에서 「염천」(『요양촌』 3권, 1938년 10월호)은 개인적 차원의 삶에

---

9) 강진호·류보선·이선미·정현숙 외, 「이상과 어머니, 근대와 전근대 ─ 박태원 소설의 두 좌표」, 『박태원 소설 연구』, 깊은샘, 1995.

대한 관심을 집단적 차원의 삶에 대한 관심으로 전환했음을 보여주는 구체적인 작품이다.

「염천」은 이상의 애정행각을 소재화한 또 다른 소설 「청춘송」의 일부분을 개작한 소설이다. 박태원은 「염천」의 후기에 "이 작품을 죽은 이상에게 주고 싶다"고 적고 있다. 「염천」의 모태가 된 「청춘송」은 『조선중앙일보』에 1935년 2월 27일부터 5월 18일까지(총 78회) 연재하다가 중단된 소설이다. 젊은 남녀의 연애를 주로 다루고 있는 이 소설은 독자들의 거센 항의로 연재를 중단하였다. 「청춘송」의 연재 중단을 비판하는 한 필자 미상의 글에는 예술성을 이해하지 못하는 독자들의 무지와 주체성 없는 신문사의 태도에 불만을 토로하고 있다.

연재된 내용만을 살펴보면 「청춘송」은 통속적인 연애담 이상의 의미를 지니지 못한 것으로 보이나, 창작 기법에 있어서는 예술성이 강조된 소설이다. 박태원이 그중 일부분을 수정하여 단편소설로 발표하면서 식민지 상황에 대한 비판적인 시각을 강화하고 있는 것은 작가의 문학의식이 예술 기법적 탐구에서 사회 모순의 탐색으로 변모하고 있다는 것을 반증한다. 또한 「청춘송」이 단순한 통속 연애담이 아니라 작가 나름대로 의미를 지니고 있는 작품이었다는 것을 의미하기도 한다.[10]

찻집 허가를 둘러싸고 남수와 경찰 사이에 벌어지는 일련의 상황 전개는 서민의 생존권을 철저하게 농락하는 식민지 경찰 행정의 폐단과 고압적인 전횡을 폭염이라는 상징적 배경과 함께 객관적으로 그려내고 있다. '炎'은 '덥다' '따갑다' '끓다'의 의미를 지니고 있다. 이러한 일차적인 '炎'의 의미가 이차적인 의미 속에 삽입되어 새로운 의미가 부가적으

---

10) 정현숙, 앞의 책, 1993.

로 생성된다.

「염천」에서는 날씨와 의미 사이에 밀접한 관련성이 포착될 수 있음을 보여준다. 폭염은 단순한 날씨를 의미하는 것이 아니라 식민지 경찰 행정의 횡포를 말해주며 그 속에서 시달리는 조선 민중의 지친 모습을 동시에 연상할 수 있게 한다. 특히 '찻집'이라는 말은 일차적으로 남수에게 생활의 방편이라는 의미지만, 찻집의 기능적 측면을 고려할 때 휴식과 만남이라는 의미를 기본적으로 전제하고 있다.

그렇다면 찻집은 일과 휴식이라는 이중적 의미를 지닌 것으로 보아야 한다. 번번이 찻집 허가를 거절당하는 남수의 처지는 단순히 개인적인 문제를 떠나 일과 휴식을 모두 빼앗긴 채 살아가야 하는 조선 민중의 피폐한 삶이라는 의미로의 확산이 가능하다.

이 작품에서는 서사 구조 밖에 위치하는 서술자에 의해서 남수와 경찰 사이에 전개되는 대화와 행동이 묘사되는데, 이것은 당시의 현실을 독자에게 생생하게 재현하여 서술적 객관성을 높이려는 의도로 보인다. 갖가지 구실을 붙여 남수가 신청한 찻집 허가를 불허하는 경찰의 자의적인 태도는 서민 위에 군림하는 식민지 지배 세력의 실체를 우회적으로 환기시킴과 동시에 당시의 민중들이 사회에 대해 적의를 느끼게 하기에 충분하다.

　① 객쩍은 소리를 하는 것을, 경관은 모른 체하고,
　"게서, 찻집을?"
　"네―. 그, 찻집을 하나 해볼까 허는데요……"
　남수가 그의 기색을 살폈을 때, 그러나 경관은,
　"소꼬와 다메다!"[11]

② 그러나 남수가 제법 자신을 가져, '종로통 삼정목 XXX번지'의 이층집을 설명하였을 때, 경관은 선하품을 한 번 하고,

"저―, 그럼 게가 바로 전찻길가가 아닌가?"

"네―, 바루 그렇습니다."

남수는 손에 든 모자를 잠깐 만지작거리며 대답하였을 때, 경관은 간단히 한마디,

"소꼬와 다메다!"

하고, 바로 전날 하던 그 말을 되풀이하였다.

(그럼, 전찻길가는 안 된단 말인가? 허지만, 멕시코나 뽀나미나, 다아, 전찻길간데……)[12]

③ "그럼, 바로 생철 지붕헌 그 집으로구먼 그래?"

"네, 바루 거깁니다."

"하, 하, 하,"

경관은 웃고,

"소꼬마 다메다요."

이번까지 도합 세 번을 그는 남수에게 같은 선고를 하였다.[13]

이처럼 무려 세 차례에 걸쳐 남수의 찻집 허가 신청은 번번이 경관의 적당한 구실과 함께 불허당하고 만다. 처음에는 지붕이 얇다는 이유로,

---

11) 박태원, 「염천」, 『이상의 비련』, 깊은샘, 1991, p. 163.
12) 같은 책, pp. 164~65.
13) 같은 책, p. 169.

두번째는 전찻길이라는 이유로, 그리고 마지막에는 생철지붕이라는 이유로 경관은 허가를 내주지 않는다. 불허 사유가 특별히 규정되어 있지도 않은 상황에서 경관의 자의적인 해석에 의해 허가가 나지 않는 것이다.

특히 '소꼬마 다메다'라는 일본어의 표기는 서민들의 생존권을 마음대로 좌우하는 일제 식민지 지배 권력의 권위적 담론[14]을 표상하는 언어적 표식이다. 이러한 지배 세력의 권위적 표현 앞에서 피지배 민족의 요구는 지극히 무력할 수밖에 없다.[15] 따라서 제목 '염천'은 시대적 상황과 관련된 일정한 의미를 함축하고 있기 때문에 해석학적 코드의 기능을 하고 있다. 또 이 소설 텍스트의 시작과 결말 부분은 날씨와 관련한 비유적 상황을 제시하여 서사적 핵심 의미를 구체화하고 있다.

①내일 모레가 바로 중복이라 해서, 더위가 한창인 어느 월요일 오후다.

경우에 따라서는, 오늘 이만 시각에, 한줄기 소낙비가 있을지도 모르겠다고 이것은 엊저녁의 '천기예보'다.

참말 시원하게 비라도 뿌린다면 작히나 좋으랴.

그러나 구름 한 점 없이 쨍쨍한 저 하늘 본새로서는 그것도 다 당치않은 수작인 듯, 이러한 날은, 행길보다 집안 속이 오히려 견디기가 낫대

---

14) 권위적 담론은 권위 그 자체라든가, 전통의 권위, 공인된 진리의 권위, 관료적 권위 및 그와 유사한 다른 여러 권위 등의 다양한 내용을 포괄한다. 즉, 종교적 교리나 이미 공인된 과학적 진실, 혹은 현재 유행 중인 책 등에 내포된 의미나, 정치적 도덕적 담론과 함께 아버지와 어른 및 선생님의 말 등이 이에 속하는데 과거와 유기적으로 연결되어 그 권위를 이미 과거에 인정받은 선험적 담론을 말하며 그 권위와 더불어 부침(浮沈)을 공유하기도 한다. 권위적인 담론은 그것을 조각내서 한 부분에는 동의하고 다른 부분은 부분적으로 받아들이며 또 다른 부분은 완전히 거부한다든가 할 수 없다. 미하일 바흐찐, 『장편소설과 민중언어』, 전승희·서경희·박유미 옮김, 창작과비평사, 1988.

15) 김흥식, 『박태원 연구』, 국학자료원, 2000.

서, 거리에는 사람들의 발자취도 드물다……[16]

  ② 천기예보는 그러하였어도, 비는 내릴 듯도 싶지 않게, 구름 한 점 없는 하늘에 불덩어리 같은 해만 이글이글 끓어올랐다.[17]

  날씨와 관련된 이 부분은 삼복더위 중에서도 그 절정이라 할 수 있는 중복을 앞둔 시점에서 한 줄기 소낙비를 기대하는 마음과는 반대로 구름 한 점 없이 쨍쨍한 하늘만 무더위를 더해주고 있다. 이는 광폭한 일본의 식민지 지배가 절정에 다다른 상황에서 그 어떤 개인적, 민족적 전망도 기대하기가 요원한 상황임을 암시한다. 남수가 전신에 느끼는 '더위와 피로'는 단순히 육체적인 것이 아니다.

  "이제 또 어딜 가보누?……" 하고 방향감각을 상실한 채 망연자실하고 있는 그의 모습은 가혹한 식민지 삶의 질곡 속에서 부유하는 조선 민족의 삶의 단면이자 삽화이다. 서술자가 제시한 객관적인 날씨는 남수가 처한 개인적 상황을 은유적으로 말해주고 있고, 나아가 남수와 같은 개인의 집합체가 처한 상황, 곧 집단적 상황으로의 확대 해석이 가능하다.

  따라서 ①은 텍스트 전체를 지배하는 의미망으로 작용하고 있고, 결말부인 ②와 호응을 이룸으로써 그 은유적 의미를 확고히 담지하는 모습을 보여준다. 즉, 일제의 폭압적인 통치는 이글이글 끓어오르는 불덩어리 같은 해로서, 해가 지닌 광명의 의미가 아니라 더위와 피로라는 고

---

16) 박태원, 「염천」, 앞의 책, p. 159.
17) 박태원, 같은 글, p. 170.

통만 안겨주는 대상으로 인식되고 있다.

　미래에 대한 전망을 확보하지 못한 개인이나 민족의 현실적 삶은 고통일 뿐이고, 이러한 상황 속에서 영위되는 개인의 삶은 극히 위축되어 갈 수밖에 없다. "거리에 사람들의 발자취도 드물다⋯⋯"는 표현은 삶의 중심 현장에서부터 후퇴해버린 거리의 표정이며 점차 역동성을 상실해가는 식민지 조선의 정태적 공간 표정을 단적으로 나타내는 말이다.

　식민지 시대를 살아가는 당시 민중들의 삶에 대한 관심을 형상화한 「염천」을 통하여 주목할 만한 것은 박태원의 작가의식의 변모 양상이다. 「염천」은 이상의 다방과 잦은 폐업 및 개업을 소설화한 작품이다. 구인회의 멤버이자 1930년대 모더니즘 문학의 선구자로서 이상과 박태원과의 친밀한 관계는 이미 언급한 바와 같이 익히 잘 알려진 사실이며, 박태원은 이상의 사생활을 고현학의 창작 방법론으로 구체화시킨 「제비」와 「애욕」을 발표하였다.

　그러나 이상의 사생활을 소설화하였다 하더라도 「염천」은 「애욕」「제비」와는 상당한 거리가 있다. 즉, 「염천」에서는 「애욕」의 주관적 미적 자의식이 객관적 현실 비판으로 변모되어 있다. 「애욕」에서의 창작 기법적 실험정신이, 「염천」에서는 당대 사회에 대한 비판의식으로 변화되어 비극적인 사회 구조를 설명하고 있다.

4. 「애욕」을 통해 본 박태원의 이상 관찰

　박태원 소설 세계의 이러한 변모 양상은 박태원 개인의 문학적 특질을 넘어서, 1930년대 한국 모더니즘 소설의 특성과 밀접한 관련성을 맺고 있기 때문에 일종의 일반성으로 이해되어야 한다. 박태원 소설의 변모 양상의 본질은, 모더니즘 소설 창작 단계에서 우세하던 주관적 내면 세계가 현저히 축소되고 객관적 현실 세계에 대한 비판적 안목으로 나아가는 것이다.

「애욕」역시 박태원이 이상의 애정 행각을 소재로 하여 쓴 소설이다. 이는 박태원의 「이상의 비련」이라는 글에서 확인할 수 있다.

> 마르고 키 큰 몸에 어지러운 머리터럭과 面毛를 게을리한 얼굴에 잡초와 같이 무성한 수염이며, 심심하면 손을 들어 맹렬한 형세로 코털을 뽑는 버릇에 이르기까지, 〈애욕〉속의 하웅은 현실의 이상을 그대로 방불케 하는 것이다.
>
> 〔……〕
>
> 죽은 벗의 비밀을 이야기하려다, 내 자신의 구악이 드러나는 것은 나로서 매우 처지가 거북한 노릇이지만, 진실을 위하여서는 또한 어찌 하는 수가 없을 것이다.
>
> 그 당시 나와 이상은 서로 전후하여 각기 한 개씩의 조그만 로맨스를 가졌었다.
>
> 이상의 情人이 어느 카페의 여급이라는 것과, 나의 상대가 모 지방 명사(?)의 딸이었다는 그만한 차이는 있었으나, 둘이 모두 작품 속의 소녀나 한가지로 상당히 방종성을 띠고있다는 점에 있어, 서로 일치되었다.
>
> 이상과 나는, 당시에 있어 서로, 겨 묻은 개였고, 동시에 서로 똥 묻은 개였다.[18]

---

18) 박태원, 「애욕」, 앞의 책, pp. 172~73.

앞의 인용에서 알 수 있듯, 박태원은 이상과 그 자신의 로맨스를 소재로 하여, 소설 속 주인공 '하웅'을 이상의 모습으로, 그리고 그 친구 소설가 구보를 자신의 모습으로 내세운 것이다. 그러나 이러한 관계는 서로 역전되기도 하였던 것으로 여겨진다. 「애욕」의 내용을 간추리면 다음과 같다.

제1절: 미술가 하웅과 그의 애인이 그녀의 하숙집 앞거리에서 헤어지려는데 소설가 구보가 나타난다.

제2절: 소설가 구보가 하웅을 찾아와 그 여자를 경계하라고 충고하나 하웅은 듣지 않는다.

제3절: 찻집에서 부랑 남자와 여자 들이 어울려 하웅을 비웃는데 구보가 엿듣게 된다.

제4절: 하웅이 시골 여자에게 결혼 승낙 편지를 쓰고 애인에게 절교를 선언하려는데 그녀로부터 전화가 와서 외출한다. 구보는 하웅을 배반한 여자가 다른 남자와 함께 걸어가는 모습을 보고 침을 뱉는다.

제5절: 하웅은 애인을 기다리며 그녀의 남성 편력에 괴로워한다.

제6절: 하웅을 배반하고 떠났던 여자가 돌아와 행패를 부리고 돌아간 뒤 하웅은 눈물을 흘린다.

제7절: 하웅의 애인이 하웅이 없다고 믿고 그의 다방에서 여러 남자들에게 전화를 거는데 하웅은 이것을 엿듣고 얼굴이 창백하게 변한다.

제8절: 시골로 낙향할 짐을 꾸리는데 여자로부터 편지가 온다. 하웅은 이를 읽고 고민하다가 결국 여자를 만나러 달려 나간다.

「애욕」에 등장하는 구보는 「소설가 구보 씨의 일일」에서와는 달리 확실한 방향감각을 지니고 있다. 그의 방향감각은 주로 생활의 가치를 옹호하는 데서 발휘된다. 이 점은 구보와 친구관계로 설정된 인물인 하웅에 대한 충고를 통해 드러난다. 그는 하웅의 연애 감정을 예술가적 자의식의 발로로 용납하지 않는다. 구보의 의식을 지배하는 것은 생활 세계의 논리이다. 이는 산책자 성격의 쇠퇴라 할 수 있다.[19]

하웅에게는 고향에 어머니, 그리고 그와 정혼한 여자가 있다. 하웅은 정혼한 여자를 사랑하지 않는다. 다만 정혼한 의리 때문에 시골로 돌아가야 한다고 생각한다. 하웅은 도시에서 두 명의 다른 여자와 관계를 맺는다. 한 여자는 하웅과 동거하면서 하웅이 운영하는 찻집의 마담을 맡았던 인물인데 이 여자는 하웅을 배반한다.

하웅이 이 배반에 충격을 받아 시골로 내려가리라고 결심했을 때 또 한 명의 여자가 하웅 앞에 나타난다. 하웅은 그녀에게 병적으로 매달리지만 그녀는 하웅을 농락의 대상으로 여기고 있다. 사태가 이렇게 되자 하웅은 '결혼'과 '사랑' 사이에서 방황한다. 하웅이 방향감각을 상실한 모습은 구보의 태도와 대조된다. 구보는 하웅에게 시골로 내려가 정혼한 여자와 결혼할 것을 강권한다.

하웅이 방향감각을 상실한 인물로 비치는 이유는 그가 정확한 가치 정향[20]을 지니고 있지 않기 때문이다. 하웅의 세계는 모자관계, 연인관계, 그리고 화가의 삶으로 구성되어 있다. 화가라는 예술가의 삶은 도시성을 띠고 있다. 그에 비해 모자관계는 시골과 연결되어 있다. 도시성

---

19) 손광식, 「박태원 소설 연구」, 성균관대 박사학위논문, 1999, p. 71.
20) 박태원, 「애욕」, 앞의 책, p. 80.

과 연결되는 예술가의 삶은 여자를 향한 욕망과 연결된다.

그 사랑은 생활의 덕목을 확보하는 것이 아니라 감정의 충실도를 앞세우는 만큼 정상적인 생활을 보장해주지 못한다. 하웅 또한 사랑의 감정에 따른 충동적인 결코 행복을 가져다주지 못하리라는 것을 알고 있다. 그러면서도 그는 감정의 움직임에 충실하려 한다. 도시의 여자는 하웅의 의식에 분열을 일으킬 뿐이다.[21]

여자에게 배반당하거나 농락당하는 것은 근대 도시 세계의 부박한 세태를 보여주는 것이다. 그때마다 하웅은 자기를 기다리고 있는 처녀를 생각하고 그곳으로 돌아가리라고 생각한다. 이런 처녀가 기다리고 있는 시골은 하웅이 모자관계와 연인관계를 유지할 수 있는 곳이다. 그런데 이 관계의 보장은 하웅이 그의 감정을 압살해야만 이루어지는 것이다. 그러나 하웅은 어찌할 수 없이 자신의 감정에 이끌려가는 인물로 나타난다.

「애욕」에서는 근대적 자아에 작용하는 세계의 이중성이 문제가 된다. 그 자아에게 외부 세계는 각각 다른 가치 규범으로 작용한다. 시골 세계는 진정성의 가치가 보존되어 있는 곳으로 설정된다. 하웅이 그 세계와 만나기 위해서는 감정을 압살하고 가족에 대한 의무를 이행해야만 한다. 자아가 그 규범을 따르면 그는 안주할 수 있다. 도시 세계는 가능성의 공간이면서 동시에 파멸의 공간이다. 여자에 대한 충동은 그 가능성의 표지이다. 그러나 충동에 이끌리는 삶이기에 그만큼 불안정하다. 「애욕」에서 이 두 가치를 지향하는 매개는 여자가 담당한다.[22]

---

21) 손광식, 앞의 글, p. 72.
22) 같은 글, pp. 73~74.

구보는 하웅의 이러한 태도에 대해 부정적이며 또한 친구로서 만류한다. 구보가 보기에 하웅은 도시 세계의 불량성의 중심에 서 있다. 하웅의 행위는 하웅이 화가라는 점에서 보면 예술가적 자의식과 연계될 수도 있다. 그러나 구보는 이 점에 대해 회의하는 모습을 보인다.

「애욕」의 여자 주인공은 남성을 유혹하거나 비웃고 배신하는 여성이다.[23] 그녀는 '눈이 맑고 깨끗한 여자'이면서 동시에 '천박한 여자'라는 양가성을 보인다. 그러나 '눈이 맑고 깨끗한 여자'란 사랑에 빠진 하웅의 눈에 비친 그녀의 모습이며, 실상의 그녀의 모습은 소설가 구보가 서술하듯 천박한 여자이다. 이러한 천박한 여자, 그리고 그녀와 동류인 불량 처녀·청년은 구보가 보기에 하웅 및 구보와 같은 예술가적 자의식에 대해 조롱하는 자들로 나타난다.

"너 왜 모르니? 마로니에 쥐인 말이야. 그 시어빠진 외지쪽 같은 얼굴에다 걸레쪽 같은 양복을 입구, 밑바닥커녕은 옆구리가 이렇게 미여진 구두를 신구…… 왜 그자 몰라?"

"몰라, 어디 그 집이 잘 가야. 이름은 뭣이게?"

"하웅이라나 보지, 아마?"

"아웅?"

"야— 웅이란다."

또들 경박하게 웃었다.

[……]

극장 가까운 찻집 한구석에 교양 없는 네 명의 사나이와 허영만을 가

---

23) 안숙원, 「박태원 소설 연구 — 위치의 시학」, 서강대 박사학위논문, 1992, p. 134.

진 두 명의 계집과 주고받는 천박한 수작이다.

"참 그건 그렇거니와 그자가 그림은 그릴 줄 안다데그려."

"아부라에를? 친구 미술가로군그래."

"그리면 제가 얼마나 그릴라구. 그렇찮어 기창이."

[……]

"그게 웬 작자야?"

"무어 소설 쓰는 사람이라지 아마. 구포라든가?"

"홍, 그 양반도 예술가로군그래. 미술가, 소설가. 홍"[24]

여자 주인공과 어울려 다니는 부류인 이들은 일단 하웅의 외모부터 조롱하기 시작한다. 덥수룩한 그의 머리를 '산상초인(山上草人)'이라 조롱하며 얼굴을 '시어빠진 외지쪽', 그가 입는 양복을 '걸레쪽', 신발은 '옆구리가 미어진 구두'라고 조롱한다. 여기서 묘사된 하웅의 외모는 확실히 이상의 모습을 떠올리게 한다. 그들은 하웅의 외모뿐만 아니라 그의 예술가적 자질까지도 조롱한다. 그리고 하웅뿐만 아니라 구보까지도 조롱한다.

하웅이란 이름을 "아웅"이나 "야웅"이라고 고쳐 부르거나 "구보"라는 호를 "구포"라고 부르는 행위는 바로 구보가 천박한 이들이라고 여기는 이들로부터 예술가의 자의식을 지닌 소설가나 미술가들이 조롱받는 모습을 극명하게 나타내고 있다. 이렇듯 「애욕」의 여자 주인공은 단순히 부정한 여자의 모습만 나타내는 것이 아니라 구보나 하웅의 예술가 의식을 조롱하는 천박한 인물의 전형으로 나타나고 있는 것이다.

---

24) 박태원, 「애욕」, 앞의 책, pp. 61~62.

5. 마무리

박태원의 문학 활동에 있어서 구인회 가입과 문학적 교유는 매우 중요하다. 구인회를 통하여 문단에서의 지위를 확고하게 정립할 수 있었던 것과 아울러 동인들과의 공동체적인 인식 또한 비단 문학 활동에만 국한되었던 것이 아니었던 까닭에서이다. 특히 이상, 이태준 그리고 김기림과의 관계는 주목할 만하다. 김기림의 다음과 같은 글은 그들의 관계가 얼마나 두터운 것이었나 하는 것을 잘 반증해준다.

> 구인회는 꽤 재미있는 모임이었다. 한동안 물러간 사람도 있고 새로 들어온 사람도 있었지만, 가령 상허라든가, 구보라든가, 상이라든지 꽤 서로 신의를 지켜갈 수 있는 우의가 그 속에서 자라가고 있었다는 것은 지금 생각해도 유쾌한 일이다. 우리는 때로는 비록 문학은 잃어버려도 우의만은 잊지 않았으면 하고 생각할 때가 있었다. 어떻게 말하면 문학보다 더 중한 것은 인간인 까닭이다.[25]

또한 김기림은 그들의 대화가 프랑스의 시에서 출발하여 영화, 현대회화에까지 미쳤다고 말하고 있는데[26] 이런 발언은 그들의 문학적 지향점을 가늠해볼 수 있게 한다. 이러한 예술파적인 분위기는 1930년대에 이르러 우리 화단에 후기인상파, 야수파, 표현파 등 다양한 사조들이

---

25) 김기림, 「문단불참기」, 『문장』 1940년 2월호.
26) 김기림, 「李箱의 모습과 예술」, 『이상선집』, 백양당, 1949.

유입되면서 형성되었던 분위기와도 관련성을 맺고 있다.[27]

구인회 동인들 중에서도 특히 이상과 박태원은 매우 친하였는데 그 둘은 현대예술에 대한 강렬한 욕구와 실험정신, 전위성 등에 있어서 선구적이라는 공통점을 지니고 있다. 동시에 둘 다 서울 태생으로 스스로 천재라고 생각하면서, 현실에 다소 지각하였다거나 그렇지 않으면 현실이 그보다 몇 시간 뒤떨어졌다고 믿으면서 새로운 문학 세대로 자처하였다. 이들은 문학이 감당할 수 있는 한 가능한 모든 실험적인 기법을 적극적으로 시도함으로써 문학 영역의 심화와 확대에 크게 기여하려 했다.

그러므로 역사소설이나 번역·번안소설에 이르기 이전 박태원의 모더니즘적 문학정신과 그 성과를 이해하기 위해서는, 구인회 활동과 이상과의 관련성을 깊이 있게 고찰하는 것이 필요불가결한 연구 절차에 해당한다. 이 글은 전체적인 박태원의 문학 세계 가운데 그 구인회 시절과 이상 관련 부분을 따로 적출하여 살펴본 것이며, 이 시기의 문학은 그의 시대적 특성을 가진 초기 문학과 그 이후 부피 있게 성장해가는 후기 문학 사이의 연결고리로서 중요한 매개적 기능을 담당하는 것으로 평가할 수 있다.

---

27) 오광수, 『한국근대미술사상 노트』, 삼지사, 1987.

참고문헌

강진호, 『박태원 소설 연구』, 깊은샘, 1995.

김기림, 「문단불참기」, 『문장』 1940년 2월호.

———, 「李箱의 모습과 예술」, 『이상선집』, 백양당, 1949.

김홍식, 『박태원 연구』, 국학자료원, 2000.

박태원, 「염천」, 『이상의 비련』, 깊은샘, 1991.

———, 「李箱의 悲戀」, 『여성』 4권 5호, 1939년 5월호.

———, 「李箱의 片貌」, 『조광』 3권 6호, 1937년 6월호.

———, 「李箱哀詞」, 『조선일보』 1936년 4월 22일자.

손광식, 「박태원 소설 연구」, 성균관대 박사학위논문, 1999.

안숙원, 「박태원 소설 연구 — 위치의 시학」, 서강대 박사학위논문, 1992.

염무웅, 「30년대 문학」; 「식민지문학의 전개과정」, 『민중시대의 문학론』, 창작
과비평사, 1979.

오광수, 『한국근대미술사상 노트』, 삼지사, 1987.

이경훈, 「이상과 박태원」, 『이상, 철천의 수사학』, 소명출판, 2000.

이중재, 『구인회 소설의 문학사적 연구』, 국학자료원, 1988.

정현숙, 『박태원 문학 연구』, 국학자료원, 1993.

유진 런, 『마르크시즘과 모더니즘』, 김병익 옮김, 문학과지성사, 1986.

일제강점기의 박태원 문학

1. 통속 및 친일문학의 시기

일제강점기의 시대적 상황이 막바지를 향해 가던 1940년을 전후하여, 박태원의 소설은 일정한 변모의 양상을 보인다. 이러한 변화는 그당시의 전반적인 사회·정치 상황의 변화에 조응하면서 이루어졌다. 이시기는 역사적으로 일제 군국주의 체제의 말기에 해당한다. 1931년 만주사변에서 본격적인 대륙 침략의 발판을 마련한 일제는, 이후 1937년의 중일전쟁, 1941년 태평양전쟁으로 이어지는 침략전쟁을 확대시켜나갔으며, 그 과정에서 군국주의 체제의 말기적 증상을 노골적으로 드러냈다.

식민지 조선에서 전시 체제하의 군국주의의 횡포는 모든 분야에 구조적 규정력으로 작용하게 되었다. 당시 일제의 문화 정책은 모든 문화적 생산물들을 그들의 침략전쟁에 직간접적으로 도움이 되도록 유도하는 것이 핵심이었다. 그리하여 일제의 군국주의 체제를 승인하는 이외의 다른 일체의 글쓰기 행위는 허용되지 않았다. 그 이전에 어느 정도 허용되었던 야유나 풍자 등의 간접화법을 통한 담론적 접근조차도 철저히 봉쇄되었다.

객관적 정세의 암전(暗轉)으로 인한 문화적 불모 상황의 식민지 조선에서 글쓰기 행위를 계속하고자 마음먹은 작가들에게 허용된 문자 행위의 선택은 제한적일 수밖에 없었다. 어떤 형식의 문자 행위이든 기본적으로 일제 군국주의 체제의 승인을 전제로 한 것이어야만 했으며, 그것을 전제하지 않는 것은 불법으로 탄압의 대상이었다.

이는 두 가지 차원에서 진행되었다. 하나는 적극적 차원에서였고, 다른 하나는 소극적 차원에서였다. 적극적 차원에서의 승인은 자기검열을 통해 그 당시 일제의 군국주의 침략전쟁을 노골적으로 미화하거나 찬양하는 작품들이었다. 소극적 차원에서의 승인 또한 자기검열을 통해 일제의 군국주의 침략 정책에 대한 문학적 대응력을 거세한 채 순전한 문학주의의 틀 속에 갇히는 일이었다. 정도의 차이는 있으나 양자 모두 일제의 군국주의 체제를 승인함으로써 일제 식민통치의 도구로 전락하고 말았다는 점에서 동일했다.

원고료에 의지해 어렵게 생활을 유지해나가던 박태원 역시 '조선문인협회'에 가입하는 것을 시작으로 군국주의 체제의 이데올로기에 순응하게 된다. 조선문인협회는 이후 '조선문인보국회'로 이름을 바꾸어 발전하는데, 박태원은 이 단체의 활동을 통해 대동아전쟁을 지지하는 글들을 발표한다. 또한 통속적인 연애 내용을 담은 글들을 발표함으로써 역사의식의 한계를 보이기도 한다.

이 시기의 작품들은 『천변풍경』을 정점으로 한 일련의 세태 반영 류

소설들에서 나름대로 확보해나가던 현실과의 서사적 긴장을 완전히 상실하고 '생활의 방편'으로 전락하고 말았다. 이는 애정 갈등과 흥미 본위의 통속소설로 나타났다. 박태원은 '자화상' 연작을 통해 소시민적 가장으로서 경제적 부담을 호소하기 몇 년 전부터 돈을 벌기 위해 신문 연재소설을 써왔다.

대표적인 작품으로『명랑(明朗)한 전망(展望)』(『매일신보』 1938년 4월 5일자~5월 21일자), 『우맹(愚氓)』(『조선일보』 1938년 4월 7일자~1939년 2월 4일자), 『여인성장(女人盛裝)』(『매일신보』 1941년 8월 1일자~1942년 2월 9일자) 등이 있다. 『명랑한 전망』과『여인성장』은 삼각관계의 애정 문제로 고민하고 갈등하는 통속적인 연애담이고, 『우맹』은 당대의 엽기적인 실제 사건이었던 백백교사건을 바탕으로 살인, 강도, 성폭행 등을 폭로·고발한 소설이다.

2. 소설의 통속화와『명랑한 전망』

남·녀 간의 사랑을 다룬 소설을 모두 '통속적'이라고 보는 것은 문제가 있다. 그러나 박태원이 1940년을 전후하여 신문에 연재한『명랑한 전망』『여인성장』『우맹』 등을 '통속적인 연애담'이라고 하는 데는 그만한 이유가 있다. 이 시기에 발표된 통속적인 연애담들은 연애소설의 본질이 추구하는 애정 갈등을 통하여 인간 존재의 근원적인 성찰과 기존 사회에 새로운 가치관을 제시하기보다 남녀 간의 애정관계를 도식화함으로써 그 행위를 단지 호기심 차원에서 표현하는 데 머물렀기 때문이다.

이 시기의 통속적인 연애담에는 삼각관계의 애정 문제로 고민하는 인물들이 서사 행위의 주체나 초점 인물로 등장한다. 이 인물들은 그러한 측면에 전일적으로 지배되어 그 이외의 다른 문제에 대한 인식 지평은 철저히 차단된다. 주인공의 주변 인물들 또한 감각적인 쾌락과 향락적인 삶을 추구하는 데만 배타적인 관심을 보일 뿐이다. 그 이외의 다른 문제들에 대해서는 진지한 반성적 접근을 보이지 않는다.[1] 또한 사회사적 문제 제기나 도덕적 일탈 행위에 대한 반론은 소설 내에서 철저히 차단되어 있다. 그래서 이 시기의 박태원의 연애소설은 현실에 대해 비판적인 식견을 상실한 채 통속적 흥미에 동화되어 서술되고 있는 것이다.

1938년 4월 5일부터 5월 21까지 『매일신보』에 연재된 『명랑한 전망』은 자유분방한 여주인공 혜경과 혜경의 약혼자인 희재의 애정 성취를 둘러싼 시련과 갈등을 주된 내용으로 담고 있다. 이들은 약혼한 사이지만, 혜경은 자유연애를 신봉하고 또 적극적으로 실천하는 개방적인 여자이다. 도덕과 윤리를 초월한 자유로운 애정 행각을 즐기는 혜경의 자유분방한 행위가 『명랑한 전망』의 서사적 얼개이다.

이 소설은 혜경의 자유분방함이 야기하는 갈등과 결혼의 장애 요인이 작품의 순차적 질서를 형성한다. 우선 줄거리를 살펴보면, 혜경은 희재의 약혼녀로서 부유한 집 딸이며 흡연과 자유연애를 즐기는 여자이다. 그녀는 희재와 만나기로 약속한 날 아무런 연락 없이 김영호라는 플레이보이와 함께 온천으로 여행을 떠난다. 뒤늦게 이 사실을 알게 된 희재는 충격과 분노로 파혼을 선언하고 절망에 빠진다.

실연으로 좌절에 빠진 희재는 과음을 하게 되고, 만취한 상태에서 평

---

1) 공종구, 「박태원의 통속소설 연구」, 『한국언어문학』 제31집, 1993, p. 350.

소 자신을 연모하던 카페 여급 애자와 정사를 벌인다. 애자가 임신을 하자, 희재는 도덕적 책임감과 현실적 타산 사이에서 갈등하다가 부모에게 알리지도 않고 애자와 동거 생활에 들어간다. 혜경 또한 희재의 동거 생활에 대한 반사적 대응으로 김영호와 결혼을 한다. 그러나 혜경은 김영호가 시골에 처자가 있다는 사실이 밝혀지자 곧 이혼을 하게 된다.

주위의 모멸과 냉대 속에서도 경자라는 딸까지 낳고 행복하게 지내던 희재와 애자에게 현실적인 시련들이 연쇄적으로 발생한다. 희재의 실직이 첫번째 시련으로 닥친다. 희재는 퇴직금으로 궁핍한 생활을 하면서 여러 번 취직을 하려고 하나 번번이 실패한다. 경제적 어려움을 해결하기 위해 애자는 다시 카페 여급으로 나가게 되고, 이로 인해 희재는 사실상 가장으로서의 존재 의미를 잃게 된다. 또한 두 사람의 동거 생활 사실을 우연히 알게 된 희재 아버지의 상경은 이들의 애정 유지를 불가능하게 만든다.

아버지의 상경으로 희재의 위기감은 고조되는데 희재 아버지와 혜경 아버지의 밀약으로 소설은 새로운 국면을 맞이한다. 희재 아버지는 혜경 아버지를 만나 희재의 취직을 부탁한다. 혜경 아버지는 희재의 취직을 쾌히 승낙하는 동시에 애자와의 동거 생활을 청산할 비용까지 제공한다. 희재는 아버지의 도움으로 애자에게 '자신의 딸인 경자의 한평생 생활을 보장할 정도'의 위자료를 주고 동거 생활을 끝낸다. 그리고 희재는 자유로운 삶을 살고 있던 이혼녀 혜경과 재결합하여 경제적이며 사회적인 상승을 보장받게 된다.

『명랑한 전망』은 '약혼-파혼-결혼'의 과정에 이르게 되는 혜경과 희재의 감각적이고 쾌락적인 애정 행각에 대한 이야기이다. 통속 애정소설이 대부분 그러하듯이 이 소설 역시 흥미 위주의 '사랑놀음'이 의도적인 구조로 설정되어 있다. 남녀 간의 애정과 욕망을 다룬다고 하여 모두 통속소설은 아니지만 소설이 애정의 갈등을 통하여 인간 존재와 정신의 참다운 가치를 묻고, 나아가서는 한 사회의 새로운 윤리관의 창출 여부를 진지하게 모색하는 본도를 일탈하여, 애정 성취에 따르는 시련과 갈등 자체에만 매달리게 되면[2] 통속소설로 전락한다.

우선 혜경의 개방적인 남성 편력이 소유로서의 성(性), 위안으로서의 성, 욕망으로서의 성이라는 남성 중심적 성 관념에 대한 거부와 인간성 해방이라는 본질적인 문제를 탐색한 것이 아니라는 점이다. 혜경의 자유연애는 다분히 감각적이고 쾌락적이다. 따라서 그녀의 행위에는 필연성이 결여되어 있다. 우연의 잦은 개입 역시 통속소설의 중요한 특성인데, 혜경뿐만 아니라 『명랑한 전망』의 등장인물들의 행동은 필연성이 아닌 우연의 연속으로 이루어진다.

이 소설의 사건 전개의 중요한 핵인 혜경의 온천행은 우연의 산물이다. 이미 약혼자가 있는 혜경이 약혼자와 만나기로 한 날 아무런 연락도 없이 다른 남자와 온천으로 여행을 간다는 사실은 쉽게 납득할 수 없는 일이다. 뿐만 아니라 희재와 애자의 한 번의 정사가 임신으로 이어지고, 이 소설의 중요한 전환점을 이루는 희재 아버지와 혜경 아버지의 만남 역시 우연하게 이루어지고 있다. 이런 우연의 점철은 소설에서 개연성과 현실성의 결핍을 초래하고 긴밀하지 못한 인과관계를 낳아 치명적인 약점으로 드러난다. 희재가 애자와 결별하고 혜경과 다시 결합하는 과정에서도 심각한 고민이나 갈등이 제기되지 않는다.[3]

---

2) 유문선, 「애정갈등과 통속소설의 창작방법 — 김말봉의 「찔레꽃」에 관하여」, 『문학정신』 1990년 6월호, p. 54.
3) 정현숙, 『박태원 문학 연구』, 국학자료원, 1993, pp. 233~36.

희재와 혜경의 재결합 과정은 동기가 불순한 만큼 그 진행 과정은 더욱 불순할뿐더러 통속성의 극치를 보여준다. 희재를 순정으로 대하는 애자와 그 딸을 떼어놓는 수단으로 사용되는 것은 희재 아버지의 낡은 권위와 혜경 아버지의 약간의 돈이다. 희재가 이러한 결과에 어렵지 않게 승복하는 것도 혜경 아버지의 돈의 위력 때문이다. 작가는 이러한 상황을 비판적 매개 과정을 거치지 않은 채 즉물적으로 드러내고 있다. 곧 박태원이『명랑한 전망』에 끌어들인 이야기나 사건은 부정적인 현실과의 동일화를 통해 그것의 부정성을 드러내지 못하고 있을뿐더러 지극히 부정적인 속물적 현실에 통합되어 있는 상태다. 문제는 그럼에도 이와 같은 통속소설이 씌어지는 것에 별다른 회의를 보여주지 않는다는 사실에 있다.

철수는 집을 떠나 신계사에 있은 지 달반 동안에 마침내『명랑한 전망』을 완성하였다. 勞作 후의 결코 불쾌치 않은 피로를 안고 그가 경성역에 내린 것은 십일월 초순 —— 역두에는 어머니와 명숙이가 마중을 나와 있었다.[4]

그는 그의 또 다른 통속소설인『여인성장』을 빌려『명랑한 전망』의 탈고를 '노작(勞作)'이라 자칭하고 있으며 그 사실을 공공연히 드러내기까지 한다.

이 땅에서 글을 써 가지고 살림을 차려본다는 것은 거의, 절망에 가까

4) 박태원, 『여인성장』, 깊은샘, 1993, pp. 233~36.

운 일이 아닐 수 없건만, 그러나 나에게는 글을 쓴다는 밖에 아무 다른 재주도 방도도 없었으므로, 아내의 눈에도, 딱하게, 민망하게, 또 가엾기까지 보이도록, 나는 나의 힘이 미치는 데까지, 밤낮으로 붓을 달렸다. 내가 다달이 벌어들인 돈은, 예전 같으면 우리 살림에 쓰고도 남을 만한 것이었으나 애꾸에게 이자를 치르기 위하여서는, 그것이 오히려, 부족한 금액이라 알 때, 나보다도 아내가 먼저, 그리고 좀더, 풀이 죽었다.[5]

박태원이 '자화상 제3화'라고 명명한 「채가」를 통해 보면, '밤낮으로 붓을 달린' 결과로 나온 작품들 가운데 하나가 통속소설이며, 통속소설에 밤낮으로 매달릴 수밖에 없는 까닭은 집을 짓느라 무리하게 빌려다 쓴 돈의 이자를 치르기 위해서다. 시급한 생계 수단도 아닌 빚을 갚기 위해 씌어지는 소설이란, 곧 「채가」 첫머리에서 보듯 "낡은 문자를 바로 새롭게 가슴 속에 느껴보면서" 신수풀이를 하는 것으로 시작할 만큼이나 안이한 상태에서 씌어진 것이다. 곧 현실에 대한 서사적 긴장감을 상실한 상태에서 밤낮으로 붓을 달려 나온 결과물이 『여인성장』이다.

앞으로 살펴보겠지만 김철수가 『여인성장』에서 벌여놓은 이야기와 사건 역시 통속소설의 범주를 벗어나지 못한다. 은사의 딸인 순영을 돌보아주는 과정에서 순영과의 구설수에 휘말리다가 결과적으로 순영에게 마음의 상처를 주는가 하면, 연인관계에 있던 이숙자가 최상호의 간계에 빠져 어쩔 수 없이 결혼해버린 사실을 알고 고민하는 와중에, 숙자의 시누이 벌이자 최상호의 누이인 숙경과의 관계에서 우유부단한

5) 박태원, 「채가」, 『문장』 3권 4호, 1941년 4월호.

행동을 취하는 철수의 모습이란, 이를테면『명랑한 전망』을 노작이라 칭하는 작가의 분신을 보는 것 같다. 따라서 결국은 재력가의 딸이면서 미모를 겸비한 숙경과 약혼하는 철수의 현실 타협적인 선택은 작가의 선택이기도 한 것이다.

철수가 현실과 쉽사리 타협하는 것만큼이나 그를 둘러싼 주변인물도 손쉽게 현실에 안주하거나 순응하는데, 이것은 곧 작가의식의 훼손을 의미한다. 작가의식이 훼손된 상태는 사건을 서술하는 외적 형식에 대한 배려는 간 데 없고 내적 형식마저도 우연성과 피상성에 물들어 있는 것과 연관되어 있다.『명랑한 전망』과『여인성장』에서 보이는 통속성이 이를 잘 말해준다. 결국 기법의 와해를 수반한 이 소설들의 통속성과 『명랑한 전망』의 허상은, 파시즘적 식민지 상황 속에서 독자들의 현실 감각을 흐리게 함으로써 자신들의 고통스러운 식민지 현실을 망각하게 하거나 현실도피의 수단이 되게 한다. 그리하여 세계와 인간에 대한 정직한 대응을 불가능하게 하는 것이다.

3. 친일문학의 이면과「아세아의 여명」

일제의 침략을 찬양하고 그 침략자의 역사와 전쟁 도발을 미화했던 문학을 우리는 통틀어 친일문학이라고 부른다.[6] 중·일 전쟁을 전후하면서 싹트기 시작한 전쟁문학, 그 후의 애국문학 그리고 1940년대 전반의 국민문학 등 일련의 문학 활동 및 문학 작품은 정도의 차이가 있을

---

6) 김병걸, 「친일문학, 그 배족(背族)의 현재성」, 『순국』 1990년 8월호, p. 95.

지언정 모두 일본 군국주의를 선양하고 추종하는 범죄문학이었다.

한국문학사에 있어 1940년대 전반을 암흑기(暗黑期)라 부르는 것이 일반화되어 있는데, 이를 처음 문학사에 쓴 사람은 백철이다. 1940년 2월에 창씨제도(創氏制度)를 시행했고, 1940년 8월 『조선일보』와 『동아일보』를 폐간시켰고, 1941년 4월에는 유일한 문예지인 『문장』과 『인문평론』을 폐간시켰으며 『인문평론』의 후신으로 『국민문학』을 내세워 거의 일본어문(日本語文)으로 글을 쓰게 하였다.[7] 이에 대해 백철은 그의 『조선신문학사조사』에서 다음과 같이 서술하고 있다.

情勢가 이러한 대목에 이르면 벌써 조선문학을 운운할 시기는 아니던 것이다. 과연 그 뒤에 나온 『國民文學』誌에도 어느 동안까지 조선어의 작품이 실리긴 했으나 소위 작품이 내용을 떠나서 형식만이 존재할 수 없다면 이때의 작품이란 직접 일본 전쟁 협력을 위한 것이 아니면, 검열이 통과되지 않은 시대에 있어 그 내용이 조선어 작품이란 벌써 진정한 조선문학과는 거리가 멀은 것이었다. 그리하여 1941년 말부터 1945년까지의 약 5년간은 조선 신문학사상에 있어서 수치에 찬 암흑기요, 문학사적으로는 백지로 돌려야할 블랭크의 시대였던 것이다.[8]

암흑기라는 용어는 이때의 문학사를 허무주의적으로, 비판적으로 바라보게 할뿐더러 문학사에 대한 실체적 접근을 가로막는 것이 아닌가 하는 문제의식[9]이 제기되어왔으나, 질식 상태에 놓인 당대의 평가로

---

7) 장덕순, 「일제암흑기의 문학사」, 『세대』 1963년 9월호, p. 178.
8) 백철, 『조선신문학사조사 — 현대편』, 백양당, 1949.
9) 신희교, 「친일문학 규정 고찰」, 『한국언어문학』, 2000, p. 423.

일정 정도 타당성을 담보하고 있다 하겠다.

친일문학 연구의 효시이자 고전이 된 임종국의 『친일문학론』[10]에서는 친일 행위에 대해서 단체 활동과 개인 활동으로 나눠 접근한 뒤 부록으로 관계 작품 연보와 인명 해설을 싣고 있는데, 친일 작품을 쓴 문인 목록만도 120여 명에 이르고 있다. 친일 문제, 반민족 문제를 다루는 민족문제연구소의 소장을 맡고 있는 임헌영에 의하면, 이는 해방 전후 한국 문인이 100명이었던 사실로 미뤄볼 때 거의 100퍼센트에 육박한다고 볼 수 있다. 이러한 문단 내적 상황을 고려해볼 때, 친일이라는 행위 여부만을 기계적으로 따져서 단죄하려는 풍토는 흑백논리에 가까운 단순 논리일 뿐 그 이상의 의미는 지닐 수 없다.

박태원 역시 친일이라는 굴레로부터 자유롭지 못했다. 박태원의 문학에 지대한 영향을 준 이광수 그리고 막역한 사이였던 이태준마저 친일적 내용의 글을 발표했다. 친일문학 「아세아(亞細亞)의 여명(黎明)」은 그러한 환경 아래에서 씌어졌다. 그러나 이 작품은 친일문학이란 표층적 굴레에도 불구하고 그 내면이 그렇게 간략하지 않다. '아세아'의 제민족은 일본을 중심으로 뭉쳐야 한다는 일제의 대동아공영권을 표면주제로 삼고 있지만, 작품을 정치하게 읽어나가면 전쟁의 종결과 민족자결, 평화의 열망을 이면 주제로 담고 있음을 확인할 수 있다.

「아세아의 여명」의 무대는 중국이다. 중일전쟁 중인 중국 장개석 정부의 부주석 왕조명은 일본과의 화평(和平)만이 조국을 살릴 수 있는 유일한 길이라 믿는 인물이다. 왕조명은 국민당 정부의 항전(抗戰)파에 강렬하게 반발하며 일본과의 화평을 주장하지만, 이는 받아들여지지

---

10) 임종국, 『친일문학론』, 평화출판사, 1966.

않는다. 화평파로 낙인찍힌 왕조명은 더 이상 장개석을 설득시킬 수 없음을 깨닫고 중경을 탈출, 제3의 통로로 화평론을 관철시킬 결심을 한다. 왕조명 일행은 자신들을 제거할지도 모르는 항전파의 감시망을 피해 중경을 탈출, 하노이에 숨어 지내며 일본과의 강화를 지지하는 성명을 발표한다.

장개석 정부는 이들의 화평운동을 저지하기 위해 특무공작대를 파견하여 그 생명을 위협하지만, 동지들의 희생에 의해 왕조명은 건재한다는 줄거리이다. 그러나 이야기의 전개는 장개석 정부와의 대결을 전면적으로 다루고 있다기보다, 항전파들이 거점을 마련하고 있는 중경을 벗어나기 위한 왕조명 일행의 숨 막히는 탈출 과정과 그 과정에서 왕조명을 돕는 우국지사들이 충정 어린 희생 이야기가 주요한 흐름으로 등장하고 있다.

「아세아의 여명」은 중일전쟁을 배경으로 하고 있지만, 전쟁 당사국인 중국과 일본의 대립에 초점을 맞추고 있지 않다. 소설의 전개는 일본이 생략된 채, 중국 내 항전파와 화평파의 대립을 기반으로 화평파의 활약상을 중점적으로 그리고 있다. 주인공인 왕조명은 일본과의 화평을 주장하지만 그 근거가 강력한 일본의 우세함에 있는 것이 아니다. 왕조명은 전쟁의 방법이 아닌 평화적인 방법만이 난국에 처한 조국을 구할 수 있는 유일한 길이라고 믿는 인물인 것이다. 이와 대비해서 장개석 정부의 항전파는 대의명분만을 앞세워 전쟁을 지지하고 화평파를 제거하기 위해 잔인무도한 특무공작대를 파견할 만큼 도덕적 정당성을 상실한 무리들로 그려진다.

그러나 이렇게 단순한 선악 대결 구도의 이야기는 세태소설로 유명한 『천변풍경』을 쓴 박태원의 소설이라 하기에는 부족함이 많다. 「소설가

「구보 씨의 일일」의 탁월한 심리묘사의 재능을, 「아세아의 여명」에서는 왕조명을 위시한 화평파의 묘사에서 미약하나마 발견할 수 있다. 선악 대결 구도의 이야기가 갖는 단순함을 보완하기 위해 「아세아의 여명」에서는 속도감 있는 이야기의 전개와 함께 등장인물들의 내면적 갈등을 보여주는 심리묘사들이 군데군데 보인다.

그중에서 장개석 정부의 특무공작대 출신으로 자신의 임무에 회의를 느끼고 왕조명을 돕기 위해 정보를 제공하는 정묵촌의 인물 형상화는 잔잔한 감동을 자아낸다. 또 왕조명을 대신해 죽음을 맞는 증중명의 의연한 태도는 장엄한 비장미와 함께 하나의 연상작용을 불러일으킨다. 그것은 독립을 쟁취하기 위해 일제에 항거하고 있는 독립투사들의 음영이다.

박태원은 소설의 시공간적 배경을 일제 말기 식민지 현실에서 분리시킴으로써 일정 부분 역사적 현실로부터 자유로울 수 있는 심리적 거리감을 확보하였다. 일본의 대동아공영권에 동조하는 표면적 주제를 거스르지 않고 전쟁의 종결과 민족 자결의 열망이라는 이면의 주제를 표출하기 위해 제3국인 중국을 소설의 배경으로 설정한 것이다. 이는 폭압적인 정치 현실을 담아내기 위해 작가들이 유구한 역사의 무대로 눈을 돌리는 것과 같은 맥락이라고 평가할 수 있다.

이광수는 중편소설 「그들의 사랑」의 끝 부분에서 주인공의 입을 빌려 다음과 같이 말한다. "나는 첫째로 일본이 내 조국인 것을 깨달았오. 나는 지금까지 두 마음을 가지고 살아오던 생활을 청산하고 오직 한 마음으로 일본을 위하여서 충성을 다하기로 결심하였오." 그리하여 그는 광주학생사건이 조선 청년 전체에게 큰 불행을 입힌 만행이라 비판한다.

일본 제국주의의 황도신학을 미화했던 최남선은 「아세아의 해방」이라는 수필에서 일본을 조국으로 규정하고 대동아전쟁이라는 세계사적 범죄를 가리켜 일본의 아세아 민족의 해방이라느니 세계의 개조라느니 우겨대는 반민족적·반역사적인 패륜아로 전락하고 만다.[11] 박태원의 경우는 이러한 적극적이고 전방위적인 친일과는 거리가 있지만, 그렇다고 해서 그의 소설이 친일이 아닌 것은 아니다.

일제 식민지 치하에서 우리 문인들은 이광수와 최남선의 경우처럼 극단적인 경우는 아니지만, 민족독립의 사명감에 불탄 극히 소수의 시인·작가를 빼고는 반민족적 글을 쓴 뼈아픈 시련의 시기를 거쳐왔다. 물론 역사에서 공백기는 있을 수 없다. 시대적 성격 자체가 폭압적인 암흑기였기에, 당시의 문학은 한국문학이라 규정할 수 없다는 비판적인 논리는 역사 기술에 그다지 도움이 되지 않는다.

친일문학의 평가는 면밀한 자료 검토와 분석을 기반으로 수행되어야 할 것이며, 문학사의 올바른 복원을 위해서도 친일문학을 둘러싼 합리적이고 균형성 있는 연구방법론이 모색되어야 할 것이다.

4. 마무리

이 글에서는 일제강점기의 박태원 문학이 가진 성격과 특성, 그 문학적 의미와 시대사적 한계에 대해 살펴보았다. 일제하의 통속적 소설 및 친일 소설의 창작이, 개인적 삶의 환경이나 민족공동체의 객관적 상황에 비추어 불가항력적인 측면이 없지 않으나, 그가 『천변풍경』이나 「소

---

11) 김병걸, 앞의 글.

설가 구보 씨의 일일」을 통해 당대 소설의 가능성을 보여준 유수한 작가였다는 점에서 아쉬움이 남는 것은 어쩔 수 없는 일이다. 이는 또한 그 시기를 제외한 박태원 문학의 가치를 인정하는 것이면서, 동시대 분단 이후 북한 최고의 역사소설 작가로 전이해간 그의 행적을 두고서도 포괄적인 조명을 필요로 한다는 사실을 환기시킨다.

이 시기 박태원 소설의 통속화 경향은, 『명랑한 전망』의 분석을 통해 그 원인과 결과 그리고 문학적 의미를 검증해보았다. 목전의 화급지사였던 호구의 해결이 가장 큰 빌미를 제공했지만, 그의 문학이 그 이전에 그러했던 것처럼 동시대의 새로운 지평을 열어나가지 못하고 현실의 바닥에 주저앉고 만 것은 한국문학 전반의 진전을 담보하지 못한 안타까움을 함께 촉발하는 형국이 된다. 한 시대의 외형적 장벽을 넘어서기가 그렇게도 어려운 것은, 우리 문학사의 허균과 『홍길동전』, 박지원과 『허생전』의 경우를 통해서도 익히 목도한 바 있는 터이다.

그런가 하면 그의 친일문학 행각은, 「아세아의 여명」 분석을 통해 그 자의성과 타의성, 표면적 주제와 이면적 주제의 의미에 대해 검증해보았다. 친일이라는 문제가 그 시기 거의 모든 작가들에게 공통적으로 부하될 수밖에 없는 시대적 한계였다 할지라도, 한국문학에서의 평가는 고사하고 '민족 주체성'을 주요 과제로 내세우는 북한문학에서 추앙받는 작가가 된 이력과 비교해볼 때에도 시사하는 바가 적지 않다. 물론 시대적 검열의 칼날을 피해 이면 주제를 따로 두고 소설을 서술해나간 고뇌와 어려움을 발견할 수 있고, 이것이 이광수·최남선 등의 경우와 차별성을 갖는 측면이 엄연하지만, 친일이라는 족쇄를 벗어던질 수준에 도달하지는 못했다는 판단 또한 엄연하다. 이러한 대목들이 곧 그의 문학이 가진 성격적 특성이요, 한계이기도 한 것이다.

이 글은 그동안 필자가 지속적으로 써온 박태원론에 있어서 「박태원 문학의 성격과 세계관」「박태원의 구인회 활동과 이상」의 다음 자리에 놓이면서, 「해방 전후 박태원의 역사소설」「월북 후 박태원 역사소설의 시대적 성격」의 앞자리에 놓이는 구조적 지위를 갖고 있다. 박태원 문학의 전반기와 후반기를 연계하는 중간 단계로서의 일제강점기 문학은, 그의 작품 세계 내에서도 일정한 의미가 있고, 또 필자의 연구 과정에 있어서도 소홀할 수 없는 부분이다.

참고문헌

공종구, 「박태원의 통속소설 연구」, 『한국어문학』 제31집, 1993년 6월호.

김병걸, 「친일문학, 그 背族의 현재성」, 『순국』, 1990년 8월호.

김종회, 「해방전후 박태원의 역사소설」, 『구보학보』 제1집, 2006년 12월호.

박태원, 「채가」, 『문장』 3권 4호, 1941년 4월호.

───, 『여인성장』, 깊은샘, 1993.

백 철, 『조선신문학사조사—현대편』, 백양당, 1949.

신희교, 「친일문학 규정 考察」, 『한국어문학』, 2000년 12월호.

유문선, 「애정갈등과 통속소설의 창작방법」, 『문학정신』 1990년 6월호.

임종국, 『친일문학론』, 평화출판사, 1966.

장덕순, 「일제암흑기의 문학사」, 『세대』 1963년 9월호.

정현숙, 『박태원 문학 연구』, 국학자료원, 1993.

해방 전후 박태원의 역사소설

1. 머리말

일제강점기의 문학은, 당대에 작품을 쓴 모든 작가들에게 공통적으로 작용하는 강압적 굴레를 둘러쓰고 있었고, 이는 박태원에게도 예외일 수 없었다. 일제하의 박태원은 『명랑한 전망』이나 『우맹』, 그리고 『여인성장』과 같은 통속소설에 침윤해 있거나 「아세아의 여명」과 같은 친일소설을 썼다. 이 시기의 박태원 문학은 『천변풍경』의 세태 표현이나 「소설가 구보 씨의 일일」에 나타난 심리 묘사의 탁월성을 가리고 있었다고 할 수 있다.

해방 직전 시기의 박태원은 주로 중국 고전소설의 번역에 주력했고 해방 공간에서는 역사소설의 창작에 중점을 두었으며, 월북 이후에도 역사소설 창작의 관행을 더욱 발전시켜 『계명산천은 밝아오느냐』(문예출판사, 1965) 및 『갑오농민전쟁』(문예출판사, 1974~86) 등으로 북한 최고의 역사소설 작가로 평가받는 데 이르렀다.

이 글에서는 일제강점기의 통속 및 친일문학을 창작하던 시기와 월북 이후 본격적인 사회주의 관점의 역사소설을 창작하던 시기의 중간에 해당하는, 해방 전후 박태원의 번역 및 역사소설에 집중하여 살펴보기로 한다. 그리하여 이 시기의 박태원 문학이 그 이전과 이후의 작품세계와 어떤 상관성을 갖고 있으며, 전체적인 박태원 문학의 이해와 평가에 있어 어떤 의미를 갖는지 구명해보기로 한다.

2. 해방 직전 번역소설의 의의

박태원은 아직 본격적인 소설가로 나서기 이전 여러 장르에 걸쳐 습작을 발표했다. 그때 소설 형식을 빌려 처음 발표한 작품이 야담 계열로서, 초패왕 항우와 우미인에 관한 역사를 이야기 형식으로 푼 「해하의 일야」(1929년 12월)이다. 이를 통해 박태원이 처음부터 역사소설에 관심을 가졌던 것을 알 수 있다. 물론 그 이후 박태원은 1930년대에 이르러 소설 창작에 집중하는데, 그 경향은 「소설가 구보 씨의 일일」처럼 도시에 사는 인물들의 피로한 내면심리를 섬세하게 묘사하는 데서부터 『천변풍경』으로 대표되는 도시 서민의 풍속의 묘사로 변화해갔다.

그러다가 일제 군국주의의 탄압과 검열이 심해지면서 1940년대 초부터 해방되기 이전까지 「신역삼국지」(『신시대』 1941년 5월호)나 「수호전」(『조광』 1942년 8월~1944년 12월호), 「서유기」(『신시대』 1944년 12월호) 등의 중국소설을 번역하는 데 힘을 쏟았다.[1] 이 시기에 씌어진 중국 번역소설과 역사소설에 대한 해명이 박태원 문학의 전개 과정과 변모를 해명하는 데 징검다리 역할을 하기 때문에, 그 변화의 구체적 양상과 계기를 살펴보기 위해서는 먼저 그의 번역소설이 지니는 의미를 조명해볼 필요가 있다.

그의 번역 작업의 의미를 처음으로 주목한 김윤식은 "중국소설에의 편향성이 일변도이자 전면적이라는 데 그 특징이 있다"고 평가하고 있다.[2] 그것이 친일문학으로 나아가지 않으면서 '글쓰기'를 계속하려는 하나의 방책이었던 까닭에, 번역 일은 곧 '글쓰기 연습'이고 또 '새로운 방법의 터득'이기도 했다는 것이다. 이로써 "카프 작가나 모더니즘 작가를 통틀어 오직 박태원만이 자기의 문학적 삶 전체를 들어 역사소설에로 달려갔다"는 것이다.

반면 이상경은 그의 중국 역사소설 번역이 친일소설을 쓰지 않기 위한 단순한 도피책이 아니었다고 해명하고 있다.[3] 이 시기에 그가 「아세아의 여명」(『조광』 1941년 2월호), 『군국의 어머니』(조광사, 1942) 등의 친일소설을 쓰고 있다는 사실과 더불어, 일제 말 총독부 기관지 『매일신보』에 마지막으로 연재한 소설 「원구」(1945년 5월 18일~8월 14일)가 일본이 원의 군대를 물리친 사건을 그리려다가 해방으로 인해 중단된 점을 논의의 근거로 들고 있다. 요컨대 고전 번역의 의의를 단순한 도피책이 아닌 역사소설의 창작 연습으로 본다는 것이다. 번역이 역사소설을 창작하기 위한 연습의 장이 되고 있다는 점에서는 김윤식의 논의와 크게 다르지 않다.

한편 일제 말 박태원의 중국소설 번역은 한글을 지키려 한 무사상적

1) 이상경, 「박태원의 역사소설」, 『박태원』, 새미, 1995.
2) 김윤식, 「박태원론」, 『한국 현대 현실주의 소설 연구』, 문학과지성사, 1990, pp. 143~44.
3) 이상경, 위의 글, pp. 164~65.

글쓰기라는 점에서 긍정점을 지니지만, 대동아공영권의 사상과 관련된 상황적 선택이라는 점에서 다른 작가들의 통속소설 및 역사소설로의 행보와 마찬가지로 친일로 갈 수밖에 없는 부정적인 면을 갖는다는 견해도 있다. 박태원의 번역 작업 동기에 대한 치밀한 논증에서 말미암는 이미향의 결론은 박태원의 중국소설 번역이란 결국 일본의 대동아공영권 건설이라는 사상적 테두리 안에서 쓰여진 것에 불과하다는 것이다.[4]

이와 달리 박태원이 중국 역사소설 번역에 몰두한 사실을 그의 작가적 의식의 한 표현으로 보는 논의도 있다. 타의에 의해 붓을 놓지 않으면 안 되었던 상황에서도 줄기차게 집필에 대한 창작에의 집념이란 곧 작가적 의식의 표현과 같다는 전제 아래 그의 역사소설의 의미를 추출하고 있는 김종욱의 논의가 그것이다.[5]

이렇게 보면 박태원의 번역 작업에 대한 해명은 간단하게 평가하기가 쉽지 않음을 알 수 있다. 그의 번역 작업에 대한 논자들의 시각적 스펙트럼이 다양하다는 것은, 그 일의 동기나 궁극적 의의가 그만큼 달리 해명될 수 있는 것이기 때문이다. 따라서 이 문제의 해명은 연구자들의 논의가 상충되고 있는 지점에서부터 해결해나가는 것이 타당할 것이다. 논자들의 의견이 크게 상충되는 문제점은 두 가지로 추출된다. 그 하나는 그의 번역 작업을 친일문학으로부터의 탈출구로 볼 수 있느냐의 문제이고, 다른 하나는 그의 번역 작업이 역사소설로 나아가기 위한 당위

---

4) 이미향은 그의 번역 작업 동기를 ①문학에 대한 정열이 없어지고, 쓸 소재도 없으며 ②생계를 위해 ③한글을 지키기 위해 ④아시아공영권에 따라 ⑤어린 시절의 양백화에게 받은 중국 고전소설에 대한 지식과 한문 실력 등에 선택되어진 것으로 해명하는데, 치밀한 실증 작업에 바탕한 논리라 설득력이 있다. 이미향, 「박태원 역사소설의 특징 — 해방 직후 작품을 중심으로」, 강진호 외, 『박태원 소설 연구』, 깊은샘, pp. 253~54.
5) 김종욱, 「일상성과 역사성의 만남 — 박태원의 역사소설」, 『박태원 소설 연구』.

적 방편 정도에서 그치느냐, 아니면 그 자체를 작가적 의식의 표현으로 평가할 수 있느냐의 문제이다.

박태원에게 번역 작업은 낯설지 않은 것이다. 일본 유학 시절 서구문학에 심취, 경도되어 서구문학 번역에 주력한 적이 있기 때문이다.[6] 영어에 남다른 자신이 있는 영문학도였던 그가 문학 수업 시절 서구소설을 번역한 작업이 이후 그의 문학 활동에 직접적인 영향을 끼쳤다는 것은 그의 소설 작품에서 확인되는 사실이다.

여기서 주목할 점은 그가 일제 말기에 다시 번역 작업을 택했을 때는 서구문학보다 중국 고전문학에 관심을 두었다는 사실이다. 그의 번역 작업과 중국 고전문학과의 상관관계를 놓고 먼저 주목할 사실은, 외적인 상황 곧 일제 말기에 박태원이 처한 극한 시대적 상황이다. 박태원이 중국 고전소설을 번역하기 시작한 1938년은 중일전쟁이 발발한 다음 해로 대동아공영권이 시작되던 시기이다.[7]

대동아공영권은 서구 열강의 침탈과 억압에서 벗어나 일본을 중심으로 아시아의 신체제를 건설하자는 것으로 서구문화에 대해 매우 배타적이었다. 이 시기의 모든 잡지가 중국 특집을 만들어 중국의 풍속과

---

6) 「바보 이반」(톨스토이, 『동아일보』 1930년 12월 6일~24일), 「도살자」(헤밍웨이, 『동아일보』 1931년 7월 19일~31일), 「봄의 파종」(오플래허티, 『동아일보』 1931년 8월 1일~6일), 「조세핀」(오플래허티, 『동아일보』 1931년 8월 7일~15일), 「차 한잔」(맨스필드, 『동아일보』 1931년 12월 5일~10일), 「파리의 괴도」(프레데릭, 조광사, 1941)이 있다. 김봉진, 『박태원 소설 세계』, 국학자료원, 2001.

7) 이 시기 객관적 정세의 약화 현상이 당대 사회·경제·문화 전반에 걸쳐 막강한 영향력을 행사한다는 김윤식에 따르면, 일본적 파시즘이 식민지 한국문학에 결정적인 작용을 하기 때문에 일본적 파시즘에 대한 이해가 결여된 상태에서는 이 시기에 대한 온전한 사고를 이행하기 어렵다. 일본적 파시즘의 구체적 성격은 군부 중심 체제, 천황의 절대화, 동양문화의 반성, 서구사상의 비판 등을 의미하는데, 대동아공영권은 대표적인 가시적 현상이다. 김윤식, 『한국 근대문예비평사연구』, 일지사, 1976, pp. 210~11.

문화에 대해 다루거나 중일전쟁의 소식을 전할 정도였다. 이러한 시대적 분위기 속에서 박태원이 택한 문학 행위는『명랑한 전망』같은 통속소설을 쓰는 한편, 명대의 소설집인「전등여화」등에 실린 단편소설을 번역하는 것으로 나타난다.[8] 그의 중국 고전소설에 대한 관심이 외압에 강요된 점이 없지 않겠지만 상당한 부분이 자발적으로 이루어진 것으로 볼 수 있는 이유는, 그의 번역 작업이 1941년 태평양전쟁이 발발하던 무렵에 집중적으로 이루어진다는 사실에 있다.[9]

이 시기에 박태원은 자화상 연작을 내놓고 있었다. 그 연작을 통해 박태원이 토로한 '일찍이, 나의 일생을 걸려 하였던 문학에, 정열을 상실하고 있은 지가 오랜' 상태에서, 또한 '도무지 쓸 것이 없는' 상태에서, 그리고 '한갓 생활의 방편'을 위해 지속시키기 위한 상태에서 쓸 수밖에 없는 것이『여인성장』등의 통속소설과『수호전』등을 번역한 것이었다. 그의 유년 시절의 교육 경험과 고전소설에 대한 지대한 관심을 감안해도[10] 그의 중국 역사소설의 번역을 작가의식의 표현으로 보기에는 부

---

8)『전등여화』나『금고기관』에 실린 단편소설의 번역물은『지나 소설선』(인문사, 1939)으로 묶여 나온다. 이 소설집들은 '市井의 閒事를 서술하여 이로써 마음을 즐기려는' 명대의 통속소설류이다. 박태원은 '여러 번 읽어도 물리지 않는' 소설인「부용병」「매유랑」「두십랑」「양각애」등 20편 정도를 번역한다. 이 중 중국에서 많이 읽히고 예술성이 뛰어난 작품은 단편「매유랑」「두십랑」이다. 이 두 작품은『금고기관』에 수록된「두십랑노침백보상」과「매유랑독점화괴」의 대의만을 번역한 것이다. 이 작품들은 기생이 주인공이고, 이들이 부와 권력이 있는 사람과의 행복한 생활을 염원하지만, 지배층들은 다만 기생의 미색만을 탐할 뿐 진정한 사랑이 아님을 드러낸다. 김종욱,「일상성과 역사성의 만남 ― 박태원의 역사소설」, 앞의 책.
9) 명대의 장편소설인『신역삼국지』(1941),『수호전』(1942),『서유기』(1944) 등이 이 시기에 나온 번역소설이다.
10) 여기서 박태원이 소년 시절에『춘향전』『심청전』『소대성전』등의 고대소설을 모두 섭렵했다는 그 자신의 회고(박태원,「순정을 짓밟은 춘자」,『조광』1937년 7월호),「춘향전 탐독은 이미 취학 이전」,『문장』1940년 2월)와 더불어 그의 유년 시절의 교육과 고전소설의 영향이 그의 내면의식에 잠재되었을 정도, 그리고 그가 춘원에게 문학수업을 받았으며 중국문학의 연구가이며 번역가인 양백화에게 독서 지도를 받은 사실을 참작할 필요가 있다.

족한 점이 있다. 그의 번역 작업이 친일소설 창작과 같은 지점에서 이루어지기 때문에 그것을 친일문학의 도피책으로 보는 것도 무리가 있다.

박태원이 일제 말기에 절필하지 않은 상태에서, 통속소설과 친일소설을 쓰는 한편으로 중국 고전소설을 번역한 주된 이유는, 자신이 일생을 걸려 매진하였던 문학에 정열을 상실한 상태에서 전업 작가로서 달리 '생활의 방편'을 구할 수 없었기 때문이다. 이는 해방기에 박태원이 부지런히 역사소설을 써나간 것 역시 호구지책과 무관하지 않은 것과 연관된다. 일제 말 박태원의 번역 작업이 역사소설로 전개되는 사실로 인해, 그것이 역사소설을 쓰기 위한 연습의 의미를 지닌다는 해명이나, 문학수업 시절의 번역의 경우처럼 향후의 창작을 위한 또 하나의 모색기라는 의미를 지닌다는 평가[11]는, 그러므로 매우 귀납적인 것이다.

박태원이 번역에 주력한 동기와 의미를 『수호전』이 지니고 있는 독특한 성격을 통해 추출해내는 논의도 있다. 일제 말기 조선어 말살 정책이 자행되고 대부분의 문인들이 신체제 편입을 택하지 않을 수 없었던 암울한 상황에서 박태원이 선택한 『수호전』의 번역이란 시대적 상황과 개인적 문학 경험으로만 소급해볼 수 없는 성격을 지니고 있다는 논의가 그것이다.[12] 이는 박태원이 『삼국지』나 『서유기』를 택하지 않고 『수호전』을 택한 사실과 무관하지 않은 것으로, 곧 『수호전』의 구성상의

---

11) 여기서 박태원에게 있어 번역 작업이 주로 그의 문학 활동 모색기에 이루어지고 있다는 사실을 알아둘 필요가 있다. 문학 수업 시절과 일제 말기 때의 번역 이외에도 박태원은 이후 두 번의 번역 활동 기간을 갖게 된다. 곧 해방 공간에서 『군상』이 이승만 정권의 수립 등으로 중단된 상황에서 『수호지』를 수정하여 단행본 3권으로 펴내는 작업을 하는가 하면, 월북 이후 본격적인 역사소설의 집필이 이루어지기까지 『삼국지』『리순신 장군전』『임진조국전쟁』 등을 번역한다. 말하자면 다분히 외적인 제약이나 억압으로 인해 그의 문학 활동이 중단되거나 실패한 경우 박태원이 새로운 문학을 모색하기까지 선택한 것이 번역이라는 것이다.
12) 김윤식, 「박태원론」, 앞의 글.

특성을 주목한 데서 나온 것이다. 부패한 송대의 현실에서 출구를 찾지 못해 방황하는 각기 다른 영웅들의 이야기가 장을 달리하여 전개되는 구성 방식은 『천변풍경』에서 익히 보아온 것이다.

『수호전』의 중심을 이루는 플롯은 영웅들이 관의 부당한 처사로 인해 평범하게 살아갈 수 없게 된 상황에서 양산박으로 잠입해 들어가기까지의 과정이 된다.[13] '양산박대취의'라고 일컬어지는, 2백여 명이 넘는 영웅들이 양산박이라는 목적지로 집결되기까지의 과정은, 각각의 장마다에서 어느 정도 완결된 무용담 내지는 영웅담의 형식을 취하고 있다. 이로 인해 장의 분절에 따른 각 서사 단락은 독립적으로 유지되며 그 결과 『수호전』은 삽화 모음 구성이라는 특성을 띠게 된다.

『천변풍경』이 '천변'이라는 단일한 공간을 중심으로 다양한 인물들의 삶이 펼쳐지듯, 『수호전』은 '양산박'을 구심점으로 각기 다른 영웅들의 이야기가 모이고 펼쳐진다. 『천변풍경』과 유사한 구성 방식이 해방 후 이어지는 박태원의 역사소설에도 지속적으로 나타나고 있을 뿐 아니라, 중요한 특색을 이룬다는 사실을 감안하면, 『수호전』의 번역이 작가의식의 표현이라는 해석은 큰 무리가 없다. 『수호전』이 영웅적 인물들의 영웅적 행위를 그리는 모험소설의 형태를 취함으로써 박태원 소설 세계에 중대한 변화를 초래하게 된다는 논의도 같은 맥락 아래 있

---

13) 『수호지』가 1120년에 양산박을 근거지로 일어나, 송 왕조에 위협을 준 농민 봉기의 이야기를 토대로 한 소설로, 부패한 지배자와 지주의 핍박에 못 이겨 민중들이 봉기하는 내용을 담고 있다는 점에 의의를 두는 논자도 있으나, 이는 큰 의미를 가지지 못한다. 즉, 『수호지』는 작가가 영웅들의 활동을 이야기하기 위해 쓴 것도, 민중들의 봉기를 주목하고자 쓴 것도 아니라는 점이다. 이는 다만 작가가 일제 말 중국소설의 번역을 선택할 수밖에 없던 여건에 의해, 예술성이 뛰어나고, 오랫동안 생계비를 벌 수 있다는 점에서 번역된 것에 불과하다. 김종욱, 앞의 글.

다.[14]

그러나『수호전』에 대한 이러한 평가가 그의 번역 소설의 의미로 이어지지는 않는다. "『삼국지』를 번역하고자 하나 이 작품이 사실에만 치중하여 소설로서의 구성과 창조적인 부분을 경솔히 다룸으로써 예술적 가치가 희소하여 1회로 중단하고, 예술성이 뛰어난『수호지』를 심혈을 기울여 번역한다"[15] 는 변은 언뜻『수호전』의 예술성이 번역을 택하게 한 것으로 이해될 수 있다. 그러나 문제는『수호전』의 번역이 예술성 때문에 취해진 것이 아니라, 번역을 택할 수밖에 없는 상황에서 택한 것이『수호전』이라는 사실이다.『수호전』의 번역이 1942년부터 1944년까지 3년여에 걸쳐 이루어진 것도 그것이 작품성 때문에 오랜 기간 유지된 것이라기보다 그것으로 생계 대책이 마련됨으로써 취해진 것으로 볼 수 있다.

따라서『수호전』의 특성이 이후 박태원의 역사소설에서 연계되어 나타나는 것 역시 번역 작업의 결과적인 의미가 된다. 박태원의 중국 역사소설 번역 작업은 그의 문학 행위의 전제이자 과정인 기법에 대한 성찰이 고려될 여지나 여력조차 없는 상태에서 행해진 것이다. 그럼에도 그의 번역 작업이 의미 있다 하면 그것은 역사소설과의 연계성 때문으로 보아야 할 것이다. 해방 이후 박태원의 역사소설로의 변모는 무엇보다 중국 역사소설 번역과의 형식적 연계를 볼 때 당위적인 것으로 보인다.『수호전』에서 고구를 비롯한 조정의 대신과 관리 등은 한결같이 부패

---

14)『수호전』을 '왜소해진 주체를 영웅 찾기로 대체하는 과정'이라고 해석하는 장수익(「박태원 소설의 발전과정과 그 의미」,『외국문학』1992년 봄호)이나 류보선(「모더니즘적 이념의 극복과 영웅성의 세계 ─ 박태원의 갑오농민전쟁」,『문학정신』1993년 2월호)의 경우가 이에 속한다.

15) 이미향, 앞의 글, pp. 254~55.

하고 무능한 인물로 부각되고, 그들의 정치적 경제적 압박과 박해를 견디지 못한 양산의 영웅들이 나선다는 역사의식과 이분법은 그가 이후에 쓴 역사소설 중 『홍길동전』(조선금융조합회, 1947)에서도 그대로 드러난다.

즉, 봉건적 질곡으로 인해 발생한 농민과 기타 피억압 계급의 봉기를 그리면서, 그 원인을 그리기 위해 봉건지배층을 부정적으로 형상화한 '관핍민반'의 도덕적 이분법이 여전히 유지되고 있는 것이다.[16] 결국 박태원이 해방 직후에 역사소설로 방향 전환을 한 것은, 해방 직후 시대적 요인과 일제 말을 친일문학 집필과 번역 작업으로 안이하게 보낸 것에 대한 자기비판, 해방 직후라는 현실을 포착할 수 없었던 점, 그리고 일제 말 번역한 중국 역사소설과의 형식적 특성이 유사하다는 내적인 요인에 의거한 행위인 것이기에 당위적일 수밖에 없다.

이로서 박태원의 중국 고전소설 번역과 관련한 시대적 상황성과 역사소설과의 상관성을 살펴보았다. 박태원이 중국 고전소설을 번역한 것에 대해 많은 논의가 있었지만, '생활의 방편'으로서 경제적인 목적으로 번역 작업을 해왔다는 것, 또한 대동아공영권이라는 시대적 상황을 무시할 수 없었기에 중국 고전소설을 중심으로 번역 작업을 할 수밖에 없었다는 것, 당시 작품 창작에 대한 열정이 없었다는 것과 한글 창작을 계속하기 위해 번역 작업을 해왔다는 것 등이 밝혀졌다. 이런 번역 작업은 이후 역사소설과의 형식적 연계성이 있지만, 사상적 기반은 전혀 다르다고 하겠다.

---

16) 김종욱, 앞의 글.

3. 해방 공간과 역사소설의 성격

박태원은 해방 직후 최초의 문단 조직인 조선문학건설본부의 소설부 중앙위원회 조직임원으로 선정된다. 조선문학건설본부에는 그 외에도 이태준, 정지용, 김기림, 안회남, 이원조 등 박태원과 절친했던 인물들이 대거 참여, 핵심적인 역할을 담당하게 된다. 이후 박태원은 조선문학건설본부와 조선프롤레타리아문학동맹을 통합하여 만든 조선문학가동맹에서도 중앙집행위원으로 선정된다. 다만 1946년 2월 8일에 열린 '전국문학자대회' 91명 참가 명단이나 2월 9일의 84명의 명단에 그의 이름이 빠져 있는 것[17]으로 보아 처음부터 그가 이 단체에 적극적으로 참여한 것은 아닌 것으로 보인다.[18]

해방 직후 박태원의 역사소설로의 변모는 예정된 것으로 볼 수 있다. 무엇보다 중국 역사소설 번역과의 형식적 연계를 볼 때 역사소설로의 방향 전환은 당위적인 것으로 보인다. 갑자기 찾아온 해방기라는 현실적 상황을 박태원이 이전의 문학적 형식으로 쉽사리 포착할 수 없었을 것이라는 데서도 그 요인을 찾을 수 있다. 친일문학 행위에 대한 자기비판도 역사소설의 선택과 무관하지 않다고 할 수 있다.[19]

이 시기(1945년 8월 15일~1948년 8월 15일)에 박태원이 발표한 소설로는 「한양성」(1945), 「약탈자」(1946), 「비령자」(1946), 「춘보」(1946), 「귀

---

17) 박태원은 조선문학가동맹에 적극적으로 가담하지 않았을 뿐만 아니라, 심지어 임원 선임을 피하기 위해 대회 전날 만취 상태를 가장하여 집으로 돌아오는 길에 일부러 다리에서 떨어져 다침으로써 이 두 명단에서 빠질 수 있었다고 한다. 강진호 외, 「부록: 박태원의 월북과 북한에서의 행적」, 『박태원 소설연구』.
18) 정현숙, 『박태원 문학 연구』, 국학자료원, 1993.
19) 이정옥, 「박태원소설 연구 ─기법을 중심으로」, 연세대 박사학위논문, 1999.

의 비극」(1948) 등이 있으며 단행본으로는 『조선독립열국열사전(朝鮮獨立列國烈士傳)』(1946), 『홍길동전』(1947), 『이충무공행록(李忠武公行錄)』(1948) 등이 있다. 이 시기 작품 목록은 박태원의 뚜렷한 이념 지향을 보여준다. 등장인물이 모두 혁명주의자(홍길동), 독립투사(김약산), 구국의 영웅(이순신) 혹은 원민적 민중(춘보)으로 일관되고 있으며, 작품 내용 또한 일제와 지배층에의 저항정신을 뚜렷이 드러내고 있다.[20]

제2차 전국문학자 대회가 무산되고 남한에서 좌익 활동이 불법화되자, 1946년 초에 이기영, 이태준, 이북명, 임화 등이 월북하기 시작하여 1948년 5월 10일 남한 단독 정부가 들어설 때까지 조선문학가동맹의 주도 세력들은 거의 월북하지만, 박태원은 그때까지도 서울에 남아 있었다. 그 후 1948년 5월 10일에 있은 남한 총선거로 단독정부가 수립되자 서울에 남아 있던 문학가동맹 소속 일부 문인들은 단체를 해산하고 전향을 선언하는데, 박태원 역시 김기림, 정지용, 설정식 등과 함께 보도연맹에 가담하여 그 동안의 정치적 과오를 청산한다는 전향 성명서를 발표한다.[21]

이 시기의 작품 가운데 특히 주목을 필요로 하는 「춘보」[22]는 대원군 시절의 경복궁 중수를 소재로 한 단편소설이다. 이 작품에서는 경복궁의 중수에 따라 고통받는 서민들의 모습과 당대 지배계층의 탐욕이 주로 제시되고 있다. 짐꾼인 춘보와 그의 가족이 겪는 궁핍한 삶의 양상이 경복궁 재건에 따른 고난과 맞물려 춘보 주변 인물이 신 서방, 맹 서

---

20) 강형구, 「박태원 소설연구」, 고려대 박사학위논문, 1991.
21) 강진호 외, 앞의 책.
22) 박태원, 「춘보」, 『신문학』 3호, 1946년 8월호.

방, 돌쇠 할아버지 등과 함께 형상화되어 있다.[23] 「춘보」의 한 부분을 보면 다음과 같다.

"뭐라고? 이놈아!… 그래 내가 글른 소리를 했니? 난 바른 소리밖에 안했다! 운현대감이 아무리 상감님 아버지래두 잘못하는 거야 잘못헌다 지 그럼 뭐래야 네 직성이 풀리겠니? 그걸 이놈아! 니가 중뿔나게 나설 게 뭬 있느냐 그 말이다!"

눈을 딱! 부릅뜨고 소리를 고래고래 지르니까 '딱부리눈'도 하 기가 차던지

"이 자식이 죽질 못해 몸살이 난 게야!"

하고 껄걸 웃으며 문득 옆을 돌아보고

"여보게 동관 그 자식 우는 소리 그만 듣구 어서 데리고 가세!"

한다. 그제야 춘보가 깨닫고 그편을 보니 곁에 포교 한 놈이 또 서 있는데

그러나 『춘보』에서는, 이처럼 착취가 작심한 속에서도 서민들은 가정이나 친구의 범주 안에서 현실을 비판하거나 한탄하고만 있을 뿐 새로운 도약을 위한 의지는 전혀 나타내고 있지 못하고 있다. 따라서 극단적인 궁핍 속에서 살아가고 있는 서민들은 집권층의 탄압이 무서워 일부 사람들이 굶어 죽었거나 자결했다는 소문이 나돌아도 현실에 대한 불만을 노골적으로 나타내지 못하고 있다. 이들과 대비되어 지배층은 자신들의 위엄을 높이기 위한 방편으로 경복궁의 중건을 시작하면서 서민들의 불만을 탄압으로 억누를 뿐 그들의 고통을 이해하려는 모습은 조

23) 김홍식, 「박태원 소설담론의 특성과 그 의미」, 조선대 박사학위논문, 1998.

금도 보여주지 않는다. 높아져만 가는 서민들의 불만을 누르고 비기를 이용해 그들의 행위를 하늘의 뜻처럼 속이려고 하는 모습은, 당시 지배계층의 생각과 의식을 상징적으로 드러낸다.

이 소설에 등장하는 춘보는 임신한 아내가 모시조개 넣은 냉잇국 한 번 먹고 싶다는 소원을 말하지만, '오늘은…… 내일은……' 하면서 풀어주지 못하는 비참한 신세이다. 이러한 인물을 등장시킴으로써 서민들의 극단적인 궁핍에 대한 묘사와 함께 지배계층의 안일과 착취 행위를 서로 대비시켜 묘사함으로써, 당대 사회의 문제를 주로 계층 간의 갈등을 통해 형상화시키고 있다. 또한 뒤에 이 소설의 제목을 「태평성대」로 바꾼 것에서도 이러한 사실을 확인할 수 있다. 결코 '태평성대'와는 거리가 먼 시대적 상황이기에 오히려 반어적인 효과를 얻을 수 있는 것이다. 그와 같은 개제는 채만식의 『태평천하』와 비교해서도 일정한 서술이 형성될 수 있을 것이다.

춘보라는 민중은 아직은 현실순응형이고 모든 것을 자기 운명 탓으로 돌리는 체념주의적 인물이기는 하지만, 역사적 수난을 반복하면서 홍길동 같은 발전적 인물을 낳게 하는 잠재적 가능성을 시사해주는 인물이다. 이 말은 단순히 춘보가 곧 점진적으로 홍길동과 같은 인물이 된다는 시간적 계기성을 말하는 것이 아니라 민중의 의식 속에서 현실적으로 극복해야 할 현실과 바람직한 미래상을 꿈꾼다는 의미로 춘보의 꿈의 의미를 전이시켜볼 수 있다는 뜻이다. 춘보가 바른말을 했다가 좌포청에 끌려가는 꿈을 통해 현실에서 억눌린 춘보의 내면의식이 그대로 폭로되고 있는 것이다.

이렇게 볼 때 이 소설 속에서 꿈이 차지하는 서사적 비중은 매우 크다. 꿈은 민중들의 무의식 속에 내재된 현실에 대한 불만이 의식의 세계로 실현된 것을 의미하며, 동시에 민중들이 키워가는 새로운 세계에 대한 소망의 구체적 표현이다. 그렇다면 춘보의 꿈은 민중들의 의식 속에서 내밀한 농축 과정을 거치면서 역사적인 결정적 순간에 민중들의 꿈을 실현할 영웅을 낳고 결국 역사의 흐름을 크게 바꾸는 역사 발전의 원동력이 된다는 것을 의미한다.

따라서 이 소설은 '피지배층/지배층' '꿈/현실'이라는 이원적 대립 구도를 기본 축으로 하고 있다. 동시에 이 대립은 '피지배층·꿈/지배층·현실'이라는 통합 구도로 대응시킬 수 있다. 경복궁의 재건을 지배층의 현재 위상을 강화하려는 서사적 기능소로 본다면, 춘보의 꿈은 부조리한 현실의 모순을 극복하기 위한 상징적 의미를 지닌 것으로 볼 수 있다. 피지배층 위에 군림하는 지배층의 관심은 미래에도 현재와 같은 계층 구조가 고착되기를 바라는 것이고, 이에 반해 피지배층은 자신들의 모순된 계층 구조가 무너지기를 바라는 것이다. 그렇다면 춘보가 꿈속에서 보여준 포교에 대한 항거는 피지배층의 구체적 행동이 내면의식 속에서 성장하고 있음을 보여주는 역사의식의 무의식적 표출이라고 보아야 한다.

따라서 춘보는 작가의 역사의식이 일정하게 투영된 인물이다. 춘보의 발화 내용은 개인적인 자기 판단의 몫도 있지만 당시의 춘보와 같은 민중들이 내면에 공유하고 있던 집단적 발화를 그의 입을 통해 '패러디적 양식화'의 수법으로 제시한 것이라고 할 수 있다. 역사적 사실을 반영한 작품의 경우에 등장인물의 발화가 좀더 많은 사람들의 목소리를 대변할 수 있다는 것은 그만큼 작가의 의도가 성공한 결과라고 하겠다.

『임진왜란』[24)은 임진왜란이 일어났던 당시의 역사적 자료를 중심으로 지배계층의 무능과 당파 싸움, 그리고 이를 이용한 왜인들의 활동을 그린 작품이다. 이 작품에서는 주로 그 당시의 임금이었던 선조대왕을 중심으로 집권자들의 타락과 무능을 구체적으로 역사적 자료를 나열하면서 제시하고 있다. 이 작품이 지배층의 무능함만 드러내는 꼴이 되었다는 비판을 받은 것은 당연한 일이었다. 단지 여기서 예외적인 것은 이순신의 경우이다.

그만은 그 성장 과정과 영웅적 구국 활동이 전면으로 부각되는데, 이런 점은 『임진왜란』의 의도가 암담한 현실을 제시하는 데 있었던 것이 아니라, 이순신이라는 영웅을 그리는 데 있었던 것임을 알려준다. 오히려 무능한 정부는 이순신의 영웅성을 강조하기 위해 쓰인 것이라 볼 수 있다. 그럼에도 이 작품은 기록이 전면에 나선 까닭에 소설적 형상화에는 미치지 못한다. 이순신 역시 기록에 의거한 영웅이지 박태원이 창조한 영웅은 아니었다.[25]

이 작품들은 역사소설이라는 특성으로 인하여 인칭과 시점, 양식에 있어서 삼인칭 외부시점, 화자-인물로 거의 고정되어 있다. 단, 해방 이후 남한에서 발표된 작품들 중 대표적이라 할 수 있는 『홍길동전』[26]에서는 주석적 서술이 주로 나타난다. 『홍길동전』은 해방 이후 발표된 그의 작품 중에서 유일하게 완결된 장편소설로 식민지 시대에 발표된 모더니즘 계열의 「소설가 구보 씨의 일일」 『천변풍경』 등의 작품과 월북 이후 발표된 그의 역사소설인 『계명산천은 밝아오느냐』와 『갑오농민전쟁』을 연결 짓는 고리 역할을 하고 있기 때문에 대표적이라고 할 수 있다.

이 작품은 허균의 『홍길동전』을 패러디한 작품이다. 이렇게 말할 수

---

24) 박태원, 『임진왜란』, 『서울신문』 1949년 1월 4일~12월 14일자.
25) 장수익, 「박태원 소설의 발전과정과 그 의미」, 『외국문학』 제30호, 1992년 봄호.
26) 박태원, 『홍길동전』, 조선금융조합연합회, 1947.

있는 것은 주인공과 기본적인 사건 줄거리의 동일성 때문이다. 두 소설은 모두 양반집 서자 출신의 홍길동을 주인공으로 삼아, 그가 자신의 신분 한계에 고민하다가 가출하고 이후 활빈당을 결성하여 탐관오리를 징치하는 등 인물의 성격과 사건의 설정에서 기본적으로는 동일한 모습을 띠고 있다.

이 작품에서 서술자는 삼인칭 전지적 서술을 하고 있다. 따라서 이 작가 주석적 서술은 이 작품이 드러내고자 하는 의미를 구체적으로 제시하는 기능을 한다. 작가적 서술 상황으로 되어 있는 이 작품의 곳곳에서 제시된 작가주석적 서술은 허균의 소설에 나오는 비사실적인 요소들을 모두 제거하고 나름대로 그 리얼리티를 살릴 수 있는 여러 삽화를 설정하는 과정에서 주로 나타나고 있다.

또한 이 작품이 허균의 소설과 가장 큰 차이를 보이는 부분은 주인공인 홍길동의 인물 특성과 상황 설정이다. 홍길동은 허균의 작품에서처럼 초인적, 영웅적인 모습으로 나타나지 않는다. 그저 철저하게 우리와 같은 일반 자연인으로 제시되고 있다. 그는 평범한 우리보다 약간의 무예와 용맹이 더 뛰어날 뿐이다. 따라서 그도 우리와 똑같은 어려움에 처하고 좌절을 겪는다. 단지 그가 우리와 다른 점은 단순히 자신에게 닥친 불행과 그로 인한 좌절을 강인하게 극복하고, 자신의 울분을 해소하는 데에만 치중하는 것이 아니라 동시대의 탄압받는 다른 이들의 고통을 해소시켜주기 위해 일정하게 노력하고 있다는 것이다.

이 작품에서 홍길동은 철저하게 발전적인 인물형으로 묘사되고 있다. 적서차별의 시대적 제약으로 인한 개인적 울분에 빠져 있던 홍길동은 '무령군의 아들 조소→음전이의 죽음→조생원과의 만남→이름 없는 백성에 의한 연산 퇴위를 위한 의병 궐기 촉구 격문' 등 일련의 사건을 거치면서 이에 대응하여 '가출→도피→도적떼 괴수→활빈당 활동→폭군 퇴위 운동' 등 일련의 행동을 보이게 된다.

이를 통해 홍길동은 점차 동시대 일반 백성의 소망을 실현하는 당대의 전위적 인물인 된다. 이처럼 작가는 홍길동의 의식과 행동 변화를 사건의 전개 과정을 통해서 한 개인의 개인적인 불평등에 대한 인식이 그의 활동 영역이 넓어져감에 따라서 차츰 서민층의 불평등에 대한 인식으로 발전하다가 사회적인 불평등의 인식까지 이르는 것으로 그리고 있다. 결국 계층 간의 불평등에 대한 인식에서 사회 구조적인 문제 인식으로의 변모는 새로운 질서의 추구로 이어지게 된다.

이러한 인식의 과정을 통해 홍길동이라는 한 개인의 인식이 개인에서 계층으로, 그리고 계층에서 사회 구조적인 문제로까지 심화되어가는 것으로 서술되고 있음을 알 수 있다. 여기서 중요한 점은 홍길동을 근본적으로 초월적 영웅이 아니라, 그 시대 백성들의 보편적인 원망을 담지한 전위적 인물로서 형상화시키고 있다는 점이다. 즉, 이 모든 과정이 홍길동의 독자적 판단이 아니라 당시 백성들의 요구를 능동적으로 수용하려고 한 데서 이루어지고 있는 것으로 작가가 그리고 있거나 주석적 서술을 통해 강조하고 있다는 점이다.

또한 이 작품은 시대적인 배경을 허균의 『홍길동전』이 '화설 조선국 세종조 시절에'라고 하여 세종대왕 시절로 잡고 있는 데 비해, 연산군이 집권하던 시절로 설정하였다. 이로써 당대 사회의 부패와 타락 양상을 구체적으로 제시할 수 있고, 직접적으로 왕과 관리 들을 비판하면서 고통받는 백성들의 입장을 대변할 수 있게 된다. 그리고 홍길동 일파의 행위도 정당한 행위로 나타나게 된다.

이 작품의 주제를 살펴보면, 대략 다음의 세 가지 정도로 정리할 수 있다. 첫째는 리얼리티의 구현이다. 유자광 아들과의 활쏘기 시합을 통해 홍길동이 뛰어난 인물임을 알려 그의 가출에 대한 리얼리티를 부각시킨 점, 일반 민중으로서 조생원과 음전이를 제시하여 홍길동의 행동에 일반 백성의 보편적 정서를 담고 있다는 점, 지배계급으로부터 도적떼라고 하여 거사를 도모하는 데 동참할 것을 거부당하는 점 등을 통해 허균의 소설과는 달리 리얼리티가 부각되고 있다.

둘째는 계급의식의 제시이다. 이 작품의 등장인물들은 지배계급과 피지배계급으로 뚜렷하게 나뉘고 이들은 철저하게 이분법적으로 대립되어 있으며, 지배계층을 악과 타락의 상징으로 제시함으로써 피지배계층의 입장을 대변하려고 한다. 셋째로 역사적 정당성과 합리성을 강조하고 있다는 점이다. 각지의 도적들이 홍길동이 만든 활빈당을 이해하고 도와주는 모습을 그림으로써 그 시대, 다른 지역의 도적들도 역사적 정당성을 인정받을 수 있음을 보여주는 것이다.[27]

4. 마무리

이상에서 살펴본 바와 마찬가지로 해방을 전후한 시기의 박태원은, 중국 고전소설의 번역과 역사소설 창작의 두 가지 문학적 양상을 보여주면서 일제강점기와 월북 사이의 시기를 보냈다. 당대의 사회적 상황과 관련하여 창작의 자유를 강압하는 환경의 장벽을 넘어선 작가를 찾기 어려웠다는 점에서 이는 박태원 개인의 문제가 아니라 총체적인

---

27) 김봉진, 앞의 글.

민족사의 비극이었으며, 그의 번역소설과 역사소설이 현실 도피적인 측면이 약여한 만큼 그 도피는 또 다른 의미에서 현실에 대한 불가피한 반응 양상이자 소극적 부정의 의식을 반영하는 것이 된다.

그의 번역소설은 전체적으로 보아 민족적 질곡에 대한 인식이 있었고 이를 표현하고자 하는 작가의식이 없지 않았으나 궁극에 있어서는 일제 강압의 무게를 벗어나지 못했고 친일문필로부터도 자유롭지 못했다. 다만 그의 번역소설이 그 시기에 급작스럽게 주어진 문학적 산물이 아니라 그의 문학적 생애의 시발과 관련된 여러 요인의 결과이며, 동시에 추후 지속적으로 역사소설을 쓰고 또 북한에서 역사소설로 대가의 반열에 오를 수 있도록 하는 창작 행위의 사전 정지 작업에 해당한다는 점에 있어서는 매우 중요한 측면이 있다 할 것이다.

또한 해방 공간에서 그가 쓴 여러 유형의 역사소설들은, 변화하는 시대적 상황을 수용하면서 비록 '전향선언'에 이르기는 했지만 여전히 사회주의적 세계관과 관련된 그의 창작 성향을 드러내는 면모를 보인다. 이는 곧 그가 월북한 이후에 북한 체제의 최고지도자 김일성이 높이 평가하는 최고의 역사소설 작가로 자신의 위상을 높이기까지, 그것의 기반을 닦는 창작 경험과 그 훈련의 시기를 보낸 것임을 추산할 수 있다.

박태원이라는 작가는 이렇게 남북 양측에 그 창작 무대를 두고, 작품의 경향에 있어서도 남북이 함께하는 연구의 시발을 합의할 만한 몇 안 되는 인물 중 하나이며, 그의 파란만장한 생애와 작품의 생산이 곧 민족적 비극의 시기에 일상적 사고와 삶을 가졌던 지식인 일반이 어떻게 두 정치 체제 사이의 좁고 험한 길을 걸어갔는가를 보여주는 하나의 표본 모델이다. 그러한 점에서 해방을 전후한 박태원의 번역소설과 역사소설은, 그의 전반적인 작품 세계 속에서, 또 당대의 한국문학 및 북한

문학 가운데서 주목하여 관찰할 의미를 갖고 있다 하겠다.

참고문헌

강진호 외, 『박태원 소설 연구』, 깊은샘, 1995.

강형구, 「박태원 소설연구」, 고려대 박사학위논문, 1991.

김봉진, 『박태원 소설세계』, 국학자료원, 2001.

김윤식, 『한국근대문예비평사연구』, 일지사, 1976.

김윤식, 「박태원론」, 『한국현대현실주의 소설연구』, 문학과지성사, 1990.

김종욱, 「일상성과 역사성의 만남 ── 박태원의 역사소설」, 강진호 외, 『박태원
     소설 연구』, 깊은샘, 1995.

김홍식, 「박태원 소설담론의 특성과 그 의미」, 조선대 박사학위논문, 1998.

류보선, 「모더니즘적 이념의 극복과 영웅성의 세계 ── 박태원의 갑오농민전쟁」,
     『문학정신』 1993년 2월호.

이상경, 「박태원의 역사소설」, 정현숙 편, 『박태원』, 새미, 1995.

이정옥, 「박태원소설 연구─기법을 중심으로」, 연세대 박사학위논문, 1999.

장수익, 「박태원소설의 발전과정과 그 의미」, 『외국문학』 제30호, 1992년 봄호.

박태원, 「춘보」, 『신문학』 3호, 1946년 8월호.

박태원, 『임진왜란』, 『서울신문』 1949년 1월 4일~12월 14일자.

박태원, 『홍길동전』, 조선금융조합연합회, 1947.

월북 후 박태원 역사소설의 시대적 성격

1. 머리말

　구보 박태원은 한국 현대문학, 더 나아가 남북한 현대문학에 있어 간과할 수 없는 중요성을 지닌 작가이다. 1930년대에 구인회를 중심으로 활동하면서 모더니즘의 문학적 의식과 동시대 세태의 작품화에 괄목할 만한 성과를 이룬 것이 그의 몫인가 하면, 월북 이후 북한 최고의 역사소설 작가로 부상한 광영 또한 그의 몫이다. 그는 남과 북의 문학사에서 공히 명백한 지분을 가진 작가이다.

　그러기에 남북한 문화 및 문학의 교류를 넘어서 양자의 통합을 바라보는 다양한 시도들이 이루어지고 있는 오늘날, 박태원은 남북의 상호 개별적인 상황을 하나의 연결고리로 묶을 수 있는 보기 드문 사례에 해당한다. 이는 그가 남과 북에서 각기 이룩한 문학적 성취가, 그 서로 다른 문학사에서 모두 긍정적 평가로 기록되어 있다는 사실에 바탕을 둔다.

납·월북 작가들에 대한 해금과 더불어 박태원은 더 이상 낯설지 않은 우리 문학사의 한 주인공이 되었다. 많은 작품이 독자들의 손에 전해졌고, 많은 평자들이 박태원을 연구했다. 그렇게 많은 관심을 받았던 것은 박태원 문학이 가진 특별함 때문이었다. 그리고 박태원 개인의 일생이 고단했던 우리 근현대사의 모습을 압축적으로 보여주고 있기 때문이기도 하다. 따라서 일제강점과 해방 그리고 한국전쟁과 분단으로 이어지는 우리 근현대사의 흐름을 염두에 두어야 박태원에 대한 온당한 이해가 가능할 것이다. 이 모든 산적한 과제 속에 위치한 인물이 박태원이다.

또한 박태원에 대한 이해의 선행 조건으로 1930년대의 시대상에 대한 이해도 필요하다. 박태원이 문단에서 확고한 위치를 차지하기 시작한 것은 1933년 구인회에 가입하고부터이기 때문이다. 박태원과 구인회 중 어느 한쪽을 저버리고는 반쪽의 연구가 되기 마련이다.

박태원의 문학은 내용을 중시하던 프로문학에 대한 거부와 반발로부터 시작되어 예술 자체의 미적 형식을 추구하는 방향으로 발전되어갔다. 남한에서의 그의 대표작으로 꼽을 수 있는 「소설가 구보 씨의 일일」과 『천변풍경』은 이러한 배경을 통해 나타난 작품들이다. 그러나 이후 역사소설을 창작하는 변화 양상을 보이다가, 월북한 후에는 본격적으로 역사소설을 쓰기 시작했다. 『계명산천은 밝아오느냐』와 『갑오농민전쟁』이 그 대표적인 작품이다.

이것을 범박하게 표현한다면 모더니즘에서 리얼리즘으로의 변화라고 할 수 있을 것이다. 하지만 박태원에게 있어 모더니즘에서 리얼리즘으로의 변화는 그렇게 간단한 문제가 아니다. 보기에 따라서는 중요하고 근본적인 변화라고 할 수 있다. 작가의 세계관·예술관·인생관 전체와 관련된 문제이기 때문이다.

이 글에서는 박태원의 월북에 관련된 전후의 사실과 역사소설 창작의 경과 과정을 살펴본 다음, 그의 역사소설이 보이는 성격적 특징과 시대적 의미를 순차적으로 검토해보려 한다. 그리고 이에 뒤이어 월북 후 박태원의 대표작이자 북한 역사소설의 대표작으로 지칭되는 『갑오농민전쟁』의 배경과 구성 방식에 대해 서술해나갈 것이다. 이러한 과정을 통해 1930년대 이후 남북한 모두에서 중요한 문학사적 지위를 점유하고 있는 이 작가의 세계를 월북 및 북한에서의 역사소설 창작과 관련하여 구명할 수 있을 것으로 본다.

2. 월북과 역사소설 창작 과정

박태원은 전쟁 중에 서울을 찾아온 이태준, 안회남, 오장환 등을 따라 월북했으며, 그의 월북 동기는 인적 친분 관계에 따른 것으로 알려져 있다. 또한 일찍부터 좌익 활동을 한 동생들과의 관계가 월북에 영향을 미쳤을 것이며, 당대의 시대상과 관련하여 문학 자체만을 창조하는 창작 환경에 대한 회의가 월북 동기로도 작용하였을 것으로 추측된다.[1]

월북 후 박태원은 종군기자로 잠시 활동하다가 전쟁이 끝나자 문인 활동을 재개하게 된다. 그는 이태준의 후원으로 국립고전예술극장의 전속 작가로 선임되어 창극 대본을 쓰기도 했으며, 평양전문대학 교수로 재직하면서 조운(曺雲)과 함께 『조선창극집』(1955)을 출간했다.

---

1) 정현숙, 「박태원의 문학세계」, 『박태원 문학 연구』, 국학자료원, 1993.

1956년에는 정인택의 미망인 권영희와 재혼하게 된다. 이때의 작품들로는 『조선창극집』 이외에 『리순신장군전』(1952), 『리순신장군 이야기』(1955) 등이 있다.

하지만 그의 이러한 월북 활동도 1956년 이태준, 임화 등 주변 인물들이 남로당 일파로 몰려 숙청되자 위기를 맞게 되는데, 다행히 그는 함경도 벽지 학교의 교장으로 좌천되어 작품 활동을 금지당하는 비교적 가벼운 징계를 받는 데 그친다. 1958년에 『심청전』을 발표하고 1959년에 『삼국지연의』를 발표한 것으로 미루어 보아 그의 작품 활동 금지 기간은 그리 길지 않았던 것으로 보인다.[2]

이 기간 동안 박태원은 함경도 곳곳을 탐사하면서 자료를 수집하고 작품을 구상했던 것으로 알려져 있다. 특히 그는 민중들의 혁명적 삶을 그리겠다는 야심으로 모두 16부로 된 역사소설을 구상하고, 거기에 필요한 자료의 수집과 탐사에 몰두했다. 또한 그는 『갑오농민전쟁』의 배경이 되는 전라도 일대를 숙지하기 위해서 지도책을 펼쳐놓고 일일이 자로 재면서 거리와 지명을 확인하기도 했다고 한다.[3] 이때 씌어진 그의 작품으로는 『임진조국전쟁』(1960), 『남조선 인민들의 비참한 생활 형편』(1960) 등이 있다.

이후 박태원은 1963년과 1964년에 '혁명적 대창작 그루빠'의 통제 아래 역사소설 『계명산천은 밝아오느냐』 1, 2권을 발표하는데 이 작품은 『갑오농민전쟁』의 전작에 해당하는 작품이라 할 수 있다. 『계명산천은 밝아오느냐』는 발표 당시 '갑오농민전쟁 전편'이라는 부제를 달고 있어,

---

2) 정현숙은 박태원이 이태준, 임화 등의 문인들이 숙청될 당시 함북 강제노동소에 수용되었다가 1960년에 다시 작가로 복귀한 것으로 보고 있다.
3) 강진호 외, 『박태원 소설 연구』, 깊은샘, 1995.

박태원이 갑오년에 일어난 동학혁명의 전 과정을 소재로 한 작품을 쓰려고 했음을 알 수 있다. 결국 이러한 그의 의도는 23년 후에 3부작인 『갑오농민전쟁』으로 완결되고 있다.[4]

『계명산천은 밝아오느냐』는 발표 당시 높은 평가를 받은 것으로 나타난다. 북한에서의 『계명산천은 밝아오느냐』에 대한 찬사는 이 소설의 주제나 내용에 대한 것에 머물러 있지 않다. 「역사소설의 언어 형상과 작가의 개성」,[5] 「생동한 개성, 서사시적 생활 화폭의 묘사」,[6] 「혁명적 대작에서 작가의 창작적 개성과 예술적 기교」[7]라는 논제에서 보듯, 이 소설에 대한 호응은 박태원의 창작 기법과 관련되어 있으며, 이러한 점이 『계명산천은 밝아오느냐』의 주요 특성을 이루고 있다.[8]

박태원은 1952년 중반부터 1961년까지 작품을 쓰지 않았다. 단지 조운과 함께 각색한 『조선창극집』을 냈을 뿐이다. 그 중간의 사정은 북한의 종파주의 수정주의 숙청과 더불어 자유롭게 글을 쓸 처지가 못 되었으리라는 짐작을 할 수 있을 뿐이다. 1961년 5월의 「로동당 시대의 작가로서」(『문학신문』 1961년 5월 1일)는 새롭게 작품 활동을 하겠다고 다짐하는 글이며, 이를 통해 박태원은 『계명산천은 밝아오느냐』를 쓰겠다는 결심을 밝히고 있다. 이후 1965년까지 이 작품의 창작에 힘썼으나 다시 활동이 중단된다. 건강이 좋지 않은 탓이라고 알려져 있으나,

---

4) 김봉진, 『박태원 소설세계』, 국학자료원, 2001.
5) 김영필, 「역사소설의 언어형상과 작가의 개성 ─『계명산천은 밝아오느냐』(1)을 중심으로」, 『문학신문』 1966년 1월 14일자.
6) 김하명, 「생동한 개성, 서사시적 생활 화폭의 묘사 ─ 장편소설 『계명산천은 밝아오느냐』에 대하여」, 『조선문학』 1966년 1월호.
7) 김병걸, 「혁명적 대작에서 작가의 창작적 개성과 예술적 기교」, 『조선문학』 1966년 6월호.
8) 이정옥, 「박태원 소설 연구 ─ 기법을 중심으로」, 연세대 박사학위논문, 2000.

1966~67년 사이의 북한 사회의 변화 또한 중요한 이유일 것이다.

『계명산천은 밝아오느냐』가 발표된 뒤 1965년 11월 10일 김일성종합대학 어문학부에서 가진 독후감상토론회에서의 발언[9]으로 미루어 보아, 박태원은 '갑오농민전쟁'이라는 큰 제목으로 3부작 16권의 소설을 쓸 구상을 했고 그것의 제1부의 제목이 "계명산천은 밝아오느냐"이며 제2부는 "밤은 더욱 깊어만 간다"이고, 제3부는 "보국안민의 기치 아래"이다.

『계명산천은 밝아오느냐』가 발표되었을 때 작품에 대한 반응은 아주 좋았다. 그러나 건강 악화와 북한 사회의 변화로 후속 작품을 계속 발표하지 못했고, 15년이 지난 후에야 다시 시대를 건너뛰어『갑오농민전쟁』의 집필을 시작했다. 그래서『갑오농민전쟁』은『계명산천은 밝아오느냐』에서 인물과 사건을 연속하여 쓰면서도 30년의 공백을 간단한 서술로 요약한 채 별개의 작품으로 구성되었다.[10]

『계명산천은 밝아오느냐』는 북한 역사소설의 효시로 지칭되기도 하는 2부작 장편소설로, 언급한 바와 같이『갑오농민전쟁』의 전편에 해당된다.[11] 이는 우리 근대 민중운동사의 서막에 해당하는 1862년의 농민항쟁(임술민란) 시기를 역사적 배경으로 한 작품이다. 그중에서 특히 1862년 3월 27일 익산 지방에서 일어난 익산민란을 중심적으로 형상화하였다. 1861년 초부터 시작하여 봉건군주의 무능함과 세도정치의 폐해, 탐관오리의 발호, 지주 및 세도가의 횡포를 세밀하게 그리는 한편, 그에 맞서 일어선 농민들의 삶과 투쟁을 박태원 특유의 언어 구사와 묘

9) 박태원,「암흑의 왕국을 부시는 투쟁의 역사」,『문학신문』1965년 11월 16일자.
10) 이상경,「박태원의 역사소설」,『박태원 문학 연구』, pp. 174~80.
11) 윤정현,「역사적 사건의 계급적 형상화」,『박태원 소설 연구』, p. 411.

사력으로 형상화한 역사소설로 평가되고 있다.

이 소설은 크게 이생원이 달천 강변에서 피 묻은 돌을 주워 왕에게 찾아가는 장면, 왕실 내부 장면, 익산민란 수창자 열 명을 효수하는 장면, 오수동이 충청도 땅으로 피해 가는 장면으로 구성되어 있다.

임진왜란 당시 의병장의 후손인 충청도 보은의 양반 이 생원은 아들이 천주학 관련으로 유배 상태가 된 이후 실성한 늙은이다. 이 늙은이는 달천 강변에서 옛날 의병들의 피묻은 돌을 찾아 임금에게 가서 외적에게 나라가 또 침략당하기 전에 나라를 제대로 다스릴 것을 상소하고자 한다. 이생원은 서울에 당도하여 어가 행렬에 뛰어들어 상소하려다가 돌로 임금을 시해하려 했다는 죄목으로 재판을 받게 되는데 철종 임금이 친국을 한다. 철종은 처음에는 이생원의 충정을 알고 그를 방면하려 하나 주위 신하들의 뜻에 눌려 사형 명령을 내린다. 그 과정에 지방 토호에게 억울하게 죽은 조만준의 삽화와 삼남 지방 민란의 분위기 및 그 민란을 대하는 왕과 조정 대신들의 행태가 묘사된다.

조정 대신들의 압박 속에 왕은 익산 민란 수창자들을 동정하는 마음에서 증오하는 마음으로 바뀌어 효수 명령을 내렸고 전주성에서 효수가 행해진다. 전주성에서의 효수 장면은『계명산천은 밝아오느냐』의 중심 삽화로서 분량이 많고 인상적인 장면이다. 거기서 효수당한 오덕순의 아들 오수동은 몸을 피했다가 나중에 효수 소식을 듣고 밤에 몰래 형장에 들어가 아버지의 시체를 빼내오는 담이 큰 청년으로 이 작품의 주인공이다. 오수동은 소설 중간쯤에서야 등장하고 이생원이나 왕과 직접적인 관계로 얽혀 있는 것은 아니다.

그렇게 작품이 파편화되고 산만해질 우려가 있는 구성을 취했지만, 그 단점을 보완할 다른 구성적 장치가 있다. 작가는 개인의 운명을 결정하는 시대와 역사를 세부적으로 그려냄으로써, 역사 속에서 개인의 운명이 결정되어가는 과정을 보여주는 서술 유형을 사용했다. 이러한 사례는 작품의 중심 주제와 소설의 구성 방식을 효과적으로 결합한 경우이며, 박태원 역사소설 창작의 한 특성이 되고 있다.

3. 역사소설의 특성과 시대적 의미

박태원은 소설에서 역사적 사건을 연대기적으로 따라가며 서술하지 않는다. 인상적인 장면들을 섬세하게 그리면서 그 장면이 있게 된 개인적 사회적 원인들을 함께 보여준다. 『계명산천은 밝아오느냐』에서 충주 이 생원이 상경하여 왕의 어가를 향해 피묻은 돌을 던지기까지의, 서울 거리의 묘사는 서울 출신이자 서울 구석구석을 잘 아는 박태원의 모더니즘 기법으로서의 「소설가 구보 씨의 일일」을 그대로 역사 무대에 재현한 것과 다르지 않다.[12]

이후로도 계속 박태원은 서울 거리의 묘사에서 그 묘사력을 발휘하면서 『천변풍경』의 작가로서의 면모를 보여준다. 그러면서도 단순한 세태 묘사에서 나아가 이 생원의 안위를 염려하는 너더리 주막 주인 박 첨지의 시각에서 어가 장면을 묘사하여 긴박감과 더불어 반민중성을 폭로하고 있다.[13]

『계명산천은 밝아오느냐』는 민란의 역사적 과정보다는 익산 민란의

---

12) 김윤식, 『한국 현대 현실주의 연구』, 문학과지성사, 1990, p. 162.
13) 이상경, 앞의 글, pp. 181~84.

주모자들에 대한 효수 장면을 강조한다. 「16. 형장에 모인 사람들」에서부터 「22. 오늘 해는 이렇게 저물었지만」까지 무려 일곱 항에 걸쳐, 분노를 삼키며 형 집행을 지켜보는 민중들, 형장 주위에 팽만함 저항감에 주눅이 든 봉건 관료들, 민란 중에 받은 수모를 보상받으려다가 더 큰 봉변을 당하는 토호 송 생원, 담양 박 참봉으로 변장하고 나온 지명수배자 정한순 그리고 전창혁이 여덟 살 된 아들 전봉준을 데리고 나와 이 역사적 현장을 지켜보고 있는 것에 대한 묘사가 선동적으로 그려져 있다.

이 자리에서 익산 민란의 주창자인 임치수의 최후의 진술을 통해 봉건 지배 체제의 구조적인 모순에 대한 본질적인 변혁이 아니라, 분산 고립된 민중 봉기에 그치고 만 임술 농민 항쟁의 한계가 지적되고, 민란이 확대 조직되어 좀더 근본적인 혁명으로 나아갈 것을 천명한다. 또한 효수당하기 직전 오덕순은 아들 오수동을 향해 잡히지 말고 투쟁하여 아비와 '상놈'들의 원수를 갚아줄 것을 유언한다.

그들의 비장한 최후가 남겨진 세대의 투쟁의지에 견인차 역할을 한다. 이 자리에서 역사적 교훈을 뼈아프게 새긴 전봉준, 정한순, 칠성이 그리고 오수동이 32년 뒤 갑오농민전쟁의 핵심 세력이 된다. 이 장면은 『갑오농민전쟁』에서 작중인물의 회상을 통해 다시 한 번 환기됨으로써, 임술농민항쟁과 갑오농민전쟁의 연계성이 강조되는 효과를 나타내기도 한다.[14]

또한 전주성의 효수 장면은 인물을 개성화시키는 방법으로 박태원이 택한 내면 묘사와 시대의 분위기를 전하는 세태 묘사의 범례라 할 수

---

14) 정현숙, 앞의 글, pp. 51~52.

있다. 전주 감영에서 익산민란의 주동자를 효수하는 대목의 묘사는 이 소설의 중심부이면서 『계명산천은 밝아오느냐』와 『갑오농민전쟁』 두 소설 전체를 꿰뚫고 있는 주제를 내포한 장면이다.

형을 집행하기 위해 억지로 위엄을 부리고 나와 앉았으나 형장 주위에 몰려든 농민들의 기세에 눌려 초조해지는 봉건 관료들과 민란 중에 당한 수모에 대한 분풀이를 즐기려 형장에 구경 나왔다가 조롱거리가 되는 토호를 한편으로 하고, 함께 익산민란에 가담했다 풀려나와 통분해하는 농민들과 민란에 직접 가담하지는 않았지만 자신들의 삶의 조선으로부터 터져 나오는 한을 안고 형의 집행을 지켜보는 봉건 말기 민중들이 한편이 되어 형장을 둘러싸고 있다. 그 속에 끌려나온 '죄인'들은 당당하고 그들이 최후로 하는 말은 거기에 모인 모두를 압도하는 장면이다.

1965년 이후 박태원은 건강이 극도로 악화되어 실명과 고혈압으로 인한 전신불수가 되는 불행을 겪게 된다. 그런 와중에도 작품 창작의 열의는 계속되어, 대하 역사소설 『갑오농민전쟁』을 1977년(1부), 1986년(2부), 1986년(3부)에 각각 집필, 출간한다.

분단 상황에 이르러 북한으로 넘어가 사회주의 리얼리즘을 지향한 그가 생애의 마지막 단계에서 남긴 『갑오농민전쟁』(1977~86)은, 우선 표면적으로 볼 때 그 이전 작품들의 문학적 경향과는 동일한 제작자의 문학으로 보기 어려울 만큼 여러모로 다른 측면이 있다. 이 작품은 역사의 형성력으로서 민중 역량의 결집을 그리면서, 동학의 민중적인 각성이나 사회적인 저항운동, 그리고 외세로부터의 자주의식을 프롤레타리아 혁명과 노동계급의 계급 투쟁 및 주체적 반제국주의로 받아들임으로써, 과거의 역사적 사실을 계급주의 세계관의 틀에 짜 맞춘 한계를

노정했다.[15]

『갑오농민전쟁』이 월북 이전의 미완성 장편소설 『군상(群像)』과 월
북 이후에 쓴 장편소설 『계명산천은 밝아오느냐』[16]의 연장선상에서 제
작된 것이라고 보고, 이 작품을 그 두 작품과의 관련성 속에서 해석하
는 시각도 있다. 『갑오농민전쟁』은 계급주의 사상에 입각해서 쓴 것이
지만 이 작품에는 모더니즘 문학의 잔재도 부분적으로 산재해 있다는
뜻이다.[17]

동학봉기를 다룬 장편 역사소설 『갑오농민전쟁』은 부패하고 무능한
봉건지배층과 외세에 맞섰던 인민들의 항쟁 역사를 다루었다. 전라도
고부 지방 농민들의 봉기를 도화선으로 시발된 갑오농민전쟁은 부패한
봉건 통치자들로 인해 실패한 것으로 그려지지만, 봉건적 통치 체제에
심대한 타격을 주었으며, 애국정신을 크게 시위한 것으로 의의가 부여
되었다. 이러한 점에서 북한에서는 "근로자들에게 계급투쟁의 력사를
똑똑히 인식시키고 계급의식을 높이는 데 기여하는 훌륭한 작품"이라
고 평가되었다.[18]

『갑오농민전쟁』은 박태원이 월북한 뒤 북한의 독특한 사회주의 리얼
리즘의 세계관을 기초로 하여 본격적으로 쓴 작품이라는 점과 그의 마

15) 이재선, 「사회주의 역사소설과 그 한계」, 『문학사상』 1989년 6월호.
16) 문학예술총동맹출판사에서 나온 『계명산천은 밝아오느냐』 1·2권에는 '갑오농민전쟁 제
    1부'라는 부제가 붙어 있다. 작가는 이 소설은 '갑오농민전쟁'의 1부로 계획하고 쓴 것이다.
    1977년 출간되는 『갑오농민전쟁』(문예출판사) 1부에는 『계명산천은 밝아오느냐』의 중심
    인물이 다시 등장하고 이로써 줄거리도 다시 이어지지만, 그러나 둘은 같은 소설이 아니다.
    1861년을 시간적 출발점으로 하여 1862년에 익산 지방에서 일어난 민란을 중심으로 이야기
    를 펼쳐간 『계명산천은 밝아오느냐』와 동학혁명이 일어나기 전인 1892년부터 이야기를 시
    작하는 『갑오농민전쟁』 사이에는 30여 년간의 간격이 있다.
17) 김윤식, 「갑오농민전쟁'론」, 『동서문학』 1989년 가을호.
18) 박춘명, 「지난날의 계급투쟁에 대한 생생한 화폭」, 『조선문학』 1978년 4월호, pp. 60~61.

지막 작품이라는 점에서 주목된다.『갑오농민전쟁』의 전편에 해당하는 『계명산천은 밝아오느냐』는 1963년 '혁명적 대창작 그루빠'의 지도 아래[19] 창작되고 발표된 북한 최초의 역사소설이며, 발표 당시 '갑오농민전쟁'이라는 부제를 달고 있어 박태원이 갑오년에 일어난 동학혁명의 전 과정을 소재로 한 작품을 쓰려고 했음을 알 수 있다. 이러한 그의 의도는 23년 후에 3부작인『갑오농민전쟁』으로 완결되었다.

이 두 작품은『계명산천은 밝아오느냐』의 내용이『갑오농민전쟁』의 제1부 '칼노래'에서 다시 취급되고 있으며,『계명산천은 밝아오느냐』에서 활동이 미비했던 인물들이『갑오농민전쟁』에서는 그 활동이 구체적으로 드러난다는 점에서 서로 간의 관계를 파악할 수 있다. 또한 두 작품은 북한 사회에 적응하는 박태원 문학의 시대적 입지점을 잘 보여주고 있으며, 그와 함께 오랜 작품 구상과 창작 기간을 거치면서 시대 상황의 변화와 창작 방법의 변화가 함께 맞물린 문학적 특성을 나타내고 있다.

---

19) 이것은 이 작품의 주제가 기본적으로 북한 당국의 노선과 정책에 철저히 의거하고 있음을 의미한다. 북한의 사회과학원 문학연구소에서 1975년에 발표한「주체사상에 기초한 문예이론」에서는 다음과 같이 설명하고 있다.
  "당의 로선과 정책에 철저히 의거한 혁명적 문학예술을 창작한다는 것은 수령님의 혁명사상과 그 구현인 당의 로선과 정책을 창작의 기초로, 지침으로 삼는다는 것을 의미한다. 이것은 문학예술작품에 당의 유일사상이 정확히 구현되게 하는 근본 조건이다." 사회과학원 문학연구소,『북한의 문예이론』, 인동, 1989, p. 37.

4. 『갑오농민전쟁』의 시대성과 구성 방식

『갑오농민전쟁』은 1·2·3부로 나뉘어 각각 8·11·22개의 장, 총 41개의 장으로 이루어져 있으며 각 장은 또 다시 소제목을 단 작은 단락으로 구성되어 전체 116개에 이르는 개별적인 이야기로 짜여 있다.

사회주의 리얼리즘 작품에서 작가의 세계관 혹은 작가의 창작방법론을 규정하는 체제의 이념적 지향성은 '공산주의적으로 교양하는 생동한 모범'[20]을 보여주는 주인공의 전형을 창조하는 것과 계급 간의 투쟁을 통해서 갈등을 형상화[21]하는 것이다. 『갑오농민전쟁』은 오상민이라는 전형적인 인물의 제시와 지배계급과 피지배계급의 대립이라는 전형적인 상황을 통해서 이점을 반영하고 있다. 작가는 당대 시대 변혁의 유일하고 주된 세력으로 농민을 설정하고, 오상민을 이들이 전형적인 인물로 등장시켜 그의 행위를 통해 바람직한 공산주의 인간형을 제시하고 있는 것이다.

이 작품을 기술방법론의 측면에서 살펴보면 작가적 서술 상황으로 이루어져 있으며 삼인칭 외부 시점으로 되어 있다. 양식은 화자-인물이 중심을 이루고 서술자아가 두드러지게 나타나고 있다. 소설의 성격에 있어서 낭만주의 역사소설과 사실주의적 역사소설로 나뉘는 우리나라 역사소설의 유형[22]에서 볼 때 사실주의적 역사소설에 해당한다. 그러나 다른 사실주의 역사소설과 비교해보면, 사회주의 이념이 작품

---

20) 사회과학원 문학연구소, 앞의 책, p. 239.
21) 같은 책, p. 251.
22) 강영주, 『한국 역사소설의 재인식』, 창작과비평사, 1991, p. 182.

에서 구체적으로 제시되고 있으므로 좀더 세분화한다면 사회주의 역사
소설에 해당된다.

1977년 4월에 발간된 이 작품의 제1부는, 동학농민전쟁 발발 2년 전
인 1892년 겨울부터 시작하여, 고부민란이 일어난 1893년 겨울까지를
시대적 배경으로 삼고 있다. 여기에서는 당대 민중들의 참담한 생활과
지배계급의 학정, 그리고 지배계급과 결탁하여 민중의 생활에 깊이 침
투하고 착취하기 시작하는 외세의 실상을 형상화한다. 이렇듯 제1부는
전라도 고부군 양교리를 주요 배경으로 하여 주인공 오상민의 가족과
양교리 농민들의 궁핍한 삶의 모습을 그리면서, 이들의 곤궁한 삶과 착
취당하는 모습을 통해 갑오농민전쟁을 초래하게 된 당대 사회 구조를
구체적으로 드러내고 있다.

1980년 4월에 발간된 제2부는 고부민란이 좀더 진전되어, 전국적으
로 지배계급에게 착취당하고 있던 농민들이 단결하여 당대의 착취 구
조를 혁파(革破)하는 내용으로, 결국 농민군이 승리하여 전주성에 입
성하는 장면으로 대단원을 맺고 있다. 제2부는 고부민란의 발발로부터
전주성에 입성까지 갑오농민전쟁의 가장 빛나는 약 3개월간의 시기를
다루고 있는데, 이 부분에서는 제1부에서 제시된 동시대의 사회 구조
와 이러한 시대의 가장 큰 피해자인 농민들 간의 점증하는 갈등이 마침
내 민란의 형식을 통해 폭발하게 되고, 이를 통해 변혁 세력의 중추인
농민들이 일정한 승리를 거두게 되는 과정을 그리고 있다.

1986년 12월에 발간된 제3부[23]는 당대 농민의 시대변혁운동이 실패

---

23) 『갑오농민전쟁』의 제3부를 쓴 것으로 알려져 있는 권영희는 원래 '이상'의 옛 동거녀였으며,
정인택과 결혼하여 살다가 그와 사별 후 박태원과 다시 결혼한 것으로 알려지고 있다. 『한
국일보』 1990년 9월 11일자.

를 보게 되는 제2차 동학농민전쟁 시기를 배경으로 하고 있다. 제1차 동학농민전쟁 이후 활발하게 전개되는 농민군의 활동과 이를 분쇄하기 위해 당시의 지배계급과 외세가 결탁하는 모습이 그려지고 있으며, 1895년말 동학농민전쟁의 주도자인 전봉준이 사형당하는 것으로 대단원을 이루고 있다. 제3부에서는 지배계급의 외세 의존성과 매판성 때문에 농민들에 의한 동시대 변혁운동이 외세와 직접적인 대결을 벌이게 되는 과정이 그려지고 있다. 이러한 대결에서 외세의 무력에 농민군이 패하게 되고 결국 주도자인 전봉준은 붙잡혀 최후를 맞이하게 된다.

이 소설의 역사적 주인공은 전봉준이지만 소설 안에서 그는 오수동을 통해서 이야기의 무대로 등장한다. 1장에서 전봉준은 오수동의 아들 오상민에게 영향을 주는 배경 인물의 역할을 하다가, 최시형, 손병희 등과 결별한 뒤 무장투쟁을 구상하며 오수동, 정한순을 만나기 위해 상경하는 지점에 이르러서야 본격적으로 조명을 받는다.

제1부의 2장에서는 오수동을 매개로 하여 서울이 묘사되는데, 역사적 정황이나 시정 세태에 대한 비판적 관찰자로 나서는 오수동은 다른 인물에 비해 우월한 관점에 서며, 때문에 서술자의 대리자로 보이기도 한다. 여러 그림들을 겹쳐 잇는 박태원의 세태묘사의 방법[24]은 근본적으로 정태적인 것인데, 이는 보는 눈이 고정되어 있기 때문이다. 고부와 서울의 모습, 각층의 인물들과 다양한 역사적 장면들을 겹쳐낸 『갑오농민전쟁』의 제1부에서도 이야기는 결국 하나일 뿐이다.

---

24) 『계명산천은 밝아오느냐』에 이어 『갑오농민전쟁』(제1·2·3부) 역시 역사 쓰기를 입체화했다는 긍정적 평가를 받았다. 동시적으로 일어나는 여러 사건들과 그 배경들을 평면적으로 나열하지 않고 치밀하게 얽어 '서사화폭을 횡적으로 확대'했다는 것이다. 리창유, 「봉건적 억압을 반대하고 나라의 자주권을 지켜 싸운 농민들의 투쟁을 폭넓게 그린 작품 장편력사소설 『갑오농민전쟁(제1·2·3부)』에 대하여」, 『조선문학』 1994년 3월호.

제2부와 제3부에서 오수동의 역할은 그의 아들 오상민에게로 넘어간다. 이 혁명적인 성격의 인물은 진리로서의 역사 이념을 구현하고 실천하는 주인공으로, 자신이 보지도 못했던 '할아버지'(『계명산천은 밝아오느냐』의 앞머리에 그려졌던), 곧 저항정신의 원조(元祖)를 잇는 형상이다.

제2부와 제3부에서 조병갑을 징치한 전봉준과 오상민은 전주성에 입성하지만, 결국 동학군은 관군과 일본군에 의해 괴멸되고 전봉준은 서울로 압송되어 처형된다. 그러나 살아남은 오상민이 말을 타고 사라지는 마지막 장면은 항거의 정신은 사라지지 않는 것이며 따라서 이야기 역시 끝나지 않은 것임을 말하고 있다.

5. 마무리

이 글에서는 1930년대의 대표적 작가였던 박태원의 작품 세계뿐만 아니라 그의 월북과 역사소설 창작 과정, 그 역사소설의 특성과 시대적 의미, 『갑오농민전쟁』의 서곡에 해당하는 『계명산천은 밝아오느냐』의 시대성 고찰 등의 순서에 따라 살펴보았다. 그리고 이기영의 『두만강』과 더불어 북한 최고의 사회주의 역사소설로 주목받았던 『갑오농민전쟁』에 대하여 시대성과 구성 방식을 중심으로 살펴보았다.

북한의 문예창작강령에 충실한 작품으로 평가받았던 이 작품은 공간적 배경이 전라도로 되어 있음에도 불구하고 서울말 중심의 언어를 계속 사용하고 있다는 점과, 역사적으로 볼 때 동학혁명 제1차 봉기 때 동학교단의 조직을 활용한 사실을 부정하고 있는 점 등 결함을 드러내고 있는 한계를 보이고 있지만, 박태원의 소설에서 특유하게 나타나는 다양한 기법과 장치 들이 일정한 성과를 이루고 있어 사회주의 리얼리즘을 떠나서도 미학적으로 평가 가능한 영역이 상당 부분 존재하는 것을 알 수 있다.

이 점에서 『갑오농민전쟁』은 남북한문학의 공통분모를 추출할 수 있는 작품으로서 그 의미가 크다. 모더니즘에서 사회주의 리얼리즘으로 나아간 그의 문학적 경과 과정은, 급변하는 시대적 상황과 함께 문학적 자기 성찰을 계속했던 한 작가의 고뇌와 세계 인식의 결과였다는 점에서 우리 문학사에 중요한 반성적 자료로 남아 있게 될 것이다.

『갑오농민전쟁』은 건강이 극도로 악화된 상황에서 박태원이 아내 권영희로 하여금 자신의 구술을 받아 적는 형식으로 완성한 작품이다. 육체적 고통과 맞서 싸우며 이뤄낸 『갑오농민전쟁』은 현재까지 북한 문예당국과 이론가들에 의해 가장 큰 성과를 이룬 역사소설로 평가받고 있다. 『갑오농민전쟁』을 완성한 그해 1986년 7월 10일, 박태원은 77세의 일기로 세상을 떠났다.

박태원의 생애와 그의 문학 작품들에 대한 심층적 연구는 남북한문학사에 분명한 족적을 남긴 한 시대의 대표적 작가의 창작 배경을 확인하게 할 뿐 아니라, 더 나아가 그의 소설을 매개로 남북한의 문학 연구에 있어 상호 교류와 양자 간 문화통합의 앞날을 상정해볼 수 있게 한다. 그것은 박태원 자신도 인지하지 못하는 가운데, 그가 우리 민족사 또는 문학사에 남기고 간 과제이기도 하다.

참고문헌

강영주, 『한국역사소설의 재인식』, 창작과비평사, 1991.

강진호 외, 『박태원 소설 연구』, 깊은샘, 1995.

김봉진, 『박태원 소설세계』, 국학자료원, 2001.

김윤식, 『한국 현대 현실주의 연구』, 문학과지성사, 1990.

김홍식, 『박태원 연구』, 국학자료원, 2000.

박태원, 『갑오농민전쟁』, 문예출판사, 1991.

사회과학원 문학연구소, 『북한의 문예이론』, 인동, 1989.

이중재, 『구인회 소설의 문학사적 연구』, 국학자료원, 1998.

정현숙, 『박태원 문학 연구』, 국학자료원, 1993.

린다 허천, 『패로디 이론』, 김상구·윤여복 옮김, 문예출판사, 1992.

강형구, 『박태원 소설 연구』, 고려대 박사학위논문, 1991

공종구, 『박태원 소설의 서사지평 연구』, 전남대 박사학위논문, 1992.

이정옥, 『박태원 소설 연구-기법을 중심으로』, 연세대 박사학위논문, 2000.

김병결, 「혁명적 대작에서 작가의 창작적 개성과 예술적 기교」, 『조선문학』
　　　1966년 6월호.

김영필, 「역사소설의 언어형상과 작가의 개성—『계명산천은 밝아오느냐』(1)을
　　　중심으로」, 『문학신문』, 1966년 1월 14일.

김윤식, 「갑오농민전쟁'론」, 『동서문학』 1989년 가을호.

김종회, 「새로운 문학의 길, 하이퍼텍스트 소설의 도전」, 『한국문화연구』, 제5집,
　　　2002. 1.

김하명, 「생동한 개성, 서사시적 생활 화폭의 묘사-장편소설 『계명산천은 밝아
　　　오느냐』에 대하여」, 『조선문학』 1966년 1월호.

박태원, 「암흑의 왕국을 부시는 투쟁의 역사」, 『문학신문』, 1965년 11월 16일자.

박춘명, 「지난날의 계급투쟁에 대한 생생한 화폭」, 『조선문학』, 문예출판사, 1978.

오경복, 「주인석 '구보'의 세상 읽기와 소설 쓰기」, 『한국어문학연구』 9, 한국외대, 1998.

이재선, 「사회주의 역사소설과 그 한계」, 『문학사상』 1989년 6월호.